GOLKONDA

CARMICHAEL

INSPECTOR CARMICHAEL ·

AUS DEM ENGLISCHEN VON NORA LACHMANN

JO WALTON

DIE STUNDE DER ROTKEHLCHEN

1

Jo Walton • Farthing
(New York: Tor Books, 2006)

Dies ist ein Roman.
Alle Personen, Organisationen und Ereignisse sind frei erfunden oder erscheinen in fiktiven Zusammenhängen.

Lektorat: Robert Schekulin
Redaktion: Hannes Riffel
Korrektur: Anne-Marie Wachs
Gestaltung: s.BENeš [http://benswerk.wordpress.com]
Satz: Hardy Kettlitz
Druck: Schaltungsdienst Lange

Golkonda Verlag
Charlottenstraße 36
12683 Berlin
golkonda@gmx.de
www.golkonda-verlag.de
ISBN: 978-3-944720-41-8

ECTOR CARMIC

FÜR ALLE, DIE SICH JEMALS
MIT DEN UNGEHEUERLICHKEITEN
DER GESCHICHTE BESCHÄFTIGT HABEN,
SCHAUDERND EIGENTLICH,
DOCH VOR ÜBERRASCHUNGEN SICHER,
ALS GINGE ES UM DIE AUTOPSIE
EINES TOTEN DRACHEN,
NUR UM IM NÄCHSTEN AUGENBLICK
DEN SEHR LEBENDIGEN
NACHKOMMEN DES DRACHEN
GEGENÜBERZUSTEHEN
UND IHNEN
INS OFFENE MAUL
ZU STARREN.

DANKSAGUNG

Großen Dank schulde ich den klassischen Autoren englischer Kriminalromane, insbesondere Josephine Tey und Dorothy L. Sayers, sowie einem noch lebenden Meister: Peter Dickinson.

Der vorliegende Roman entwickelte sich aus Überlegungen zu einer Reihe politischer Ereignisse und der Frage, welche Zeit Josephine Tey wohl für Brat Farrar im Sinn gehabt haben könnte. Sehr erhellend und hilfreich waren Sarah Monettes spannende Essays über Sayers sowie Micole Sudbergs Ausführungen zu Homosexualität und Aufklärung in Dickinsons *Some Deaths Before Dying* und Sumner Locke Elliotts *The Man Who Got Away.*

Patrick Nielsen Hayden möchte ich dafür danken, dass er sich gewünscht hat, dieses Buch zu lesen, Emmet O'Brien und Mary Lace für ihre hilfreichen Kommentare während des Schreibens sowie Sarah Monette, Rivka Wald, Tom Womack, Laura Tennenhouse, Kate Nepveu, Jennifer Arnott, David Dyer-Bennet, Janet Kegg, Alison Scott, David Goldfarb und Chad Orzel für die ebenso hilfreichen Kommentare zum fertigen Roman.

Every farthing of the cost,
All the dreaded cards foretell,
Shall be paid, but from this night
Not a whisper, not a thought,
Not a kiss nor look be lost.

W. H. Auden, »Lullaby (Lay Your Sleeping Head, My Love)« (1937)

»God Save the King« wird niemals schön klingen,
ganz egal, wie viele Blechbläser und Trommler man aufbietet,
doch bei den seltenen Gelegenheiten,
bei denen sämtliche Strophen gesungen werden,
regt sich in zwei Zeilen tatsächlich Leben:
Verwirre ihre Winkelzüge,
Vereitle ihre bösen Pläne!

Ich hatte stets angenommen, diese Verse würden ausgelassen,
weil die Tories insgeheim vermuten, die Zeilen bezögen sich auf sie.

George Orwell, »As I Please« (31. Dezember 1943)

EINS

Alles fing damit an, dass David völlig außer sich aus dem Garten hereinkam. Wir waren auf Farthing, weil Mummy zu einer ihrer scheußlichen politischen Klüngelgesellschaften eingeladen hatte. Wenn es irgendeine Möglichkeit gegeben hätte, sich dem zu entziehen, wären wir sicher woanders gewesen, aber Mummy hatte darauf bestanden, und da waren wir nun – David im Cut und ich in einem knielangen beigen Etwas von Chanel –, oben in meinem alten Kinderzimmer, das ich mit Freuden verlassen hatte, um ihn zu heiraten.

Noch im Türrahmen holte David tief Luft. »Lady Thirkie ist der Meinung, du solltest mich entlassen!«

Zuerst bekam ich gar nicht mit, wie furchtbar wütend David war, denn ich hatte genug damit zu tun, mir die Haare hochzustecken, ohne mich in den Perlen zu verheddern. Wahrscheinlich wäre das alles gar nicht passiert, wenn mein Haar weniger widerspenstig gewesen wäre, denn dann wäre ich bei David im Garten gewesen, und Angela hätte nie so etwas Dämliches von sich gegeben. Wie auch immer, ich fand es jedenfalls komisch und gluckste vor Lachen. »Ach, Schatz, man kann doch seinen Mann nicht entlassen. Ich müsste schon die Scheidung einreichen. Was hast du denn Schlimmes angestellt, dass Angela Thirkie auf solche Gedanken kommt?«

»Lady Thirkie hat mich wohl für eine Aushilfe gehalten.« Als David sich hinter mich stellte und ich sein Gesicht im Spiegel sah, begriff ich natürlich sofort, dass er es überhaupt nicht lustig fand und dass ich nicht hätte lachen sollen – unter diesen Umständen hätte ich gar nichts Schlimmeres tun können, jedenfalls solange ich David noch nicht dazu gebracht hatte, dem Ganzen etwas Komisches abzugewinnen.

»Angela Thirkie ist dumm wie Bohnenstroh. Was haben wir all die Jahre über sie gelacht«, sagte ich, was auch stimmte, aber nicht unbedingt hilfreich war, denn David war all die Jahre nicht dabei gewesen und hatte eben nicht über sie lachen können, womit ich ihm nur noch einmal in Erinnerung rief, worin wir uns unterschieden – und das ausgerechnet, nachdem Angela ihm in ihrer Beschränktheit gerade ebendiese Unterschiede unter die Nase gerieben hatte.

David schaute im Spiegel immer noch so finster drein, dass ich mich umdrehte, um ihn richtig anzusehen. Die Hände ließ ich, wo sie waren, denn endlich hatte ich mein Haar so weit, dass es beinahe perfekt saß.

»Sie war der Meinung, ich solle mich gefälligst nicht bei den Cocktails bedienen, und wollte es deiner Mutter erzählen, damit sie mich entlässt«, sagte David und verzog den Mund zu einem schiefen Lächeln, das noch deutlicher zeigte, wie wenig witzig die Angelegenheit für ihn war. »In dem Aufzug sehe ich offenbar wie ein Kellner aus.«

»Aber nicht doch, Schatz. Der Cut steht dir fabelhaft«, sagte ich ganz automatisch, um ihn zu beruhigen, doch es stimmte wirklich. »Angela ist eine taube Nuss. Du bist ihr doch vorgestellt worden, oder etwa nicht?«

»Natürlich. Auf einer der Verlobungspartys und dann noch einmal bei der Hochzeit.« Davids Lächeln schwand. »Aber offensichtlich sehen wir für sie alle gleich aus.«

»Ach, Schatz!« Nun nahm ich doch die Hände aus den Haaren und streckte die Arme aus, denn was sollte ich schon dazu sagen? Wir wussten beide nur zu gut, dass er recht hatte. »Wir gehen jetzt einfach zusammen raus und zeigen ihr die kalte Schulter.«

»Es sollte mir nichts ausmachen.« David nahm meine Hände. »Aber es betrifft auch dich. Du hättest es viel bequemer, wenn du jemanden aus deinen Kreisen geheiratet hättest.«

Und auch das stimmte: Es ist bequemer, mit Leuten zusammen zu sein, die genau so denken wie man selbst, weil sie ebenso erzogen wurden und über die gleichen Witze lachen. Aber es ist eher eine laue Gemütlichkeit, die vergeht, sobald man merkt, dass man bloß Herkunft und Erziehung gemeinsam hat. »Man heiratet doch nicht aus Bequemlichkeit«, sagte ich. Dann ließ ich meinen Gedanken freien Lauf, wie immer, wenn ich mit jemandem zusammen war, dem ich vertraute. »Bei Mummy könnte das allerdings der Grund gewesen sein. Das würde eine Menge erklären.« Ich schlug die Hand vor den Mund, um ein erschrecktes Lachen zu unterdrücken und die Gedanken wieder einzufangen. Den Trick hat mir meine alte Gouvernante Abby beigebracht. So bleiben mir, wenn ich rechtzeitig reagiere, grobe Schnitzer erspart, doch Mummy hat schon manches Mal mit mir geschimpft, weil ich die Hand öfter am Mund hatte, als es sich für eine Lady geziemt.

»Bist du sicher, dass du mich nicht aus dem entgegengesetzten Grund geheiratet hast?«, fragte David, ohne auf das eben Gesagte einzugehen. »Damit ich dir einen Vorwand liefere, Leuten wie Lady Thirkie die kalte Schulter zu zeigen?«

»Das ist vollkommen absurd.« Ich wandte mich wieder dem Spiegel zu, und diesmal gelang mir auf Anhieb, was mir bei den vorsichtigen Versuchen zuvor missglückt war: Haar und Perlen saßen perfekt. Zufrieden lächelte ich David und mir im Spiegel zu.

Ein Körnchen Wahrheit steckte in seiner Frage, doch war es so winzig, dass es weder uns noch unserer Ehe gutgetan hätte, weiter darauf herumzukauen. Daddy hatte mir das alles an jenem Abend vor Augen geführt, als er seine Zustimmung zur Heirat gab. David hatte befürchtet, Daddy würde uns ohne Ende Schwierigkeiten machen, doch er ging nur einmal hart mit mir ins Gericht und nahm danach David in die Familie auf. Mummy war diejenige, die uns Schwierigkeiten machte – genau wie ich vorausgesehen hatte.

Daddy hatte mich in sein Büro in London bestellt und alle Angestellten angewiesen, niemanden vorzulassen. Das gab mir das Gefühl, wichtig zu sein, und versetzte mich gleichzeitig in eine Zeit zurück, als ich zehn Jahre alt gewesen war und zum Rapport bestellt wurde, weil ich meine Hausaufgaben nicht gemacht hatte. Ich musste mir immer wieder sagen, dass ich längst erwachsen war, beinahe schon eine alte Jungfer. Die Handtasche fest auf den Knien, kauerte ich in dem Ledersessel für Besucher. Daddy setzte sich hinter den Schreibtisch aus dem 18. Jahrhundert und sah mich kurz an. Er redete nicht lange um den heißen Brei herum und ließ auch den ganzen Unsinn von wegen Getränken, Zigaretten und entspannter Atmosphäre. »Du weißt sicher, worüber ich mit dir reden will«, sagte er.

Ich nickte. »Über David. Ich liebe ihn, und ich möchte ihn heiraten.«

»David Kahn.« Die Worte schienen einen schlechten Geschmack in Daddys Mund zu hinterlassen.

Ich wollte etwas zu Davids Verteidigung vorbringen, doch

Daddy hob die Hand. »Du kannst dir die Aufregung sparen, ich weiß, was du sagen willst. Er ist in England geboren, ist ein Kriegsheld und entstammt einer wohlhabenden Familie. Dagegen könnte ich einwenden, dass er seine Ausbildung auf dem Kontinent erhalten hat, Jude ist und nicht zu uns gehört.«

»Ich wollte nur sagen, dass wir einander lieben«, erwiderte ich so würdevoll wie möglich. Im Gegensatz zu Mummy, die uns nur wahnsinnig auf die Nerven gehen konnte, hätte Daddy auf einen Schlag alles beenden können. Obwohl ich schon dreiundzwanzig war und seit Hughs Tod Alleinerbin des Familienvermögens – mit Ausnahme des Titels und des Landsitzes Farthing –, verfügte ich nur über das Geld, das Daddy mir zukommen ließ, und David stand auch nicht besser da. Seine Familie war zwar wohlhabend, doch er selbst besaß kaum genug zum Leben und sicher nicht genug, um uns beide zu versorgen. Zuerst war ich überrascht, dass seine Familie genauso wenig begeistert von mir war wie meine von David, doch später kam mir das nicht mehr so abwegig vor. Es hätte also eine richtige Romeo-und-Julia-Geschichte werden können, wenn Daddy nicht so vernünftig gewesen wäre, sich auf meine Seite zu schlagen.

»Nachdem ich euch zusammen gesehen und mit dem jungen Mann gesprochen habe, bezweifle ich das merkwürdigerweise nicht«, sagte er. »Aber ist das genug? Liebe ist etwas Wundervolles, doch häufig auch ein allzu zartes Pflänzchen, wenn ein kalter Wind aufkommt, und ein kalter Wind wird euch ziemlich oft ins Gesicht wehen.«

»Solange der kalte Wind nicht von deiner Seite kommt«, erwiderte ich, setzte mich kerzengerade auf und drückte die Knie fest zusammen, um möglichst reif und vernünftig zu wirken.

Daddy lachte laut. »Schon mit fünf hast du dich so hingesetzt, wenn du mich beeindrucken wolltest.« Dann beugte er sich mit ernstem Gesicht vor. »Hast du dir gut überlegt, was es bedeutet, eine Mrs Kahn zu sein? Unsere Vorfahren haben sich um den Namen Eversley verdient gemacht. Wir haben ihn nur geerbt, aber er öffnet uns viele Türen. Und du willst ihn aufgeben, um Mrs Kahn zu werden …«

»Der Name Kahn besagt, dass Davids Vorfahren Priester in Israel waren, als wir uns hier noch mit Blätterfarbe blau angemalt haben«, zitierte ich Disraeli – wenn auch vielleicht nicht ganz richtig.

Daddy lächelte. »Gleichwohl besagt er heutzutage nur, dass dir hier in England eine Menge Türen vor der Nase zugeschlagen werden.«

»Durch die will ich gar nicht gehen.«

Daddy hob eine Augenbraue.

»Ich habe mir alles reiflich überlegt.« Das hatte ich tatsächlich, oder glaubte es wenigstens. »Kannst du dich noch an die Zeit erinnern, als Billy Cheriton immer mit mir ausgegangen ist?« Das mit Billy war Mummys Idee gewesen, noch dazu eine richtig alberne. Er war der jüngere Sohn des Duke of Hampshire, Mummys Cousin, der mit ihrer besten Freundin verheiratet war. Wir kannten uns seit unserer Geburt, waren auf dieselben Kinderfeste gegangen und später auf dieselben Partys, was Mummy auf die Idee gebracht hatte, wir wären füreinander geschaffen.

Daddy nickte. Er hielt nicht viel von Billy.

»Einmal waren wir in Cheltenham beim Pferderennen, weil eines von Tibs' Pferden lief und Billy die Familie vertreten wollte. Wir waren mit ein paar netten jungen Leuten unterwegs, alle aus demselben Stall wie wir, und der Gaul hat natürlich verloren.«

»Tibs Cheriton hat noch nie etwas von Pferden verstanden«, sagte Daddy. »Entschuldige. Erzähl weiter.«

»Also ertränkten wir unser Leid in Pimms, und ich langweilte mich, langweilte mich plötzlich so sehr, dass ich hätte schreien mögen, nicht nur wegen Cheltenham und diesen Leuten, sondern wegen allem und jedem, weil es nur um Rituale ging. Tibs und irgendjemand anderes unterhielten sich über Pferdezucht, und ich dachte sofort, dass es bei uns nicht anders war, bei den Stuten und Hengsten der englischen Oberschicht, die nur die nächste Generation werfen sollten. Was konnte noch langweiliger sein, als mit Billy, mit Tibs oder mit irgendeinem von diesen Schwätzern verheiratet zu sein!« Tibs hätte ich nicht einmal geheiratet, wenn er der letzte Mann auf Erden gewesen wäre, denn er war ziemlich sicher Athener, was Mummy bestimmt auch wusste, sonst hätte sie dafür gesorgt, dass Tibs mich ausführte und nicht Billy. »Ich möchte das nicht. Man hat mich in die Gesellschaft eingeführt, und ich habe den ganzen Debütantinnenunfug mitgemacht, doch schon bevor ich David begegnet bin, habe ich gewusst, dass ich das bestimmt nicht will.«

Da sagte Daddy jenen Satz. »Bist du sicher, dass du David nicht bloß heiratest, um alldem zu entkommen?«, fragte er. »Um Billy und alle anderen zu schockieren, indem du etwas tust, das sie unmöglich gutheißen können? Denn falls das der Grund ist, ist es David gegenüber nicht fair und wird eher, als du dir vorstellen kannst, keinen Spaß mehr machen.«

Ich dachte lange nach und fand tief in mir das winzige Körnchen Wahrheit, die Sehnsucht, all das aufzugeben und es allen noch einmal so richtig zu zeigen, indem ich sie mit jemandem konfrontierte, der nach ihren lächerlichen Maßstäben völlig inakzeptabel war. Leider hat Mummy das ihre dazu beigetragen, solche Gefühle noch zu verstärken, obwohl sie natürlich das Gegenteil bewirken wollte. »Das könnte ein klitzekleines bisschen damit zu tun haben«, gab ich zu. »Aber ich liebe David wirklich, und wir haben so viel gemeinsam, was nichts mit Herkunft oder Erziehung zu tun hat und für mich viel wichtiger ist.«

»Er hat mir versichert, dass er dich nicht drängen wird zu konvertieren«, sagte Daddy.

»Er ist selbst nicht besonders religiös.«

»Er hat auch gesagt, er würde seine Religion nicht aufgeben.« Daddy runzelte die Stirn.

»Warum sollte er?«, fragte ich. »Es ist ja nicht nur eine Religion, sondern bedeutet auch kulturelle Wurzeln. Er ist nicht religiös, doch der jüdischen Kultur schämt er sich nicht, und Konvertieren würde genau das stillschweigend beinhalten. Außerdem würde sich dadurch gar nichts ändern – die Leute, die Juden hassen, hassen konvertierte Juden ebenso. Und er hat mir gesagt, jüdische Kinder nehmen den Glauben der Mutter an, also wäre das kein Problem.«

»Das ändert ebenfalls nichts. Für die Leute wirst du immer Mrs Kahn, die frühere Lucy Eversley sein.« Er ahmte den scheußlichen Tonfall einer Dame der Gesellschaft nach; so klang Mummy, wenn sie richtig gemein wurde.

Ein wenig tat das schon weh, doch der Schmerz machte mir auch klar, wie unwichtig so etwas im Vergleich zu meiner Liebe war. Ich schüttelte den Kopf. »Lieber das, als auf die Heirat mit David zu verzichten.«

»Du weißt, dass in Deutschland ...«, sagte Daddy.

»Aber wir sind nicht in Deutschland. Wir haben gekämpft – David und du, ihr wart beide im Krieg –, weil wir wollten, dass die Grenzen des Dritten Reichs jenseits des Kanals verlaufen. Das werden sie immer. Deutschland hat mit all dem nichts zu schaffen.«

»Selbst in England wirst du viele Schwierigkeiten haben. Dein junger Mann ist das gewohnt, du nicht«, sagte Daddy. »Kleine Dinge, wie das Verbot, einen Club zu betreten, und große, wie das Verbot, Land zu erwerben. Eure Kinder werden ebenfalls darunter leiden. Mit diesem Namen werden eure Töchter sehr wahrscheinlich keine Debütantinnen, werden nicht in die Gesellschaft eingeführt.«

»Umso besser für sie«, sagte ich, obwohl mich die Aussicht doch erschütterte.

»Es wird Sticheleien und Beleidigungen geben, mit denen du gar nicht rechnest«, hatte Daddy hinzugefügt.

Obwohl er damit recht gehabt hatte, kümmerte es mich im Allgemeinen kaum und belustigte mich sogar, doch der arme David war es überhaupt nicht gewohnt, war nicht gefasst auf jemanden wie die dumme Angela Thirkie, die glaubte, mit dem Aussehen und der Hautfarbe von David könne man nur Bediensteter sein. Vielleicht kam er besser mit offener Abneigung als mit beiläufiger Nichtachtung zurecht.

Vorsichtig ließ ich die Haare los – zum Glück blieben sie oben – und drehte mich um. »Ich habe dich nur deinetwegen geheiratet, und diese Leute sind mir vollkommen egal, in jeder Beziehung, das müsstest du doch wissen.«

Noch einen Augenblick sah ich den Schmerz in seinem Gesicht. Dann lächelte er, nahm mich in den Arm, und alles war wieder gut.

Hand in Hand gingen wir in den Garten, wo Mummys schreckliche Truppe gerade zu Hochform auflief.

Ich dachte daran, wie unglaublich viel David und ich doch gemeinsam hatten – Bücher, Musik und unsere Art zu denken. Nicht das normale Denken, dazu bin ich zu sprunghaft und auch nicht klug genug, wohingegen David natürlich unglaublich gescheit ist. Doch von Zeit zu Zeit gelangen wir zu denselben

Schlüssen – aus ganz unterschiedlichen Richtungen und mit ganz unterschiedlicher Logik erkennen wir, ob etwas in Ordnung ist oder nicht. David langweilt mich nie, und er gibt mir auch nie das Gefühl, mir meilenweit voraus zu sein, wie andere gescheite Leute, die ich kenne. Wir können über alles reden, außer vielleicht über einige Fallstricke in unserer Beziehung. Doch manches bleibt lieber im Unbewussten, das meint auch David.

Ich drückte seine Hand, um ihm zu zeigen, dass ich ihn liebte, doch dieses eine Mal missverstand er meine Geste und sah mich an, weil er glaubte, ich wolle etwas Bestimmtes. Deshalb legte ich den Kopf in den Nacken, um mich küssen zu lassen, und so zeigten wir es der dummen, unsensiblen Angela Thirkie, die mit dem langweiligsten Mann von ganz England verheiratet war, von dem jedermann wusste, dass er gar nicht sie, sondern ihre Schwester haben wollte – wir zeigten es ihr, indem wir uns auf dem Rasen wie Frischvermählte küssten, obwohl wir schon acht Monate verheiratet waren und uns längst wie ein altes, respektables Ehepaar hätten benehmen sollen.

Wie auch immer, als ich dann von dem Mord an Sir James Thirkie erfuhr, fiel mir sofort wieder ein, wie gemein Angela Thirkie sich David gegenüber verhalten hatte, doch glücklicherweise gelang es mir, diesen Gedanken zurückzuhalten, bevor ich laut hinausposaunen konnte, dass es ihr ganz recht geschah, wenn man ihren Mann umbrachte.

ZWEI

Inspector Peter Anthony Carmichael hatte zwar eine ungefähre Ahnung, dass es sich bei Farthing um einen Landsitz in Hampshire handelte, doch vor dem Mord war ihm der Name nur im Zusammenhang mit Politik untergekommen. Den »Farthing-Kreis« nannten die Zeitungen eine Gruppe von einflussreichen Leuten aus Politikern und Militärs, Leuten mit Geld und gesellschaftlichem Ansehen, die England den Frieden beschert hatten. Nicht etwa Chamberlains wackeligen »Frieden für unsere Zeit«, sondern einen beständigen »Ehrenhaften Frieden«, nachdem Hitler von uns aufgehalten worden war. In das »uns« schloss sich der Inspector mit ein – als junger Leutnant war er als einer der Letzten aus Dünkirchen entkommen. Den Frieden hatte er mit gebotener Vorsicht begrüßt, obwohl er damals insgeheim stolz auf die kämpferischen Reden des verrückten alten Churchill gewesen war und außerdem befürchtet hatte, man könne Hitler nicht trauen. »Keinen Farthing ist der Farthing-Friede wert«, hatte Churchill gekeucht, und die Zeitungen hatten ein Bild gedruckt, auf dem er besagte Viertelpennymünze hochhielt.

Doch die Zeit hatte dem Farthing-Kreis recht gegeben. Der Kontinent blieb der Kontinent, England blieb England, und der alte Adolf bewunderte England und hatte keinerlei über den Kanal reichende Ambitionen. Acht Jahre waren genug, um den Farthing-Frieden auf die Probe zu stellen, und es hatte sich gezeigt, dass England und das Reich gute Freunde sein konnten. Der Farthing-Kreis hatte sich behauptet und war an den Schaltstellen der Macht geblieben. Nun hatte es auf Farthing einen Mord gegeben, weshalb der Name für den Inspector noch eine weitere Bedeutung bekam und er sich an einem Sonntagmorgen Anfang Mai auf dem Weg durch einen grünen, friedlichen und sehr schönen Teil Englands befand.

Carmichael stammte aus Lancashire. Nicht aus dem industriellen Lancashire im Süden, wo es Baumwollspinnereien und Arbeitslosigkeit gab, sondern aus dem nördlichen Hochland, wo Moore und Hügel die Landschaft prägten. Sein Vater wohnte in einem verfallenen Gutshaus, das nicht viel besser war als die Bauernhäuser seiner Pächter, und hatte es gerade so geschafft, seine Söhne auf kleine Privatschulen zu schicken. Carmichaels Schule war so klein gewesen, dass man sie inzwischen geschlossen hatte, was für niemanden ein Verlust war, erst recht nicht für Carmichael. Falls er jemals Söhne haben sollte, woran er zunehmend zweifelte, würde er sie sicher nicht in ein Loch schicken, in dem man sie schlug und hungern ließ. Doch zusammen mit seiner Dienstzeit in Dünkirchen hatte es immerhin für Scotland Yard gereicht, wo er es mit neunundzwanzig bereits zum gut bezahlten Inspector gebracht hatte, mit hervorragenden Aussichten auf weitere Beförderungen. Vielen war es in den Nachkriegsjahren nicht so gut ergangen. Sein älterer Bruder Matthew, dessen Privatschule zwar ebenfalls klein, aber besser gewesen war, lebte immer noch im Norden und half dem Vater mit den Schafen. In die Zivilisation kam er höchstens einmal im Monat, wenn er in Lancaster die Bank und seinen Rechtsanwalt aufsuchte und vielleicht noch Zeit für einen Lunch im *King's Head* und einen Kinofilm danach hatte. Das war nicht gerade viel, und bisweilen hielt Carmichael beim Genießen seines guten Lebens inne, um an das schwere Los seines fernen Bruders zu denken.

Gleichwohl steckte noch genügend vom Norden in ihm, um die Landschaft in Hampshire, die sich hier so mächtig ins Zeug legte, ihn zu betören, mit Argwohn zu betrachten. Die Bäume waren zahlreicher und breiter als in den heimischen Mooren, und ihre dichten Kronen spendeten köstlichen Schatten. Darunter breitete sich ein Teppich von blauen Hasenglöckchen aus, wie er ihn noch nie zuvor zu Gesicht bekommen hatte, und ihr Duft erfüllte den Wagen. Am tiefblauen Himmel stand eine Sonne, wie sie in Lancashire nur selten strahlte. Die Felder waren gepflügt und bestellt, das Heu stand bereits hoch, das Gras war leuchtend grün, die Vögel sangen. Und als wäre das alles noch nicht genug, bog die Straße alle paar Meilen in ein kleines Dorf mit einer Kirche, einem Pub, einer Post und reetgedeckten Häusern ab, das sich jeweils gerade genug vom vorhergehenden Dorf abhob, um beide auseinanderhalten zu können. Eines verfügte über ein Herrenhaus, ein anderes über einen Ententeich, ein drittes über einen Dorfanger oder eine große Eiche, unter der auf einer Bank zwei alte Männer saßen, als wollten sie die Weisheit ihrer Vorfahren weitergeben. Carmichael seufzte.

»Stimmt was nicht, Sir?« Sergeant Royston, der am Steuer des Bentley saß, warf seinem Vorgesetzten einen kurzen Blick zu. »Schieben Sie am Sonntag nicht gern Dienst?«

»Nicht besonders«, sagte Carmichael. »Obwohl ich heute nichts weiter vorhatte und also genauso gut arbeiten kann, wenn der Yard mich braucht, um dann in der Woche einen Tag freizunehmen, wenn die Geschäfte auf haben. Aber die Landschaft deprimiert mich.«

Wieder fuhren sie durch ein kleines Dorf. Hier gab es ein hübsches Mädchen, das vor einem der Häuschen weiße Aylesbury-Enten fütterte. »Nicht so lebendig wie in der Stadt«, sagte Royston und fuhr wieder hinaus zu den endlosen Feldern und Wäldern.

»Daran liegt es nicht«, sagte Carmichael, der plötzlich wusste, was es war. »Aber alles wirkt so rund und satt, als hätte es sich über all die Jahre mit fetten Böden und warmer Sonne den Bauch vollgeschlagen. Es schläft am helllichten Tag. Irgendwas müsste es mal schütteln und aufwecken, eine Hungersnot, eine Seuche, vielleicht eine Invasion oder so was.«

Royston fuhr langsamer, weil sie schon das nächste Dorf erreichten. Kurz hinter der Kirche wurde es unerfreulich. Ein Anderson-Unterstand, in dem Kinder Versteck spielten, erinnerte an die Invasion, die vor nicht allzu langer Zeit beinahe stattgefunden hätte. Royston sagte nichts, doch Carmichael spürte, wie seine Wangen vor Scham glühten. Die Deutschen hatte er nicht gemeint, nichts hatte ihm ferner gelegen, er hatte eher an Wikinger oder Piraten gedacht, die sich auf die selbstzufriedenen, schlafenden Bauern stürzten.

»Hasenglöckchen sind mir auch schnurz«, sagte Royston. »Wenn man schon hier lang fahren muss, dann lieber ein paar Wochen früher, wenn Himmelsschlüssel blühen. Die haben eine schöne Farbe, so fröhlich.«

»Mir sind sie ein bisschen zu lieblich«, sagte Carmichael. »Hasenglöckchen, meine ich; die haben wir auch im Norden. Hätte nicht gedacht, dass Sie sich für Blumen interessieren, Sergeant. Für mich waren Sie immer ein Stadtmensch.«

»In London geboren und aufgewachsen, aber die Familie meiner Mutter kommt vom Land.«

»Hier aus der Gegend?«, fragte Carmichael.

»Aus Kent. Eine Tante von mir lebt noch dort, zu Ostern und zur Hopfenernte fährt die Familie auf Besuch. Ich war als Kind mit, und zu Ostern blühten immer Himmelsschlüssel. Liegt um einiges weiter östlich, aber von Lancashire aus gesehen ist es wohl dieselbe Gegend.«

Carmichael lachte. »In all den Jahren wäre ich nicht im Traum drauf gekommen, dass Sie eine Tante in Kent haben. Damit haben Sie gut hinterm Berg gehalten.«

Die Straße gabelte sich, und Royston hielt an, um auf den kleinen Wegweiser zu schauen. »Wollen wir nach Farthing Green, Upper Farthing oder Farthing St. Mary?«, fragte er.

»Castle Farthing.« Carmichael sah in seinen Aufzeichnungen nach und nahm die Karte zu Hilfe. Ohne Erfolg. Er fand nur ein Gebiet, auf dem, nicht gerade hilfreich, The Farthings stand. »Fahren Sie nach Farthing St. Mary«, entschied er.

»Jawohl, Sir.«

Carmichael kannte das erste Befehlsgeheimnis: Man musste eine Entscheidung treffen, ganz egal, ob richtig oder falsch, und dieser dann ohne Zögern folgen. Das hätte dazu führen können, dass sie den falschen Weg nahmen und dazu verdammt waren, endlos lange durch das nur unzureichend kartografierte Hampshire zu irren, doch wenigstens hatte er eine Entscheidung gefällt.

Reines Glück, dass er richtig lag. Eines der Schilder am nächsten Wegweiser zeigte nach Castle Farthing, und der mit hohen Hecken gesäumte Weg mündete schließlich in einer Schleife um den Dorfanger. Es gab eine Kirche – größer als die meisten anderen Dorfkirchen –, den Pub *Eversley Arms,* eine Reihe kleiner Häuser und eine hohe Mauer mit einem zweiflügeligen Tor aus Schmiedeeisen, zwischen dessen Stäben die Lettern Farthing prangten, als gäbe es kein anderes Farthing, was ja auch für diejenigen zutraf, die nicht in dieser Ecke Hampshires wohnten, wo man sicher ein Farthing vom anderen unterscheiden konnte. Unter dem Namen prangte das allgegenwärtige Rotkehlchen der Farthingmünze, das Symbol der politischen Bewegung. Offenbar handelte es sich um das Original, stellte Carmichael erstaunt fest, denn das Tor stand schon mindestens ein Jahrhundert hier, war also älter als der »Kreis«.

Im Augenblick war es allerdings geschlossen, den Spuren auf dem Kiesweg zufolge ein eher ungewöhnlicher Umstand. »Vielleicht hat die örtliche Polizei abgeschlossen, um Presse und Schaulustige fernzuhalten«, sagte Carmichael und wies Royston auf die Spuren in der Auffahrt hin.

»Schaulustige? Hier?« Für den Londoner Royston war das ausgeschlossen. »Dennoch hätten sie eine Wache abstellen sollen«, sagte er in einem Ton, der deutlich machte, dass er die Abwesenheit eines Polizisten missbilligte. »Soll ich mal nachschauen, ob abgeschlossen ist?«

»Nur zu, Sergeant.« Am Anfang seiner Laufbahn wäre Carmichael selbst ausgestiegen und hätte sofort den Respekt seines Untergebenen verloren. Nun lehnte er sich zurück und beobachtete Royston, dessen schwere Schritte auf dem Kies knirschten.

Ohne das Motorengeräusch war das Vogelgezwitscher noch lauter. In der Nähe sang eine unsichtbare Amsel: »Schau hier, schau hier, dies ist mein Revier.« Andere Vögel antworteten, verteidigten ebenfalls ihr Revier, waren auf Partnersuche oder vielleicht beim Nestbau. Royston rüttelte am Tor, und das Scheppern brachte die Vögel zum Schweigen, aber nur einen Augenblick, dann ging es umso lauter weiter, als wollten sie der ganzen Welt erzählen, was passiert war. Royston kam kopfschüttelnd zurück.

Carmichael beugte sich aus dem Fenster. »Dann stoßen wir mal ins Horn und sehen, was passiert«, sagte er. Royston grinste. Carmichael griff ins Lenkrad und drückte ein paar Mal kurz die Hupe.

Das Tröten brachte nur wieder vorübergehend die Vögel zum Schweigen. Gerade als Carmichael erneut hupen wollte, kam eine Frau mittleren Alters aus dem nächstgelegenen Häuschen und wischte sich im Laufen die Hände an der Schürze ab. »Sie sind sicher von der Polizei«, sagte sie. »Tut mir leid, dass ich Sie nicht gehört habe, aber ich war gerade beim Essen richten.« Wie zur Bestätigung ihrer Worte läutete die Kirchenglocke und schlug zwölf. So nah, dass ein Gespräch absolut unmöglich war.

»Ist das nicht ein bisschen laut?«, fragte Royston und nahm die Hände von den Ohren.

»Ach, Gewöhnungssache«, sagte die Frau. »Das muss so laut sein, damit die oben im Haus es hören.« Sie reckte das Kinn in Richtung Tor.

»Sind Sie die Pförtnerin?«, fragte Carmichael.

Die Frau blinzelte. »Nein … und auch nicht die Frau des Pförtners. Mein Vater war der letzte. Das Tor steht meistens offen. Erst heute Morgen hab ich noch zu Jem gesagt, dass ich gar nicht weiß, wann wir es das letzte Mal geschlossen haben.«

Carmichael hatte mit seiner Vermutung also richtig gelegen. Er nickte. »Es wird nicht einmal nachts geschlossen?«, fragte er.

»Nein, schon lange nicht mehr«, sagte die Frau. »Wahrscheinlich seit mein Vater gestorben ist, im selben Jahr wie der König.«

Also hätte jeder ungehindert zum Herrenhaus fahren können. Auf dem Kiesweg sah man Reifenspuren. Sicher von der örtlichen Polizei, doch mit etwas Glück fand sich auch etwas Beweiskräftiges. Carmichael stieg aus. »Und wer sind Sie, wenn Sie nicht die Pförtnerin sind?«

»Ich heiße Betty«, sagte sie. »Betty Jordan. Mein Mann Jem ist Mechaniker oben im Haus.«

»Mechaniker?«, fragte Royston.

»Kümmert sich um die Fahrzeuge und alles so was.«

»Aber Sie verfügen über einen Torschüssel?«, fragte Carmichael.

»Ja, der Polizist aus Winchester hat gesagt, wenn Sie kommen, soll ich Sie reinlassen«, erwiderte die Frau und zog einen großen Eisenschlüssel hervor, der mit einem zum Tor passenden Rotkehlchen verziert war. »Sie sind doch von der Londoner Polizei, nicht wahr?« Schweigen genügte ihr offenbar als Bestätigung, denn sie redete sofort weiter. »Ist das nicht schrecklich, da kommen ein paar hergelaufene Anarchisten und ermorden Sir James einfach so im Bett?«

»Man darf gar nicht daran denken, dass es vielleicht hätte verhindert werden können, wenn man nur das Tor abgeschlossen hätte«, sagte Carmichael und nahm, ohne auf Widerstand zu stoßen, den Schlüssel. »Ich werde hinter mir abschließen und dafür sorgen, dass Sie den Schlüssel später zurückerhalten. Wir müssen Ihre Familie auch befragen: Schläft Ihr Mann denn zu Hause?«

»Jem?«, fragte sie, als könnte er jemand anderen meinen. Carmichael musste lächeln – dieselbe Frage hätte auch eine Bigamistin stellen können. »Ja, er schläft hier.«

»Und haben Sie gestern Abend etwas bemerkt, das auf Anarchisten schließen lässt? Irgendwelche fremden Fahrzeuge?«

»Aber ja«, sagte sie mit hochrotem Kopf, die Hände in der Schürze vergraben. »Jede Menge sogar. Sie haben eine Gesellschaft gegeben. Da fuhren die ganze Zeit Leute rein und raus. Wie soll man da wissen, wer die sind? Die Hälfte von denen könnten Terroristen gewesen sein, ohne dass es jemand mitbekommt.«

Carmichael sank der Mut, als er an die Arbeit dachte, die da auf sie zukam. »Eine Gesellschaft?«, fragte er.

»Aber ja«, sagte Betty. »Die Gartenparty am Nachmittag, und am Abend das große Dinner und anschließend Tanz. Manche waren das ganze Wochenende da und manche nur am Tag oder am Abend. Das ist immer so, wenn Lady Margaret einlädt.«

»Wie viele Gäste?«, fragte Carmichael.

Betty schüttelte den Kopf. »Kann ich nicht sagen. Vielleicht weniger als sonst.«

»Kamen noch Fahrzeuge, als Sie schon im Bett lagen?«, fragte Royston. »Die Scheinwerfer könnten ins Schlafzimmer gestrahlt haben.«

»Aber ja, jede Menge«, sagte Betty prompt.

Carmichael wusste besser als Royston, wie es auf dem Land zuging. »Wann sind Sie denn zu Bett gegangen?«, fragte er.

»Viertel nach acht«, sagte Betty. »Ein Gutes hat die große Uhr – man weiß immer, wie spät es ist.«

Carmichael konnte dem nur zustimmen. Er sah Royston an und schüttelte leicht den Kopf. Eine längere Befragung von Betty erschien ihm nicht sinnvoll. »Dann wollen wir Sie nicht weiter vom Essen abhalten«, sagte er.

Betty ging zurück ins Haus und sah noch ein paar Mal zurück, während Carmichael das Tor öffnete. »Laufen oder fahren, Sir?«, fragte Royston.

»Bevor sie uns von dem ganzen Auftrieb erzählt hat, wollte ich laufen, um nach Spuren Ausschau zu halten. Aber jetzt können wir genauso gut fahren.«

»Vielleicht ist doch noch was zu sehen«, sagte Royston.

»Eine Ahnung?«, fragte Carmichael. Royston war berühmt-berüchtigt für seine Ahnungen. Manchmal waren sie recht nützlich. Oft aber waren sie Zeitverschwendung.

»Sollte ich mir vielleicht lieber verkneifen, Sir«, sagte Royston verlegen, schloss den Wagen ab und steckte die Schlüssel ein.

»Man kann über Ahnungen sagen, was man will – dass sie gut oder schlecht sind, dass man ihnen folgen sollte oder lieber nicht –, aber man kann unmöglich jemandem sagen, er soll sie sich verkneifen.« Carmichael schob das Tor weit auf. Es quietschte schrill, und eine Traube Krähen flog von einer Ulme auf.

»Haben Sie auch schon welche, Sir?«, fragte Royston.

»Von Zeit zu Zeit, Sergeant«, gab Carmichael zu. »Ich gehe damit folgendermaßen um: Wenn es mehr Arbeit mit sich bringt, wie gerade jetzt, folge ich der Ahnung. Wenn es weniger Arbeit machen würde oder mich nachlässig werden lässt, ignoriere ich die Ahnung. Falls man sechzehn Spuren hat, von denen keine mehr Erfolg als die andere verspricht, und man sie auch in alphabetischer Reihenfolge abarbeiten könnte, ist eine Ahnung vielleicht ein Hinweis aus dem Unbewussten, der die Aufmerksamkeit auf etwas lenkt, was einem bewusst entgangen ist.«

Der Weg führte zwischen weiten Wiesen mit Bäumen nach oben. Noch immer war kein Haus zu sehen. Was Betty gesagt hatte, stimmte: Auf dem Kies fanden sich die Spuren vieler Wagen, alle recht frisch. Doch es war nicht schwer, die Reifenabdrücke des Polizeiautos aus Winchester von den verwischten Spuren der anderen Wagen zu unterscheiden, die sich auf der Auffahrt kreuzten. Da und dort tauchten in beiden Richtungen Fußabdrücke auf, unter ihnen ein großes Paar von jemandem, der sowohl hinauf als auch hinunter gelaufen war. »Der Bobby aus Winchester?«, fragte Carmichael ins Blaue hinein, als Royston den Abdruck genauer untersuchte.

»Nur wenn er seine Stiefel in der Savile Row kauft«, sagte Royston und richtete sich auf. »Größe 50 und reichlich vornehmes Muster. Vielleicht Lord Eversley selbst. Glaube nicht, dass viele Gäste bis runter zum Tor spazieren.«

»Den Fotos nach zu urteilen, ist Eversley nicht besonders groß«, sagte Carmichael. »Der ermordete Thirkie aber schon, ein richtiger Riese.«

»Könnten seine Abdrücke sein«, sagte Royston. »Hilft uns aber nicht weiter, denn derjenige, der die Abdrücke hinterlassen hat, war da definitiv noch am Leben.«

»Unangenehme Sache«, sagte Carmichael, als sie weitergingen. »Adel, Politiker, die ganze Chose.«

»Deshalb waren die aus Winchester ja auch schlau genug, uns zu rufen«, sagte Royston. »Was meinen Sie, ob es wirklich ein, wie sagt man noch, politisches Attentat war, ob es Terroristen waren, wie die Nicht-Pförtnerin gemeint hat?«

Carmichael sah zum Haus, das gerade vor ihnen auftauchte. Falls es jemals ein Schloss gewesen war, so war das lange her. Nun war es ein ansehnlicher Landsitz aus dem 17. Jahrhundert, ein roter Ziegelbau mit grauem Schieferdach. Es sah einladend aus, was vielleicht daran lag, dass die Sonne in den Fenstern glitzerte, sodass es schien, als würde das Haus lächeln. »Nein«, sagte Carmichael als Antwort auf Roystons Frage. »Morde haben keinen politischen oder anarchistischen Hintergrund, nicht einmal einer von tausend. Morde sind schmutzige Angelegenheiten zwischen Leuten, die sich kennen, und geschehen in neun von zehn Fällen, um sich einen persönlichen Vorteil zu verschaffen, und im zehnten Fall, weil jemand im falschen Moment die Fassung verloren hat. Das ist dann *le crime passionel,* wie die Franzosen es nennen. Ich bezweifle, dass sich dieser Mord von allen anderen unterscheidet, mal abgesehen von der hochherrschaftlichen Umgebung.«

Roystons Blick galt ebenfalls dem Haus oder auch dem halben Dutzend Fahrzeuge davor. »Ist das nun eine Ahnung, Sir?«, fragte er.

»Nein, Sergeant, das ist keine Ahnung, das ist bloß Erfahrung«, sagte Carmichael.

Drei

Gerade habe ich mir alles noch einmal durchgelesen. Einfach hoffnungslos das Ganze, nicht wahr? Ebenso wie ich. Mit allem herausplatzen wie der Juni, hat Abby immer gesagt, obwohl das auf mich gar nicht passt, denn eigentlich bin ich äußerlich eher zugeknöpft, wie eine Debütantin eben. Aber meine Gedanken kann ich einfach nicht im Zaum halten. Vielleicht sollte ich noch einmal ganz von vorne anfangen und erzählen, wie ich David zum ersten Mal begegnet bin, und alles wiedergeben, was Daddy gesagt hat, immer schön nacheinander, weil es eben dazu gehört, und vielleicht hätte ich jedes seiner Worte aufschreiben sollen, zum Beispiel dass unsere Kinder nie nach Eton gehen könnten und stattdessen den richtigen jüdischen Kindern die Plätze in Marlborough und Winchester wegnehmen würden. Mir meine ungeborenen Kinder vorzuhalten, war typisch für Daddy, während Mummy eher darauf herumritt, dass wir nie den Kontinent bereisen konnten, als ob mir das etwas ausmachen würde, weder Paris noch die Riviera je wiederzusehen.

Wie auch immer, ich werde mich doch lieber weiter durchwursteln, die Sachen aufschreiben, wie sie mir in den Sinn kommen, ohne zurückzublicken, und erst hinterher wegstreichen, was nirgendwohin führt, oder es an anderer Stelle einfügen, wenn mir das passender erscheint. Denn wenn ich jetzt damit anfange, wie ich David begegnet bin, komme ich nie bis zu dem Mord. Und wenn ich versuche, genau zu sein und mich zu disziplinieren, wird das ebenso enden wie bei meinen Tagebüchern, die ich stets mit hochfliegenden Plänen begonnen habe, mit denen ich aber nie weiter als bis zum zweiten Januar gekommen bin.

Kehren wir also zu jenem Sonntagmorgen zurück, an dem ich an Davids Seite eingepfercht in meinem Mädchenbett erwachte. Die Vögel draußen machten einen furchtbaren Lärm; in London vergisst man ja ganz, dass es so etwas gibt. Es dämmerte gerade, und im Mai dämmert es höllisch früh, aber ich war hellwach und konnte nicht mehr einschlafen. Ich lauschte ein wenig den Vögeln und hörte Glockenschläge. Viertel vor irgendwas – wahrscheinlich sechs, nahm ich an.

Sehr früh also, aber ich hatte schon viele Wochenendgesellschaften auf Farthing erlebt und wusste, dass ich schnell sein musste, wenn ich noch heißes Wasser abbekommen wollte, weshalb ich geschwind aufstand und mich auf die Suche nach einem freien Badezimmer machte, um mir die Haare zu waschen. Ich wasche meine Haare immer am Sonntagmorgen – das ist keine Strafe für mich, jedenfalls nicht schlimmer, als überhaupt solches Haar zu haben, wie ich es nun mal habe, aber ich muss es einmal die Woche waschen, und wenn ich es sonntags tue, vergesse ich es nicht. In Handtücher gehüllt kam ich aus dem Bad – wir haben wundervoll weiche smaragdgrüne Handtücher, die uns die praktisch veranlagte Tante Millicent zur Hochzeit geschenkt hat.

Ich war also auf dem Weg zurück ins Zimmer und wollte David wecken, um zu schauen, ob er vielleicht auch baden wollte, bevor die Horden sich auf das Wasser stürzten, oder ob er vielleicht vorher mit mir schlafen wollte (da ich ja nun wieder rundum schön sauber war nach unserer wunderbaren Liebesnacht), als mir ausgerechnet Mummy über den Weg lief. Mit offenem Mund blieb ich stehen. Es gab überhaupt keinen Grund für Mummy, auf unserem Flur zu sein, denn auf dem lagen nur die Kinder- und Gästezimmer, und außerdem war es erst kurz nach Sonnenaufgang. Wenn ich Viertel vor sechs ins Bad gegangen war, konnte es kaum sieben sein. Ich brauche zwar lange, um meine Haare und andere Körperteile zu waschen, aber so lange nun auch wieder nicht. Andere Leute, andere Gastgeberinnen in anderen Landhäusern, mochten um sieben Uhr auf den Beinen sein. Aber Mummy niemals. Sie hatte Sukey, die sich um alles kümmerte, und sie hatte die Haushälterin, Mrs Simons, und wenn Mummy an irgendetwas glaubte, dann an die Macht des Delegierens. Sie stand nie vor zehn auf und ließ sich nie vor zwölf blicken. Ich glaube, in meinem ganzen Leben hatte ich sie noch nie vor elf gesehen, es sei denn, sie war gar nicht erst ins Bett gegangen.

»Guten Morgen, Lucy«, sagte sie mit emporgerecktem Kinn. Sie war bereits komplett angezogen, trug aber nicht dasselbe wie am Abend zuvor. Passend zum sonntäglichen Kirchgang hatte sie Pastellfarben sowie eine Perlenkette gewählt. Doch etwas an ihrem Make-up machte mich stutzig – und einen Augenblick war ich sogar sicher, sie hätte vor Daddys Nase eine Affäre mit einem der Gäste.

»Guten Morgen, Mummy«, sagte ich, und sie segelte an mir vorbei wie ein altmodisches Kriegsschiff in die Schlacht.

Die nächste bemerkenswerte Sache war das frühe Frühstück, zu dem David und ich ein wenig zu spät kamen. Am Sonntag bereitet Mrs Collins immer ein separates Frühstück für die frühen Kirchgänger. Natürlich gehörte David nicht dazu, aber er ging mit mir nach unten und nahm sich Tee und Toast. Als ich den Raum verließ, unterhielt er sich gerade angeregt mit Tibs Cheriton über Geologie. David ist die wundervolle Eigenschaft in die Wiege gelegt worden, allein durch seine Gegenwart selbst den langweiligsten Menschen etwas Interessantes zu entlocken. Wahrscheinlich liegt es daran, dass er sich wirklich für sie interessiert, für die Dinge, die ihnen wichtig sind, und so können sie glänzen. Ich kenne Tibs schon mein Leben lang, doch ich habe noch nie ein Wort mit ihm gewechselt, das nicht Teil einer Plattitüde war, doch David, der meines Wissens vor diesem Frühstück noch nie mit ihm gesprochen hatte, entdeckte mit seinem Einfühlungsvermögen die geheime Leidenschaft, die in Tibs' Seele brannte.

Auf Farthing ist der Kirchgang obligatorisch, zumindest für Christen. Doch Tibs hielt das Gespräch mit David für interessanter als das Frühgebet und meinte, er würde dann später zur Morgenmesse gehen. Ich entschied mich schlau für das Gebet, weil es erstens nur halb so lang wie die Messe ist, man zweitens keine scheußlichen Kirchenlieder singen muss und drittens Mummy sicher zur Messe gehen würde, weil sie das immer tat. Damit lag ich natürlich falsch, denn als ich gerade den Hut aufsetzte, kam sie mit Gebetbuch und Handschuhen die Treppe herunter.

»Möchtest du zur Kirche?«, fragte ich, das Herz in der Hose, denn ich hatte mich auf einen ruhigen Spaziergang nach Clock Farthing gefreut, und nun würde mir sowohl auf dem Weg als auch in der Kirche Mummy Gesellschaft leisten.

»Aber natürlich, Schätzchen«, sagte sie. »Kommt denn niemand sonst mit?«

»David jedenfalls nicht, und Tibs wartet lieber bis zur Morgenmesse.«

»Ist denn sonst niemand aufgestanden?«, fragte Mummy. »Wir haben eine Horde Heiden eingeladen. Die könnten sich gleich alle die Schniedelspitze kappen und Juden werden.«

»Aber, Mummy!«, sagte ich peinlich berührt, aber sie ist nun mal unmöglich, und das weiß sie auch; unerschütterlich unmöglich zu sein, ist quasi ihr Beruf. Mummy wusste genau, wie beleidigend ihre Worte für mich und David waren, daran zweifelte ich keinen Augenblick. Dumm ist sie ja nicht. Aber sie sagte das nicht etwa, um uns zu kränken, wie andere es vielleicht getan hätten. Sie sagte es, weil ihr gerade danach war und es ihr egal war, ob sie mich damit verletzte – in etwa so, wie es ein Unterschied ist, ob jemand die Waffe auf einen richtet oder ohne hinzugucken aus dem Fenster schießt. Manchmal habe ich mich schon gefragt, ob Mummy nicht auch wie ich darunter leidet, dass die Gedanken einfach herausplatzen, aber so etwas würde ich ihr gegenüber nie äußern.

Wie auch immer, im selben Augenblick kam auch schon Daddy die Treppe herunter, gefolgt von Angela Thirkie, hinter der Sir Thomas und Lady Manningham erschienen, die ich beide kaum kannte. Die Kirchenglocken läuteten. Hatchard, der die ganze Zeit dabeigestanden hatte, als Mummy mir ihre abschätzige Bemerkung über die Juden an den Kopf geworfen hatte, verbeugte sich nun tief und öffnete die Tür.

Vor dem Haus hielt schon einer der Chauffeure – ein neuer, dunkelhäutiger, der erst nach meinem Auszug eingestellt worden war – lächelnd die Tür des Bentleys für die Köchin Mrs Richardson und zwei der Zimmermädchen auf, die katholisch waren und zur Messe in St. Giles in Farthing Green fuhren. Die anderen Bediensteten würden uns zur Kirche folgen, mit Ausnahme der Baptisten wie Hatchard, denen der Abendgottesdienst in einer blauen Scheune namens Bethal in Upper Farthing reichte. An einem normalen Wochenende wären sie sicher allein gegangen. Soweit ich mich erinnere, waren die Bediensteten immer erst im letzten Moment in die Kirche geschlüpft, wenn Daddy und ich zum Frühgebet gegangen waren. Während des Kriegs war der Kirchenbesuch dann eine förmlichere Sache geworden, was ich nicht mitbekommen hatte, weil ich zu der Zeit im Internat war. Davor war es ruhiger gewesen, aber danach hatte man den

Eindruck, dass fast an jedem Wochenende, das wir in Farthing verbrachten, Gäste da waren.

Der Gottesdienst war sehr traditionell, sehr englisch und sehr nett: nur der Vikar, ein Ministrant und die Worte, die schon seit den Zeiten von King James oder Heinrich VIII. in Gebrauch sind – je nachdem, wer von beiden das Gebetbuch verfasst hat. (Es muss King James gewesen sein, denn ein schlechter Ehemann wie Heinrich VIII. kann wohl kaum so wunderbar klingende Verse verfasst haben, oder?) Es war ein herrlicher Tag, das habe ich noch vergessen zu erwähnen, die Fenster standen weit offen, und es roch köstlich nach Hasenglöckchen, obwohl auf dem Altar nur die üblichen langweiligen Blumen standen. Als Mummy einmal in St. Tropez war, habe ich an ihrer Stelle den Altar geschmückt. Die Erinnerung an die Bündel von Tulpen und Narzissen war mir so angenehm, dass mich nicht einmal die Glocke störte, doch Lady Manningham fuhr zusammen, als es Viertel vor der vollen Stunde schlug.

Nach der Kirche war ich der ganzen Welt wohlgesonnen, selbst Mummy gegenüber, die selbst niemals nett zu mir war. David meinte, sie könne mir nicht vergeben, dass ich ein Mädchen geworden war, vor allem, da der arme Hugh nun nicht mehr unter uns weilte, aber obwohl ihr ein männlicher »Ersatzerbe« sicher lieber gewesen wäre, hätte sie es sicher weniger schlimm gefunden, wenn ich die richtige Art Mädchen geworden wäre, wenn mir die Dinge wichtig gewesen wären, die ihr wichtig waren. Seit jeher behandelt sie mich, als wäre ich ein Kleid, das der Laden mit einem zu kurzen und einem zu langen Ärmel und mit völlig falscher Schärpe geschickt hat. In ihrem Blick stand stets die Frage: »Ist es zu gar nichts mehr zu gebrauchen, oder kann man noch was draus machen?« Und zu dem Zeitpunkt, als der Mord geschah, schien sie noch öfter zu dem Schluss zu kommen, ich wäre gar nicht mehr zu gebrauchen. Dabei war ich an dem Wochenende überhaupt nur da, weil sie darauf bestanden und einfach nicht locker gelassen hatte. Sonst hätten David und ich eine weit angenehmere Zeit in London verbracht. Nach einem frühen Kirchgang mit Myra in St. Timothy wäre ich wieder nach Hause gekommen und hätte David geweckt, genau wie am Wochenende zuvor.

Ich war so tief in schöne Erinnerungen an meinen Alltag versunken, dass ich den Heimweg schon halb hinter mir hatte, ehe ich die anderen überhaupt wahrnahm. Daddy ging neben Angela Thirkie und redete über die Landschaft. Mummy ging neben Sir Thomas und redete über Probleme mit Dienstboten. Mir blieb also nur die mir bis dahin unbekannte Lady Manningham. Sie war noch recht jung, weit jünger als ihr Gatte, und sah mich schüchtern an, als wolle sie sich gerne unterhalten, finde aber keinen Einstieg. »Was für ein schöner Tag«, sagte ich reichlich fad.

»Ja, wunderschön, und was für eine schöne Landschaft«, sagte sie.

»Die Gartenanlage hat Nash entworfen«, sagte ich und fiel sofort in die Rolle der Tochter des Hauses zurück. »Wir haben seine Pläne noch. Auch ein paar Skizzen von jungen Damen der Familie, nachdem alles gepflanzt worden war. Die Bäume waren damals natürlich nur Setzlinge. Manches Mal berührt es mich eigenartig, dass wir alles nun so sehen, wie Nash es sich vorgestellt hat, wie er es nur in seiner Vorstellung sehen konnte.«

»Ja, das ist eigenartig«, sagte sie, anscheinend überrascht. »So werfen wir doch lange Schatten. Pflanzen Sie noch mehr Bäume?«

»Wenn einer stirbt oder umgeweht wird, pflanzt mein Vater stets einen neuen Setzling. Und als Hugh und ich klein waren, haben wir Eicheln eingepflanzt, Hunderte jedes Jahr. Das hatten wir uns zur Aufgabe gemacht, und wir träumten davon, dass unsere Nachfahren in Eichenwäldern lustwandeln.«

Aber Hugh war tot, und meine möglichen Nachkommen würden weder Eversleys sein, noch hier aufwachsen. Was aber schon seit meiner Kindheit festgestanden hatte, ganz egal, wen ich geheiratet hätte. Nach Daddys Tod würden Land und Titel an Cousin Alfred fallen; ich würde allerdings den größten Teil des Vermögens und sämtliches Land bekommen, das nicht ausschließlich einem männlichen Erben der Eversleys zustand.

»Tom und ich wohnen in einem recht kleinen Haus«, gestand mir Lady Manningham. »Einen Familiensitz wie diesen haben wir nicht. Tom ist eher ein Selfmademan.«

»Das sind die besten«, sagte ich ganz ehrlich.

»Man hat Tom wegen seiner Verdienste für die Industrie in den Adelsstand erhoben«, fuhr sie ermutigt fort. »Erst fand ich es albern, plötzlich eine Lady zu sein, doch seit ich hier bin, sehe ich das anders. Den Adelstitel bekam man immer schon, wenn man sich um das Land verdient gemacht hatte – der Unterschied besteht nur im Wann und Warum, nicht wahr?«

»Ich glaube, einer meiner Vorfahren hat ihn erhalten, weil er etwas Unaussprechliches für Heinrich VII. getan hat«, sagte ich, was durchaus der Wahrheit entsprach, nahm es aber gleich wieder zurück, weil Lady Manningham Mühe hatte, ihr Entsetzen zu verbergen. »Nein, im Ernst, pflanzen Sie ruhig Eichen für ihre Nachkommen.« Darauf legte sie die Hand auf den Bauch, wie es Frauen zu Beginn der Schwangerschaft oft tun, mit genau demselben Blick. Ich hob die Augenbrauen, und sie legte einen Finger auf die Lippen und nickte. Also lächelte ich nur und sagte nichts. Lady Manningham war weit netter als die meisten Gäste, die Mummy normalerweise einlud, obwohl wahrscheinlich eher Sir Manningham eingeladen worden und die Lady eben als Ehefrau mitgekommen war.

Sie sah zur Seite, offensichtlich auf der Suche nach einem neuen Thema. Mir war es nur recht, denn so sehr ich davon angetan war, dass der Klapperstorch bei ihr angeklopft hatte, empfand ich doch Neid, weil ich mir das so sehnlich wünschte. Schön und gut, dass David der Meinung war, es hätte keine Eile, und es sei doch nett, noch ein wenig Zeit nur für uns zu haben, womit er ja recht hatte, aber ich wünschte mir so sehr eine eigene Familie, dass ich mich manchmal über die dumme Natur ärgerte, die sich so anstellte.

»Dann gehen Sie also immer noch zur Kirche«, sagte Lady Manningham.

»Ja«, sagte ich. Die einzig mögliche Antwort, wenn ich nicht über Dinge reden wollte, die sie nichts angingen, wie Davids mangelnde Religiosität und dass ich nicht den jüdischen Glauben angenommen hatte. Falls sie irgendetwas über das Judentum gewusst hätte, wäre ihr schon am vorherigen Tag aufgefallen, dass ich nicht konvertiert war, weil ich keinen Hut getragen hatte, als wir uns vorgestellt worden waren. Zur Kirche trug ich natürlich einen, aber ich bedeckte nicht generell mein Haupt, wie es jüdische Frauen taten. Jedenfalls hatte sie keine Ahnung. Ich ging sogar öfter in die Kirche als vor der Heirat mit David. Auf Farthing war ich natürlich immer gegangen, auf dem Land gehen alle zur

Kirche. Aber mittlerweile ging ich auch in London regelmäßig, womit ich es vorher nicht so genau genommen hatte. Irgendwie schien es mir nötig, meine Identität als Christin herauszustellen, was mir vor der Begegnung mit David nicht so wichtig gewesen war – allerdings weniger im Gegensatz zu ihm, sondern eher, um es allen anderen deutlich zu zeigen.

Ich hatte mich völlig auf das Gespräch konzentriert und nicht auf die anderen geachtet – ich hätte sowieso nur Mummys Sermon über die Dienstboten gehört, den ich in- und auswendig kannte. Doch dann fing Angela an, laut Brownings »O, in England zu sein« aufzusagen. Ich weiß, eigentlich heißt es anders, »Gedanken an die Heimat« oder so ähnlich, doch alle nennen es nur so. Angela deklamierte mit zitternder Stimme und dramatischen Pausen und allem, was ich durch Abby verabscheuen gelernt hatte – den ganzen restlichen Weg brauchte sie dafür, und sie war noch nicht am Ende angelangt, als wir das Haus erreichten. Der Umstand, dass all die Dinge, über die sich Browning ausließ, um uns herum waren, machte es nicht erträglicher, auch nicht die Tatsache, dass es Mai war und Browning also falsch lag, obwohl das kaum verwunderlich war, weil er es in Italien oder Griechenland oder wo auch immer geschrieben hatte und seine Frau gerade ihren Spaniel vermisste. Abby hat mir lang und breit von ihnen erzählt, doch irgendwie ist mir nur der Spaniel im Gedächtnis geblieben. Ich sehe ihn direkt vor mir mit den traurigen Hundeaugen, genau wie Angela Thirkie, wobei man einem Spaniel diesen Ausdruck noch eher verzeihen kann.

Mark stand auf der Terrasse und wirkte irgendwie verlegen. Er rauchte eine Zigarette, was seltsam war, so kurz nach dem Frühstück. Als er uns kommen sah, hob er die Hand, doch Angela deklamierte weiter, worauf er verlegen von einem Fuß auf den anderen trat und ein paar Versuche unternahm, sie zu unterbrechen, allerdings ohne Erfolg. Mark Normanby war Angelas Schwager, der Mann ihrer Schwester Daphne, weshalb sie es wahrscheinlich nicht für nötig hielt, ihn zu beachten, obwohl er ein fürchterlich hohes Tier in der Regierung war, außerdem unglaublich schlau und wahnsinnig gutaussehend, aber eher wie ein Kräutlein Rührmichnichtan. Mummy wurde ungeduldig, ich wartete nur darauf, dass sie sagte: »Nun hat Mary uns lange genug erfreut«, wie früher, wenn sie sich bei meinen Rezitationen gelangweilt hatte, doch dann kam Angela Gott sei Dank zum Ende.

»Guten Morgen, Mark«, sagte Mummy und wollte ins Haus gehen, aber Mark hob wieder die Hand.

»Es ist etwas sehr Unangenehmes passiert«, sagte er. »Ich habe auf euch gewartet, damit ihr es gleich nach eurer Rückkehr erfahrt.«

»Unangenehm?« Mummy biss das Wort entzwei, als würde sie zwei Orangenschnitze voneinander trennen, und zog die elegant geschwungenen Augenbrauen so hoch, dass sie unter den Haaren verschwanden.

»Es hat einen Unfall gegeben, nun ja, oder etwas Ähnliches. Scheußliche Angelegenheit«, sagte Mark.

»Was ist passiert?«, fragte Daddy. »Um wen geht es?« Er dachte sofort an einen der Gäste, und mir ging es nicht anders.

»Es ist James«, sagte Mark und sah Angela an.

»Ist er krank?«, fragte sie. Eigentlich eine ganz natürliche Frage, doch ihre Stimme klang unnatürlich schrill. Wie die Stimme einer Frau, der gerade aufgeht, dass sie sich zum Narren gemacht hat, indem sie »O, in England zu sein« deklamierte, während ihrem Gatten etwas widerfahren war, das Mark Normanby nur als »scheußliche Angelegenheit« umschreiben konnte.

»Krank, nein ... nun ja, das trifft es nicht ganz, er ist eher tot«, sagte Mark, und in jenem Moment kam mir der unfreundliche Gedanke, es geschehe Angela ganz recht; dann brach sie ohnmächtig zusammen, und Daddy fing sie geschickt auf.

VIER

Ein riesenhafter Butler öffnete die Tür.

»Scotland Yard, nehme ich an?«, fragte er. Die Verbeugung war kaum mehr als eine Andeutung. Carmichael überreichte ihm die Karte. Der Butler beugte den Kopf ein wenig tiefer.

»Mr Yately hat darum gebeten, sofort von Ihrer Ankunft unterrichtet zu werden«, sagte er. Carmichael sah ihn fragend an, worauf er erklärte: »Mr Yately ist der Inspector, den die Polizei aus Winchester geschickt hat.«

»Sehr schön, dann führen Sie uns mal zu ihm«, sagte Carmichael.

Der Butler hielt die Tür auf und bat sie in eine prunkvolle holzgetäfelte Diele. An den Wänden waren Holztüren, und eine Wendeltreppe führte ins Obergeschoss. Die Messingtürklinken glänzten, und durch ein Fenster über der Eingangstür fiel Sonnenlicht auf das Portrait einer Dame mit weißer Halskrause samt einem kleinen Hündchen, das ebenfalls eine Halskrause trug.

Über einen magischen Mechanismus, den wahrscheinlich nur Dienstboten kannten, hatte der Butler einen Hausdiener in Livree herbeigerufen. »Geleiten Sie die Herren Polizisten in das Ankleidezimmer neben dem blauen Schlafzimmer«, sagte er. Carmichael gefiel die Zweideutigkeit von »die Herren Polizisten«. Auf Farthing zeugte alles von Reichtum, Privilegien und Klassenunterschieden, die es sorgfältig zu bewahren galt. Und nun platzte er in Polizeistiefeln herein und störte die festgefügten Hierarchien mit einer vollkommen anders gearteten Macht. Im Zivilleben hätte man ihn den unteren Rängen zugeordnet, und Royston wäre zum Dienstboteneingang geschickt worden, wo immer sich dieser auch befand – was er übrigens herausfinden musste, denn es konnte wichtig sein.

Der Hausdiener verbeugte sich, ging zur Treppe und sah Carmichael fragend an. Dieser warf Royston einen Blick zu und setzte sich dann in Bewegung. Der Butler verschwand durch eine Tür unterhalb des Portraits, dort ging es vermutlich zum Dienstbotentrakt. Carmichael musste unbedingt an einen Grundriss kommen oder einen anfertigen lassen. Dafür würde die Kompetenz der örtlichen Polizei sicher ausreichen.

»Wo sind denn alle?«, fragte Royston den Mann in Uniform.

Ein ärgerlicher Blick, doch dann fiel dem Burschen wieder ein, dass er es mit einem Polizisten zu tun hatte. »Ihre Ladyschaft ruht in ihrem Zimmer.« Er stammte offensichtlich aus der Gegend; sein Akzent war nur ein klein wenig schwächer als Bettys. »Seine Lordschaft ist mit einigen Gästen in der Bibliothek. Die meisten anderen sind im Frühstückszimmer. Miss Lucy – besser gesagt: Mrs Kahn – kümmert sich mit Mrs Normanby um Lady Thirkie, die in Miss Dorsets Zimmer gerade einen hysterischen Anfall hat. Und Miss Dorset war vorhin, als ich gerufen wurde, beim Personal in der Küche, Sir.«

»Und wer ist Miss Dorset?«, fragte Royston.

»Miss Dorset ist Myladys Cousine, Sekretärin und Gesellschafterin«, sagte der Hausdiener.

Eine arme Verwandte also, schloss Carmichael. Doch weder eine Sekretärin noch eine Gesellschafterin hatte irgendetwas mit dem Personal zu schaffen, selbst wenn sie zur Verwandtschaft gehörte. Ihn interessierte allerdings mehr Mrs Kahn, da ihm bei der Erwähnung ihres Namens eingefallen war, dass es letzten Herbst einen kleineren Aufruhr im Blätterwald gegeben hatte. »Jude pflückt englische Rose«, hatte der *Daily Express* aufgeschrien, und selbst der *Telegraph* hatte kaum leiser gefragt: »Sollte es den Töchtern unserer Oberschicht gestattet sein, ihr Blut mit dem Abschaum europäischer Juden zu vermengen?« Lucy Eversley, ja, er erinnerte sich genau – den Bildern nach nicht besonders hübsch, aber entschlossen, was man auch sein musste, wenn man aus diesem Haus kam und einen Juden heiraten wollte. Umso überraschender, dass sie immer noch übers Wochenende eingeladen wurde.

»Ist Mr Kahn auch zugegen?«, fragte er.

»Mr Kahn ist in der Bibliothek«, sagte der Diener.

Dem würden sie später nachgehen. Sicherlich gab es für einen Juden genügend Gründe, den alten Thirkie zu hassen. Die Holzpaneele waren glatt wie Seide, das schaffte nur regelmäßige Politur. Ein Teppich aus grober dunkelblauer Wolle lag auf den Stufen der Treppe, Eisenstangen verhinderten ein Verrutschen.

»Wie viel Personal ist im Augenblick hier?«, fragte Carmichael.

»Kann ich nicht genau sagen, Sir«, antwortete der Diener. Sie waren oben angelangt, der Handlauf endete in einer geschnitzten Eichel. »Da sind die, die zum Haus gehören, und dann noch welche, die Ihre Lordschaften aus London mitbringen, und zur Zeit auch noch die Dienstboten der Besucher.«

»Wie viele gehören zum Haus?«, fragte Royston.

»Zwölf«, war die prompte Antwort, mit der sie der Mann zu einer zweiten Treppe führte. »Die Haushälterin Mrs Simons, sieben Zimmermädchen, die Köchin Mrs Smollett – im Augenblick natürlich nur zweite Köchin, weil Mrs Richardson hier ist –, zwei Küchenmädchen und meine Wenigkeit.«

»Der Butler und die Köchin sind also aus London?«, fragte Carmichael, den der Einblick ins Leben der Oberschicht faszinierte.

»Ja, Sir, sie reisen stets vor der Familie an. Genau wie das Küchenpersonal und andere Bedienstete.«

»Also ein weiteres Dutzend?«, fragte Royston.

»Mit völliger Gewissheit weiß ich nicht, wer diesmal alles dabei ist«, sagte der Hausdiener, der offenbar mehr Zutrauen gefasst hatte. »Die Zahl stimmt in etwa, aber die beiden letzten Tage war unten das reinste Chaos. Hätte nicht mal gewusst, ob ich selbst gerade komme oder gehe.«

»Schlimmer als sonst bei den Festen?«, fragte Carmichael.

»Viel schlimmer – normalerweise gibt man uns eher Bescheid.«

Interessant, dachte Carmichael, und auch etwas, dem man nachgehen sollte.

»Ich hätte eher gedacht, dass man mehr als sieben Zimmermädchen mit Staubwedeln braucht, um einen Ort wie diesen sauber zu halten«, sagte Royston, als sie im nächsten Stockwerk ankamen. Hier ging es nicht mehr höher, sondern den Flur entlang.

»Die Mädchen arbeiten sehr hart, Sir, und für die gröberen Arbeiten holen wir natürlich welche aus dem Dorf dazu. Erwähnen sollte ich auch noch das Personal in den Stallungen und im Garten, das aber nicht hier wohnt. Sie glauben doch nicht – Sie verdächtigen doch niemanden vom Personal, Sir?«

»Wir sind gerade erst angekommen und haben noch niemanden in Verdacht«, sagte Carmichael, den es immer belustigte, wenn Scotland Yard bei Ermittlungen übernatürliche Kräfte zugeschrieben wurden. »Wir versuchen nur, einen Eindruck zu gewinnen.«

»Verstehe, Sir«, sagte der Diener und hielt vor einer Tür inne.

»Und wie heißen Sie?«, fragte Royston und zückte einen Block.

»Jeffrey, Sir.«

Royston fuhr mit der Hand durch die Luft. Auf Jeffreys Stirn erschienen Falten, unsicher, was Royston von ihm wollte. »Heißt das Sowieso Jeffrey wie Richter Jeffrey oder Jeffrey Sowieso?«, fragte Royston.

Carmichael hätte beinahe laut gelacht. Royston überraschte ihn immer wieder. Allein die Vorstellung, dass er irgendwas über Richter Jeffrey wusste oder auch nur den Namen kannte!

»Jeffrey Bartholemew Pickens«, sagte Jeffrey mit einem Hauch von Anspannung.

Royston schrieb sich den Namen sorgfältig auf. »Damit ich mich erinnere, wenn ich noch etwas von Ihnen brauche.«

»Jawohl, Sir«, sagte Jeffrey und klopfte leise an.

Ein Polizist in Uniform riss die Tür auf. »Zwei Herren von Scotland Yard«, verkündete Jeffrey mit einer Stimme, die haargenau wie die des arroganten Butlers klang.

»Gut, gut, nur herein«, tönte es von drinnen. Diener und Bobby traten zur Seite, Carmichael und Royston gingen hinein.

Die Leiche lag auf einem schmalen Bett, das an der gegenüberliegenden Wand des kleinen Zimmers stand. Offensichtlich war der Mann erstochen worden, denn aus der blutbedeckten Brust ragte ein Messergriff. Aber irgendetwas stimmte nicht an diesem Bild. Carmichael runzelte die Stirn und wollte näher treten, doch der kleine, vierschrötige Inspector Yately aus Winchester hielt ihn auf. Er wollte ihm erst den Bobby vorstellen, der auf den Namen Izzard hörte, sowie einen dünnen Polizeiarzt, der Green hieß.

»Schlimme Sache«, sagte Yately. »Ich habe nichts angefasst und den Leichnam nicht bewegt. Allerdings hat man ihn vor unserer Ankunft angefasst, weil man wohl herausfinden wollte, ob er tot war, so was in der Art. Hab sofort gesehen, dass Scotland Yard gebraucht wird, und gleich angerufen. Haben den Weg ja ziemlich schnell gefunden. Was bin ich froh, dass Sie da sind – sobald Sie sich das angesehen haben, können wir weitermachen.«

»Wann sind Sie eingetroffen?«, fragte Carmichael.

»Der Tote ist kurz vor neun entdeckt worden«, sagte Yately.

»Man hat uns sofort gerufen, und um zwanzig vor zehn waren wir vor Ort. Dann habe ich die Nummer vom Yard gewählt.«

»Wir sind um zehn aufgebrochen und waren um zwölf am Tor«, sagte Royston. Die Kirchturmglocke läutete erneut, was aus der Entfernung gut auszuhalten war. »Jetzt ist es Viertel nach.«

»Todeszeitpunkt?«, fragte Carmichael.

»Dazu muss Green ihn noch gründlicher untersuchen«, sagte Yately. »Im Augenblick ist es schwer zu sagen, weil noch so viel Zeug auf ihm klebt.«

»Das Blut meinen Sie?«, fragte Royston.

»Aha, auch reingefallen, nicht wahr? Hätte mich beinahe auch getäuscht. Treten Sie nur näher. Das ist kein Blut, jedenfalls kein richtiges.«

Carmichael ging zum Bett und nahm den Toten, ohne ihn zu berühren, genauer in Augenschein. Ein großer Mann in mittleren Jahren und sehr gepflegt. Glatte Wangen und ein hochrotes Gesicht. Wäre der Mann am Leben gewesen, hätte ihn Carmichael für einen Choleriker gehalten. Die Augen starrten ins Leere und schienen vor Schreck aus den Höhlen zu treten. Der Mann trug ein altmodisches Nachthemd aus schwerem Leinen. Die Brust war mit einer roten Substanz beschmiert, über dem Herzen lag ein sechszackiger gelber Stern auf einem quadratischen, marineblauen Stück Stoff, in dem die Klinge eines Dolchs steckte. Die rote Schmiere war kein Blut, aber auch keine Malfarbe. Carmichael roch an der Substanz und bemühte sich, den Geruch von den Ausdünstungen des gerade Dahingeschiedenen zu unterscheiden. Es war etwas Bekanntes, doch er konnte es nicht genau einordnen. Auch am Einstich war kein Blut ausgetreten, die Wunde musste dem Toten also eine ganze Weile nach dem Mord zugefügt worden sein. Interessant.

»Schminke«, sagte Royston überrascht. »Lippenstift, der mit einem Pinsel aufgetragen wird.«

»Vermutungen über die Todesursache, Inspector?«, fragte Yately.

»Erdrosselt, klarer Fall«, sagte Carmichael, den diese Spielchen zu Tode langweilten.

»Ja«, sagte Yately und klang enttäuscht. »Sollen wir jetzt Green ans Werk lassen?«

»Hier?«, fragte Carmichael überrascht.

»Nein, hier kann ich nichts weiter tun. Für eine richtige Obduktion muss ich ihn nach Winchester bringen«, sagte Green.

»Ist er genau so gefunden worden?«, fragte Carmichael.

»Wir haben ihn auf dieselbe Art wie Sie untersucht, und Green hat an Armen und Beinen die Totenstarre überprüft, aber wie schon gesagt, wir haben den Leichnam nicht bewegt«, sagte Yately. »Was vor unserer Ankunft geschehen ist, weiß ich nicht.«

»Wer hat den Toten denn entdeckt? Seine Frau?«

Yately blätterte in seinem Notizbuch. »Die Gattin war anscheinend in der Kirche. Der Schwager hat den Toten gefunden, als er nachsehen wollte, ob dieser schon aufgestanden war.«

»Es war nicht der Kammerdiener?« Carmichael war überrascht.

»Anscheinend hatte Sir James keinen mitgebracht.«

»Niemals oder nur diesmal nicht?«, fragte Carmichael.

Yately zuckte die Achseln. »Danach habe ich nicht gefragt. Auf jeden Fall wusste Mr Normanby, dass Sir James keinen Kammerdiener dabei hatte, der ihn wecken konnte, und sah deshalb nach.«

»Die Gattin hat nicht hier geschlafen?«, fragte Carmichael nur der Form halber. Für sie wäre kein Platz gewesen. Der Raum war ein Ankleidezimmer mit nur einem schmalen Bett. Kaum groß genug für einen Mann, und Carmichael war mehr als erstaunt, dass Thirkie hier genächtigt hatte.

»Sie hat im Nebenraum geschlafen«, sagte Yately. »Offensichtlich ist Sir James später als Lady Thirkie zu Bett gegangen und hat sich hier hingelegt, um sie nicht zu stören.«

»Woher wissen Sie das?«, fragte Carmichael.

»Von Normanby, dem Schwager. Den haben wir bisher als einzigen befragt. Er hat Sir James um etwa ein Uhr nachts nach oben begleitet und sich dann verabschiedet. Seinen Angaben nach haben sie bis zu diesem Zeitpunkt Billard gespielt.«

»Glauben Sie, er war es?«

»War was?« Yately erstarrte. »Mr Normanby? Er sitzt im Parlament!« Genau diese Haltung war der Grund, weshalb man Scotland Yard in der Provinz so dringend brauchte und sich nicht allein auf die Beamten vor Ort verlassen konnte, dachte Carmichael. Für normale Kriminelle reichte es – für die kriminellen Schichten, wenn man so wollte –, doch der tief verwurzelte und vollkommen natürliche Respekt vor Höhergestellten setzte der Provinzpolizei in Fällen wie diesen Scheuklappen auf. »Warum sollte er so was tun? Es ist doch offensichtlich die Tat von Anarchisten.«

»Das sieht mir doch sehr nach einem Indiz für ein Verbrechen aus politischen Motiven aus, Sir«, sagte Royston und tippte mit dem Finger auf das Stoffquadrat mit dem gelben Stern.

»Das sieht aus, als wollte uns jemand glauben machen, es ginge um etwas Politisches«, sagte Carmichael. »Was nicht heißt, dass Politik keine Rolle spielt, aber vielleicht anders, als es den Anschein hat. Es könnten aber genauso gut persönliche Motive gewesen sein.« Wie Royston tippte er auf eine Spitze des Sterns. »Der Stern schließt weder etwas aus, noch beweist er etwas. Jedenfalls nicht so, wie Sie glauben. Ich frage mich gerade, wie schwer die wohl zu bekommen sind.«

»Sie werden auf dem Kontinent an Juden ausgegeben, Sir«, sagte der Bobby. »Die müssen sie die ganze Zeit tragen, damit man sofort weiß, wer sie sind und welcher Platz ihnen gebührt.«

»Das ist mir klar«, sagte Carmichael. Yately hob die Hände, als wolle er damit sagen, gegen die Dummheit von Untergebenen sei kein Kraut gewachsen. »Aber die Juden dort brauchen ihre Sterne, und wir geben in England keine aus, also frage ich mich, wie schwer es ist, hier an welche heranzukommen. Suchen wir nach jemandem, der auf dem Kontinent war und einen mitgebracht hat, oder kann man sie tatsächlich bei uns kaufen? Ist das ein Originalstern vom Kontinent oder eine Kopie? Das ist gutes Material und sieht professionell aus, ganz anders als der Lippenstift, deshalb halte ich es für ein Original. Und dann könnte man zurückverfolgen, woher der Stern stammt. Kümmern Sie sich darum, Royston?«

»Jawohl, Sir«, sagte Royston und notierte es.

»Um den Dolch natürlich auch. Ein ungewöhnliches, orientalisches Stück. Man sollte ihn auf Fingerabdrücke untersuchen und feststellen, woher er stammt.«

»Woher er stammt, wissen wir schon«, sagte Yately. »Normanby zufolge gehörte er dem Verblichenen. Diente ihm als dekoratives Taschenmesser. Gab auch ein Futteral, eine Scheide vermutlich.«

»Und Thirkie hat den Dolch mitgebracht?«, fragte Royston.

»Muss er wohl«, sagte Yately und hob erneut die Hände, diesmal wahrscheinlich, weil das Gebaren mancher Menschen einfach unergründlich war.

Höchste Zeit zu zeigen, wer die Untersuchung leitete. Carmichael wappnete sich innerlich. »Green, machen Sie weiter. Bringen Sie den Toten nach Winchester, und schicken Sie einen Bobby mit dem Wagen zurück. Izzard, Sie nehmen den Schlüssel hier und gehen zum Tor – ihre Aufgabe ist es, jeden aufzuschreiben, der kommt oder geht, und niemanden herein- oder hinauszulassen, der nicht zur Polizei gehört.«

»Jawohl, Sir«, sagte Izzard behäbig und stapfte davon.

»Sie haben nur einen Bobby dabei?«, fragte Carmichael Yately.

»Es ist Sonntag, Sir.«

Carmichael sah ihn irritiert an und seufzte. Auf dem Land hieß Sonntag häufig allgemeiner Stillstand, aber er musste schließlich mit Yately zusammenarbeiten. »Dann war es wirklich ein Glück, dass Sie den Doktor mitbringen konnten«, sagte er. »Gut mitgedacht. Doch ohne zusätzliche Leute müssen leider Sie die Lauferei übernehmen. Ich brauche einen Grundriss des Hauses. Könnte sein, dass es hier einen gibt, falls nicht, schnappen Sie sich den Diener Jeffrey – er soll Sie herumführen, damit Sie einen Plan anfertigen können. Ich brauche auch eine Liste sämtlicher Gäste und Dienstboten.«

»Nur die Gäste, die über Nacht geblieben sind, oder überhaupt alle, die gestern Abend da waren?«, fragte Yately.

Carmichael fiel ein, was Betty über die vielen Fahrzeuge gesagt hatte. »Das hängt vom Todeszeitpunkt ab. Fürs Erste genügen die Übernachtungsgäste. Thirkie ist lange aufgeblieben, vielleicht länger als alle anderen. Vorerst keine Befragung, ich will nur eine Liste, dann werde ich später selbst Fragen stellen. Royston und ich werden jetzt die beiden Räume durchsuchen. Mal sehen, ob wir etwas finden.«

»Jawohl, Sir«, sagte Yately und läutete nach Jeffrey.

Carmichael sah auf das rote, wütende Gesicht des Toten. »Ich brauche sein Testament, wenn es so etwas gibt, damit ich weiß, wer von seinem Tod profitiert. Der Yard kann sich von Thirkies Anwalt eine Kopie besorgen. Und ich muss wissen, ob er Feinde hatte.«

»Politische Widersacher, Sir?«, fragte Royston und notierte alles.

»Die auch. Ich werde den Yard außerdem bitten, mir einen Abriss seiner politischen Laufbahn zu schicken, mit Augenmerk auf eventuelle Feinde. Wichtig ist auch, womit Thirkie sich gerade beschäftigt hat, wen oder was er mit Geld oder Einfluss unterstützte und wer oder was durch seinen Tod Schaden nimmt. Wenn der Mord politisch motiviert war, könnten wir einen Grund finden, weshalb dieser Zeitpunkt gewählt wurde, und nicht letztes oder erst nächstes Jahr.«

»Ich dachte, Sie hätten einen politischen Mord schon ausgeschlossen?«, unterbrach ihn Yately verwirrt.

»Was aber nicht heißt, dass ich politische Beweggründe völlig außer Acht lasse«, erwiderte Carmichael. »Ich sagte doch schon, dass es um etwas anderes gehen könnte, als man uns glauben machen will.«

Yatelys breites, ländliches Gesicht zeigte einen noch verwirrteren Ausdruck. Carmichael sah wieder zur Leiche und wünschte, wie so oft bei Mordfällen, der Tote könnte ihnen Antworten auf einige der brennenden Fragen geben. »Mitten im Leben sind wir vom Tod umfangen«, hieß es im Gebetbuch, und mitten in diesem Landhaus, das für ihn sicher ebenso vertraut war wie sein eigenes Heim, umringt von Freunden und wahrscheinlich auch Feinden, war Thirkie aus einem bewegten und wortreichen Leben in einen düsteren, stillen Tod gegangen. Thirkie würde nie wieder eine Frage beantworten, weder im Parlament noch im Schlafzimmer, und alle Fragen, die Carmichael an ihn hatte, würden von anderen beantwortet werden oder unbeantwortet bleiben. Und dann kam Carmichael noch ein Gedanke, der ihn stets bei der Untersuchung einer Leiche befiel: Der Tod war der ungeheuerlichste Fehler in Gottes Schöpfung.

Fünf

Daddy trug Angela in Sukeys Zimmer. Eine naheliegende Entscheidung, war ihr eigenes Zimmer doch belegt. Außerdem musste er sie so nur die eine Treppe hinuntertragen. Ich folgte ihnen, doch Mummy, Mark und die Manninghams gingen unterwegs verloren.

Ich öffnete die Tür, Daddy legte Angela aufs Bett. Sukeys Zimmer war tadellos, wie immer; die Spitzenborten auf dem Toilettentisch waren glattgezogen, das Gebetbuch und das kleine goldene Kreuz lagen für die Morgenmesse bereit. Ich kann einen Raum in einer halben Stunde in Unordnung bringen, aber Sukey hat in den letzten dreißig Jahren in diesem Zimmer nie mehr hinterlassen als etwas Puder oder einen Schal.

Angela plumpste auf das Bett – bewusstloser als sie konnte man nicht sein. Zweifellos spielte sie uns nichts vor. Daddy betrachtete sie mit sichtlichem Unbehagen. »Hol Daphne.«

»Gute Idee«, sagte ich und machte mich auf die Suche. Ich spürte sie in der Bibliothek auf, wo sie allein und reichlich grün im Gesicht Tee mit Brandy in sich hineinschüttete. Zumindest stand eine offene Flasche auf dem Servierwagen, und Daphne hatte eine Teetasse in der Hand. In der anderen hielt sie eine Zigarette, an der sie nach jedem Schluck gierig zog.

»Angela ist ohnmächtig geworden«, sagte ich. »Kannst du dich um sie kümmern?«

»Ich?«, fragte Daphne in einem Ton, als hätte ich sie nicht gebeten, sich um ihre Schwester zu kümmern, sondern dazu aufgefordert, einhändig den Eiffelturm zu erklimmen.

»Du hast doch sicher von der Sache mit James gehört?«

»Gehört?« Daphne lachte kurz auf. »Meine Liebe, ich habe ihn gefunden.«

»Wo war er denn?« Ich nahm Daphne die Tasse aus der Hand, weil sie dermaßen zitterte, dass die Gefahr bestand, sie könnte sie fallen lassen, wo es sich doch um ein Stück von Mummys kostbarem Spode Service handelte, das Großmutter Dorset gehört hatte und seither von der Mutter an die Tochter weitervererbt wurde.

Mummy hatte zwar deutlich gemacht, dass ich nicht als Erbin infrage kam, was auch für den Ringhili und den anderen Mutter-Tochter-Kram galt, aber ich wollte den Ärger vermeiden, der auf mich zugekommen wäre, wenn ich tatenlos zugeschaut hätte, wie eine solche Tasse zu Bruch ging. Bevor ich sie absetzte, roch ich am Inhalt. Wahrscheinlich war es zuerst Tee gewesen, sonst hätte Daphne sicher ein Glas und keine Tasse benutzt, doch nun roch ich nur noch puren Brandy.

Daphne blies Zigarettenrauch in die Luft. »Im Ankleidezimmer. Ein verfluchter Jude hat ihn erstochen. James war blutüberströmt und eiskalt, und da sagst du mir, ich soll mich um die ohnmächtige Angela kümmern, weil sie die trauernde Witwe ist, wo sie sich doch keinen Deut um James geschert hat, abgesehen von der Tatsache, dass er sie zu Lady Thirkie gemacht hat, und wo sie ihm auch egal war, abgesehen von der Tatsache, dass er mir nur auf diese Weise nahe sein konnte.«

»Sie ist die trauernde Witwe, und du reißt dich besser zusammen, wenn du dir keine Blöße geben und alle anderen vor den Kopf stoßen willst mit Dingen, die nicht für die Öffentlichkeit bestimmt sind.« Vielleicht hätte ich es nicht so grob ausgedrückt, wenn sie nicht »verfluchter Jude« gesagt hätte, aber gedacht hätte ich es und gemeint ebenso. Eigenartig, ich verabscheute so vieles an Mummy, gerade auch ihre Härte, aber in einer kritischen Situation verhielt ich mich genau wie sie und sagte Daphne, sie solle sich zusammennehmen und unter den Teppich kehren, was dorthin gehörte. »Sich keine Blöße geben« ist Originalton Mummy, und normalerweise würde ich so etwas kaum sagen, doch ich bin vollkommen sicher, dass ich es tat. Das meiste von dem, was ich aufschreibe, sind rein persönliche Eindrücke davon, was ich oder die anderen Leute wohl gesagt haben, abgesehen von ein paar furchtbar wichtigen Dingen, an die ich mich Wort für Wort erinnere. Wahrscheinlich bin ich in Bezug auf andere genauer, weil ich ihnen zugehört habe, und von meinen eigenen Worten erinnere ich mich eher an die Gesamtaussage. Doch der armen Daphne habe ich tatsächlich »keine Blöße geben« ins Gesicht geschleudert. Ich glaube kaum, dass ich in dem Moment gedacht habe, ich sei genau wie Mummy. Ich war sauer auf Daphne, dass sie sich so blöd anstellte. Und ich ging auch davon aus, dass sie

»Jude« einfach so dahinsagte wie vielleicht »Anarchist« oder »Mörder« oder »Mistkerl« – von dem Stern und allem wusste ich ja noch nichts.

»Du hast recht«, sagte sie, nahm die Tasse und trank sie in einem Zug aus. »Angela ist die trauernde Witwe, und ich bin die ihr ergebene Schwester, und Mark ist mein ergebener Gatte, nichts anderes ist wichtig oder sollte nach außen dringen. Entschuldigung. Und vielen Dank.«

Eigenartig oder nicht, es war offensichtlich ernst gemeint – sie bedankte sich, dass ich sie so angeschnauzt hatte. Ich kannte Daphne nicht besonders gut. Angela war ein paar Jahre älter als ich, gehörte aber zu meiner Altersgruppe. Daphne wiederum war sechs oder sieben Jahre älter als sie, also vielleicht zehn Jahre älter als ich, in Hughs Alter. Alt genug, um bereits zu den »Großen« zu gehören, als wir noch die »Kleinen« waren. Als Daphne in die Gesellschaft eingeführt wurde und heiratete, ging ich noch zur Schule. Angela gehörte zu den »Debütantinnen des letzten Jahres«, genauer gesagt des vorletzten Jahres, als es bei mir so weit war. Ich wusste nur eines über Daphne: Obwohl die beiden Schwestern sich vom Aussehen her stark ähnelten, hatte Daphne aus der großen Lostrommel von Mutter Natur den Verstand für beide gezogen, sodass Angela wie eine Kopie des Meisterwerks wirkte, denn Daphne besaß nicht nur das Aussehen, sondern auch ein entsprechendes Innenleben.

An jenem Morgen trug Daphne ein graues Kostüm mit einem roten Pullover, taubengrau und rubinrot, ohne jeden Schmuck. Sie drückte die Zigarette im Aschenbecher aus, öffnete eine kleine Tasche von derselben Farbe wie der Pullover, nahm eine goldene Puderdose heraus, puderte sich das Gesicht, betrachtete kritisch ihr Spiegelbild, klappte die Dose wieder zu und holte tief Luft. »Wo soll ich die ergebene Schwester spielen?«

Sie folgte mir in Sukeys Zimmer. Daddy schien sehr erleichtert, uns zu sehen. Angela war noch immer bewusstlos.

»Sehr nett von dir«, sagte Daddy zu Daphne. »Sie hat einen furchtbaren Schock erlitten.«

»Die arme Angela«, sagte Daphne, die sich jetzt vollkommen unter Kontrolle hatte – bis in die Haarspitzen ein Bild schwesterlicher Sorge.

»Dann lasse ich euch allein, um ihr das Mieder zu lösen oder was auch immer«, sagte Daddy. Ich verdrehte die Augen. Sicher wusste er, dass Mieder viktorianischer Quatsch waren, doch wenn man es recht bedachte, waren Ohnmachten das auch, also hatte er vielleicht gar nicht so unrecht. »Klingelt, wenn ihr irgendetwas braucht«, sagte Daddy und verschwand.

Damit begann ein Nachmittag, der an Scheußlichkeit seinesgleichen sucht. Daphne tat, was in Bezug auf Mieder zu tun war. Sie saß auf dem Fensterbrett und rauchte ununterbrochen ohne Zigarettenspitze, zündete die nächste Zigarette an der vorherigen an und verstreute Asche auf Sukeys makellosen Kissen. Nur einmal teilte sie mir mit, dass ein Polizeiwagen vorgefahren sei, sonst sprach sie kein Wort, doch als ich gehen wollte, bat sie mich zu bleiben.

Ich weiß nicht mehr, ob ich noch etwas anderes als Verlegenheit und Ärger empfunden habe. Sir James bedeutete mir persönlich nichts. Ich kannte ihn nicht besonders gut. Für mich war er immer »Sir« James gewesen, nicht einfach James wie ein Freund. Vor meiner Einführung hatte ich in ihm nur einen weiteren langweiligen Freund von Daddy gesehen; schließlich war er mindestens fünfzehn Jahre älter als ich. Vage erinnerte ich mich, in der Schule von dem Skandal um Daphne gehört zu haben. Siebzehn oder achtzehn war sie damals, eine Debütantin, und er war wesentlich älter und schon ein gutes Stück auf der politischen Karriereleiter emporgeklettert. Verheiratet war er mit einer anderen, die Olivia hieß und an die ich mich nur ebenso vage als politisch sehr engagierte Frau erinnere, die fantastische Hüte trug. Sie gehörte zu Mummys Verbündeten, war aber keine enge Freundin. Zu ihren Lebzeiten haben wir Sir James weit weniger gesehen als später. Der Skandal um Daphne war etwas köstlich Verruchtes, über das man heimlich redete. Hugh war damals sechzehn, und ich habe ihn einmal gefragt, ob es stimmte, was Angela erzählte, ob Daphne Sir James tatsächlich liebte, so wie bei Romeo und Julia. Der gute Hugh hat meinen romantischen Vorstellungen dann eine kalte Dusche verpasst und mir erklärt, was »Ehebruch« bedeutet.

»Manchmal sagen sie ›Paris‹ dazu, damit es kultiviert und romantisch klingt«, sagte Hugh. »Aber ich halte es für schäbig und schmutzig, eher so wie in – wie in Bognor.« Bognor Regis war eine grässliche kleine Stadt, die aber viel auf sich hielt. Früher war sie als Badeort in Mode gewesen, doch nun ging es dort nur noch unerträglich vulgär zu. Außerdem war allgemein bekannt, dass es ein Ort unstatthafter Begegnungen war. Seither hieß Ehebruch bei uns nur noch »Bognor«.

Jedenfalls wurde Daphne so schnell wie möglich mit dem ersten einigermaßen passablen Anwärter verheiratet, mit Mark Normanby, einem aufstrebenden jungen Politiker – sehr intelligent und äußerst gutaussehend, aber damals noch ein Niemand. Und dann starb Olivia Thirkie bei einem der ersten Bombenangriffe, und als ich davon hörte – Hand aufs Herz –, da war mein erster Gedanke, dass es nun zu spät für Daphne und Sir James war, und ich schlug die Hand vor den Mund, um den Gedanken zurückzuhalten, doch die Leute dachten, ihr Tod würde mich so erschüttern, weil ich sie gekannt hatte. Eine Weile hob es sogar mein Prestige in der Schule, dass ich jemanden kannte, der Opfer einer Bombe geworden war, doch dann wurde es so alltäglich, dass der umgekehrte Fall eher ungewöhnlich war. Mädchen und Jungen verloren Eltern und Brüder – auch beide Eltern Angelas starben, ihre Mutter bei einem Bombenangriff, ihr Vater in Dünkirchen. Als Hugh dann im Frühling 1941 getötet wurde, war es nichts Besonderes mehr, wenn der Bruder starb; ironischerweise habe ich deshalb mehr Mitleid und Anteilnahme bei Olivia Thirkies Tod erfahren, obwohl ich sie kaum kannte, als beim Tod von Hugh, den ich innig geliebt habe.

Nach dem Krieg wurde Sir James ein enger Freund von Daddy und Mummy, besonders von Mummy. Er kam zu allen Gesellschaften und blieb oft über Nacht, was er nie getan hatte, solange Olivia noch lebte. Natürlich war er sehr in die Friedensverhandlungen involviert und überhaupt in die Aktivitäten des Farthing-Kreises, den ich allerdings für Humbug hielt, denn er bestand einfach nur aus Leuten, die Mummy und Daddy kannten, und manchmal schrieben die Zeitungen, jemand gehöre dazu, den Mummy absolut nicht ausstehen konnte. Wie auch immer, soweit es diese Clique gab, und soweit sie in den ersten Nachkriegsjahren eine bestimmte Politik verfolgten, waren Mummy, Daddy, Sir James und Mark Normanby der harte Kern des Ganzen und die anderen, wie Onkel Dud, nur Anhängsel.

Damals war ich nicht besonders oft dabei, weil ich in der Schule war und auf Farthing nur den Dingen nachtrauerte, die ich mit Hugh geteilt hatte, ihn vermisste und es mir schlechtgehen ließ. Falls ich überhaupt jemandem aus dem Kreis Aufmerksamkeit schenkte, war es Mark, in den ich ein bisschen verknallt war, und nicht Sir James, der eher langweilig wirkte – nicht unangenehm, aber ohne jeden Funken Temperament. Mit siebzehn verbrachte ich schließlich mit Abby ein paar Monate in der Schweiz, wurde danach in die Gesellschaft eingeführt, und plötzlich gehörte Sir James dazu, zu meinem Kreis und zu Mummys sowieso, und etwa fünf Jahre nach Olivias Tod heiratete er Angela, gleich nachdem sie einundzwanzig geworden war. Sie erzählte jedem, dass er sie schon früher geheiratet hätte, wenn ihr spießiger alter Vormund, ein Großonkel oder so, nicht die Erlaubnis verweigert hätte, weil es damals den Skandal um Daphne gegeben hatte.

Alle hatten angenommen, Sir James habe Angela nur deshalb geheiratet, weil er Daphne nicht bekommen konnte, und meines Wissens war dabei niemandem in den Sinn gekommen, das er Daphne so am Ende doch bekommen hatte. Seit ihrer Heirat war nie auch nur der Hauch eines Skandals laut geworden, bis sie mir quasi heute Morgen gestanden hatte, dass sie mit Sir James eine Affäre gehabt hatte. Ich war schockiert, obwohl ich es gar nicht sein wollte. Hugh hatte recht gehabt. Ehebruch war schäbig und überhaupt nicht romantisch. Bognor eben.

Ich versuchte, Trauer um Sir James zu empfinden. Wollte das Gefühl der allumfassenden Liebe zurückgewinnen, das ich in der Kirche gehabt hatte. Doch vergebens; so sehr ich mich auch anstrengte, es kam nicht zurück. Ich konnte mich an keine einzige Begebenheit erinnern, bei der Sir James nett zu mir gewesen wäre oder mich überhaupt beachtet hätte, außer um mich darüber zu belehren, wie schlecht beraten ich sei, mein Blut mit dem einer minderwertigen Rasse zu vermengen. Ich sagte ihm, er habe kein Recht, so mit mir zu reden, nicht einen Funken Recht hatte er dazu. Von Mummy hörte ich das oft genug, es war wirklich zu viel, das auch noch von Fremden zu hören. Sir James sagte, wenn es nach ihm ginge, würde er die Heirat zwischen Juden und Leuten wie mir gesetzlich verbieten, und ich antwortete, dann sei es ja gut, dass es nicht nach ihm ginge. Niemand könnte so ein

Gesetz in England durchbringen, ganz egal, was auf dem Kontinent passierte.

Erst nach einer guten Stunde, die so gleichförmig verlief wie die geologischen Epochen bei Lyell, bewegte sich Angela. Natürlich traten wir sofort ans Bett. Kaum schlug sie die Augen auf, fing sie auch schon an zu schreien. Ich klingelte nach einer Kanne mit starkem Tee.

»Starker Tee, Madam?«, fragte Jeffrey, der sein Erstaunen so offen zeigte, wie es keinem Dienstboten in London jemals eingefallen wäre.

Ich lächelte. »Starker indischer Tee mit viel Milch und Zucker.«

»Sehr wohl, Madam«, sagte Jeffrey. »Genau das Richtige bei einem Schock.«

Ich nickte, Jeffrey verbeugte sich und verschwand eilig. Angelas Schreie hatte er nicht überhören können, doch mehr sagte er nicht dazu. Manche Dienstboten bleiben Fremde, ganz egal, wie lange sie einem dienen, und andere werden Mitglieder der Familie. Jeffrey gehörte ganz gewiss zur zweiten Kategorie.

Meine Teegewohnheiten hatte ich im Krieg angenommen, als Zucker rationiert war und nicht an junge Mädchen verschwendet wurde. Nach dem Krieg war er wieder frei verkäuflich, doch da hatte ich mich schon an schwachen Tee ohne Milch und Zucker gewöhnt. Auch das hatten David und ich gemeinsam – auf dem Kontinent trinkt man aromatisierten oder chinesischen Tee auf diese Weise, erzählte er. Zu Hause tranken wir jede Menge Lady Grey aus dem eleganten, weiß in weiß gehaltenen Shelley Service, das wir gemeinsam ausgesucht hatten. Doch bei einem Schock – und zweifellos hatte Angela einen Schock erlitten – gab es nichts Besseres als starken indischen Tee.

Das Tablett, auf dem Jeffrey den Tee brachte, war besonders sorgsam arrangiert. Eine silberne Teekanne, ein silbernes Kännchen mit heißem Wasser, ein kleineres Kännchen Milch, ebenfalls aus Silber, eine große silberne Zuckerdose, Tassen und Untertassen aus Porzellan – nicht das Spode Service, sondern das Royal Albert für den täglichen Gebrauch – sowie die angebrochene Brandyflasche aus der Bibliothek. Ich stellte alles auf Sukeys Toilettentisch, das Gebetbuch schob ich zur Seite. »Wo ist Miss Dorset?«, fragte ich Jeffrey. »Braucht sie ihr Zimmer?«

»Sie befindet sich bei Ihrer Ladyschaft«, sagte Jeffrey. »Ich soll Ihnen ausrichten, Sie sollen sich wie zu Hause fühlen.«

»Das ist sehr freundlich von ihr«, sagte ich, und Jeffrey zog sich mit einer Verbeugung zurück.

Es gelang mir, Angela mehrere Tassen Tee einzuflößen. Den Brandy lehnte sie ab. Sie klammerte sich an mich, weinte und heulte wie ein Schlosshund. Ihr Verhalten war ziemlich exaltiert. Sie wollte zu ihrem toten Gatten, doch das hielt ich nicht für angebracht. Zum Glück verriet Daphne ihr nicht, dass sie die Leiche gesehen hatte. Sie saß nur kerzengerade auf der Bettkante und trank Tee.

»Willst du auch ganz bestimmt keinen Brandy?«, fragte ich Angela und goss ihr noch eine Tasse Tee ein. »Das beruhigt.«

Mein Angebot war, um ehrlich zu sein, nicht ganz uneigennützig. Ich hoffte, sie würde dann wieder ohnmächtig werden und beim Aufwachen jemand anderem auf die Nerven gehen. Noch immer war ich ihr nicht besonders freundlich gesinnt.

»In meinem Zustand ist das nicht gut«, sagte Angela und legte die Hand auf den Bauch, wie Lady Manningham es nach der Kirche getan hatte.

Wieder verspürte ich eine Welle von Neid, und auch zum ersten Mal so etwas wie Mitleid – für das arme Kind. Schlimm genug, dass der arme Wurm nun ohne Vater aufwachsen musste, aber vaterlos und mit einer so dummen Mutter wie Angela Thirkie geschlagen zu sein, das empfand ich doch als sehr ungerecht.

»Das denkst du dir nur aus«, sagte Daphne und stand auf. Sie sah aus, als hätte sie unerwartet einen Schlag in den Magen bekommen.

Ich sah sie überrascht an.

»Warum sollte ich?«, sagte Angela und strich sich über den Bauch. »Wir haben es vier Jahre lang probiert. Im Dezember kommt das Kind, und das Einzige, was mir in dieser schrecklichen Situation etwas Trost bietet, ist die Tatsache, dass James es vor seinem Tod noch erfahren hat.«

Sie klang so ähnlich wie beim Gedichtaufsagen, als hätte sie die Sätze auswendig gelernt. Ich wusste nicht, wie ich reagieren sollte. Unter diesen Umständen konnte ich ihr ja schlecht zur Schwangerschaft gratulieren. Ich sah zu Daphne, die ihre Schwester anstarrte und plötzlich alt wirkte.

»Ich weiß, dass du dich nicht darüber freuen kannst«, sagte Angela, nippte am Tee und sah Daphne über den Rand der Tasse hinweg an. Noch kurz zuvor hatte sie sich an mich geklammert – nun ignorierte sie mich völlig, als wären nur Daphne und sie im Zimmer. »Du wolltest James schon immer für dich selbst, und du hast keine Kinder. Du hättest eben einen Mann heiraten sollen, der dir Kinder schenken kann, und nicht so eine kranke Schwuchtel wie Mark.«

Ich schlug beide Hände vor den Mund, damit alle meine Gedanken schön drinnen blieben, alles Mögliche über Schwestern, Bognor, Mazedonier, Sir James, Mark und nicht zuletzt über Schwangerschaften. Wahrscheinlich war es völlig unnötig. Für die beiden war ich unsichtbar. Sie starrten einander nur regungslos an. Angela triumphierend und Daphne am Boden zerstört, wie Statuen zweier Göttinnen, die ein genialer Bildhauer geschaffen hatte, um zu zeigen, dass Sieg und Niederlage ein und dasselbe Gesicht tragen.

Sechs

Die Zimmer waren nicht weiter interessant. Ein ganz normales Schlafzimmer mit Ankleideraum, für Gäste ausgestattet. Im Schlafzimmer lag ein Teppich auf den polierten Holzdielen. Das aufgeschichtete Holz im Kamin brannte nicht, und aus dem Fenster sah man auf den Park, durch den sie gekommen waren. »Zur Vorderseite gelegen«, sagte Royston.

»Was aber nichts zu bedeuten hat«, sagte Carmichael. »Wo sich das Bad wohl befindet, und wie viele Gäste nutzen es?«

»Das müssen Sie Jeffrey fragen«, sagte Royston.

Der Teppich im Ankleideraum passte zu dem im Schlafzimmer, hatte aber nicht die gleiche Qualität. Auch gab es keinen Kamin, sondern nur einen kleinen Gasofen. »Kann im Winter ganz schön kalt werden«, sagte Royston.

Falls die Zimmer jemals blau gewesen waren, so hatten sie diese Farbe nur noch in den Köpfen der Hausbewohner. Das Schlafzimmer war mit lavendelfarbenen Rosen tapeziert, das Ankleidezimmer cremefarben gestrichen. Sir James und Lady Thirkie hatten für ein Wochenende auf dem Lande außer Kleidung, Toilettenartikeln und Kleinkram offenbar nichts weiter mitgebracht. Nach einer halben Stunde sah Royston Carmichael mit hochgezogenen Augenbrauen an und schüttelte den Kopf.

»Nichts Bedeutsames«, sagte Carmichael.

»Dachten Sie, wir würden etwas finden?«, fragte Royston.

»Immerhin wissen wir nun, dass die getrennten Betten nichts damit zu tun hatten, dass es bei Sir James spät geworden ist. Seine Sachen sind in einem Zimmer und ihre im anderen. Würde mich nicht wundern, wenn sie auch zu Hause getrennt geschlafen hätten.«

»Bei Leuten ihrer Schicht erwartet man eher nicht, dass sie sich eine Bürste teilen«, sagte Royston und legte eine silberne Haarbürste mit eingraviertem AT zurück.

»Stimmt«, sagte Carmichael. »Ich sollte als Erstes mit Lady Thirkie sprechen. In der Hälfte aller Fälle wird der Mord vom Ehepartner begangen.«

»Häufig genug, um sich vor den Liebsten in Acht zu nehmen, nicht wahr?« Royston grinste. »Sie werden schon sehen, Sir, das mag ja für East End und Lancashire gelten, aber dieser Fall wird die Ausnahme von allen Regeln sein. Für mich riecht das eindeutig nach politischen Motiven.«

»Dann riecht Lippenstift neuerdings nach Politik?«

»Auf Lady Thirkies Toilettentisch lagen drei«, sagte Royston. »Alles Stifte, keine Farbe zum Auftragen – rot, pink und ein sehr dunkles Rot. Die riechen ganz anders als das Zeug auf seiner Brust.«

»Eben, das haben Sie ja sofort erkannt, weil es ein vertrauter Geruch ist«, sagte Carmichael und ging zum Toilettentisch, um die Lippenstifte selbst in Augenschein zu nehmen. Zwei davon passten zusammen und trugen ebenfalls das Monogramm AT in Gold und Silber, der dritte war dunkelblau mit goldener Umrandung. »Zwei von Chanel und einer von Dior, alle teuer. Das andere war billige Schminke wie von Woolworth.«

»Nur für diesen Zweck besorgt, meinen Sie?«, fragte Royston. »Von einem Mann, der es nicht besser wusste?«

»Oder der gar nichts Besseres brauchte für den Schockeffekt. Es ging ja nicht wirklich darum, Blut vorzutäuschen, sondern um die rote Brust des Farthing-Rotkehlchens«, sagte Carmichael. »Was mir zu denken gibt. Wir haben hier sowohl Planung als auch Improvisation, und normalerweise ist es entweder das eine oder das andere. Um Stern und Lippenstift zu besorgen, müssen sie vorausgeplant haben. Doch sie hatten nichts dabei, um den Stern zu befestigen, und mussten auf das Taschenmesser des Toten zurückgreifen.«

»Vielleicht hatten sie doch was, haben aber dann entschieden, das Messer würde sich besser machen, und ihr Dings wieder mitgenommen«, schlug Royston vor.

»Das könnte hinhauen. Oder die Sachen waren bereits hier. Lippenstiftfarbe kann man kaufen, sie könnte aber auch einer Frau aus der Unterschicht gehört haben. Mit dem Stern ist es komplizierter – doch ich nehme an, alle Juden, die den Kontinent verlassen haben, besitzen einen. Wir müssen überprüfen, ob sich unter den Gästen oder Bediensteten Juden befinden.«

»Mr Kahn«, erinnerte ihn Royston.

»Den sollten wir uns gründlich vornehmen«, stimmte Carmichael zu. »Obwohl fast zu viel auf ihn hinweist – er müsste schon ein Narr sein, um eine so deutliche Spur zu hinterlassen.«

»Wer weiß schon, auf was für Ideen Juden kommen?«, sagte Royston. »Er könnte plötzlich von Hass überwältigt worden sein.«

»Jeder kann mal ausrasten, aber begeht man dann zwischen ein Uhr nachts und dem Frühstück einen sorgfältig geplanten Mord?« Carmichael verdrehte die Augen. Er zog die dunkelblaue Kappe vom Dior-Lippenstift und betrachtete die fast unbenutzte Spitze. »Den nimmt sie nicht oft. Ungewöhnliche Farbe, vielleicht passend zu irgendwas.« Die anderen beiden waren älter und offensichtlich öfter in Gebrauch.

»Der Lippenstift auf der Leiche war blutrot«, sagte Royston. »Wahrscheinlich doch extra dafür besorgt. Wir könnten in den Drogerien herumfragen.«

»Und in jedem Woolworth«, sagte Carmichael düster. »Keine ungewöhnliche Farbe. Die Hälfte der Frauen malt sich die Lippen blutrot.«

»Könnte eine Frau es getan haben?«, fragte Royston. »Rein körperlich, meine ich? Erdrosseln ist eine eher ungewöhnliche Methode für Mörderinnen.«

»Nach der Obduktion wissen wir mehr. Ich halte es schon für möglich. Falls er geschlafen hat oder ihr so sehr vertraute, dass er sie ganz nah herankommen ließ. Außerdem ist es wahrscheinlicher, dass ihn eine Frau im Schlafzimmer aufgesucht hat – ob nun seine eigene oder eine andere. Er war groß, aber nicht mehr jung, besonders stark scheint er auch nicht gewesen zu sein, und bewegt hat er sich bestimmt nicht viel. Eine ganze Menge Frauen könnten die Hände um seinen Hals gelegt haben. Ob eine Frau psychologisch dazu in der Lage wäre, kann ich nicht mit Bestimmtheit sagen. Üblich ist es sicher nicht.«

»Falls er geschlafen hat, wäre es doch einfacher gewesen, ihn zu ersticken«, sagte Royston. »Da lag doch ein Kopfkissen.«

»Jetzt würde ich gerne mit Lady Thirkie sprechen. Zum einen will ich wissen, wie groß sie ist, und zum andern, wie sie zu ihrem Gatten stand.«

»Der Diener meinte, sie hätte einen hysterischen Anfall.«

»In Miss Dorsets Zimmer«, erinnerte sich Carmichael. »Ich werde Jeffrey bitten, mich hinzuführen, damit ich sie erwische, solange sie noch nicht auf der Hut ist.«

»Soll ich mitkommen?«, fragte Royston so zögerlich, dass Carmichael unwillkürlich lachte.

»Nein, diesmal erlasse ich Ihnen die Befragung einer kreischenden Frau. Sie hängen sich ans Telefon und erkundigen sich beim Yard nach den Dingen auf ihrem Notizblock. Dann treiben Sie Yately auf und fragen, wie weit er mit meiner Gästeliste ist. Und dann können Sie mit der Befragung des Personals beginnen, aber melden Sie sich davor noch mal bei mir, für den Fall, dass mir bis dahin noch was anderes für Sie einfällt.«

»Jawohl, Sir«, sagte Royston.

Wie sich herausstellte, lag Miss Dorsets Zimmer auf der Rückseite des Hauses im Erdgeschoss. Jeffrey öffnete die Tür. »Inspector Carmichael von Scotland Yard.«

Carmichael trat sofort ein, denn er wollte sehen, welche Wirkung die Ankündigung auf die Personen im Raum hatte. Drei Frauen hielten sich in dem Zimmer auf, in dem es recht stickig war und das auf den ersten Blick nur aus Spitzen und Bändern zu bestehen schien. Carmichael fragte sich, ob so etwas Boudoir hieß, oder ob die abwesende Miss Dorset nur eine besondere Vorliebe für Rüschen pflegte. Zwei Frauen hatten dunkles Haar, die dritte war hellblond. Eine Dunkelhaarige saß auf dem zerwühlten Bett, die andere in der breiten, mit Spitzenkissen bedeckten Fensternische, umrahmt von Rüschenvorhängen. Sie blickte aus dem Fenster und rauchte. Beide hätten sowohl die Witwe als auch die Schwester sein können. Sie wirkten eher gleichgültig, keine auch nur ansatzweise hysterisch. Die Frau auf dem Bett trug etwas Grünes mit Spitzen, die andere war in Grau gekleidet.

Die blonde Frau saß auf einem schmalen Korbstuhl mit dunkelrosa Rüschenkissen. Sie war diejenige, die sofort auf Jeffreys Ankündigung reagierte. Sie sprang auf und sah Carmichael an. Blaue Augen, rosa Wangen und Lippenstift, und eine Miene, als sei ihr jede Abwechslung willkommen. Sie trug einfache Kleidung, die inmitten der Spitzen und Rüschen fast männlich wirkte. Carmichael kannte Lucy Kahn von Zeitungsfotos, doch bei ihrem Anblick fragte er sich unwillkürlich, was sie bloß dazu gebracht hatte, sich an einen Juden wegzuwerfen. Vielleicht sogar an einen jüdischen Mörder? Nun, darum hieß es wohl: Wo die Liebe hinfällt …

»Mrs Kahn? Entschuldigen Sie die Störung, aber könnte ich kurz mit Lady Thirkie sprechen?«, fragte Carmichael.

»Ach, das macht gar nichts«, sagte Mrs Kahn. »Darf ich vorstellen: Lady Thirkie und Mrs Normanby.« Sie zeigte erst aufs Bett und dann zum Fenster. Anschließend ging sie zu der Frau auf dem Bett und tippte ihr auf die Schulter. »Angela? Ein Polizist möchte dich sprechen.« Überrascht stellte Carmichael fest, dass Angela Thirkie weinte. Wie hatte er übersehen können, dass ihr Tränen über das Gesicht liefen? Oder hatte sie gerade erst damit angefangen?

»Sind Sie hier, um mich zu meinem Mann zu bringen?«, fragte die weinende Frau. »Ich habe ihn noch nicht gesehen, müssen Sie wissen.«

Carmichael schluckte. Die Leiche war kein schöner Anblick, und nachdem Green in ihr herumgewühlt hatte, würde es noch schlimmer sein. Außerdem befand sich der Tote schon in Winchester. »Ich glaube nicht …«

Mrs Kahn nahm den Ball geschickt auf. »Meinst du wirklich, das wäre in deinem Zustand das Richtige, Angela? Ich habe von Kindern gehört, die ein Mal davongetragen haben, wegen der schrecklichen Dinge, die ihre Mütter während der Schwangerschaft gesehen hatten. Das willst du doch sicher nicht.«

»Nein.« Lady Thirkie schien betroffen. »Nein, du hast vollkommen recht. Aber wie wollen Sie ihn denn identifizieren, wenn ich ihn nicht zu Gesicht bekomme?«

»Die Identität des Toten steht zweifelsfrei fest«, sagte Carmichael und notierte sich in Gedanken, dass Lady Thirkie in anderen Umständen war. »Sein Gesicht ist der ganzen Nation seit 1941 wohlbekannt.«

»Natürlich«, sagte Lady Thirkie. »Daran hatte ich nicht gedacht.«

»Man muss einen Toten doch bestimmt nur identifizieren, wenn er an einem ungewohnlichen Ort aufgefunden wird«, sagte Mrs Kahn seltsamerweise und lachte kurz auf. »Und Sir James wurde doch in seinem eigenen Bett gefunden, zweifellos …« Sie schwieg und schlug die Hand vor den Mund.

Zum ersten Mal wandte sich die Frau am Fenster um. Die Schwägerin trug ein rotes Oberteil mit einem Jabotkragen. »Ich glaube kaum, dass jemand daran zweifelt, dass es sich um James handelt«, sagte sie traurig.

»Nein, wirklich nicht«, sagte Carmichael. »Die formale Identifikation hat Mr Normanby übernommen, sodass es keinen Grund gibt, einer der Damen eine solche Pein zuzumuten.«

»Mark?« Mrs Normanby schnaubte und sah wieder aus dem Fenster.

»Mr Normanby hat ihn doch auch gefunden«, sagte Carmichael. Irgendetwas hier entging ihm, das spürte er genau.

»Aber ...«, hob Mrs Kahn an, schlug dann aber erneut die Hand vor den Mund. Carmichael wartete geduldig. »Das wusste ich nicht«, fuhr sie nicht sehr überzeugend fort. »Er hat uns von Sir James' Tod in Kenntnis gesetzt, aber mir war nicht klar, dass er den Toten auch tatsächlich gesehen hat.«

»Gesehen und identifiziert«, sagte Mrs Normanby verbittert. »Wie schön für ihn; und wie nett, dass er so dem schwachen Geschlecht diese Bürde abnimmt.«

»Ach, sei doch still, Daphne«, sagte Mrs Kahn sichtlich verärgert.

»Wer hat ihn ermordet?«, fragte Lady Thirkie. Carmichael bemerkte, dass sie immer noch weinte.

»Das wissen wir noch nicht, aber wir tun, was wir können, um es herauszufinden«, sagte Carmichael wie so oft in ähnlichen Situationen.

»Und der Schuldige wird hängen, wer auch immer es ist«, sagte sie mit eigenartigem Wohlbehagen. Carmichael fragte sich, ob sie vielleicht verrückt war, nicht verrückt vor Trauer wie manche Leute, sondern richtiggehend und vollkommen durchgedreht. Vielleicht waren sogar beide Schwestern verrückt, eine Art familiärer Irrsinn – doch warum hätten zwei aufstrebende Politiker sie dann heiraten sollen? Das würde doch kein Mann seinen Kindern antun, selbst wenn es sich um reiche Erbinnen handelte. Und wenn Lady Thirkie wirklich verrückt war, war es dann möglich, dass sie ihren Mann getötet hatte? Ihre Hände waren groß und kräftig. Falls sie Lippenstift aufgetragen hatte, war davon jedoch nichts mehr zu sehen.

»Beruhige dich, Angela«, sagte Mrs Kahn.

»Wo waren Sie zum Zeitpunkt des Mordes?«, fragte Carmichael.

Lady Thirkie schrie leise auf. »Ich? Wann ist denn der Mord geschehen?«

»Irgendwann zwischen ein Uhr nachts und neun Uhr heute Morgen«, sagte Carmichael.

»Nun, ich habe geschlafen ... dann bin ich aufgestanden und zur Kirche gegangen, zum Frühgebet.«

»Wann ist das Frühgebet?«

»Um halb neun«, warf Mrs Kahn ein, weil sie merkte, dass Lady Thirkie ins Schwimmen geriet.

»Mein Mädchen hat mich geweckt«, sagte Lady Thirkie. »Sie sagte, es sei Zeit aufzustehen, deshalb zog ich mich an und ging nach unten, und auf der Treppe traf ich Lord Eversley.«

»Das muss um Viertel nach acht gewesen sein«, sagte Mrs Kahn. »Ich stand mit meiner Mutter in der Halle, als Lady Thirkie und mein Vater herunterkamen.«

»Sind alle Gäste zur Kirche gegangen?«, fragte Carmichael.

»Nur sehr wenige sind zum Frühgebet gegangen«, sagte Mrs Kahn. »Die meisten ziehen die Morgenmesse um halb zwölf vor.«

Dann war das Haus doch nicht eine Stunde lang fast leer gewesen. Wie schade.

Carmichael wandte sich wieder an Lady Thirkie. »Sie haben also in der Zeit zwischen ein Uhr und kurz nach acht im blauen Zimmer geschlafen und waren dann in der Kirche.«

»Ja ...«, sagte sie.

»Und Sie haben nichts Ungewöhnliches bemerkt, weder in der Nacht noch am Morgen?«

Es brauchte eine Weile, ehe ihr klar wurde, was das bedeutete. Carmichael sah genau, wann die Erkenntnis bei ihr ankam, denn sie zuckte zusammen. »Wollen Sie damit sagen, dass es dort passiert ist? Im Ankleidezimmer? Da ist es geschehen?«, fragte sie mit erhobener Stimme. Was hatte sie denn gedacht, wo sich ihr Mann mitten in der Nacht aufhielt? »Dann war ich also nebenan, als der Mörder kam? Ich habe geschlafen, während ein Anarchist James getötet hat? Er hätte ja auch in mein Zimmer eindringen und mich töten können!« Sie schluchzte laut, heulte fast auf wie eine Sirene.

»Tut mir leid, dass ich Ihnen solchen Kummer bereite, aber bitte machen Sie sich klar, dass nahezu alles, auch noch der kleinste Hinweis, mir helfen könnte, denjenigen zu finden, der Ihren Mann ermordet hat«, sagte Carmichael.

»Ich habe nichts gehört«, schluchzte sie.

Mrs Kahn nahm die erschöpfte Lady Thirkie in den Arm. Mrs Normanby, die noch immer am Fenster saß, wandte sich wieder um. »Ich glaube, Sie sollten jetzt gehen«, sagte sie. »Sie können später noch Fragen stellen. Meine Schwester ist im Augenblick zu aufgebracht, um Ihnen weiterhelfen zu können.«

»Nun gut.« Ohne Bedauern entzog sich Carmichael der drückenden Atmosphäre und dem Schluchzen. Von den drei Frauen musste er noch mehr erfahren, zumindest brauchte er mehr Informationen von ihnen, aber das konnte warten. Auf dem Korridor holte er tief Luft. Wohin als Nächstes? Zwei Möglichkeiten drängten sich ihm sofort auf: die Stallungen und die Waffenkammer – beides männliche Domänen, wo er von weiblichen Schluchzern und Rüschen gewiss verschont blieb. Er musste über sich selbst lachen und machte sich auf die Suche nach Royston.

Sieben

Zu guter Letzt kam Sukey und klopfte zaghaft an ihre eigene Tür. Der Nachmittag hatte sich endlos hingezogen. Die Schwestern hatten sich abwechselnd angegiftet oder ignoriert. Dann hatte uns ein sehr netter Inspector von Scotland Yard aufgesucht, der mir allerdings ein Athener zu sein scheint. Angela hatte die Nachricht, dass ihr Ankleidezimmer der Tatort gewesen war, ebenso schlimm getroffen wie der Mord selbst, doch sie war nicht noch einmal in Ohnmacht gefallen. Maßlos erleichtert öffnete ich Sukey die Tür. Neben allen anderen Unannehmlichkeiten war ich nämlich so hungrig, dass ich ein rohes Pferd hätte verschlingen können, mit Haut und Knochen und dem Sattel obendrein.

Sukey trug eines ihrer Samtkleider mit Spitzenborte, die Hugh sehr uncharmant »Nadelkissenkittel« getauft hatte. »Es ist schon fast an der Zeit, sich zum Dinner umzuziehen«, flüsterte sie entschuldigend. »Ob ich mich wohl kurz auf Zehenspitzen reinschleichen könnte, um ein paar Sachen zu holen? Ich werde euch auch nicht stören.«

Ich trat auf den Flur und schloss die Tür. »Ich möchte auch was essen«, sagte ich.

»Ich hatte mir Tabletts vorgestellt«, sagte Sukey. »Angela kann unmöglich bei Tisch erscheinen.«

»Nein, sicher nicht, aber ich kann nicht länger bei ihr bleiben, und Daphne sollte auch gehen. Glaub mir, das wäre für alle das Beste. Für ihre Schwester ist Daphne jetzt wirklich nicht die passende Gesellschaft.«

Sukey runzelte die Stirn und strich über ihren Ärmel – ich bin sicher, das tut sie unbewusst, denn ich habe einmal mitbekommen, wie sie sich beklagte, dass der Samt unerklärlicherweise ganz dünn geworden sei. Manchmal hat sie etwas von einer Katze an sich, wobei sie ein wenig eigen ist wie die Burma- oder Siamkatzen, und wenn sie sich über den Ärmel streicht, erinnert sie mich immer an eine Katze, die sich putzt. Sukey mag es, wenn alles an seinem Platz ist, und sie mag Spitzen, Samt und Bommeln, aber sie versteht sich ausgezeichnet aufs Organisieren. Mummy und

Sukey sind Cousinen, waren seit Kindertagen nie getrennt, und Sukey ist Mummy treu ergeben. Obwohl sie offiziell den Titel einer »Sekretärin und Gesellschafterin« trägt – wobei »Gesellschafterin« hinzugefügt wird, um zu zeigen, dass sie eine Lady und keine Angestellte ist –, arrangiert sie eine ganze Menge für Mummy, sowohl im Haus als auch in der Politik. Sie sorgt dafür, dass Mummy nie die Orientierung verliert. Hält sich über alles auf dem Laufenden und berät Mummy, wie sie mühelos alle Untiefen umschifft. Die beiden sind wie zwei Hälften eines Schwans: Mummy über Wasser, mühelos dahingleitend, und Sukey hektisch strampelnd darunter. Ich weiß, dass Mummy nicht ohne sie auskommen könnte, und Mummy weiß es auch. Sie bezahlt Sukey nicht ein Zehntel von dem, was sie wert ist, aber den wahren Wert könnte sie auch nie bezahlen. Ergebenheit kann man nicht kaufen.

»Wer kommt denn sonst noch infrage?«, wollte Sukey wissen. »Ich würde es ja selbst tun, aber ich habe noch so viel zu erledigen. Kannst du nicht doch bleiben?«

»Ich war den ganzen Tag bei ihr, und mittlerweile könnte ich schreien«, sagte ich. »Wie wär's mit Lady Manningham?«

Sukey legte den Kopf schräg, genau wie eine Katze. »Ich kann sie ja fragen«, sagte sie. »Bist du sicher, dass Daphne nicht ...«

»Sie quälen sich gegenseitig damit, wen Sir James wohl mehr geliebt hat«, sagte ich. Es war sinnlos, Sukey so etwas vorzuenthalten, obwohl es Mummy auf diese Weise brühwarm serviert bekam. »Daphne war wohl morgens im Ankleidezimmer und hat die Leiche gefunden, was für mich ganz nach Bognor aussieht.«

»Oje«, sagte Sukey bekümmert. »Du hast vollkommen recht. Jetzt geh und zieh dich um. Ich bitte Kitty Manningham, sich um Angela zu kümmern. Vielleicht sollten wir auch Doktor Graham rufen, damit er nach ihr schaut.«

»Das kann nicht schaden«, sagte ich. »Sie hat erzählt, dass sie im Dezember ein Kind erwartet und dass Sir James es wusste.«

»Um Himmels willen«, murmelte Sukey. »Das arme Ding!« Sie meinte natürlich das Kind, und ich hätte beinahe gelacht, weil ich genauso reagiert hatte.

Sukey tätschelte mir den Arm und trippelte davon, um Lady Manningham zu suchen. Ich lief so schnell wie möglich auf mein Zimmer, denn Mummy würde nicht einmal einen Mord als Entschuldigung dafür gelten lassen, nicht in Abendgarderobe beim Dinner zu erscheinen.

David war schon umgezogen und wartete auf mich. Ich küsste ihn, riss mir quasi die Sachen vom Leib und zog das Kleid über, das man für mich herausgelegt hatte. Es war das Purpurrote von Worth. Eigentlich ist es gar nicht rot, sondern lavendelfarben mit einem Muster aus purpurroten Weinranken, und erst nachdem ich es schon anhatte, fiel mir ein, dass der Saum bis zum Boden reichte, weshalb ich das Haar wieder hochstecken musste. Mit etwa neunzig Nadeln gelang es mir schließlich, denn es wollte einfach nicht oben bleiben, weil ich es doch gerade gewaschen hatte. Mein Anblick im Spiegel erinnerte mich an den gestrigen Tag, und wie gestern stand David hinter mir. Er lächelte, doch ich merkte, dass er kein bisschen glücklich war.

Ich nahm den Amethystschmuck aus dem Kästchen. Die einfache Goldkette mit einem Anhänger und passenden Ohrringen mag ich besonders gern, weil David mir den Schmuck nach unserer Verlobung geschenkt hat. Nicht zum Geburtstag oder zu einem anderen Anlass, sondern an einem ganz normalen Tag am Grosvenor Square – Mummy war garstig gewesen, und es hatte stark geregnet; der Londoner Regen ist so viel schmutziger und nasser als der Regen auf dem Land. Ich hatte nicht mit David gerechnet, er war einfach so hereingeschneit, und mit ihm ging die Sonne auf, dann gab er mir ein kleines Kästchen, und als ich es öffnete, fand ich den Schmuck darin. Jedes Mal, wenn ich ihn sehe oder berühre, erinnere ich mich an diesen Moment. Das Worth-Kleid habe ich übrigens nur deshalb gekauft, weil es zu dem Schmuck passt.

»Magst du mir mit dem Verschluss helfen?«, fragte ich. David schloss die Kette, und da ich seine Hand noch immer am Hals spürte, drehte ich mich um und umarmte ihn.

»Was ist los?«, fragte ich. Ich hatte nicht die geringeste Ahnung, denn ich hatte ihn seit dem frühen Frühstück nicht gesehen, weil ich gleich nach der Kirche den ganzen Tag in Sukeys Zimmer eingesperrt gewesen war und versucht hatte, mit Angela und Daphne klarzukommen.

»Das Übliche eben«, sagte David. »Nur dass deine Mutter und ein paar Gäste anscheinend glauben, ich hätte den Mord begangen.« Er sagte das so dahin, als wäre der Gedanke vollkommen absurd, was er natürlich auch war, doch er nahm es bei Weitem nicht so leicht, wie es jetzt, wo ich seine Worte niederschreibe, vielleicht den Anschein erweckt. In Wirklichkeit ist er nämlich sehr empfindlich, was Kränkungen und ähnliche Dinge angeht, doch meist gelingt es ihm, das gut zu verbergen und dickfellig zu erscheinen. Nur die wenigsten werden ja offen beleidigend, manche allerdings schon, und Mummy nur allzu oft. Wenn so etwas passierte, kränkte es David immer enorm, aber er hätte sich das nie anmerken lassen, denn in manchen Dingen muss David englischer als die Engländer sein, gerade weil er Jude ist – er hat wohl das Gefühl, er müsse noch steiflippiger sein und dürfe sich noch weniger eine Blöße geben als alle anderen.

Aber ich reagierte sehr wohl darauf, das weiß ich noch genau. Ich war wütend, auf Mummy und all die anderen, wer auch immer sie waren, weil sie so dumm waren, so voller Vorurteile, so unvorstellbar gemein, dass sie glauben konnten, bloß weil David ein Jude war, könnte er auch ein Mörder sein. Wenn ich David nie begegnet wäre, hätte ich vielleicht weiterhin geglaubt, diese Leute wären im Grunde gut, abgesehen von ein paar komischen kleinen Eigenheiten, doch ich hätte nie begriffen, wie verdorben sie tatsächlich waren. David hat mir die Scheuklappen abgenommen, und das habe ich nie bereut, denn wer will schon in einer Welt leben, in der, so weit das Auge reicht, inmitten von Feldern mit stinkendem Dung nur ein schmaler Streifen mit Blumen zu sehen ist? Und es ist ja nicht so, dass die Welt nur aus diesen Leuten besteht, obwohl sie sich das vielleicht einbilden. Es mag erstaunlich klingen, dass ich den ganzen Tag mit Angela und Daphne verbracht und fast ununterbrochen über den Mord geredet hatte – mit kleinen Ausflügen nach Bognor und Athen, Entschuldigung, zu Ehebruch und Homosexualität –, ohne mich auch nur einmal selbst zu fragen, wer Sir James umgebracht hatte. Sogar Angelas hysterische Fragen hatten mich nicht auf den naheliegenden Gedanken gebracht, dass es zu einem Mord auf Farthing auch einen Mörder auf Farthing geben musste. Alle anderen waren mir voraus, und ich muss zugeben, dass es wahrscheinlich fürchterlich beschränkt war, aber ich hatte nur über den lebenden und den toten Sir James nachgedacht und über Angela und Daphne, und nicht darüber, wer denn der Mörder war und warum er das getan hatte.

»Haben sie es dir direkt vorgeworfen?«, fragte ich.

»Sie haben es in schrecklich wohlgesetzten Worten hintenherum angedeutet«, sagte David. »Ich konnte so tun, als nähme ich es nicht wahr.« (»Die englische Heuchelei kann etwas Wunderbares sein«, hatte David einmal nach der dritten Flasche Wein erklärt. »Menschen, die einen hassen und verachten, die einen im Reich ins Arbeitslager stecken oder umbringen würden, geben sich in England alle Mühe, ihre Geringschätzung zu verbergen.« Und das meinte er ganz ehrlich – er hielt es wirklich für wunderbar.)

»Nach dem Dinner fahren wir nach Hause«, sagte ich. Das konnten wir ja, denn wir waren in unserem kleinen Hillman-Zweisitzer gekommen, in den wie uns einfach wieder reinsetzen und nach London fahren konnten, ohne dass irgendetwas oder irgendjemand uns aufhalten konnte. Spätestens um Mitternacht würden wir zu Hause sein. Die Vorstellung war ungemein erleichternd, nicht nur der Gedanke an zu Hause, sondern auch die Vorstellung, Farthing und damit all das hier endlich hinter uns zu lassen. Wir mussten nicht länger bleiben. Ich hatte meine Pflicht Mummy gegenüber längst getan. Wenn es nach mir gegangen wäre, wäre ich gar nicht erst gekommen. Ich hätte ihren Wunsch abgeschmettert. Doch David meinte, wenn es Mummy so wichtig sei, sollten wir uns besser fügen. Mir war immer noch nicht klar, warum sie uns hatte dabei haben wollen. David hatte ihr Drängen für so etwas wie ein Friedensangebot gehalten, aber ich kannte Mummy besser. Falls es wirklich ein Olivenzweig gewesen sein sollte, dann ein sehr dünner, mit zerfransten Blättern und keiner einzigen Olive.

»Nichts würde ich lieber tun.« Davids wehmütige Miene war einfach zum Küssen. »Aber die Polizei hat darum gebeten, dass erst einmal niemand Farthing verlässt. Zur Sicherheit haben sie das Tor verschlossen und einen Bobby als Wache abgestellt.«

Ich gab ihm rasch einen Kuss und streckte dann den Kopf aus dem Fenster. Das Tor konnte ich natürlich nicht sehen, aber darum ging es auch gar nicht. Ich brauchte nur frische Luft, weil ich mich plötzlich fühlte, als säße ich in der Falle. Ein bisschen war das schon immer so auf Farthing. Es hat nichts mit Klaustrophobie zu tun, jedenfalls nicht im üblichen Sinne. Zum Teil lag es an Mummy und den Partys, die sie ausrichtet – als hätte sie wieder Macht über mich. Zum anderen lag es aber auch daran, dass Farthing so abgelegen ist, dass man nur schwer wegkommt, obwohl man in zwei Stunden in London sein könnte. Darum hatte ich darauf bestanden, mit dem Auto zu fahren, obwohl es leichter war, den Zug nach Farthing Junction zu nehmen und sich dort abholen zu lassen, was die meisten auch taten.

Doch nun saßen wir trotz aller Vorsichtsmaßnahmen hier fest und konnten trotz des Hillmans nicht fort. Ich spürte wieder den schrecklichen Druck auf der Brust wie mit vierzehn, als Hugh gerade gestorben war und Mummy und Daddy alles auf mich abgeladen hatten wie einen großen, schweren Stein. Panisch atmete ich tief durch, doch selbst die süße Maienluft mit dem Duft der Hasenglöckchen und Lilien half nicht.

Der Gong zum Essen kam gerade zur rechten Zeit, denn er brach den Bann. Ich reichte David den Arm und ließ mich von ihm nach unten führen, wobei ich mich gleich besser fühlte. Solange meine Hand auf seinem Arm lag, waren wir zusammen, waren wir immerhin zu zweit, selbst wenn wir zeitweise gefangen und von Feinden umgeben waren.

Mummy und Sukey standen in der Halle. Sukey war es irgendwie gelungen, sich doch noch umzuziehen; wie immer trug sie ein Kleid mit Spitzenkragen und Manschetten sowie eine Haube. Sukey war wahrscheinlich die einzige Frau in England, die noch eine Haube trug. Offenbar hatte sie es geschafft, Daphne und Angela rechtzeitig aus dem Zimmer zu komplimentieren. »Ich halte ihn für einen Gentleman«, sagte Sukey, als wir vorbeigingen.

»Polizisten sind niemals Gentlemen«, sagte Mummy entschieden.

»Er ist immerhin Inspector, deshalb glaube ich, die Bekanntschaft mit ihm könnte vorteilhaft sein.«

»Nützlich vielleicht, in gewisser Hinsicht, aber ich würde mich nicht einmal mit einem Chief Constable zu Tisch begeben«, erwiderte Mummy mit leichtem Schaudern.

»Sein Vater hat ein Gut in Lancashire«, sagte Sukey. »Ich habe im *Who's Who* nachgeschaut.«

Dem »Lancashire« entnahm ich, dass sie von Inspector Carmichael redeten, in dessen Stimme ab und zu ein leichter nördlicher Akzent zu hören war. Zuerst klang sie ganz normal und weich, als hätte er rund geschliffene Flusskiesel im Mund, doch wenn sie auf etwas stieß, wurde sie rauer, dann rollte ein Stein mit, der nicht ganz so rund war wie die anderen. Mir gefiel das, aber Mummy verabscheute es bestimmt.

Ich grüßte die beiden nur kurz und überließ sie ihrem kleinen Disput. Mummy gewann offenbar, wie immer, denn weder Carmichael noch ein anderer Polizist tauchten beim Dinner auf. Überhaupt war die Gesellschaft recht klein – nur die Übernachtungsgäste. Wer weiß, was man den übrigen Eingeladenen gesagt hatte, oder ob die Polizei sie gar ohne weitere Erklärung am Tor abgewiesen hatte.

Es war eine eigenartige Versammlung. Die Sitzordnung muss für Sukey ein Albtraum gewesen sein. Kein Wunder, dass sie den Polizisten gerne dabei gehabt hätte. Es gab vier Ehepaare: die Normanbys, die Francises, Mummy und Daddy sowie David und mich; dann Onkel Dud, Tibs, Eddie, der Witwer ist, samt Sohn und Tochter, und Lord Manningham, dessen Frau bei Angela war. Sukey aß mit uns, was nicht immer der Fall war, sondern nur, wenn es eine krumme Anzahl von Gästen auszugleichen galt, doch selbst damit war das Arrangement höchst unglücklich.

Ich saß zwischen Tibs und Mark, und David saß fast am anderen Ende des Tisches, zwischen Sukey und Eddie.

Natürlich war der Mord das einzige Gesprächsthema, und die Bediensteten taten nicht einmal so, als würden sie weghören. Daphne, die auf der anderen Seite neben Tibs saß, trank ziemlich viel, blamierte sich aber nicht.

Der erste Gang bestand aus einer köstlichen Kressesuppe mit kleinen dunklen Malzbrötchen. Ich hätte mit Tibs plaudern sollen, grinste ihn aber nur kurz an und tunkte das Brötchen ein. Er übernahm meinen Part, vielleicht wollte er aber auch wirklich reden. Der Verlust eines Mannes, den er für einen der Retter des Landes gehalten und zu dem er aufgeschaut hatte, jedenfalls politisch, hatte ihm offensichtlich einen Schock versetzt. Tibs interessierte sich eigentlich nicht für Politik, kaum mehr als Onkel Dud. Manchmal kam es mir so vor, als übernähmen die beiden nur

Mummys Ansichten. Ich konnte mir gut vorstellen, dass Onkel Dud der Meinung war, als Tochter eines Herzogs und Frau eines Viscount müsse sie einfach richtig liegen mit ihrer Meinung zur Wiederbewaffnung, zum Frieden mit Hitler oder anderen komplizierten politischen Fragen. Tibs überraschte mich, weil er ziemlich gut Bescheid wusste, was Sir James alles getan hatte, nicht nur über den »Ehrenhaften Frieden«, was ja jeder gewusst hätte, sondern auch über solche Sachen wie das Bildungsgesetz, das er zuletzt befürwortet hatte. Dann überraschte er mich gleich noch einmal, als er sagte, seiner Meinung nach hätten Terroristen den Mord begangen.

»Aber wie sollten sie ins Haus gelangt sein?«, fragte ich und aß den letzten Löffel Suppe.

»Vielleicht früher am Abend, als Gäste getarnt, und dann mussten sie sich nur noch verstecken und abwarten. Terroristen tarnen sich doch immer«, sagte er. »Oder sie sind durchs Fenster. Rein und dann wieder raus. Mit Seilen.« Die Idee schien ihm zu gefallen. »Hugh und ich sind mal auf Allingham so ins Haus.«

»Allingham ist gotisch«, sagte ich. »Jede Menge Vorsprünge. Sehr leicht zu erklimmen. Farthing überhaupt nicht.«

Tibs sah ein wenig bedröppelt drein. »Sie könnten Haken benutzt haben«, sagte er.

»Warum sollten Anarchisten Sir James töten?«, fragte ich. Der Fisch wurde gerade hereingebracht, und nun hätte ich mich pflichtgemäß Mark zuwenden sollen, doch noch waren die Teller nicht bei uns angelangt.

»Anarchisten wollen doch immer Unruhe stiften, und der Mord an einem Politiker bringt viel Unruhe. Ein paar Leute meinten sogar, bei den nächsten Wahlen würde er die Partei führen und danach dann das ganze Land. Vielleicht macht es denen auch einfach nur Spaß, Leute umzubringen. Hast du mal von den Thugs in Indien gehört?«

Das hatte ich, hielt es aber in dem Zusammenhang nicht für relevant. Jeffrey reichte mir gerade meinen Teller, und ich musste mich Mark zuwenden, worauf ich mich den ganzen Gang ärgerte, weil er mir Lügen darüber auftischte, wie er die Leiche gefunden hatte. Ich wusste, dass es Lügen waren, und er wusste es, aber ich konnte ihm nicht sagen, was ich wusste, weshalb die ganze

Angelegenheit ziemlich peinlich war. Vergeblich versuchte ich, das Thema zu wechseln. Normalerweise unterhalte ich mich gern mit Mark, weil er amüsant ist und mich zum Lachen bringt, aber an jenem Abend eben nicht. Er beschrieb mir die Leiche in allen Einzelheiten, und auf diese Weise erfuhr ich, dass Sir James einen Stich ins Herz bekommen hatte, und dass ein Judenstern, wie man sie auf dem Kontinent kennt, an dem Toten gefunden worden war.

Ich sah zu David hinüber, der still seinen Spargel aufspießte und mit Sukey sprach. Ich hatte geglaubt, dass Mummys Anschuldigung aus der Luft gegriffen war und auf Vorurteilen beruhte, doch da hatte ich noch nichts von dem Stern gewusst. Zum ersten Mal kam mir der Gedanke, dass David ernsthaft des Mordes verdächtigt werden könnte, vielleicht sogar von der Polizei. Ihm war das sicher schon längst gedämmert – er hatte die Einzelheiten bestimmt schon früher erfahren. Dennoch saß er ruhig da und sah mich lächelnd an, als er meinen Blick spürte. Ich wollte ihn beschützen, ihn in den Arm nehmen und vor Verletzungen bewahren oder hinter den dicken Mauern einer Burg verstecken, wo niemand ihn finden konnte. Stattdessen hatte ich ihn hierher gebracht, wo er am Tisch sitzen und Lachs mit Sauce hollandaise essen musste, und zwar inmitten seiner Feinde.

Wie üblich saß Mummy am Kopf der Tafel. Die Unterhaltung mit Sir Thomas Manningham nahm sie vollkommen in Anspruch. Plötzlich wünschte ich mir, Tibs' imaginäre Terroristen wären nicht gekommen, um einen bekannten Politiker zu erdolchen, sondern hätten stattdessen Mummy umgebracht.

Acht

Erst am späten Abend waren Carmichael und Sergeant Royston so weit, dass sie überhaupt daran denken konnten, Farthing zu verlassen. Mit Jeffreys Hilfe hatten sie sich in einem der Räume eingerichtet, die Lord Eversley als Büros dienten. Das kleine Zimmer mit Telefonanschluss und Schreibtisch konnte auch für Befragungen benutzt werden. Carmichael nahm den äußerst bequemen Stuhl hinter dem Schreibtisch in Beschlag. Sie hatten es geschafft, mit allen Anwesenden zumindest einmal kurz zu sprechen. Das Personal hatte ihnen ein recht ordentliches Dinner serviert und selbst Izzard etwas ans Tor gebracht. Als Yately zum Rapport erschien, wollte Carmichael gerade Schluss machen.

»Können Sie uns eine Unterkunft in Winchester empfehlen?«, fragte er. »Es hat keinen Sinn, in die Stadt zurückzukehren, nur um morgen wieder herauszufahren.«

Yately lächelte. »Das *Eversley Arms* in Castle Farthing liegt sehr günstig, und ich habe gehört, das Essen sei gut und die Zimmer sauber.«

Royston erschauderte. »Die Leute hier nennen den Ort Clock Farthing«, merkte er an.

Carmichael lachte. »In Winchester ist es sicher ruhiger.«

»Da haben wir das *George* und das *King's Head*«, sagte Yately. »Oder das Bahnhofshotel in Farthing Junction. Das ist näher.«

»Wir werden es dort versuchen«, sagte Carmichael. »Royston, lassen Sie sich von Jeffrey den Weg beschreiben. Aber ganz genau. Und danach holen Sie den Wagen.« Auf seiner Karte war die Eisenbahnlinie zwar verzeichnet, doch verlassen wollte er sich auf die Angaben nicht mehr, erst recht nicht im Dunkeln.

»Sobald ich in Winchester bin, schicke ich eine Ablösung für Izzard«, sagte Yately.

»Sehr gut. Das Tor sollte rund um die Uhr bewacht werden.« Carmichael gähnte und streckte sich. »Sechs-Stunden-Schichten sind wahrscheinlich am sinnvollsten.«

»Es wird schwierig werden, sie alle hierzubehalten«, sagte Yately. »Ein paar haben sich schon erkundigt, wann sie abreisen können.«

»Wer?«, fragte Carmichael.

»Mrs Kahn, Sir Thomas Manningham und der Duke of Hampshire. Ich habe ihnen gesagt, sie müssten vorerst bleiben, könnten aber vielleicht morgen fahren.«

»Der Duke schon, bei Mrs Kahn bin ich mir nicht so sicher.«

»Ach, halten Sie Kahn für den Täter?«

»Damit würde ich zu weit vorgreifen«, sagte Carmichael. »Im Augenblick halte ich noch jeden für verdächtig. Vorerst will ich keine Möglichkeit ausschließen. Falls Kahn der Täter ist, müsste seine Frau darin verwickelt sein. Sie ist sein Alibi. Noch kann ich mir nicht vorstellen, warum sie mitgemacht haben sollte, aber Frauen sind unberechenbar, und offensichtlich liebt sie Kahn. Im Moment gibt es viele Verdachtsmomente gegen Kahn, aber keinen überzeugenden Beweis gegen irgendjemanden.«

»Manche Leute können sich um Mitternacht leichter in Landhäusern bewegen als andere«, sagte Yately.

»Es war aber später – Sir James ist um eins noch gesehen worden. Der Bericht von Green interessiert mich sehr; bitte tun Sie Ihr Möglichstes, um ihn morgen dabeizuhaben.«

»Das wird eine Menge Fragen beantworten«, stimmte Yately zu. »Aber wir wissen schon jetzt, dass es zwischen eins und neun geschah.«

»Und wir können davon ausgehen, dass nach eins niemand mehr ins Haus gekommen sein dürfte«, sagte Carmichael.

Yately seufzte, denn nur ungern gab er die Idee eines geheimnisvollen Anarchisten auf. »Sergeant Royston hat sich davon überzeugt, dass man das Fenster von außen nicht erreichen kann. Ein Einbruch im Erdgeschoss wäre zwar möglich, hätte aber unweigerlich Spuren hinterlassen, und die gibt es nicht«, sagte er betrübt.

Carmichael zeigte auf den Grundriss. »Die Bediensteten waren in den Dachkammern und hatten an Mrs Simons oder Mr Hatchard vorbeigemusst, deren Zimmer jeweils am Ende der Stuben für Frauen und Männer liegen. Die Türen waren verschlossen, und nur sie hatten die Schlüssel. Damit fallen die Bediensteten komplett weg, es sei denn, Haushälterin oder Butler wären beteiligt. Bleiben also die Familie und die Gäste sowie Mrs Dorset, wo immer man sie einordnet.«

»Dann muss Mr Kahn der Täter sein«, sagte Yately. Carmichael hörte das freundliche Schnurren des Bentleys und das Knirschen der Reifen auf dem Kiesweg. »Von den fünfzehn Personen hatte er als Einziger ein Motiv.«

»Aber ein sehr schwaches«, sagte Carmichael. »Es beruht nur auf seiner Religionszugehörigkeit. Er ist Jude – Thirkie hasste Juden und hat maßgeblich zum Frieden mit Hitler beigetragen. Glauben Sie wirklich, Kahn könne seinen Ärger darüber nicht unterdrücken? Immerhin hat er Lord Eversleys Tochter geheiratet. Außerdem müsste er schon sehr dumm sein, um jemanden auf diese Weise zu ermorden und dann noch den Stern zu hinterlassen, und dumm ist Kahn nicht, oder ich müsste mich sehr irren. Ich habe nur kurz mit ihm gesprochen, morgen werde ich ihn gründlicher befragen, doch ich halte mir alles offen.«

Royston kam ins Zimmer. »Ich habe die Wegbeschreibung, Sir, und der Wagen steht bereit.«

»Gut gemacht.« Carmichael erhob sich.

»Dann gehe ich jetzt auch«, sagte Yately und öffnete die Tür. »Sie mögen sich ja alles offen halten, so wie ich auch, aber wenn Kahns Motiv schon dünn ist, dann hat außer ihm anscheinend überhaupt niemand ein Motiv.«

»*Cui bono?*«, fragte Carmichael im Hinausgehen. »Das werden wir morgen wissen, wenn wir das Testament haben. Ich habe den Yard auch gebeten, alles zu schicken, was über die Gäste bekannt ist. Vielleicht findet sich da ein Motiv. Vielleicht war es ja der Duke of Hampshire.«

Yately lachte nicht, sah sogar gekränkt aus. »Jeder weiß, dass Seine Gnaden sich nur für die Jagd und Pferde interessiert«, erwiderte er tadelnd. Im Vorbeigehen klopfte ihm Carmichael lachend auf die Schulter.

Hatchard öffnete die Eingangstür. In dem Moment schwebte Lady Eversley in die Eingangshalle.

»Ach ...«, sagte sie.

»Die Herren Polizisten gehen gerade, Mylady«, sagte der Butler.

»Wäre das denn alles, Inspector?«, fragte sie. »Ist die Sache damit erledigt, und ich kann morgen wieder normal ein- und ausgehen?«

»Leider nicht, Lady Eversley. Wir verabschieden uns für heute, kommen aber morgen früh wieder und werden nicht eher ruhen, bis wir den Mörder gefasst haben.«

»Nur für heute, ach je«, sagte sie. »Nun, morgen mag das noch angehen, aber am Dienstag muss ich unbedingt nach London.« Ihr Lächeln erinnerte Carmichael an eine Zeichnung aus Andersens *Schneekönigin*, die er als Junge gesehen hatte. Schon zum zweiten Mal an diesem Tag wünschte er sich eine Invasion herbei, ja selbst die Invasion des Reichs, die der Farthing-Kreis verhindert hatte. Carmichael mochte Hitler nicht – hegte sogar den Verdacht, dass er deutlich weniger für Hitler übrig hatte als Lady Eversley –, doch Hitlers Sturmtruppen hätten Ihre Ladyschaft vielleicht ein wenig wachgerüttelt und dazu gebracht, ihre Prioritäten zu überdenken.

»Ein Mord ist geschehen«, sagte er ebenso eisig. »Ich kann noch nicht sagen, wie lange die Untersuchung dauern wird.«

»Wir sind alle sehr erschüttert über das, was Sir James widerfahren ist«, sagte Lady Eversley. »Ich hoffe, ich erscheine Ihnen nicht ungeduldig und gefühllos. Aber am Dienstag ist eine wichtige Abstimmung, und Sir James hätte sicher nicht gewollt, dass mein Gatte sie verpasst.«

»Ich werde mein Bestes tun, doch in diesem Stadium kann ich nichts versprechen«, sagte Carmichael.

»Ich danke Ihnen.« Sie lächelte freundlich und entschwebte durch die Tür, durch die sie gekommen war.

»Miststück«, sagte Royston kaum hörbar, als sie auf dem Kiesweg standen.

»Hat ihr Versuch, charmant zu sein, Sie nicht beeindruckt?«, fragte Carmichael und schloss die Wagentür. »Mich auch nicht. Ein Miststück mit jeder Menge Macht. Immer und überall die Erste und die Beste, ein hundertprozentiges Miststück, echtes südenglisches Vollblut.«

»Ich hätte gedacht, der Mord an einem Freund würde sie mehr mitnehmen«, sagte Royston, während sie zum Tor fuhren. Yately fuhr hinter ihnen – Carmichael sah, als er sich umdrehte, die blendend hellen Scheinwerfer.

»Falls er überhaupt ein Freund war.«

»Warum sollte sie ihn über Nacht einladen, wenn er nicht ein guter Freund war?«

»Vielleicht, damit er glaubte, sie wären gute Freunde.«

Royston dachte schweigend darüber nach. Sie fuhren an Izzard vorbei und folgten den kleinen, gewundenen Straßen Hampshires. »Glauben Sie etwa, dass sie es war?«, fragte er nach ein paar Kilometern.

»Ich bleibe für alles offen«, sagte Carmichael ausweichend.

Das Bahnhofshotel ließ sich am ehesten als »schlicht« beschreiben. Carmichael nahm es erst so richtig wahr, als er am nächsten Morgen aufwachte. Ein Weilchen genoss er noch das bequeme Bett und sann über den gestickten Spruch an der gegenüberliegenden Wand nach: »Haltet fest am Guten«. Er konnte sich gar nicht erinnern, an welcher Stelle das in der Bibel stand, was angesichts der vielen Verse, die er hatte auswendig lernen müssen, eigentlich erstaunlich war. Das Lernen von Bibelversen war die übliche Strafe gewesen; es hatte zwar nichts genutzt, seinen Kopf aber immerhin mit Zitaten gefüllt. Doch dieser Spruch war offenbar nicht darunter gewesen.

Haltet fest am Guten – was zum Teufel sollte das heißen? Greif zu, wenn dir was gefällt, und halte es fest in der Hand? Das Credo aller Eversleys und Thirkies dieser Welt. Carmichael musste zugeben, dass ihm die Innenwelt von Farthing ebenso wenig zusagte wie die umliegende Landschaft. Lady Eversley hielt sicher fest, was sie hatte, und sorgte schön standesbewusst dafür, dass niemand anders es in die Hand bekam. Er ging eigentlich nicht davon aus, dass sie Thirkie umgebracht hatte. Sie hatte kein Motiv, und ihre Hände waren zart und klein. Greens Bericht würde sie in dieser Hinsicht ausschließen oder belasten, je nachdem. Er wünschte sich allerdings, sie hätte es getan, denn er würde sie gerne hängen sehen. Kam eine Viscountess überhaupt an den Galgen? Oder wurde sie eher mit dem Schwert gerichtet wie Anna Boleyn?

Wie würde sich Lady Eversley auf dem Schafott benehmen? Zweifellos bis zuletzt hochnäsig, am Guten festhaltend bis zum Ende. Hatte nicht James I. noch gesprochen, nachdem man ihm den Kopf abgeschlagen hatte? Haltet fest ... Carmichael seufzte. Man konnte das auch als Mahnung verstehen, sich an das Gute und Wahre zu halten. Das klang eher so, als könnte Jesus es gesagt haben.

Carmichael stand auf, wusch sich mit kaltem Wasser und ging zum Frühstück nach unten. Überraschenderweise war das Essen gut – frische Eier, Rührei mit Schinken und Käse auf dicken Scheiben Toast. Sogar die *Times* lag da, ohne Zweifel mit dem Milchzug frisch aus London gekommen und mit dem Mord an Thirkie auf der ersten Seite sowie einer zweiten Schlagzeile über eine erneute Rückeroberung von Kursk. Carmichael wusste nicht, ob es diesmal von den Nazis oder von den Sowjets eingenommen worden war, las aber auch nicht nach. Sicher würde sich die Presse heute Morgen auf Farthing stürzen. Bloß gut, dass ein Bobby am Tor stand.

Royston setzte sich zu ihm, und die Wirtin stellte einen zweiten Teller auf den Tisch. Dann brachte sie eine Teekanne. Carmichael trank den Tee lieber nicht so stark, weshalb er die Zeitung hinlegte und sich sofort eingoss. »Tee?«, fragte er Royston.

»Ein wenig später, Sir, wenn es Ihnen nichts ausmacht. Haben Sie gut geschlafen?«

»Schon, doch ich bin mit einem zynischen Blick auf die Welt aufgewacht. Haben Sie auch einen Spruch in Ihrem Zimmer hängen?«

»Einen Spruch?« Royston sah überrascht aus.

»Einen gestickten Spruch aus der Bibel?«

»O ja.« Royston nahm den Deckel von der Teekanne und rührte um. »Schreckliche blaue und rote Wolle. ›Du bist der Herr, der mich sieht.‹ Aber das s in ›sieht‹ ist so zackig geraten, dass es wie ›zieht‹ ausschaut. Das würde erklären, warum meine Schwägerin so oft über ein Ziehen im Unterleib klagte.«

Carmichael lachte. »Laut der *Times* macht Scotland Yard Fortschritte und rechnet bald mit einer Verhaftung.«

»Wobei?«

»Bei diesem Fall«, sagte Carmichael.

»Wie haben die denn davon Wind bekommen?«

»Noch dazu an einem Sonntag – ganz schön geschäftstüchtig. Ich habe den Verdacht, dass da jemand geplaudert hat. Es könnte Betty am Tor gewesen sein, obwohl ich nicht glaube, dass sie genug Grips dafür hat. Genauso gut könnte es jemand im Haus gewesen sein, vielleicht Lady Eversley selbst. Sie mag Publicity.«

Der Yard war es jedenfalls nicht gewesen, das wussten beide.

»Na ja, wir hätten's nicht ewig unterm Teppich halten können«, sagte Royston weise und schob sich ein Stück Speck in den Mund.

Carmichael überzeugte sich, dass die Wirtin außer Hörweite war. »Wir sollten die Wohnung der Kahns durchsuchen lassen. Ich glaube zwar nicht, dass viel dabei herauskommt, aber interessant wäre es in jedem Fall. Und momentan erscheint es mir gerechtfertigt.«

»Sind über Nacht neue Beweise aufgetaucht?«

»Nein, Sergeant, ich wollte nur erst einmal darüber schlafen. Geben Sie es durch, sobald wir im Haus sind.« Carmichael nahm den letzten Bissen Toast und trank den Tee in kleinen Schlucken. In ihrer kleinen Londoner Wohnung würde Jack sicher die Gelegenheit nutzen, im Bett zu bleiben. Jack war während der Militärzeit sein Bursche gewesen und nahm wie alle ehemaligen Soldaten jede Gelegenheit wahr, um auszuschlafen. Wenn Carmichael zu Hause gewesen wäre, wäre Jack klaglos aufgestanden – selbst im Morgengrauen, wenn es sein musste –, hätte ihm Frühstück gemacht und eine perfekte Tasse Yunnan Tee im japanischen Teegeschirr serviert. Doch so konnte er im Bett bleiben, und Carmichael musste Ceylon Tee trinken, der nur deshalb nicht zu stark geworden war, weil er sich rechtzeitig eingegossen hatte. Was soll's, er hatte diesen Beruf gewählt, und wer sagte denn, dass es im Leben gerecht zuging.

»Fertig, Sergeant?«, fragte Carmichael.

Royston trank hastig aus und sah ihn vorwurfsvoll an. »Schon bereit, Sir.«

Die Fahrt nach Farthing verlief ohne Zwischenfälle. Das Wetter war nicht ganz so schön wie am Tag zuvor, am weiten blauen Himmel zeigten sich vereinzelte Wolken. Auch herrschte mehr Verkehr – ein Traktor, mehrere Bauernkarren und ab und zu ein Automobil. Es wurden mehr, als sie sich Farthing näherten, und an der Zufahrtsstraße standen die Wagen Stoßstange an Stoßstange.

Die Presse, nahm Carmichael an. War wohl sonst wenig los. Oder Thirkie war den Leuten doch wichtiger, als Carmichael angenommen hatte. Der Bobby am Tor sah sie stirnrunzelnd an. »Niemand darf das Grundstück betreten«, sagte er mit müder Stimme, als hätte er den Satz an diesem Morgen schon zu oft gesagt.

Die Kirchenglocke schlug neun. Carmichael wartete, bis der Lärm verklungen war, dann zückte er seinen Ausweis. »Scotland

Yard.« Nachdem der Bobby den Ausweis geprüft und zurückgegeben hatte, öffnete er das Tor. Als die Journalisten das mitbekamen, rückten sie näher, schossen Fotos und brüllten Fragen, die Carmichael geflissentlich ignorierte.

»Wir geben später eine Presseerklärung ab«, beschied er dem Polizisten. »Sagen Sie das allen.« Reine Zeitverschwendung, aber nicht zu vermeiden. Yately sollte den Text verfassen, aber er selbst musste ihn dann verlesen.

»Vielen Dank, Sir«, sagte der Bobby.

»Ist Inspector Yately schon eingetroffen?«, fragte Carmichael.

»Noch nicht, Sir, aber ich erwarte ihn jeden Moment.«

Der Mann war zumindest mehr auf dem Posten als Izzard. »Schicken Sie ihn zu mir, sobald er kommt«, sagte Carmichael. »Und machen Sie weiter so, Constable. Tut mir leid, dass es so öde ist. Vielleicht kriege ich jemanden dazu, Ihnen eine Erfrischung runterzuschicken.«

»Das wäre sehr angenehm, Sir«, sagte der Polizist und salutierte, als sie durch das Tor fuhren. Mehrere Fotoapparate schossen hoch.

»Offensichtlich arbeitet montags in Winchester ein besserer Schlag Polizisten«, sagte Carmichael.

»Der arme Kerl, und es ist gerade erst neun«, sagte Royston und stellte den Wagen ordentlich ab.

Der Butler öffnete. »Guten Morgen, Hatchard. Gab es Post für mich?«, fragte Carmichael aufgeräumt.

»Sie wurde in Ihr Büro gelegt, Sir«, sagte der Butler mit dem Gehabe eines Menschen, unter dessen Würde es ist, sich um die Belange des Fußvolks zu kümmern.

»Danke«, schnarrte Carmichael.

Nachdem die Tür des kleinen Büros hinter ihnen zugefallen war, wandte er sich an Royston. »Sobald Yately eintrifft, soll er als Erstes Hatchard befragen.«

»Sie glauben doch nicht, dass Hatchard der Täter ist? Unser Gespräch gestern war reine Routine.«

»Ich halte ihn keine Sekunde für den Mörder, doch er hatte die Möglichkeit gehabt, also kann Yately noch einmal seine Aussage mit ihm durchgehen. Er könnte einen Dämpfer vertragen.«

Royston lachte. Carmichael nahm einen dicken Umschlag mit

Londoner Poststempel vom Schreibtisch. Der Yard war wieder einmal fündig geworden.

»Sie kümmern sich um die Durchsuchung von Kahns Wohnung, ich werde das hier durchsehen«, sagte Carmichael und setzte sich hinter den Schreibtisch.

»Sie sehen aus wie ein kleiner Junge am Weihnachtsmorgen«, sagte Royston und griff nach dem Telefon. »Sagen Sie Bescheid, wenn es was Interessantes gibt. Was erwarten Sie?«

»Informationen«, sagte Carmichael lächelnd. »Was genau, kann ich nicht sagen, aber es mangelt im Moment noch an harten Fakten. Wenn Sie den Anruf erledigt haben, können Sie die Dienstboten befragen, mit denen Sie noch nicht gesprochen haben. Es schadet nichts, gründlich vorzugehen, und selbst vollkommen Unbeteiligte könnten etwas gesehen haben.«

»Jawohl, Sir«, sagte Royston, aber Carmichael war bereits in den Inhalt des Umschlags versunken.

NEUN

In jener Nacht lagen David und ich engumschlungen im Bett, aber wir schliefen nicht miteinander. Uns war beiden nicht danach – auch das gehörte zu den Dingen, bei denen wir immer gleich empfanden. Ich hatte Angst, und er wahrscheinlich auch, aber wir sprachen nicht darüber, wir lagen nur da und hielten uns die ganze Nacht fest im Arm. Über solche Dinge kann man nicht im Dunkeln reden.

Am Montagmorgen stand ich nicht so früh auf. Die verdammten Vögel weckten mich wieder im Morgengrauen, indem sie sich das Herz aus dem Leibe sangen, aber ich zog das Kissen über den Kopf und schlief weiter. Im Halbschlaf hörte ich, wie David aufstand. Als ich dann ganz aufwachte, war er schon gewaschen und rasiert und zog sich gerade an. Mummy hielt es für schrecklich bourgeois, sich vor den Augen der Gattin anzuziehen. Nur Bergleute und ähnliches Pack seien gezwungen, das zu tun, weil ihre Behausungen so klein waren. Ich sehe David beim Anziehen und Ausziehen sehr gerne zu; er hat einen schönen Körper, den ich in jedem Zustand mag. Deshalb lag ich da und schaute zu, wie er Alltagskleidung anzog. Als er bemerkte, dass ich wach war, setzte er sich aufs Bett und küsste mich.

»Bleib liegen, so lange du willst«, sagte er. »Es ist erst acht. Ich bin nur aufgestanden, weil die Polizei sicher noch mal mit mir sprechen will.«

Sie hatten uns auch am Abend zuvor verhört, erst David sehr lange und dann mich sehr kurz. Sie hatten gefragt, wo ich zwischen eins und neun gewesen war, und wen ich gesehen hatte. Ich sagte, David und ich hätten im Bett gelegen, und ja, wir würden im selben Bett schlafen, und ja, ich hätte es gemerkt, wenn er aufgestanden wäre, weil ich außen schlief und das Bett nicht besonders groß war. Ein französisches Bett, nur ein Meter zwanzig, gerade breit genug für zwei Leute, die sich sehr liebten. Als ich das sagte, erschien auf Inspector Carmichaels Gesicht ein Ausdruck, wie ihn Leute bekommen, wenn Jungvermählte sentimental werden, doch Inspector Yately aus Winchester wirkte eher peinlich berührt. Keine Ahnung, ob er besonders sittenstreng ist oder Juden verabscheut. Ich erzählte ihnen auch, dass ich zum Baden aufgestanden und dann Mummy begegnet war, doch das schien sie nicht zu interessieren. Ich erwähnte nicht, wie ungewöhnlich es war, dass sie um diese Zeit schon auf gewesen war, nur dass ihr Schlafzimmer im Flur darunter lag. Dann berichtete ich noch vom Kirchgang und wer wann heruntergekommen war, was sie sich alles aufgeschrieben hatten.

»Gibt es denn etwas, das sie dich noch nicht gefragt haben?« Ich setzte mich auf und griff nach der Haarbürste.

»Ich glaube nicht«, sagte David und streichelte beinahe abwesend meinen Arm, aber so, dass ich eine Gänsehaut bekam. »Es gibt ja auch nichts zu fragen. In dem Zeitraum, der sie interessiert, habe ich geschlafen, und danach habe ich mit dir und Tibs gefrühstückt. Die meisten Fragen drehten sich auch um andere Dinge. Mich verdächtigen sie wohl am meisten. Der Stern und so weiter.«

»Das ist lächerlich«, widersprach ich vehement. »Mein armer Schatz, glaubst du, du bist tatsächlich in Schwierigkeiten?«

Er lächelte, um mich zu beruhigen, doch ich hob die Hand, um seiner Berührung auszuweichen und ihm klarzumachen, dass ich eine ehrliche Antwort wollte. Unsere Körper verstehen sich gut, manchmal besser als der Verstand. »Könnte sein«, sagte David nach kurzem Schweigen. »Ich habe nichts Falsches getan, doch das lässt sich nur schwer beweisen. Anscheinend wollte jemand es so aussehen lassen, dass ein dummer Mensch annehmen könnte, ich wäre der Täter.«

»Meinst du, Mummy hat uns absichtlich eingeladen, damit der Verdacht auf dich fällt?«, fragte ich leise. Das war mir mitten in der Nacht eingefallen.

»Dann müsste sie vorher gewusst haben, dass man Sir James ermorden würde«, warf David sehr vernünftig ein. »Ich weiß ja, dass du deiner Mutter manchmal übernatürliche Kräfte zuschreibst, aber mal im Ernst, wie ist das möglich? Es sei denn, sie hätte es selbst getan – und ich kann mir kaum vorstellen, dass sie einem Freund das Messer in die Brust stößt.«

»Das liegt daran, dass du Mummy noch nicht lange kennst. Außerdem war Sir James nur ein Verbündeter, kein Freund. Aber du hast recht – Mummy würde jemandem das Messer in den Rücken stoßen.«

»Die englische Polizei ist wunderbar«, zitierte David, meinte es aber auch genau so. »Wahrscheinlich finden sie den Schuldigen ziemlich bald, und dann lachen wir darüber, dass wir uns solche Sorgen gemacht haben. Ich hoffe nur, dass sie es schaffen, bevor es allzu unangenehm wird.«

»Ja, ich auch«, sagte ich inbrünstig. Ich küsste ihn und ließ die Bürste fallen.

David hob sie auf und strich mit den Fingern über die Rückseite. »L, R, E«, sagte er. Das »R« steht für meinen furchtbaren zweiten Vornamen, Rowena, den Daddy ausgesucht hat, er stammt aus *Ivanhoe*. »Wir müssen dir eine neue besorgen.«

»Es ist das einzige Stück mit meinen alten Initialen, das ich behalten habe«, sagte ich. (Die neuen, LRK, haben mich auf den Gedanken gebracht, das »u« von Lucy noch einzufügen, dann stünde da LURK – auf der Lauer liegen –, das wäre lustiger.) »Hugh hat sie mir geschenkt.«

»Dann darfst du sie natürlich keinesfalls weggeben.« David hatte sofort erfasst, worum es ging.

»Deshalb habe ich sie ja behalten«, sagte ich, nahm sie ihm aus der Hand und bürstete wieder mein Haar.

»Meinst du, Hugh wäre dafür gewesen?«, fragte er. »Du und ich, meine ich? Wenn er noch lebte?«

»Du warst doch sein bester Freund!«, sagte ich überrascht. Ich habe nie daran gezweifelt, dass Hugh bei allen familiären Kämpfen stets auf meiner Seite gewesen wäre, mal ganz davon abgesehen, dass es weniger davon gegeben hätte, wenn er am Leben geblieben wäre als Alleinerbe.

»Ja, aber ... Das ist doch ein ziemliches Klischee, oder? Einen die Schwester heiraten lassen. Er hat mich nie der Familie vorgestellt.«

»Aber er hat in seinen Briefen an mich von dir gesprochen.« Meine Haare waren entwirrt und durchgebürstet, fielen mir aber offen über Schultern und Rücken wie bei einer Wilden oder der Lady of Shalott. Ich glitt vom Bett und griff nach den Nadeln auf dem Toilettentisch. »Daher wusste ich auch, wer du warst, als wir uns kennenlernten. Er hat geschrieben, dass du ihm das Leben gerettet hast.«

»Und er mir«, sagte David, »hundert und aberhundert Mal, bis auf das eine Mal, wo ich dann nur noch auf einem Feld in der Nähe von Salisbury zuschauen konnte, wie er abstürzte. Das war in einem anderen Leben. Wir waren alle sicher, dass wir sterben würden, und fühlten uns gleichzeitig unsterblich. Wir waren Brüder – Rasse, Religion, ob man jemanden hasste oder nicht, das alles spielte keine Rolle mehr. Mein Trainingspartner in der Ausbildung meinte allerdings, Juden gehörten nicht in die Fliegerstaffel, denn wenn Hitler uns nicht verfolgen würde, wären wir doch sofort auf seiner Seite. Ich ging mit dem Mann nach draußen, und dann droschen wir eine gute halbe Stunde aufeinander ein, bis wir nicht mehr stehen konnten. Schon daran konnte man erkennen, dass wir beide Engländer waren. Männer vom Kontinent hätten unfair gekämpft und die Sache in fünf Minuten beendet. In der Schlacht um England jedoch, als die Heinkels an ihm klebten, habe ich im Tiefflug angegriffen und die Jäger vertrieben, denn er hätte dasselbe für mich getan – was er bei anderen Gelegenheiten auch bewiesen hat. Wir haben uns gegenseitig so oft das Leben gerettet, dass wir das Zählen aufgaben, und trotzdem konnten wir uns nicht leiden. Aber der Hass war weg. Der Hass galt nur dem Feind und wurde zwischen uns durch eine merkwürdige Art Liebe ersetzt, bei der man sich zugleich gar nicht leiden kann. In Familien gibt es so etwas manchmal auch.«

Ich sagte nichts, als David wieder schwieg, denn er sprach fast nie vom Krieg, und ich wollte mehr hören und hatte Angst, er würde sich wieder verschließen, sobald ich nachhakte. Mein Haar war inzwischen gerichtet, und ich zog mich an.

»Ich meine ja nur, dass die Gefühle, die Hugh und ich 1940 füreinander hegten, nicht automatisch bedeuten, dass er einer Heirat zwischen uns zugestimmt hätte«, sagte David.

»Hat er aber«, sagte ich. »Jedenfalls so gut wie. Er schrieb, er wünsche mir, dass ich, wenn ich einmal alt genug wäre, jemanden finden würde, der ebenso vertrauenswürdig, ehrenwert und nett ist wie du. Das kann ich fast auswendig, so oft habe ich es gelesen. Das war der letzte Brief, den ich von ihm bekommen habe.«

»Magst du ihn mir zeigen?« David stiegen Tränen in die Augen.

»Ich habe ihn in London«, sagte ich, aber das war keine Antwort auf seine Frage. Ich setzte mich aufs Bett und schlug mit der Hand auf das Laken, damit David sich zu mir setzte. Ich musste über etwas sprechen, das wir schon wussten, ohne dass wir darüber je geredet hatten, und worüber sonst niemand redete, worüber Hugh und ich uns aber verständigt hatten. Dazu kam noch, dass Hugh und ich eine eigene Sprache für diese Sache erfunden hatten, weil wir es so schrecklich fanden, wie andere Leute darüber redeten. Hugh war sechseinhalb Jahre älter als ich, was für manche Geschwister ein Riesenabstand ist, wodurch sie einander fremd bleiben. Aber Hugh und ich standen uns immer sehr nah. Ich war etwa zwei und er acht, als ich mit meinen ersten unsicheren Schritten auf ihn zutapste, das gehört zu meinen frühsten Erinnerungen. Wir haben immer über alles gesprochen, schon als ich noch zu jung war, um zu verstehen, wie wenig das anderen Leuten gefallen würde und wie wenig sie es verstehen würden. Ich war unsicher, ob es David gefallen würde, deshalb hatte ich noch nie darüber gesprochen – und das Thema war auch nie zwischen uns aufgekommen, jedenfalls nie dermaßen gefühlsbeladen. Ich legte die Arme um ihn.

»Den Brief kannst du gerne lesen, aber du wirst feststellen, dass Hugh und ich über Dinge gesprochen haben, über die Männer im Allgemeinen nicht mit ihren Schwestern sprechen«, sagte ich.

David erstarrte. »Du weißt also Bescheid?«

»Ja, und es stört mich überhaupt nicht.« Auch wenn es eigenartig klingen mochte, würde ich unsere Begriffe benutzen anstatt der hässlichen, die allgemein üblich waren. »Hugh wusste, dass du eher Mazedonier als Athener bist, genau wie er.«

Überraschenderweise lachte David. »Ich weiß ja, dass du jedes Mal etwas sehr Wichtiges sagst, wenn du scheinbar vollkommenen Unsinn redest, aber was um alles in der Welt soll das heißen?«

»Alexander der Große war Mazedonier«, sagte ich. »Er liebte Hephaistion, heiratete aber dennoch zwei Mal und hatte einen Sohn. Plato war Athener, er dachte, Liebe wäre nur zwischen Jungen möglich. Und dann gibt es noch die Römer, die glauben, Liebe gibt es nur zwischen Mann und Frau, denn sie stehen manchmal allem Griechischen sehr ablehnend gegenüber. Hugh war der Meinung, die meisten Männer seien Mazedonier, würden aber so tun, als wären sie Römer, und nur wenige seien wirklich Römer und ebenso wenige wirklich Athener. Wenn du Athener wärst, hättest du mich gar nicht heiraten wollen.«

»Du bist wirklich ein außergewöhnlicher Mensch«, sagte David. »Und du hast alles die ganze Zeit gewusst und nie etwas davon erwähnt?«

»Die Leute reden nicht gern darüber«, sagte ich. »Ich habe Eddie Cheriton mal einen regelrechten Schock versetzt, als ich fragte, ob Tibs Athener ist.«

»Ich kann dir versichern, dass Tibs so sehr Athener ist wie ... wie Perikles.« David sah mich reichlich belustigt an. »Dann wusstest du also, dass Hugh und ich ein Paar waren, und es war dir gar nicht wichtig?«

»Im Gegenteil, ich halte es für sehr wichtig«, entgegnete ich. »Ich weiß, dass ihr euch geliebt habt – Hugh hat in seinen Briefen von dir gesprochen, das habe ich ja schon gesagt. Er hat alles das beschrieben, was du gerade auch berichtet hast: die Art von Liebe, die zwischen Männern entsteht, weil sie einander das Leben retten, die enge Freundschaft in der Staffel und die ganz besondere Liebe zwischen euch. Ich schrieb zurück, es müsse wohl so sein wie bei der Heiligen Schar, aber ich glaube, er hat den Brief gar nicht mehr bekommen.«

»Doch, an dem Tag, als er starb«, sagte David, dem nun Tränen über die Wangen liefen. »Der Brief steckte noch in seiner Fliegerjacke, als er in Flammen aufging. Wir bekamen unsere Post immer zum Frühstück, und Hughs Miene war so froh beim Lesen, dass ein paar Jungs ihn damit aufzogen, der Brief sei wohl von seiner Freundin, doch er sagte, nein, der sei von seiner Schwester. Dann kam der Alarm, und er steckte, als wir zu den Flugzeugen liefen, den Brief in die Brusttasche.«

Nun weinten wir beide. Es war acht Jahre her, doch es fühlte sich an, als sei es gerade eben erst passiert. Ich sah den armen Hugh vor mir, wie er den Brief einsteckte und in den Kampf zog, wie er in dem Bewusstsein starb, ich hielte ihre Gemeinschaft für eine Heilige Schar.

»Wie konntest du mich bloß heiraten, ohne mir zu sagen, dass du Bescheid weißt?«, fragte David nach einer Weile.

»Du hast es ja auch nie erwähnt. Und wir haben uns erst lange nach Hughs Tod kennengelernt. Wenn er noch am Leben gewesen wäre, hätte es anders ausgesehen. Vielleicht war ich auch ein klein wenig eifersüchtig, weil du schon jemanden vor mir geliebt hattest, aber wenigstens war es Hugh, den ich ja auch geliebt habe, und keine andere Frau. Und ich weiß genau, dass ich dir glauben kann, wenn du sagst, ich sei die erste Frau, die du je geliebt hast.«

»Ich wünschte, Hugh hätte mir verraten, dass er dir davon erzählt hat«, sagte David. »Allerdings hätte ich dann wahrscheinlich nie den Mut aufgebracht, dich anzusprechen.«

»Das schreckliche Konzert«, sagte ich. Lächelnd sahen wir einander an.

Es war ein Benefizkonzert für den Wiederaufbau der Londoner Häuser gewesen, die bei Hitlers Luftangriffen zerbombt worden waren. Keine Ahnung, warum ihnen das plötzlich 1947 eingefallen war, wo die Häuser doch schon 1940 zerstört worden waren. Möglicherweise war die Aktion aber auch schon länger gelaufen, ohne dass ich etwas davon mitbekommen hatte. David war mit seiner Mutter dort, weil sein Vater, der für seine großzügige Spende Karten bekommen hatte, nicht hingehen wollte, seine Mutter aber schon. Ich war mit Billy da, weil Eddie in der ersten Hälfte Cello spielte. Furchtbar schief – es hätte mich sehr gewundert, wenn dadurch irgendwer zum Spenden animiert worden wäre. In der zweiten Hälfte spielte sie noch ein Duett, deshalb konnten wir nicht während der Pause gehen, in der es so was wie ein Kaffeekränzchen gab – auf Tapeziertischen wurde Limonade und Kuchen zum Zehnfachen dessen angeboten, was man bei Joe Lyons dafür zahlte, doch es war ja für einen guten Zweck. Ich langweilte mich fürchterlich, war aber auch fast am Verdursten. Billy stellte sich für mich in die Schlange und kam mit dem Getränk und David zurück. Ich langweilte mich ganz furchtbar, und dann tauchte da jemand auf, der ganz anders war. Mir gefiel sein Aussehen. Ganz offensichtlich jüdisch, aber ganz offensichtlich auch umwerfend, auf eine dunkle Art. Ich erkannte den Namen sofort. »Fliegerleutnant David Kahn?«, fragte ich.

»Jetzt nicht mehr«, sagte David und lächelte zum Dahinschmelzen. »Und Sie sind die kleine Schwester von Hugh Eversley?«

Auf der Stelle verabredeten wir uns zu einem Rendezvous, nannten es aber nicht so. Ich wollte unbedingt, dass er mich anrief, um über Hugh zu reden, und als er erwiderte, er könne eine junge

Dame doch nicht so einfach anrufen, lud ich ihn zu Mummys Party am folgenden Wochenende ein. Billy war entsetzt. Kaum hatte David sich verabschiedet, um seiner Mutter Limonade zu bringen, zischte Billy: »Hast du denn nicht gesehen, dass er Jude ist? Du kannst doch unmöglich seine Bekanntschaft machen wollen?«

»Du kennst ihn doch auch«, sagte ich.

»Ich hatte geschäftlich mit ihm zu tun, das kann jedem passieren. Aber gesellschaftlich verkehren wir nicht miteinander.«

»Du hast ihn mir gerade eben vorgestellt – das war doch gesellschaftlich«, sagte ich nicht besonders freundlich. »Außerdem war er mit Hugh bei der Royal Air Force. Ich halte es für wenig sinnvoll, wenn man jemanden gesellschaftlich ausgrenzt, der sein Leben für unser Land riskiert hat.«

Zwar konnte ich Billy nicht überzeugen, aber es machte Spaß, ihn zu schockieren. Daddy hat mir vorgeworfen, ich würde David gegen die Familie ausspielen, gegen die Welt, die sie geschaffen hatten und in der ich leben sollte. Am Anfang stimmte das zur Hälfte, und die andere Hälfte war mein Bedürfnis, über Hugh zu reden. Erst auf der Party habe ich mich in David verliebt, als wir das erste richtige Gespräch führten, aber er meint, er hätte sich sofort auf dem Konzert, als er mich zum ersten Mal inmitten der anderen erblickte, in mich verliebt.

»Du weißt, dass es verboten ist.« Davids Stimme brachte mich zurück in die Gegenwart.

»Was? Mazedonier zu sein? Ja, das weiß ich. Ein dummes Gesetz, aber niemand wird deswegen verfolgt.«

»Manchmal eben doch. Wenn er wegen etwas ganz anderem belangt werden soll. Deshalb wird der Paragraf nicht gestrichen, denn er stellt ein Druckmittel dar. Er stellt sicher, dass alle tun, was die Gesellschaft verlangt. Zum Beispiel wird man Tibs nie belangen, obwohl er ganz offen mit seinen Stallburschen schläft. Denn Billy wird heiraten und den Titel erben und dann an seinen Sohn weitergeben. Aber wenn Billy nicht wäre und Tibs zur Heirat gezwungen werden müsste, um einen Erben zu produzieren, dann könnten sie ihn mit dem Verbot erpressen – sie könnten ihm drohen, ihn dafür ins Gefängnis zu bringen.«

»Von mir erfährt niemand was«, versicherte ich ihm, denn darum ging es. »Ich habe doch die ganze Zeit geschwiegen.«

»So etwas muss man verheimlichen, wenn man Feinde hat«, sagte David. »Und alle Juden haben Feinde.«

Dabei fiel mir etwas ein. »Was meinst du, ist Mark Normanby Mazedonier oder Athener?«

»Er ist verheiratet, also Mazedonier.«

»Aber sie haben keine Kinder. Ich habe ihn ja auch immer für einen Mazedonier gehalten, weil ich ihn wirklich sehr attraktiv finde. Aber gestern hat Angela so etwas gesagt, und Daphne hat komisch darauf reagiert.«

»Angela hat gesagt, Mark sei Athener?«, fragte David erstaunt. »Darüber sprecht ihr Frauen also, wenn ihr allein seid?«

»Normalerweise nicht, aber sie waren richtig gemein zueinander. Vielleicht nur aus reiner Boshaftigkeit.«

Ich wollte gerade ausführen, was sie alles gesagt hatten, als es klopfte.

Jeffrey stand in der Tür. »Falls es nicht ungelegen kommt, möchte Inspector Yately gerne noch ein paar Worte mit Mr Kahn wechseln.«

»Einen Moment, bitte«, sagte ich.

Ich umarmte David fest, zog seinen Schlips gerade und überließ ihn dann den Polizisten, doch es fühlte sich eher so an, als würde ich ihn im Kolosseum den Löwen zum Fraß vorwerfen.

Zehn

Obenauf lag ein Zettel von Sergeant Stebbings, dem phlegmatischen Diensthabenden im Yard.

»Hochrangige Gesellschaft, in der Sie sich da befinden. Anbei fast alles, um das Sie gebeten haben. Wir warten noch auf Berichte über die weniger berühmten Gäste, die wir dann nachsenden. Aber ich hielt es für besser, das Vorhandene noch mit der letzten Post rauszuschicken. Melden Sie sich, wenn wir noch etwas für Sie tun können.«

Carmichael sah die Papiere durch. Es war genug, um damit weiterzumachen, mehr als genug. Beim Blättern fielen ihm die dicke Bindung und der ungewöhnliche Umfang eines notariellen Schriftstücks auf, das er sich als Erstes vornahm.

»Letzter Wille und Testament von Sir James Martin Thirkie of Thirkie, Baronet. Ausgestellt von Gillibrand & Stubbs.« Die Abschrift des Notars, wahrscheinlich eine zusätzliche, so wie er Gillibrand & Stubbs kannte, die immer noch so taten, als befänden sie sich im Jahr 1810. Er war erstaunt, dass sie sich dazu herabgelassen hatten, den letzten Willen eines einfachen Baronets abzufassen.

Auch der Inhalt überraschte ihn. Das Testament war kurz nach der Heirat aufgesetzt worden, am 6. August 1945. Das Stammhaus der Thirkie in Yorkshire, Campion Hall in Monmouthshire an der walisischen Grenze, Thirkie House in Knightsbridge und andere aufgeführte Grundstücke sowie sämtlicher Besitz zum Zeitpunkt des Todes, ausgenommen zehntausend Pfund, gingen an »Captain Oliver Sinclair Thirkie, c/o Whites Club, St. James's Street«. Die zehntausend Pfund bekam »Angela, Lady Thirkie, es sei denn, ein Erbe ginge aus unserer Ehe hervor, wie im Ehevertrag festgehalten«. Der hervorgegangene Erbe würde alles bekommen, bis zur Volljährigkeit würde Angela alleiniger Vormund sein. Dem fürsorglich angehefteten Ehevertrag konnte Carmichael entnehmen, dass »Angela, geborene Dittany« alle Rechte an ihrem Eigentum bei der Eheschließung abgetreten hatte und sie als Witwe zusammen mit den zehntausend Pfund zurückbekommen würde. Falls die Ehe aus anderen Gründen aufgelöst werden würde … Carmichael überflog die Klauseln: Sie bekam nichts, wenn sie die Scheidung einreichte, er verlor eine Menge Geld, wenn er es tat. Eigentlich das Übliche, abgesehen von der Sache mit dem Erben. Lady Thirkie musste sehr auf einen Sohn hoffen. Ob sie wohl einen Jungen aus dem Hut zaubern würde, wie es irgendeine französische Königin angeblich getan hatte, wenn das Kind ein Mädchen wurde?

Die Frage, wer von dem Tod profitierte, war damit geklärt. Angela Thirkie, wenn sie einen Jungen bekam, wenn nicht, profitierte sie kaum, und der Cousin erbte alles. Carmichael notierte sich, dass man mehr über Captain Thirkie in Erfahrung bringen musste. Ob Sir James wohl sein Testament geändert hätte, wenn er noch leben würde? Eine Tochter würde ohne jede Mitgift dastehen. Das musste doch einem der beiden aufgefallen sein, spätestens als Lady Thirkie schwanger wurde. »Wenn du stirbst und es ein Mädchen wird, wird sie leer ausgehen«, hätte Lady Thirkie anmerken können. Was hätte er wohl geantwortet? »Mein Gott, ja, ich sollte besser den Burschen vom Anwaltsbüro Bescheid geben.« Oder würde er keinen Gedanken daran verschwendet haben? Er war nicht alt gewesen und kerngesund, also kein Grund, sich über den Tod Sorgen zu machen.

Carmichael wandte sich einem sauber getippten Blatt zu. Berichte von Scotland Yard über Sir James Martin Thirkie, Baronet.

»Geboren am 19. Juni 1909, Thirkie, West Yorkshire.«

Wenn er es noch erlebt hätte, wäre er in sechs Wochen vierzig geworden. Carmichael war erstaunt, dass er noch so jung gewesen war. Allein vom Status des Mannes und vom Anblick der Leiche her hätte er auf fünf bis zehn Jahre mehr getippt.

»Eltern: Sir Robert Martin Thirkie, Baronet, 1880–1917, Lady Letitia Harriet Thirkie, geborene Francis, 1885– .«

Vater im Schützengraben umgekommen, Mutter noch am Leben, obwohl sie auch schon älter sein musste. Carmichael rechnete. Vierundsechzig. Wenn niemand daran gedacht hatte, es ihr mitzuteilen, hatte sie es aus der Zeitung erfahren. Ein furchtbarer Schock.

»Geschwister: ein Bruder, verst., Matthew Thirkie, 1907–1939.«

Der ältere Bruder kurz nach Kriegsausbruch gefallen. Captain Oliver Thirkie könnte der Sohn eines Bruders von Sir Robert sein.

»Heirat (1): 1932, Lady Olivia Jane Larkin, 1914–1940. Kein Nachkomme.«

Die Familie war wahrlich nicht vom Glück gesegnet.

»Heirat (2): Angela Mary Dittany, 1924– . Kein Nachkomme.«

Genau zehn Jahre jünger als die erste Frau und fünfzehn Jahre jünger als er. Kein Nachkomme war nicht ganz richtig, in Erwartung stimmte eher.

»Ausbildung: St. Crispin Preparatory School 1916–1922, Eton 1922–1928, Magdalene College, Cambridge, 1928–1931.«

Ungefähr das, was Carmichael erwartet hatte. Mit sieben in die Schule abgeschoben, der arme Kerl, ein Jahr später war der Vater gefallen.

»Abschlüsse: B. A., Examen cum laude in Mathematik 1931. M. A. (Cambridge) 1935. Blauer Ruderkader.«

So, Mathematik? Ungewöhnlich bei seinem familiären Hintergrund. Vielleicht eine besondere Veranlagung? Aber nur cum laude. Und er war für sein College gerudert.

»Parlamentsmitglied der Konservativen, gewählt bei den Bezirkswahlen Monmouthshire 1932.«

Solange sein Bruder noch am Leben war, konnte er sich natürlich ins House of Commons wählen lassen.

»Wiedergewählt bei den Landeswahlen 1935. Diente unter Chamberlain als Staatssekretär im Gesundheitsministerium und später als Stellvertreter des Außenministers. Nach dem Tod seines Bruders im November 1939 Aufstieg ins House of Lords, Sprecher des Außenministeriums unter Chamberlain und später unter Churchill. Im Mai 1941 Verhandlungen mit Hess, gemeinsame Reise nach Berlin und Rückkehr am 1. Juni mit dem Friedensvertrag, der den Krieg beendete. Nach den ›Siegeswahlen‹ 1942 Außenminister bis 1946. Während der Regierung Charlton 1946–47 Außenminister des Schattenkabinetts. Seit den Wahlen 1947 Bildungsminister.«

Ja, ja. Carmichael überflog die Angaben. Das alles wusste er bereits.

»Nächste politische Verbündete aus dem Farthing-Kreis: Lord und Lady Eversley, der Duke of Hampshire und der Abgeordnete Mark Normanby. Politische Gegner: Sir Winston Churchill, der ihn in Gesprächen stets heftig kritisiert und einen Verräter nennt. Thirkies Beziehungen zu Eden und anderen Führungspersönlichkeiten der eigenen Partei sind ebenfalls bisweilen von stürmischen Auseinandersetzungen geprägt, normalerweise aber freundschaftlicher Natur. Man zollt ihm Respekt, weil er als integer gilt.«

Churchill konnte ihn jedenfalls nicht getötet haben. Er war nicht hier gewesen.

»Bei Juden und anderen Flüchtlingen aus Europa ist Sir James Thirkie im Allgemeinen verhasst als der Verantwortliche für einen Frieden, den sie nicht gutheißen.«

Ja, klar, die rote Brust war also ein Angriff auf das wohlbekannte Farthing-Rotkehlchen, und dazu kam noch der Stern. Aber warum ausgerechnet jetzt?

»Aktuelle politische Vorhaben: zwei Gesetzentwürfe. Noch in dieser Sitzungsperiode soll ein Gesetz zur höheren Bildung verabschiedet werden, das die Zulassung zur Universität auf Absolventen von Privatschulen beschränkt. Das neue Gesetz zur Schulpflicht wird noch in einem Ausschuss des House of Lords beraten, demzufolge will man die Schulpflicht in ländlichen Gegenden auf das 11. Lebensjahr herabsetzen.«

Auch nicht gerade eine Aufforderung für Anarchisten, in sein Schlafzimmer einzusteigen und ihn zu ermorden. Carmichael seufzte.

»Es wird damit gerechnet, dass der Farthing-Kreis nach der nächsten Regierungsumbildung wichtige Posten besetzen wird. Thirkie wird für das Innen- oder das Außenministerium gehandelt.«

Das könnte schon eher etwas hergeben. Wer bekam jetzt den Posten? Einer der Anwesenden? Carmichael legte das Blatt beiseite und rieb sich die Stirn. Er trank einen großen Schluck Kaffee, der inzwischen kalt geworden war und scheußlich schmeckte.

Wen sollte er sich als Nächstes vornehmen? Kahn? Nein, erst mal bei der Politik bleiben. Mark Normanby. Außenminister, viele Reisen, vor allem nach Europa, aber im letzten Jahr auch nach Amerika. Er war mit Thirkie in Eton und auch in Cambridge gewesen, obwohl er da aufs Trinity gegangen war. Hatte einen

Abschluss mit Auszeichnung in Jura und war Anwalt geworden, bevor er 1935 in die Politik ging. Damals war er einen Schritt hinter Thirkie gewesen, nun hatte er ihn überholt. Er wurde als nächster Schatzkanzler gehandelt und konnte sich sogar Hoffnungen auf den Posten des Premierministers machen. Das konnten weder Thirkie noch Lord Eversley. Als Angehörige des House of Lords durften sie die Partei führen, aber nicht das Land. Englands höchste Ämter waren stets Männern vorbehalten, die gewählt wurden. Die eine Ausnahme, wo gewöhnliche Bürger mal im Vorteil waren.

Wenn es anders herum gewesen wäre, hätte Carmichael angenommen, Thirkie habe Normanby aus Eifersucht getötet, obwohl er sein Schwager war. Nahe genug waren sie sich gekommen, waren zusammen nach oben gegangen, einer hatte den anderen am Morgen wecken wollen. Sie hatten Schwestern geheiratet. Gab es in der Freundschaft eine sexuelle Komponente? Möglich. Er musste mit Normanby sprechen, um ein Gefühl dafür zu bekommen. Normanby hatte »die Ehrenwerte Daphne Alice Dittany« 1936 geheiratet, als sie achtzehn war. Seit wann sie wohl rauchte und aus dem Fenster starrte? Keine Nachkommen in vierzehn Jahren Ehe. Konnte schon sein, dass hier etwas nicht stimmte. Dennoch musste es nicht zwangsläufig etwas mit dem Mord zu tun haben. Es sei denn, Thirkie hätte Normanby damit erpressen können, und Normanby musste ihn töten, um das zu verhindern. Von den Mördern, die nicht ihre Ehepartner umbrachten, waren die Hälfte Erpressungsopfer, die ihre Erpresser umbrachten. Ein gefährlicher Beruf, Erpresser.

Über Daphne lag kein Bericht vor. Die Informationen über Angela waren eher oberflächlich. Über Lord Eversley gab es vier Seiten, und Carmichael überlegte gerade, ob er sie lesen sollte, als Inspector Yately in der Tür erschien, die Uniform sauber und gebügelt, und offenbar sehr zufrieden mit sich selbst.

»Ich habe den Obduktionsbericht«, sagte er.

»Irgendwelche Überraschungen?«, fragte Carmichael.

»Allerdings.« Yatelys Lächeln wurde noch breiter. »Erdrosselt, das war doch ihre Meinung?«

»Etwa nicht?« Erdolcht kam auch nicht infrage. Kein Blut und ein hochrotes Gesicht. »Kohlenmonoxidvergiftung?«

Aus Yatelys Miene schwand die Selbstzufriedenheit. »Genau.«

»Im Zimmer stand ein Gasofen, aber die Türen waren wohl kaum luftdicht verschlossen.«

»Es gibt einen Teppich, der genau unter die Schwelle passt.« Yately hob vage die Hände.

»Vielleicht war es doch Selbstmord.«

»Aber der Lippenstift! Der Stern!«, protestierte Yately.

»Vielleicht wollte er sich selbst töten und seinen politischen Feinden die Schuld zuschieben.«

»Warum hätte er sich töten sollen?« Yately sah verwirrt aus.

»Mir fällt auch kein Grund ein. Und Sie haben auch vergessen, dass etwas einen Selbstmord vollkommen ausschließt: das Messer. Man könnte sich wohl so herrichten, dass Feinde kompromittiert werden würden, aber niemand kann sich einen Dolch in die Brust rammen, nachdem er tot ist.«

»Nein ...«

»Es sei denn, er hätte einen Helfershelfer.«

»Soll das ein Scherz sein, Sir?«

»Ich will keine Möglichkeit von vornherein ausschließen«, sagte Carmichael ernst. »Steht in dem Bericht etwas über den Todeszeitpunkt?«

»Früh, meint Dr. Green.« Yately schien sich unbehaglich zu fühlen. »Wenn wir nicht genau wüssten, dass Thirkie um eins noch am Leben war, hätte Green eher zehn oder elf als Schätzung angegeben. In jedem Fall war es aber nicht lange, nachdem er zu Bett gegangen war, und mit Sicherheit nicht am Morgen, während die anderen aufstanden und zur Kirche gingen.«

Alles in allem waren die Nachrichten erfreulich. Nun hatten sie einen festen Zeitrahmen und konnten eine Reihe von Möglichkeiten ausschließen. Das machte die Gasvergiftung beinahe wett, die alle Frauen, die Thirkie keinesfalls hätten erdrosseln können, wieder in den Kreis der Verdächtigen einschloss. »Überprüfen Sie, ob das Zimmer von irgendwoher Zug bekommt«, sagte er. »Und fragen Sie Normanby, ob es nach Gas gerochen hat – obwohl ich mir kaum vorstellen kann, dass er so etwas nicht erwähnt hätte.«

»Als wir ankamen, roch es nicht im Mindesten nach Gas«, sagte Yately. »Das Fenster stand zwar offen, aber wir hätten auf jeden Fall etwas merken müssen, wenn kurz zuvor im Zimmer genügend Gas gewesen wäre, um jemanden zu töten.«

»Überprüfen Sie auch den Ofen. Vielleicht können wir herausfinden, wann er zuletzt benutzt wurde oder ob man ihn angelassen hat.«

»Sir James könnte auch anderswo erstickt und später auf sein Zimmer gebracht worden sein.«

»Er war ein kräftiger Mann«, sagte Carmichael. »Aber möglich ist es natürlich. Allerdings hätte selbst mitten in der Nacht das Risiko bestanden, gesehen zu werden. Und warum sollte man das tun, wenn man ihn genauso gut dort lassen konnte?«

»Kommt darauf an, wo er war.«

»Lassen Sie die anderen Gasöfen überprüfen.« Carmichael schrieb etwas auf.

»Reichlich Arbeit«, sagte Yately.

»Ihre Arbeit. Sorgen Sie dafür, dass sie erledigt wird.« Carmichael war nicht in der Stimmung, Yately etwas durchgehen zu lassen. »Die Wagen müssen auch überprüft werden.«

»Die Wagen?«

»Die üblichste Form einer Kohlenmonoxidvergiftung ist ein laufender Motor in einer geschlossenen Garage. Auf diese Art bringen sich andauernd Leute um.«

»Aber dann wäre es ein Unfall.« Yately biss sich auf die Lippen und sah so aus, als wolle er sich gleich an der Stirn kratzen.

»Sie haben doch selbst gesagt, man könnte den Toten weggeschafft haben. Wenn es ein Unfall oder Selbstmord gewesen ist, könnte jemand zufällig vorbeigekommen sein und die Gelegenheit für seine Zwecke genutzt haben. Selbst bei einem Mord wäre das möglich.«

»Sie meinen, jemand hätte ihn ermordet, und dann hätte ein anderer den Toten auf sein Zimmer gebracht und so hergerichtet?«

»Auch das ist möglich«, sagte Carmichael. »Überprüfen Sie die Wagen. Wahrscheinlich wird sich zeigen, dass es der Gasofen im Zimmer war, aber Gründlichkeit schadet nie.« Yately wollte gerade gehen, als Carmichael noch etwas einfiel. »Wir müssen eine Presseerklärung abgeben«, sagte er. »Ich werde vor die Presse treten müssen, in einem solchen Fall erwartet man Scotland Yard.

Aber Sie können die Erklärung verfassen. Geben Sie unseren Wissensstand bekannt.«

»Unseren Wissensstand? Alles?«

»Nein, nur das, was die Presse wissen soll. Unbekannte oder ein Unbekannter haben Sir James Thirkie ermordet, und wir untersuchen den Fall.« Carmichael seufzte. »Vergessen Sie's, ich werde mich selbst drum kümmern.«

»Danke, Sir.« Yately wirkte sehr erleichtert.

Carmichael wandte sich wieder den Papieren zu, dann sah er noch einmal auf. »Wenn jemand, ob nun der Mörder oder ein Komplize, die Leiche an einen anderen Ort gebracht haben könnte, bringt uns die Kenntnis des Todeszeitpunkts nichts mehr, das ist Ihnen doch klar? Wir brauchen immer noch eine lückenlose Aufstellung darüber, wer sich bis zum frühen Morgen im Haus wohin bewegt hat.«

»Jawohl, Sir«, sagte Yately und verließ hastig das Zimmer, bevor Carmichael ihm noch mehr Arbeit aufbürden konnte.

Am liebsten hätte Carmichael etwas gegen die Tür geworfen, fand aber nichts Geeignetes. Er griff zum nächsten Blatt.

Manningham, Sir Thomas, entpuppte sich als Selfmade-Industrieller, der erst kürzlich zum Baronet erhoben worden war. Er besaß Fabriken in England, Frankreich und Deutschland. Häufige Geschäftsreisen. Seine Frau, Catherine Barbara, war die Tochter eines Landpfarrers. Warum man die beiden wohl eingeladen hatte, noch dazu das ganze Wochenende, auf Logenplätzen sozusagen? Hofiert vom Farthing-Kreis. Fabrikbesitzer und Industriemagnaten gehörten auch dazu. Der Kreis war eine Partei innerhalb einer Partei, aber im Grunde nicht wirklich demokratisch organisiert. Sir Thomas Manningham hatte keine Macht, aber er hatte Geld, und es gab sicher Dinge, die er haben wollte, und die für Geld nicht zu kriegen waren – Gesetze gegen Gewerkschaften und Streiks zum Beispiel.

Dudley, der Duke of Hampshire, gehörte zum engeren Kreis, war aber kein politischer Vordenker. Fügte sich sowohl Lord als auch Lady Eversley. Er war ihr Cousin, ein Witwer mit drei erwachsenen, aber noch nicht verheirateten Kindern: Lord Timothy und Lady Edwina, beide anwesend, und Lord William, abwesend. Lord Timothy züchtete Rennpferde. Er saß im Parlament und stimmte offensichtlich wie vom Vater aufgetragen. Lady Edwina hatte gerade ihre Verlobung mit dem Erben des Duke of Stirling gelöst. Carmichael hatte sie schon oft in der Zeitung gesehen, »in fröhlicher Runde«, wie sie es nannten. Der Duke of Hampshire war sehr reich, das meiste Geld steckte in Landbesitz und Kohlebergwerken, um die er sich aber nicht groß kümmerte.

Carmichael fiel selbst bei aller Mühe kein Grund ein, warum einer der drei Thirkie aus dem Weg räumen sollte. Er würde sie natürlich befragen, ob sie etwas gesehen oder gehört hatten, doch falls sie nach Hause wollten, konnten sie heute noch gehen. Dasselbe galt auch für Sir Thomas und Lady Manningham, obwohl er alle bitten würde, mit der Polizei in Verbindung zu bleiben, für den Fall, dass er noch weitere Berichte von ihnen brauchte.

Noch einmal griff er zu dem dicken Packen über Lord Eversley, legte ihn aber wieder beiseite. Dann nahm er ein leeres Blatt und zog einen Füllhalter aus der Tasche. »7. Mai 1949: Presseerklärung.« Das war die Überschrift. Carmichael trank noch einen Schluck des mittlerweile ganz kalten Kaffees und hielt den Text so klar und knapp wie möglich.

Elf

Das Frühstückszimmer war leer, als ich es betrat, doch man sah, dass dort gegessen worden war. Es lag sogar eine Ausgabe der *Times* auf dem Tisch. Keine Ahnung, wie die ins Haus gekommen war – vielleicht hatte ein Polizist sie mitgebracht. Die Schlagzeile war dem Tod von Sir James gewidmet, samt einem Foto von Farthing und einem von Sir James, wahrscheinlich ein erst kürzlich aufgenommenes offizielles Porträt. Darunter stand, die Polizei stehe kurz vor einer Verhaftung, und einen Augenblick lief es mir ganz kalt den Rücken hinunter, bis mir einfiel, dass die Zeitungen sich solche Dinge ja ausdachten. Was sie anlässlich meiner Verlobung geschrieben hatten, spottet jeder Beschreibung. Nachdem sie mir auch noch eine Schwangerschaft andichteten, hatte ich die Berichte nicht weiter verfolgt.

Ich klingelte und bat um Tee und ein gekochtes Ei. Während ich wartete, blätterte ich in der Zeitung. Im Innenteil fand ich den Nachruf, viel gesetzter im Tonfall, eher so wie man es von der *Times* erwartete. Vom *Telegraph* dagegen erwartete ich noch mehr Lobhudelei. Ich überflog den Artikel, da er gerade zur Hand war. Er beschäftigte sich lang und breit mit Sir James' Verdiensten und dem so genannten »Wunder« des Friedens:

Im Mai 1941 stand Großbritannien am Abgrund. Das Empire besaß keine Verbündeten mehr. Deutsche Luftwaffe und Royal Air Force lieferten sich über unseren Köpfen tödliche Duelle. Die früheren Verbündeten Frankreich, Belgien, Holland, Polen und Dänemark waren geschlagen und besetzt. Unsere Versuche, das Reich in Norwegen und Griechenland zu besiegen, waren fehlgeschlagen. Die UdSSR hatte sich mit dem Reich verbündet, die USA verfolgten zunehmend eine Isolationspolitik und leisteten nur widerstrebend Hilfe. Wir fürchteten eine Invasion und bereiteten uns darauf vor. Mitten in dieser dunklen Stunde machte uns der Führer einen Vorschlag. Hess überbrachte ein Friedensangebot – jede Seite solle das bisher Erreichte behalten. Churchill weigerte sich, das Angebot auch nur in Erwägung zu ziehen, doch klügere Köpfe schickten den jungen Sir James Thirkie zu Verhandlungen nach Berlin. Er war die beste Wahl, ein aufstrebender junger Politiker, der für seine Integrität bekannt war. Das ganze Land hielt den Atem an, als die Bombenangriffe aufhörten. Dann kehrte Thirkie zurück und verkündete den »Ehrenhaften Frieden«. Wir behielten nicht nur, was wir besaßen, sondern Hitler erklärte sich außerdem bereit, uns die Kontrolle über die französischen Kolonien in Nordafrika zu überlassen, sodass er mit gesicherter Flanke endlich tun konnte, was ihm von jeher bestimmt war: sich im Osten dem wahren Feind zu stellen, der bolschewistischen Bedrohung. Es war die Stunde des größten Triumphs für Thirkie, und nach zwei Jahren Krieg jubelte man im ganzen Land wie nach den Siegen von Trafalgar oder Mafeking.

An den Jubel konnte ich mich noch gut erinnern. Es war Hochsommer, und ich ging noch zur Schule – das Schuljahr war fast zu Ende, wir schrieben die Abschlussprüfungen. Prüfungen mochte ich noch nie. Ich verfasste gerade einen Aufsatz über die Spanische Armada, wobei ich mir, wie immer, das meiste aus den Fingern sog, denn an Einzelheiten konnte ich mich nicht erinnern. Sonnenlicht fiel auf das Pult, und ich schirmte das Papier mit der Hand ab. Irgendwie war eine Biene in den Raum gelangt und hing an den hohen Fenstern fest, summte ununterbrochen, fand aber nicht den Weg nach oben zu der breiten Öffnung. Das Geräusch erinnerte mich an den Lärm weit entfernter Bomber. In die schläfrige Wärme und das Summen schlich sich ein schriller Laut; zuerst dachte ich an einen Kampfflieger, der es auf den Bomber abgesehen hatte, obwohl der Bomber ja eine Biene war und ich keine Sirene gehört hatte, ein Luftangriff also ausgeschlossen war. Ich schrieb weiter und überlegte, ob sie uns die Blätter wohl mit in den Luftschutzraum nehmen ließen, wenn doch ein Angriff käme, oder ob dann erst mal Schluss mit den Prüfungen wäre. Fast hoffte ich auf eine solche Unterbrechung, obwohl es tagsüber kaum Angriffe gab. Der Lärm kam näher, und nun erkannte ich, was es war: Jubelrufe. Die Aufsicht erhob sich, um nachzuschauen, ging nach hinten und verließ den Raum, um mit jemandem auf dem Flur zu sprechen. Dann kam sie wieder herein und stellte sich vorne hin. Ich hörte immer noch den Jubel, und auch die anderen Mädchen sahen auf.

Die Lehrerin war ganz rot geworden und lächelte. »Mädchen«, sagte sie. »Es ist Frieden. Sir James Thirkie hat es vollbracht. Sieg. Der Krieg ist vorbei.«

Alle jubelten, und manche warfen ihre Prüfungsblätter in die Luft. Am Abend rissen wir die Verdunkelung von den Fenstern und entzündeten damit ein Freudenfeuer. Kein Bruder, keine Mutter und kein Vater würden mehr sterben. Wir sangen. Ich war glücklich, wenn ich nicht gerade an Hugh dachte. Dann fragte ich mich traurig, worum es eigentlich gegangen war, was wir nun mehr hatten als im September 1939, und weshalb wir überhaupt in den Krieg gezogen waren.

Lizzie brachte mein Ei, mit Brot und Butter, genau wie ich es mochte, dazu eine Kanne sehr schwachen Tee. »Du verwöhnst mich«, sagte ich.

»Mrs Smollett weiß eben, was Sie mögen.«

»Ach, deshalb werde ich so verhätschelt, weil sie heute Morgen Dienst hat«, sagte ich. Lizzie lachte. Das Personal hatte im Streit um meine Verlobung Partei ergriffen. Mrs Smollett, die eigentlich Szmolokiewitsz hieß, oder jedenfalls so ähnlich, und ein Flüchtling war, hatte sich natürlich auf meine Seite geschlagen. Lizzie gehörte ebenfalls zu meinen alten Freundinnen; sie hielt zu mir, weil sie an die Liebe glaubte.

»Mrs Richardson ist noch nicht auf«, sagte sie. »Sie überlässt das Frühstück dem Farthing-Personal.«

»Das freut mich sehr«, sagte ich. Die Rivalität zwischen den »Londonern«, die mit Mummy angereist waren, und dem »Farthing-Personal«, das in Hampshire blieb, selbst wenn niemand von der Familie dort war, bestand schon lange. Mrs Richardson, die Chefköchin war, wo immer Mummy sich aufhielt, gehörte zu den Bediensteten, denen meine Heirat überhaupt nicht gefiel.

Ich schlürfte meinen Tee und sah auf das körnige, oft gedruckte Foto von Sir James, wie er vom Kutter steigt und den Vertrag hochhält. Am Rand ist gerade noch Daddy zu erkennen. Ich war ein Kind, als ich über das Ende der Kämpfe und Entbehrungen jubelte. Sie waren Erwachsene und wussten, was sie taten. Okay, acht Jahre später kämpfte Hitler immer noch mit den Russen, und vielleicht wäre es uns ebenso ergangen, vielleicht wäre der Krieg endlos weitergegangen, hatte uns ausgezehrt, uns jedes Jahr grauer und ärmer gemacht. Oder es hätte eine bolschewistische Revolution gegeben. Davor hatte Daddy große Angst gehabt – selbst während des Krieges hatte es Streiks und Forderungen gegeben. Aber vielleicht hätten wir auch gewonnen, hätten ganz Europa befreit, wie am Ende der Napoleonischen Kriege, und hätten einen Frieden wie in Wien geschlossen, nicht einen wie in Versailles – so sah David das. Bevor ich ihn kennenlernte, wäre ich nie auf solche Gedanken gekommen.

Daddy kam herein. »Guten Morgen, Luce, wie geht es dir?«, fragte er und klingelte.

»Ich kriege Platzangst«, antwortete ich.

Lizzie erschien. »Für mich bitte Toast und Würstchen, Speck, Blutwurst und Bratkartoffeln«, bestellte Daddy.

»Sehr wohl, Sir. Noch etwas für Sie, Mrs Kahn?«

»Nur etwas heißes Wasser für den Tee, bitte.« Er war mittlerweile zu stark geworden.

»Mehr isst du nicht?«, fragte Daddy missbilligend. »Nur ein Ei mit Brot und Butter? So wirst du nie groß und stark. Bringen Sie Miss Lucy etwas Speck. Du wirst doch wohl eine Scheibe Speck essen, Lucy.«

»Nein, danke, Lizzie, ich möchte keinen Speck«, sagte ich.

»Isst du etwa überhaupt keinen mehr?«, fragte Daddy. Lizzie knickste und beeilte sich, aus der Schusslinie zu gelangen.

»Nicht doch, und beim Dinner hättest du sehen können, wie sowohl David als auch ich den Schweinebraten mit Apfelsauce genossen haben. Mir ist bloß heute Morgen nicht nach Speck.«

»Schon gut. Entschuldige, Häschen«, sagte Daddy. Das war sein Kosename für mich von Kindesbeinen an. »Warum fühlst du dich eingesperrt? Liegt es an der Polizei oder an der Presse?«

»Was ist mit der Presse?«

»Clock Farthing platzt fast aus den Nähten vor lauter Journalisten. Die Polizei meint, sie würden sich auf jeden von uns stürzen, sobald wir hinauswollen.«

Lizzie brachte mir ein Kännchen heißes Wasser und Daddys französische Kaffeekanne aus Chrom und Glas. Sie stellte alles in Reichweite und verschwand wieder.

»Die *Times* habe ich mir schon angesehen«, sagte ich und deutete auf das Blatt. »Wahrscheinlich sind Zeitungen ein notwendiges Übel.«

Ich goss mir noch eine Tasse Tee ein. Einen Schluck aus der Teekanne und viel heißes Wasser, köstlich, fast genauso gut wie richtig gebrühter.

»Wenn wir unbedingt wollen, können wir sie zum Schweigen bringen«, sagte Daddy. »Zum Beispiel, wenn es um die nationale Sicherheit geht. Aber das tun wir lieber nicht allzu häufig. Ein solches Ereignis ist bestimmt ein gefundenes Fressen für sie.« Er nahm die Zeitung und las. »›Tragischer Verlust eines Genies.‹ Was für ein Gewäsch. James war kein Genie. Aber er war klug genug und konnte eine Sache durchziehen.«

»Er hat Hitler überredet, mit uns Frieden zu schließen und Russland anzugreifen«, sagte ich.

»Hitler war ganz wild darauf, Russland anzugreifen«, sagte Daddy und drückte das Sieb der Kaffeekanne herunter. »Vielleicht hätte er das sogar ohne den Friedensschluss mit uns getan. Selbst die *Times* hat zugegeben, dass die Verhandlungen von Hess ausgingen.«

Lizzie kam mit einem abgedeckten Tablett herein. »Leider gibt es keine Blutwurst mehr, Eure Lordschaft. Mrs Smollett ist sie ausgegangen, und wir dürfen nicht ins Dorf.«

Ärgerlich warf Daddy die Zeitung auf den Tisch. »Na, schön. Dann eben her mit dem, was da ist.«

»Mrs Smollett hat noch ein Würstchen und zwei Scheiben Speck dazugetan.« Lizzie stellte das Tablett auf den Tisch.

In dem Moment kamen Mark und Daphne ins Zimmer. Daphne war stark geschminkt, und Mark sah wie immer gut aus und irgendwie unberührbar. »Rührei und Speck, und Kaffee«, bestellte er aufgeräumt.

»Ich nehme dasselbe wie Lord Eversley«, sagte Daphne und setzte sich neben mich. »Gibt es Tee?«

»Ich bringe gleich welchen«, sagte Lizzie und ging schnell hinaus.

»Die verdammte Blutwurst ist aus«, sagte Daddy.

»Das scheint dich mehr aufzuregen als der Tod des armen James«, sagte Mark.

»Der arme James«, mokierte sich Daddy. »Der wird wohl unser neuer Märtyrer. Schade, dass keine Wahlen anstehen, die würden wir sicher schon aus Mitleid gewinnen. Was zum Teufel hattest du überhaupt in seinem Schlafzimmer zu suchen? Das war doch nicht wieder eine von deinen Kapriolen?«

Mark sah Daphne an, die auf ein fürchterliches Bild an der Wand starrte. Angeblich ein Stück frühe niederländische Malerei, aus der Schule des einen oder anderen Meisters, ein schrecklich düsterer Schinken jedenfalls, mit vielen toten silbrigen Fischen auf einer Anrichteplatte. Mummy verabscheute es, und da sie nie frühstückte, hatte sie es hier an die Wand hängen lassen, um allen anderen die Stimmung zu vermiesen. Ich war den Anblick gewöhnt, doch so manchen Gästen hatte es schon den Appetit verdorben. Mark sah erst mich und dann Daddy an, der ein Stück Wurst aufspießte wie einen Feind.

Da Mark mir offensichtlich nicht traute, mochte ich erst recht nicht zugeben, dass ich bereits wusste, dass Daphne die Leiche gefunden hatte. Ganz abgesehen davon war ich fertig und erhob mich.

»Gehst du schon, Luce?«, fragte Daddy und sah auf. »Was hältst du von einem Ausritt, so in einer Stunde? Das Anwesen sollten wir besser nicht verlassen, aber wir könnten einfach hoch in den Wald und zum See reiten. Hat ja keinen Sinn, die Pferde für nichts und wieder nichts durchzufüttern.«

Das war eine fantastische Idee, damit wurde der Tag gleich viel schöner. Seit Monaten war ich nicht mehr geritten – in London machte es keinen Spaß, um den Row zu reiten, und wenn alle zuschauten, war es mehr eine Pferdeschau als ein ordentlicher Ausritt. So war Daddy nun mal. Er mochte schroff und selbstsüchtig wirken, doch dann wiederum erkannte er, was nötig war, und machte genau den richtigen Vorschlag.

»Ich könnte mir nichts Schöneres vorstellen«, sagte ich, und Daddy lächelte zufrieden. Also ging ich nach oben, um mich umzuziehen.

Reitkleidung hatte ich nicht mitgebracht. Aber hinten im Schrank hingen bestimmt noch alte schwarze Jodhpurs, falls Mrs Simons sie nicht weggeräumt hatte. Das hatte sie nicht. Die Hosen hingen noch dort, zusammen mit den anderen Kleidungsstücken, die ich bei meiner Heirat nicht mitgenommen hatte: eine violette Jacke mit einem Fleck auf der Tasche, ein schreckliches Goldlamékleid, das ich bei meinem Debüt tragen musste, weil Mummy es so wollte, sowie eine braune Lederjacke, die mir zu groß war und die ich als Morgenmantel benutzte, wenn ich im Winter zum Badezimmer ging. Ich zwängte mich in die Jodhpurs. In London hatte ich zugenommen. Dann zog ich einen hellen Pullover über und die Jacke des grauen Tweedkostüms. Das Kostüm hatte ich dabei, weil Tweedsachen auf dem Land immer passen und ich nicht gewusst hatte, wonach Mummy der Sinn stand.

Im Stall bat ich Harry, Manzikert und Trafalgar zu satteln. Ich begrüßte die Pferde, die meisten kannte ich schon lange. Neu waren nur eine kleine Vollblutstute namens Clover, die Daddy irgendwo aufgelesen hatte, und draußen im Pferch ein Hengstfohlen von Issus aus Valley Forge. Laut Harry hatten sie ihn Dunkirk genannt.

»Dieses Jahr hatte ich nicht viel Zeit für die Pferde«, sagte Daddy, als er kam. »Ich habe deine Hilfe vermisst.«

»Und ich habe die Pferde vermisst«, gab ich zu.

»Du kannst Manny mitnehmen«, sagte er. Harry führte die Pferde aus dem Stall, und ich schwang mich auf Mannys breiten Rücken. »Sie ist voll und ganz dein Pferd – so viele Jahre, wie du sie geritten hast.«

Ich tätschelte ihr den Hals. »Verlockend, aber ich kann sie nicht halten, und ihr würde es in einem Mietstall nicht gefallen. Außerdem reite ich in London nicht, das weißt du doch.«

»Wenn du dich mit David auf dem Land niederlässt, könnt ihr einen Stall aufbauen«, sagte Daddy.

»Eines Tages vielleicht«, sagte ich, obwohl ich wusste, dass David London und seine Arbeit dort liebte. David besaß so etwas wie eine Bank, gegründet mit dem Geld seiner Familie und dem Geld, das ich mit in die Ehe eingebracht hatte, und diese Bank vergab kleine Kredite an arme Leute, die ein Geschäft aufmachten oder ihr Geschäft erweitern wollten. Viele seiner Kunden waren Juden, und sehr viele waren Frauen, und im ganzen Land gediehen inzwischen kleine Eckläden, fahrende Klempner und Baufirmen, und die Leute waren nicht mehr auf die Wohlfahrt angewiesen, weil David an seine Idee glaubte und sie in die Tat umsetzte. London und damit die Bank verließ er nur höchst ungern, selbst wenn es bloß für ein paar Tage war. Ich glaubte nicht, dass er jemals auf dem Land leben wollte.

Harry fragte Daddy, ob er sein Gewehr mitnehmen wolle. »Nicht, solange die Vögel noch Schonzeit haben«, sagte Daddy. »Ich könnte zwar ein Kaninchen oder einen Hasen schießen, aber das ist ja keine Kunst. Außerdem würde sich Mrs Richardson nie dazu herablassen, so was auf den Tisch zu bringen, nicht wahr?« Wir lachten.

»Ich hab eine Schwäche für Hasenpfeffer«, sagte Harry.

»Ich ebenfalls«, sagte Daddy. »Und für Hasenbraten mit Himbeersauce.«

»Mrs Smollett macht köstlichen Hasenpfeffer«, sagte Harry.

Daddy nahm das Gewehr und hängte es über den Sattel. »Nur dir zuliebe«, sagte er.

Bis zur Wiese ließen wir die Pferde im Schritt gehen, danach traben, dann im Kanter und schließlich im vollen Galopp davonstieben. Manny brauchte offenbar Bewegung, sie war ganz scharf auf ein Rennen, und Trafalgar war ein guter Kompagnon. Wenn wir weitergeritten wären, hätten wir uns bald auf dem Land der Familie Adams befunden, deshalb zog Daddy die Zügel an und bog auf den Weg zum Wald ein, wo wir wieder Schritt reiten mussten. Den Pferden gefiel es, sie hatten ihr Rennen gehabt, und wir konnten uns in Ruhe unterhalten.

»Kann die Polizei uns zwingen, auf unserem Land zu bleiben?«, fragte ich.

»Ja und nein«, grummelte Daddy. »Sie können uns darum bitten, und wir werden es natürlich tun, weil wir die Justiz nicht behindern wollen. Falls wir wirklich wegwollten, könnten sie uns nur aufhalten, indem sie uns verhaften. Deine Mutter meint, falls sie uns morgen nicht gehen lassen, fährt sie zum Tor und zwingt die Polizei dazu, sie vor den Augen der Presse und der ganzen Welt zu verhaften. Was sie natürlich nicht wagen werden.«

Nein, sie würden weder Mummy noch Mark Normanby verhaften, obwohl die Aussage, er hätte die Leiche gefunden, wo es doch Daphne gewesen war, die Justiz weit eher behinderte, als ich es je wagen würde. Allerdings könnten sie David verhaften, falls wir versuchen würden, Farthing zu verlassen. Dann hätten sie einen Grund. Niemand würde protestieren, am wenigsten die Presse, die immer wieder den Hass gegen Juden schürte. Ich hoffte inständig, dass die Polizei den wahren Mörder bald fand.

Im Wald war es wunderschön – überall blühten Hasenglöckchen, die Bäume trugen ihr schönstes Kleid, die grünen Blätter strahlten wie frisch gewaschen. Die Sonne zeigte sich immer einmal kurz und verschwand dann wieder hinter den Wolken, und jedes Mal, wenn sie sich zeigte, leuchtete die Landschaft auf, sodass es nie langweilig wurde, sie zu betrachten. Eine Unzahl von Farnen entrollte gerade ihre Wedel unter den Bäumen – ich wurde das Gefühl nicht los, ich könnte jederzeit einen dabei erwischen. Furchtbar viel Moos wucherte überall dort, wo es schattig und ein wenig feucht war, worüber Daddy den Kopf schüttelte, was mir insgeheim aber gefiel. Am See verließen wir den Wald und konnten wieder ein bisschen traben. Wir sahen ein paar Hasen, die aber zu weit weg und auch zu flink waren, um sie zu schießen, und jede Menge Ringeltauben, die ununterbrochen nach der Architektur verlangten, die zu ihnen passte – so hatte Hugh es mir einmal beigebracht: »Ro-koo-ko! Ro-koo-ko!«, tönten sie.

Wir unterhielten uns weiter.

»Normanby ist ein Esel, und seine Frau ist noch schlimmer«, sagte Daddy. »Weißt du über sie Bescheid?«

»Ich glaube kaum, dass ihre Ehe halten wird.« Ich sah Daddy nicht an, sondern betrachtete die Hasenglöckchen im Wald. Falls er herausfinden wollte, ob ich wusste, dass Daphne die Leiche gefunden hatte, würde ich nicht auf sein Spiel eingehen.

»Wird schon halten, wenn der Esel Premierminister werden will«, schnaubte Daddy. »Scheidung ist ein schlimmes Wort in der Politik. Es ist wichtig, dass man vor aller Augen das Richtige tut.«

»Sie könnten getrennt leben«, schlug ich vor.

»Ja, natürlich, das könnten sie.«

Wir ritten weiter, unterhielten uns über Belanglosigkeiten und verließen nach unserer Runde den Wald am anderen Ende, von wo aus wir nach Hause galoppieren konnten.

Manny spürte es vor mir. Vielleicht war da etwas, das Pferde stärker wahrnehmen als Menschen. Sie hob den Kopf und wieherte. Ich wollte Daddy gerade sagen, dass sie scheute, als etwas zwischen uns hindurchzischte und mich in die Wange stach. Einen Knall hörte ich erst danach, das könnte ich schwören. »Verdammt, er hat dich getroffen«, sagte Daddy, dann schrie er: »Hau ab!« Er schlug Manny auf die Flanke, um sicherzugehen, dass ich seinem Befehl folgte, und sie raste den Hügel hinab wie auf der Zielgeraden eines Derbys. Ich versuchte noch zurückzuschauen, konnte aber nichts erkennen. Von meiner Wange tropfte es warm.

»Daddy!«, schrie ich. Wieder hörte ich ein Zischen, dann den vertrauten Klang der Jagdbüchse.

Schließlich konnte ich Manny anhalten und lenkte sie zurück auf den Weg, was wahrscheinlich verrückt war. Das meinte David jedenfalls später. Er sagte auch, so etwas würden Leute im Gefecht eben tun, es war also in Ordnung. Ich habe nicht groß darüber nachgedacht, dazu blieb keine Zeit. Trafalgar kam uns entgegen. Daddy hing zusammengesunken über dem Sattel wie ein Sack Rüben. »Ist alles in Ordnung, Häschen?«, rief er.

»Mir geht's gut.« Ich war vollkommen überrascht. »Und was ist mit dir?«

»Er hat mich getroffen. Ich hab eine Kugel im Arm. Aber ich hab ihn auch erwischt. Jetzt werden wir rausfinden, was los ist.«

»Du hast ihn erwischt?«

Ein Polizist kam auf uns zu und nahm Manny am Zügel. »Was ist passiert?«, fragte er.

»Meine Tochter und ich wurden von einem Terroristen angegriffen«, sagte Daddy. »Ich habe mich mit dem Gewehr verteidigt.«

»Ein Terrorist?«, fragte ich.

»Sind Sie sicher, dass Sie ihn erwischt haben?«, fragte der Polizist.

»Und wie ich den erwischt habe«, sagte Daddy. »Der ist tot.«

Zwölf

Kurz bevor Carmichael die Berichte über Lord Eversley zu Ende gelesen hatte, wurde er von Royston gestört.

»Ich hätte da ein paar Dinge«, sagte Royston.

Carmichael legte die Blätter auf den Tisch, denn im Gegensatz zu Yately würde ihn Royston nie grundlos stören.

»Erstens die Schuhgröße«, sagte Royston. »Die großen Abdrücke auf der Zufahrt sind definitiv von Kahn. Ich habe ihn direkt gefragt, und er hat gesagt, am Samstagmorgen sei er ins Dorf gegangen. Auf die Frage, was er dort getan habe, antwortete er, er habe sich umgesehen. Auf die Frage, warum er überhaupt fortgegangen sei, antwortete er, er habe frische Luft schnappen wollen.«

Carmichael lachte.

»Was ist daran komisch?«, fragte Royston.

»Nichts weiter, vermutlich wollte er weg von seinen Schwiegereltern«, sagte Carmichael. »Noch etwas in Bezug auf die Stiefel?«

»Nichts«, sagte Royston.

»Na gut, wir hatten uns ja schon gedacht, dass es wahrscheinlich keine Bedeutung hat. Was noch?«

»Wegen Kahns Wohnung musste ich zwei Mal beim Yard anrufen. Beim ersten Mal habe ich niemanden erwischt, der sich darum kümmern konnte. Es war zu früh.«

»Schockierend«, sagte Carmichael und schnitt eine Grimasse.

»Beim zweiten Mal habe ich alles arrangiert und dann mit Blayne gesprochen, der sich nach dem Stern erkundigt hat.«

Carmichael richtete sich auf. »Und?«

»Man kann sie hier von Flüchtlingen bekommen, aber die sind in der Regel stark gebraucht und verschlissen, ganz anders als der, den wir gefunden haben. Andernfalls muss er vom Kontinent stammen. Im Reich werden sie en gros produziert und gehandelt, jedoch nicht einzeln zugeteilt. Aber sie haben Seriennummern, und die Juden müssen sie mit ihren Rationierungscoupons erwerben.« Royston grinste.

»Finden Sie das lustig, Sergeant?«

»Dass sie ihre Coupons benutzen müssen? Aber klar. Sie etwa nicht, Sir?«

Carmichael schüttelte den Kopf. »Dafür muss man einen sehr schwarzen Humor haben.«

»Na ja, für uns ist das ein Glück, denn so können wir den Kauf zurückverfolgen und herausfinden, woher der Stern stammt. Auf jeden Fall konnte unser Experte anhand der Seriennummer schon sagen, dass der Stern im vergangenen Jahr in Frankreich gekauft worden ist – wir müssen uns also bei der Miliz erkundigen und nicht bei der Gestapo.«

Sir Thomas war in Frankreich gewesen, Normanby ebenso und auch der Tote. Der Dolch hatte ihm gehört – könnte es auch sein Stern gewesen sein? Doch zu welchem Zweck sollte er ihn erworben haben? Als Souvenir? Als Prototyp?

»Lassen Sie die Sache weiterverfolgen. Und nehmen Sie in meinem Namen Kontakt zur Miliz auf.«

»Jawohl, Sir.«

»Der Käufer muss nicht notwendigerweise Jude gewesen sein, oder doch? Ich frage mich, ob man einen Ausweis vorlegen muss, wenn man einen Stern kauft, zusammen mit dem Geld und den Coupons?«

»Ich erkundige mich«, sagte Royston. »Obwohl ich mir nicht vorstellen kann, wer sonst Interesse daran haben sollte. Mit einem Stern wird man doch sofort für einen Juden gehalten. Die müssen ihn immer tragen. Bekommen ernsthafte Schwierigkeiten, falls man sie ohne Stern antrifft.«

»Was ist mit Spionen? Oder Leuten, die Souvenirs sammeln? Irgendjemand hat diesen hier aus einem ganz bestimmten Grund gekauft, und irgendjemand hat ihn Sir James an die Brust geheftet. Es muss nicht dieselbe Person gewesen sein, doch es könnte sehr wichtig sein herauszufinden, wer der Käufer war.«

»Ich melde mich, sobald es etwas Neues gibt, Sir«, sagte Royston.

»Übrigens, hat jemand die Mutter des Lords davon in Kenntnis gesetzt, dass ihr Sohn tot ist?«

»Das hat doch sicher die Familie übernommen.«

»Lady Thirkie war gestern sehr niedergeschlagen«, sagte Carmichael. »Wissen Sie, wie es ihr heute geht?«

»Sie ist nicht zum Frühstück erschienen.«

»Erkundigen Sie sich nach ihrem Befinden. Und finden Sie heraus, ob man Thirkies Mutter Bescheid gesagt hat. Ist nicht Ihre Aufgabe, ich weiß, aber irgendjemand muss es tun.«

»Ist öfter meine Aufgabe, als mir lieb ist«, sagte Royston. »Ich kümmere mich darum. Falls sie jedoch die *Times* liest, weiß sie es spätestens seit heute Morgen.«

»Die arme Frau, so sollte man nicht vom Tod seines Sohnes erfahren«, sagte Carmichael.

»Jawohl, Sir.« Royston hatte die Hand an der Türklinke.

»Und geben Sie Bescheid, dass ich noch etwas Tee möchte.«

Carmichael nahm sich erneut die Berichte über Eversley vor. Lord Eversley war schon so lange in der Politik, in mehr oder minder einflussreichen Positionen, dass sich seine Akte wie die politische Geschichte der vergangenen dreißig Jahre las. Politik hatte nie zu Carmichaels Lieblingsthemen gehört. Die gesammelten Fakten bestätigten seinen generellen Eindruck vom Farthing-Kreis: eine Splittergruppe der Konservativen, während des Krieges machtlos bis zum triumphalen Comeback dank Thirkies Friedensvertrag, in den letzten Jahren unter Eden etwas an den Rand gedrängt und nun auf eine Rückkehr an die Macht hoffend. Ob auch nur irgendetwas davon mit Thirkies Tod zu tun hatte, konnte Carmichael beim besten Willen nicht sagen.

Er überflog die Berichte über das Parlamentsmitglied Richard Francis und dessen Ehefrau. Clarinda Francis, geborene Darlington, hatte er gestern Abend kennengelernt, sie war fast ebenso zickig wie Lady Eversley. Francis selbst war charmant. Carmichael hatte ihn sofort gemocht. Beide gehörten mit zum Kreis, er hatte verschiedene Regierungsposten innegehabt. Carmichael blätterte immer schneller weiter. Man ging davon aus, dass Francis bei der nächsten Regierungsumbildung auf einen höheren Posten klettern würde. Er galt als ehrgeizig und konnte gut mit Leuten umgehen. Ehrgeizig, ja, natürlich. Welcher Politiker war das nicht?

Soweit Carmichael es beurteilen konnte, gewann niemand von ihnen etwas durch einen Mord an Thirkie. Tatsächlich ging ihnen an Prestige verloren, was Thirkie – der Mann, der England den Frieden gebracht hatte und »für seine Integrität bekannt« war –

ihnen verschafft hatte. Er legte die Francis-Seiten zu denen über die Hampshires auf den »Erledigt«-Stapel.

Es klopfte, und ein Mädchen kam mit dem Tee herein. Carmichael war nicht begeistert. »Könnten Sie mir noch ein Kännchen heißes Wasser bringen?«, fragte er.

»Möchten Sie lieber chinesischen Tee, Sir?«, fragte das Mädchen.

»Ja, danke, das wäre mir lieber«, sagte Carmichael. »Wie heißen Sie?«

»Lizzie, Sir. Nur weil Miss Lucy, ich meine Mrs Kahn und auch Mr Kahn, die mögen beide chinesischen Tee mit einer Extraportion heißem Wasser, deshalb haben wir welchen, falls Sie das möchten. Der andere Polizist hätte gleich sagen sollen, dass Sie das wollen. Mrs Smollett dachte, Polizisten würden immer starken indischen Tee nehmen, mit viel Zucker und Milch.«

»Im Allgemeinen stimmt das, aber ich bin eine Ausnahme.« Carmichael lächelte Lizzie an. Das arme Mädchen, musste den ganzen Tag bedrängt von Lady Eversley hin und her rennen und dabei noch die Zeit finden, über etwaige Vorlieben der Leute nachzudenken. »Bringen Sie das Tablett doch Inspector Yately, der zweifellos hoch erfreut sein wird, und servieren Sie mir dann frischen chinesischen Tee, sobald Sie Zeit haben.«

Lizzie knickste und verschwand. Die Eversleys verfügten auf jeden Fall über exzellentes Personal. Carmichael dachte kurz an Jack, der es sich in London gutgehen ließ, und nahm sich dann den nächsten Bericht vor, der nur aus einem Blatt bestand.

»Eversley, Lady Margaret Violet Elizabeth, geborene Dorset, geboren am 4. November 1900 in Wessex House, London. Eltern: der 9. Duke und die Duchess of Dorset, beide verstorben.«

Wenn sie die Tochter eines Dukes war, sollte sie dann nicht Lady Margaret statt Lady Eversley genannt werden? Ein Duke stand doch höher als ein Viscount? Obwohl das keine Rolle spielte – in beiden Fällen waren es Höflichkeitstitel.

»Geschwister: Peter Allan, 1904–, 10. Duke of Dorset; Millicent Florence, 1906–. Heirat: 1918 mit Lord Charles Caspian Eversley, Military Cross. Kinder: Hugh Caspian, 1919–40; Lucy Rowena, 1926–. Privatlehrer.«

Carmichael drehte das Blatt um, aber das war wirklich alles.

Lady Eversleys politische Karriere war keine, die aus offiziellen Statistiken bestand, aus errungenen und wieder abgegebenen Ämtern und Posten, aus gewonnenen oder verlorenen Wahlen – sie übte indirekt Einfluss aus, über ihren Mann, ihren Bruder, ihre Freunde und ihr Geld. Offiziell war lediglich verzeichnet, dass sie geboren worden war, geheiratet und zwei Kinder bekommen hatte.

Die Tür öffnete sich erneut, und Carmichael blickte auf, wobei er Lizzie mit dem Tee erwartete, doch herein kam ein ziemlich aufgeregter Yately.

»Sie hatten recht«, sagte er ohne große Umschweife. »Soweit wir feststellen konnten, ist der Gasofen im blauen Ankleidezimmer seit Januar nicht mehr benutzt worden. Die Hähne sind äußerst schwergängig. Aber der Wagen des Toten ist ein geschlossenes Fahrzeug, und im Kofferraum lag ein Schlauch, der auf den Auspuff passt und die Gase ins Innere geleitet haben könnte.«

»Hört sich nicht nach einem Unfall an«, sagte Carmichael.

»Nein, nicht im Geringsten.«

»Wie bekommt man einen großen, gesunden Mann dazu, sich in ein Auto zu setzen, in dem er mit Abgasen vergiftet wird?«

»Vielleicht hat man ihn erst k.o. geschlagen?«, wagte sich Yately vor.

»Also gleich drei Mal getötet? Erschlagen, vergiftet und dann erstochen?«

»Bei genauerer Untersuchung hätte der Dolch nicht einmal ein Kind getäuscht«, sagte Yately zu seiner Verteidigung.

»Gibt es irgendeinen Beweis, dass er zuerst niedergeschlagen wurde?«, fragte Carmichael.

»Nein. Aber Dr. Green hat sicher auch nicht danach gesucht.«

Carmichael fuhr Yately nicht an, der Arzt hätte nach allem Ungewöhnlichen Ausschau halten sollen. »Sagen Sie ihm, er soll noch einmal nachsehen«, schlug er ruhig vor. »Und jetzt möchte ich mit Normanby sprechen.«

»Den habe ich doch schon befragt«, sagte Yately.

Carmichael hob schweigend eine Augenbraue, eine Technik, die er von einem Lehrer seiner Schule hatte, der so jegliche Störungen abgewürgt hatte. Carmichael hatte es vor dem Spiegel geübt und schon oft effektiv eingesetzt.

»Hier?«, fragte Yately kleinlaut.

»Ist er schon aufgestanden?«

»Er frühstückt noch.«

»Dann schicken Sie ihn her.«

Lizzie kam, als Yately gerade gehen wollte. Er hielt ihr mit altmodischer Höflichkeit die Tür auf.

»Tut mir leid, dass es so lange gedauert hat, aber es wollten so viele frühstücken, und das Wasser musste frisch aufgebrüht werden«, sagte Lizzie. Sie stellte das Tablett auf den Schreibtisch. Auf einer Untertasse lagen Zitronenscheiben und auf einem Teller Buttertörtchen.

»Vielen Dank, Lizzie.« Carmichael wusste die Zusammenstellung zu schätzen. »Wer frühstückt denn gerade?«

»Mrs Francis, der Duke of Hampshire, Lady Thirkie und Miss Dorset«, sagte Lizzie nach kurzem Überlegen.

»Hat Lady Eversley schon gefrühstückt?«

»O nein, aber das tut sie nie, sie rührt kein Frühstück an, das hält sie schlank, sagt sie!« Lächelnd ging sie hinaus.

Die Tasse war groß und hatte ein Blumenmuster. Passend zu Kanne, Milchkännchen, Zuckerdose und Untertasse. Carmichael erstaunte es manchmal immer noch, dass ein solcher Luxus Seite an Seite mit jener Welt existierte, mit der er normalerweise zu tun hatte und in der die Menschen kaum genug zu essen hatten. Seine japanische Teekanne hatte ihn beinahe ein Monatsgehalt gekostet. Er legte eine Zitronenscheibe in die Tasse und goss langsam Tee ein. Noch bevor die Tasse voll war, klopfte es.

»Mr Normanby«, verkündete Jeffrey.

»Vielen Dank, Jeffrey.«

Mark Normanby betrat den Raum wie ein Mann, der es gewohnt war, jede Situation im Griff zu haben. Er wirkte ein wenig kleiner, als Carmichael es aufgrund der Fotos vermutet hatte. Und sobald er leibhaftig vor ihm stand, konnte an seiner sexuellen Orientierung kein Zweifel mehr bestehen. Normanby war stockschwul. Was nicht hieß, dass Thirkie und er etwas miteinander gehabt hatten, aber als Grund einleuchtete, warum Normanby in dessen Zimmer gewesen war. Tja. Carmichael spürte Mitleid mit der Frau aufkeimen, die aus dem Fenster gestarrt hatte.

»Guten Morgen, Mr Normanby.« Sie gaben sich die Hand. Carmichael blieb stehen, bis Normanby sich gesetzt hatte. »Darf ich

Ihnen Tee anbieten? Ich könnte noch eine Tasse kommen lassen.«

»Nein, danke, Inspector, ich habe gerade gefrühstückt«, sagte Normanby mit einem charmanten Lächeln. »Ich habe auch bereits mit Inspector Yately gesprochen.«

»Leider kommen Doppelungen bei dieser Art von Untersuchung häufig vor«, sagte Carmichael.

Normanby nickte verständnisvoll. »Ich beneide Sie nicht, Inspector. Also schön, was wollen Sie wissen?«

»Ist es richtig, dass Sie die Leiche gefunden haben?«

»Ja. Ich wollte schauen, ob James zum Frühstück angekleidet war. Er hatte seinen Kammerdiener nicht dabei, was er am Abend erwähnt hatte, deshalb sah ich nach ihm.«

»Haben Sie angeklopft?«, fragte Carmichael.

»Ich habe geklopft, aber keine Antwort erhalten, woraufhin ich die Tür öffnete, um nachzusehen, ob James noch im Zimmer war.«

Carmichael glaubte ihm kein Wort. Die Antworten kamen wie aus der Pistole geschossen, und das nicht etwa, weil Normanby es schon so oft erzählt hatte. Es waren Lügen, da war sich Carmichael sicher. Ob Normanby der Mörder war? Konnte das sein? Und warum? Oder waren der Tote und er ein Paar gewesen, war er zum Rendezvous erschienen und vollkommen unschuldig? Schwer zu sagen.

»Sie sind also hineingegangen, und was haben Sie dann gesehen?«

»James, auf dem Bett, mit blutiger Brust und einem Dolch im Leib.« Er wirkte nicht so gepeinigt wie jemand, der seinen Geliebten tot aufgefunden hatte. Es war zu lässig, als würde er etwas erzählen, das gar nicht stattgefunden hatte. Wen deckte er? Oder war er doch selbst der Täter? Er war sympathisch, freundlich, schwul, aber das hieß noch lange nicht, dass er kein Mörder war.

»Haben Sie das alles schon von der Türschwelle gesehen, oder sind Sie ins Zimmer gegangen?«

Normanby musste überlegen. »Die Leiche und das Blut habe ich schon in der Tür gesehen, beim Näherkommen sah ich dann den Dolch.«

»Haben Sie sonst noch etwas bemerkt?«

»Ich sah den verdammten Judenstern, falls Sie das meinen, auf die Brust geheftet wie eine verdammte Visitenkarte.«

Das klang wahr. Normanby war zumindest im Zimmer gewesen.

Sie gingen es noch einmal durch. Carmichael trank seinen Tee. »Kommen wir noch einmal auf den Abend davor zurück. Sind Sie vollkommen sicher, was den Zeitpunkt anbetrifft, an dem Sie Sir James aufs Zimmer begleitet haben?«

»Nein, nicht auf die Minute«, sagte Normanby und runzelte die Stirn. »Es war auf jeden Fall nach Mitternacht. Als die Uhr im Dorf zwölf schlug, waren wir noch im Billardzimmer.«

»War da noch jemand bei Ihnen?«

»Nein, wir sind allein hochgegangen.«

»Beim Billard, meine ich. Könnte jemand wissen, wann genau Sie den Raum verlassen haben?«

»Kann mich nicht erinnern«, sagte Normanby beinahe unwirsch.

Carmichael war erstaunt. »Sie können sich nicht erinnern?«

»Es war ein dauerndes Kommen und Gehen. Ich weiß nicht, ob am Ende noch jemand da war.«

»Wie lange haben Sie gespielt?«

»Keine Ahnung. Eine Stunde, vielleicht auch länger. Was soll das denn damit zu tun haben?« Normanby schien sich sehr unwohl zu fühlen.

»Laut Auskunft des Arztes muss der Tod eingetreten sein, kurz nachdem Sie Sir James verlassen haben, und wenn wir herausfinden, wann genau das war, könnten wir den Mörder vielleicht eher dingfest machen.«

Normanby zuckte die Achseln. »Tut mir leid, da kann ich Ihnen nicht helfen. Ich glaube, es muss so um eins gewesen sein.«

»Das ist erst einmal alles«, sagte Carmichael. »Eventuell habe ich später noch mehr Fragen.«

»Ich werde nach besten Kräften behilflich sein.« Normanby erhob sich. Er gab Carmichael noch einmal die Hand und sah dann beiläufig auf die Teetasse. »Wie ich sehe, trinken Sie Tee lieber mit Zitrone als mit Milch«, sagte er lächelnd.

»Stimmt.« Carmichael erwiderte das Lächeln.

»In Eton haben wir das Mädchenplörre genannt«, sagte Normanby, immer noch mit einem Lächeln.

»Ich war nicht in Eton«, sagte Carmichael und hielt krampfhaft an seinem Lächeln fest.

»O, das ist mir klar, Inspector«, sagte Normanby. »Das ist nur ein dummer Spruch von damals, und ich erinnere mich daran, weil ich meinen Tee ebenfalls so trinke.« Mit einem äußerst charmanten Lächeln ging er hinaus.

Carmichael setzte sich. Dann weißt du also jetzt etwas über mich, und ich weiß etwas über dich, doch das sagt mir noch lange nichts darüber, was von dem, das du mir gerade erzählt hast, eine Lüge und was die Wahrheit ist. Wolltest du mich einschüchtern oder verführen? Carmichael schüttelte den Kopf und notierte sich ein paar Zeilen. »Billardzimmer überprüfen, alle Gäste nach dem Billardspiel befragen. Bettzeiten genau eingrenzen.« Er sah sich die Notizen an und fügte dann hinzu: »Lizzie nach Normanbys Teegewohnheiten fragen.« Sie würde es wissen.

Kaum hatte er die letzten Papiere vom Yard in die Hand genommen, hörte er die Schüsse.

DREIZEHN

Der ganze Vorfall hatte nur wenige Minuten gedauert, aber der Wirbel danach nahm kein Ende. Ich wollte sofort zurück und mir den toten Anarchisten ansehen, aber sie ließen mich natürlich nicht, und meine Verletzung reichte ihnen als Begründung. Die Kugel hatte meine Wange gestreift und aufgeritzt. Was da warm vom Gesicht tropfte, war natürlich Blut. Kopfwunden bluten heftig, selbst wenn sie nicht schlimm sind, das hatte mir Abby einmal erklärt.

»Bringt sie ins Haus«, sagte Daddy bestimmt. Der Sergeant hielt mir die Hand hin, um mir aus dem Sattel zu helfen. Daddy ritt auf Trafalgar den Hügel hinauf, und die anderen Polizisten stiefelten zu Fuß hinterher. Ich stieg ab, obwohl das Quatsch war – es wäre viel schneller gegangen, wenn ich zum Haus geritten wäre. Schließlich standen wir nur auf der anderen Seite des Grabens. Ich ließ Manny mit losen Zügeln grasen; da Trafalgar fort war, würde sie sich nicht weit weg bewegen. Meine Beine zitterten ein wenig. Es wäre wirklich besser gewesen, wenn ich auf dem Pferd geblieben wäre.

Der Sergeant zog ein sauberes und unglaublich weißes Taschentuch aus der Tasche; es war wirklich schneeweiß, sodass ich mich kaum traute, es zu benutzen. »Halten Sie still, Miss«, sagte er.

Er tupfte mir die Wange ab und wischte das Blut fort, was den Schmerz nur noch schlimmer machte. Ich weiß nicht mehr genau, ab wann ich ihn spürte. Nicht gleich zu Anfang, aber schon vor den Bemühungen des Sergeants. Doch selbst dann tat es nicht sehr weh, etwa wie ein Bienenstich, aber nicht ganz so stechend.

»Ist nur ein Kratzer«, sagte der Sergeant, und ich lachte, weil so etwas die Helden in den Büchern immer über die schrecklichsten Dinge sagen, die sie auf die leichte Schulter nehmen. Ein Kratzer oder eine Fleischwunde, ich vermutete, dass es eine Fleischwunde war – eine Wange ist auf jeden Fall Fleisch. Der Sergeant sah mich einen Augenblick an, als wäre ich verrückt, dann begriff er und lachte auch. »Dann eben nur eine Schramme, eine Schürfwunde«, sagte er. »Sie hatten Glück. Das war ein Gewehr. Ein paar Zentimeter weiter, und Sie hätten eine Kugel im Kopf gehabt.«

»Ich oder Daddy«, sagte ich ernüchtert. »Ich nehme an, die hatten es auf Daddy abgesehen. Auf mich würde doch niemand schießen wollen.«

»Man kann nie wissen«, sagte der Sergeant. »Am besten kümmern wir uns jetzt erst mal um die praktische Seite, ehe man sich Gedanken über das warum und wieso macht. Sie sollten sich waschen und einen Arzt aufsuchen, damit keine Narbe zurückbleibt. Danach können Sie sich immer noch den Kopf zerbrechen, was der Kerl wollte und auf wen er gezielt hat. Falls Sie das überhaupt möchten, denn vielleicht ist es am besten, sich nicht weiter damit zu beschäftigen, damit Sie nachts ruhig schlafen können.«

»Das nehme ich auch an«, sagte ich. »Aber im Augenblick bin ich trotzdem furchtbar neugierig.«

»Im Augenblick müssen Sie Dinge erledigen, die Ihnen keine Zeit zum Nachdenken lassen«, sagte er. »Waschen Sie die Wunde. Zeigen Sie die Verletzung dem Arzt, sobald er hier ist. In einem so schönen Gesicht sollte doch keine Narbe zurückbleiben.«

Die Narbe war mir egal, aber es war sicher eine gute Idee, das Gesicht zu waschen. Ich wollte schließlich nicht, dass sich die Wunde entzündete. Der Sergeant gab mir das Taschentuch, das schon ziemlich schmutzig geworden war. »Ich könnte den Leuten erzählen, ich hätte mir die Narbe in einem Duell geholt«, sagte ich, rollte das Taschentuch zusammen und presste es auf die Wange.

»Junge Damen duellieren sich nicht, Miss«, sagte der Sergeant und sah mich nachdenklich an. »Außerdem ist das keine Stelle, an der ein Rapier Sie erwischen würde. Ein Messer vielleicht, aber junge Damen tragen auch keine Messerkämpfe aus. Oder wollen Sie behaupten, dass Sie eine Piratin waren?«

»Anne Bonney war eine Piratin«, sagte ich. »Und es gab noch eine andere, Mary ... Mary Irgendwer. Piratinnen der Spanischen Meere waren sie, nicht Frauen von Piraten. Anne Bonney war sogar Kapitänin auf einem Piratenschiff.«

Der Sergeant sah mich skeptisch an, doch es ist die Wahrheit, Hand aufs Herz, und wer's nicht glaubt, kann es selber nachlesen. Abby hat mir ein Buch darüber zum zehnten Geburtstag geschenkt. »Holen Sie jetzt ihr Pferd«, sagte der Sergeant, ohne weiter darauf einzugehen.

Ich fing Manny ein, die nicht weit gelaufen war, aber auch nicht mitkommen wollte. Sie fraß Klee, was sehr schlecht für sie war, daran konnte sie sogar sterben, wenn sie zu viel davon aß. Doch ich musste sie regelrecht fortzerren. Schon immer habe ich mich gefragt, warum Pferde einen so schwachen Selbsterhaltungstrieb haben. Es ist wirklich erstaunlich, dass sie überhaupt lange genug überlebt haben, um gezähmt zu werden und in die Obhut von Menschen zu gelangen. Andererseits könnte man sie mit einem größeren Selbsterhaltungstrieb wohl kaum auf ein Schlachtfeld reiten, obwohl das natürlich niemand mehr tat, seit die armen Polen 1939 auf ihren Pferden von Panzern niedergemäht worden waren. Doch in Mannys Ahnenreihe gab es Kavalleriepferde – sie stammt in direkter Linie von Urgroßvaters Stute Agincourt ab, auf der er bei den indischen Aufständen und dem Sieg von Sindh in die Schlacht gezogen war. Vielleicht sind Pferde, die von friedlicheren Ahnen abstammen, klüger.

»Wenn Sie wollen, kann ich ihn zu den Ställen bringen, Miss«, sagte der Sergeant und sah Manny so zweifelnd an, als wäre sie ein Elefant.

»Sie«, sagte ich. »Und ich mach das lieber selbst, denn sie kennt mich, und Sie fühlen sich offensichtlich nicht allzu wohl mit Pferden.«

Er lachte. »Da, wo ich herkomme, gibt es nicht so viele.«

»Woher kommen Sie denn?« Wir gingen nebeneinander zum Stall, und ich führte Manny.

»Camden Town, in London.«

»Nein, da sind bestimmt nicht viele.« Ich kannte Camden Town, zumindest war ich einmal durchgefahren. Es gehörte zu den Vierteln, die sehr unter den Bombenangriffen gelitten hatten. Erst vor ein paar Wochen hatte David mir erzählt, er habe einer Familie Geld geliehen, damit sie ihren Laden wieder aufbauen konnte. Das konnte ich dem Sergeant natürlich nicht sagen. Es waren vertrauliche Informationen über Davids Geschäfte. Aber ich hätte es ihm trotzdem gerne erzählt.

»Wenn ich gewollt hätte, hätte man mir bei der Polizei das Reiten beigebracht, aber das mochte ich nicht. Ich mache mir nicht viel aus Pferden, aus großen Tieren, die einen umtrampeln, ehe man sich's versieht. Meiner Meinung nach sind sie jetzt überflüssig, deshalb habe ich lieber den Führerschein gemacht.«

Nun lachte ich. »Autos sind auch nett, und Sie haben ja recht, Pferde werden heutzutage hauptsächlich zum Vergnügen gehalten. Aber Manny ist ein sanftes Tier. Mit Polizeipferden kenne ich mich nicht aus – man benutzt sie bei Menschenansammlungen, nicht wahr? Ich nehme also an, dass sie eher nicht so sanft sind.«

»So etwas habe ich nie gemacht. Ich war erst Streifenpolizist, Miss, und bin dann direkt zum Yard.«

»Ich heiße Lucy«, sagte ich, denn er sollte mich nicht mehr mit »Miss« anreden, wo wir auf so freundschaftlichem Fuß standen, es kam mir falsch vor. Außerdem war »Miss« sowieso falsch; da ich verheiratet war, musste es »Madam« heißen.

»Sergeant Royston, Mrs Kahn«, sagte er, was mich verwirrte und uns wieder auf förmliche Höflichkeit zurückwarf, obwohl wir uns doch so nett unterhalten hatten. Es befremdete mich, dass er meinen Namen kannte, dass er wusste, wer ich war, und dennoch beim »Miss« geblieben war. Einige Dienstboten, die mich seit Jahren kannten, nannten mich auch immer noch »Miss« oder »Miss Lucy«, aber nur weil es ihnen schwerfiel, alte Gewohnheiten abzulegen. Das war bei Sergeant Royston nicht der Fall, und doch hatte er mich behandelt, als wäre ich nicht verheiratet. Alle Freundlichkeit bei unserem Gespräch über Piraten und Pferde schien nur ein Täuschungsmanöver gewesen zu sein.

»Kommen Sie«, sagte er, weil ich stehen geblieben war, in einer Hand Mannys Zügel und die andere mit dem Taschentuch auf der Wange. »Sie sollten wirklich ins Haus gehen, Mrs Kahn. Noch wissen wir nicht, ob der Terrorist, den ihr Vater erschossen hat, allein war.«

Der Gedanke war mir noch gar nicht gekommen, doch der Sergeant hatte recht, im Unterholz konnten sich noch mehr Attentäter verbergen. Bei der Vorstellung spürte ich, wie mein Rücken kribbelte. Zum Trotz hielt ich mich sehr gerade und war erleichtert, als wir endlich auf dem Hof vor den Stallungen ankamen.

Ich führte Manny in den Stall. Harry eilte auf mich zu und nahm sie mir ab; dabei plapperte er ununterbrochen, was für eine schreckliche Sache das mit den Mördern sei, und was für ein Segen, dass Daddy die Büchse mitgenommen habe. Das war auch etwas, was mich nachdenklich machte. Wie eigenartig, noch am Leben zu sein, nur weil Harry gerne Hasenpfeffer aß.

Sergeant Royston verschwand von der Bildfläche, wahrscheinlich auch den Hügel hinauf, um sich den toten Terroristen anzusehen, worauf er zweifellos schon die ganze Zeit gebrannt hatte, während er kostbare Zeit damit verplempert hatte, auf mich aufzupassen. Ich ging ins Haus.

Alle hatten sich in der Eingangshalle versammelt, als gelte es, einen heimkehrenden Helden zu empfangen, was mich zum Lachen reizte. Ich war wohl ein wenig hysterisch. Mummy war nicht da, aber vermutlich alle anderen, selbst Angela, und auch eine ganze Reihe Dienstboten. David nahm mich sofort in den Arm. Der Kratzer schien ihn mehr zu erschüttern als mich. Er war schrecklich bleich. »Du hättest tot sein können«, sagte er immer wieder. »Ach, Lucy Liebling, du hättest tot sein können.«

In dem Augenblick erlitt ich wohl den Schock, der mir vorher erspart geblieben war. Vielleicht, weil David das gesagt hatte, oder vielleicht, weil ich nun in Sicherheit war. Wir gingen zusammen in die Bibliothek, und Jeffrey brachte uns Tee, den wir dankbar annahmen. Mir fiel nicht einmal auf, ob es chinesischer oder indischer Tee war. Danach führte mich Sukey in das Bad im Souterrain. Zum ersten Mal sah ich mein Gesicht im Spiegel, und ich sah wirklich zum Fürchten aus. Zum Glück war das meiste nur getrocknetes Blut und ging ab, als sich Sukey mit warmem Wasser und Watte darüber hermachte. Es blieben nur ein paar Schnitte, wirklich nur eine Schramme. Ich sah aus wie eine Piratin oder wie eine Gangsterbraut. Sukey tupfte Dettol auf die Wunde, es brannte und tat schlimmer weh als zuvor. Sie machte schrecklich viel Wirbel. Ich widerstand allen Bemühungen, mich nach oben zu schicken, um mich hinzulegen. Wozu sollte das gut sein? Sukey hatte bereits den Arzt gerufen, der sich Daddys Arm anschauen sollte, und bestand trotz meiner Proteste darauf, dass er sich auch meine Verletzung ansah. Dabei waren nicht einmal Stiche nötig. Sukey legte ein Stück Mull auf die Wunde und klebte ein Pflaster darüber.

Dann kehrten die Polizisten zurück, wie ich vermutet hatte, und deshalb hatte ich auch unten bleiben wollen. Sicher wollten sie mit mir sprechen. Der Arzt erschien zur gleichen Zeit und ging mit Daddy nach oben, um ihn zusammenzuflicken. Auch ein Polizeiauto fuhr vor, wahrscheinlich, um die Leiche fortzuschaffen.

Ich wartete darauf, dass jemand von der Polizei mich sehen wollte, und genoss Davids Aufmerksamkeit, als Mummy in die Bibliothek kam. Sie trug Alltagskleidung, für das Land typischen Tweed, schaffte es aber, darin auszusehen wie ein Schlachtschiff, das im Namen der britischen Krone einen fremden Hafen einnehmen will. Sie setzte sich unter die Portiabüste und ordnete ihren Rock so sorgfältig, als hätte der Saum den Boden gestreift.

»Mr Kahn«, sagte sie. »Ich würde es zu schätzen wissen, wenn Sie mich mit meiner Tochter allein ließen.«

Sofort griff ich nach Davids Hand. »Mein Mann kann alles hören, was du mir zu sagen hast, Mummy.«

»Muss das sein, Lucy?«, fragte sie, als wäre ich noch immer zwölf.

David wäre gegangen, aber ich ließ seine Hand nicht los. Wahrscheinlich blieb er nur, weil ich verletzt war. Aber ich wollte ihn nicht nur zum Trost dabei haben, sondern weil Mummy in Gegenwart von Zeugen weniger grausam war. David hat einmal gesagt, ich würde Mummy aus Angst zu viel Macht geben, sie würde sich sicher zurückziehen, sobald ich Widerstand leistete – doch als ich es tat, indem ich David heiratete, ist sie nicht einen Zentimeter zurückgewichen. Daddy musste sie zwingen, zur Hochzeit zu kommen, und sie hat noch eine halbe Stunde vor der Zeremonie gedroht, sie würde in Trauerkleidung erscheinen.

»Ich will mich nicht in Ihre Privatangelegenheiten mischen, Lady Eversley, aber Lucy möchte, dass ich bleibe«, sagte David.

»Na schön, das macht auch nichts. Da Sie nun schon hier sind, Mr Kahn, kann ich Sie auch gleich fragen, ob sie am 16. Juni bei einem Galadinner in London eine Rede halten könnten. Eingeladen sind Manager und Geschäftsleute, und wir wollen deutlich machen, welche Bedrohung von Gewerkschaften und dem Bolschewismus ausgeht. Wäre es möglich, dass Sie die Sache von der finanziellen Seite beleuchten?«

»Gerne würde ich finanzpolitische Gründe gegen den Bolschewismus anführen, wenn Sie damit die UdSSR meinen«, sagte David mit einer kleinen Verbeugung. »Das heißt, ich könnte ausführen, dass kollektive Wirtschaft und die menschliche Natur nicht zusammenpassen, und finanziell ins Detail gehen. Leider kann ich aber an Gewerkschaften nichts Falsches finden, was die Ökonomie angeht. Es gibt keinen Grund, warum Arbeiter sich nicht zusammenschließen sollten, um mehr für ihre Arbeit herauszuschlagen, wenn Stahlhersteller dasselbe tun, um größere Gewinne zu erzielen. Die Arbeit ist das Kapital der Arbeiter, Lady Eversley.«

»Aber sie haben kein Recht, ihre Arbeitsleistung zu entziehen und Industrien lahmzulegen«, sagte Mummy.

»Desgleichen könnte man auch anführen, dass Fabrikbesitzer kein Recht hätten, Fabriken zu schließen und Tausende auf die Straße zu setzen«, sagte David.

Mummy runzelte die Stirn – offensichtlich wusste sie nicht, was sie Davids glasklarer Logik entgegensetzen sollte. »Vielleicht könnten Sie sich dann auf den bolschewistischen Aspekt beschränken und die Gewerkschaften außen vor lassen«, schlug sie vor.

»Mit Freuden, Lady Eversley«, antwortete David und warf mir einen Blick zu, der bedeutete: Na, was habe ich gesagt, deine Mutter wird sich schließlich doch noch mit unserer Heirat abfinden. Ich biss die Zähne zusammen.

»Ach, und Lucy«, sagte Mummy. »Wenn du mit der Polizei über diesen Attentäter sprichst, diesen Doppelmörder – anscheinend ein Bolschewik mit Parteiausweis, was fast so schlimm ist wie ein Agent der Fünften Kolonne«, sie sah kurz wieder zu David, »also, Lucy, du solltest auf jeden Fall klarstellen, dass dein Vater ihn in Notwehr erschossen hat. Wir müssen in dieser Sache zusammenhalten. Sollte auch nur der Verdacht entstehen, dein Vater hätte den Mann nicht erschießen müssen, könnte es heikel werden. Polizisten sind naturgemäß keine Gentlemen, und manchmal spielen sie gerne gegenüber einem Gentleman ihre Macht aus. Obwohl ich es nicht für möglich halte, dass ein Gericht deinen Vater verurteilt, sollten wir doch alles dafür tun, dass es gar nicht erst dazu kommt.«

»Ich habe doch gar nicht gesehen, was passiert ist. Ich weiß nur, dass der andere zuerst geschossen hat.« Ich legte die Hand an die Wange. »Und er hat ja auch auf Daddy geschossen. Ich kann mir nicht vorstellen, dass irgendjemand in Zweifel zieht, dass es Notwehr war.«

»Genau, das ist die richtige Einstellung«, sagte Mummy. »Mr Carmichael wird dich wahrscheinlich bald sehen wollen. Doktor Chivers ist noch dabei, die Kugel aus dem Arm deines Vaters zu entfernen.«

Sie lächelte frostig, was mehr Anerkennung war, als ich seit Jahren von ihr bekommen hatte, und rauschte zur Tür hinaus.

Mir fiel ein, dass Daddy gesagt hatte, man solle die Justiz nicht behindern. Es war wirklich Notwehr gewesen, aber das scherte Mummy nicht. Es würde sie auch nicht kümmern, wenn Daddy einen unschuldigen Landarbeiter getötet hätte, es ging ihr nur darum, dass es kein unschönes Gerichtsverfahren gab, weil sich für Daddy gerade die Gelegenheit auf einen besseren Posten in der Regierung bot.

»Ein bolschewistischer Attentäter«, sagte David und sah beinahe erfreut aus. »Das wird die Polizei von ihrem Verdacht gegen mich abbringen. Und wie du siehst, scheint deine Mutter doch allmählich zu bemerken, wie nützlich es ist, einen Bankier in der Familie zu haben. Ich wusste es.«

Ehe ich etwas erwidern konnte, ging die Tür auf und Jeffrey erschien. »Inspector Carmichael möchte Sie im kleinen Büro sprechen, Mrs Kahn«, sagte er.

Ich umarmte David und machte mich auf den Weg, doch es wäre mir viel lieber gewesen, wenn Mummy sich nicht vergewissert hätte, dass ich das Richtige aussagen würde.

VIERZEHN

Die Sache mit dem Schützen versetzte Carmichael in Wut. Es ergab keinen Sinn, passte überhaupt nicht in das Bild, das er so sorgsam konstruiert hatte. Wenn der Mann ein Gewehr hatte, warum sollte er dann Thirkie mit Abgasen töten? Und wie hatte er sich Zugang zum Haus verschafft – gab es drinnen einen Komplizen? Nichts passte mehr zusammen. Als wären die Puzzleteile ein weiteres Mal durcheinandergeschüttelt worden! Und was er für ein Stück Himmel gehalten hatte, erwies sich nun als ein Stück vom Auge des Wals. Bei komplizierten Fällen passierte das ständig, doch hier war irgendetwas faul, und auch wenn er noch nicht sagen konnte, was es war, roch die ganze Sache für ihn nach einem geschickt eingefädelten Täuschungsmanöver.

Lord Eversley saß auf seinem Pferd und betrachtete die Leiche hinter der Hecke. Yately beugte sich über den Toten. Carmichael stellte sich so, dass er Yately beobachten und gleichzeitig erkennen konnte, was diesem entging. Izzard stand vornübergebeugt, außer Atem vom Lauf auf den Hügel, und nahm allen die Sicht.

Royston stieß zu ihnen, als Yately gerade einen blutbespritzten Mitgliedsausweis aus der Tasche des Toten zog. Hammer und Sichel, der Name Michael Patrick Guerin und die Nummer 1769830. »Scheint, als hätten Sie diesmal falschgelegen«, flüsterte Royston Carmichael ins Ohr.

Carmichael sah ihn von der Seite an, und der Sergeant wich ein paar Schritte zurück. Carmichael machte es nichts aus, aufgezogen zu werden. Es sah ja tatsächlich so aus, als hätte er falschgelegen. Nur kam ihm das hier jetzt genauso falsch vor.

»Du liebe Güte, ein Bolschewik«, sagte Lord Eversley und reckte sich, um einen Blick auf den Ausweis zu werfen. »So einen hab ich noch nie abgeknallt.«

Beim Wort »abgeknallt« wurde Carmichael stutzig. Es stellte den Toten auf eine Stufe mit gejagtem Wild. Carmichael war schon oft Polizisten oder Hausbesitzern begegnet, die Ganoven in Notwehr erschossen hatten. Üblicherweise waren sie entsetzt über ihre Tat, was sich manchmal in bestürztem Schweigen äußerte, häufiger aber in Verteidigungsreden. Doch Lord Eversley saß trotz seiner Verwundung ungerührt auf dem Pferd und wirkte eher neugierig und ganz zufrieden mit sich.

Der Tote war jung, Anfang zwanzig, soweit Carmichael erkennen konnte, obwohl nicht mehr viel von seinem Kopf übrig war. Er lag vom Schuss hingestreckt auf dunkler Erde und grünen Weizensprossen. Es hatte ihn seitlich am Kopf erwischt, wahrscheinlich war er im Schutz der Hecke davongelaufen. Das Gewehr lag neben der ausgestreckten Hand. Was und wer auch immer er war, er war tot und hatte all seine Geheimnisse mit ins Grab genommen.

»Izzard«, sagte Carmichael. »Folgen Sie etwa zehn Minuten der Hecke, ob Sie dort etwas finden.«

»Jawohl, Sir.« Izzard lief los.

»Die Hecke führt hinunter zur Straße, sie trennt mein Land von dem der Familie Adams«, sagte Lord Eversley.

»Danke«, sagte Carmichael kurz angebunden.

Lord Eversley sah Royston an. »Wie geht es meiner Tochter?«

»Mrs Kahn ist sicher im Haus angekommen.«

»Sehr gut. Keine schlimme Verletzung?«, fragte Lord Eversley.

»Nur ein Kratzer.« Aus irgendeinem Grund lächelte Royston. »Man wird den Arzt rufen, damit er sich die Wunde ansieht, und Ihre ebenfalls, Sir.«

Lord Eversley brummte nur etwas. Carmichael konnte nicht umhin, seinen Mut zu bewundern. Er war nicht sicher, ob er selbst mit einer Schusswunde so ruhig auf einem Pferd gesessen und sich über eine Leiche unterhalten hätte. In den Zeitungen wurden die Briten oft als »Bulldoggen« bezeichnet, und Lord Eversley hatte tatsächlich etwas von einer Bulldogge – hässlich und wenig anziehend, aber zweifellos mutig und zäh.

»Ein Ire.« Yately tippte auf den Ausweis.

Könnte sein, dachte Carmichael und betrachtete den Toten, aber eher ein Ire aus London oder Liverpool als einer aus den Mooren Irlands. Die saubere, aber abgerissene Kleidung stammte aus der Stadt, und die Schuhe waren eindeutig aus England. Obwohl Iren überall auf der Welt zu finden waren, wo es Ärger gab, hatte die Kommunistische Internationale in der Republik bisher nicht Fuß fassen können.

Yately durchsuchte die anderen Taschen und zog einen Personalausweis hervor. »Der ist auf den Namen Alan Brown ausgestellt.«

»Dann hat er unter einem Pseudonym agiert!«, sagte Lord Eversley.

»Als Ire und Kommunist hätte er es hierzulande ohne gut gefälschte Papiere nicht weit gebracht«, sagte Yately.

»Ist es eine gute Fälschung?«, fragte Carmichael. Er nahm den Ausweis und hielt ihn ins Licht. Als Geburtsjahr war 1925 angegeben, Brown war demnach vierundzwanzig. Geboren in Runcorn, einem Höllenloch von Industriestädtchen in der Nähe von Liverpool. Es könnte sich lohnen, die dortige Polizei zu befragen. Die aktuelle Adresse lag in Bethnal Green, einem der Slums im Londoner East End. Carmichael hielt den Ausweis für echt, möglicherweise ausgestellt für jemanden, der bereits mit einer falschen Identität lebte. Auf alle Fälle sollte man die Wohnung überprüfen.

»Hier ist auch noch ein Foto«, sagte Yately und reichte es herum. Lord Eversley reckte den Hals, deshalb warf Carmichael nur einen kurzen Blick darauf und gab es dann weiter. Ein gewöhnlicher Schnappschuss am Meer, von einer jungen Frau, einigermaßen hübsch, Frisur und Kleidung nach zu urteilen ein Dienstmädchen oder vielleicht eine Verkäuferin. Lord Eversley gab Carmichael das Foto mit einem Knurren zurück; auf der Rückseite war in verschnörkelter Maschinenschrift Name und Adresse des Fotostudios aufgedruckt: Burton & Sons, The Promenade, Leigh-on-Sea. Leigh war der bessere Teil von Southend, mit der Bahn eine Tagesreise von London entfernt.

»Was ist das denn?«, fragte Yately aufgeregt und zog etwas aus der Außentasche des Mantels. Carmichael hätte beinahe gelacht, als Patronenhülsen und ein halber Riegel Fry-Schokolade zum Vorschein kamen. Die andere Tasche enthielt ein Stück Schnur, zwei Pfundnoten und etwa fünf Schilling Kleingeld, weit mehr als Carmichael bei einem Mann mit dieser Kleidung vermutet hätte. Er nahm eine Münze, einen Kupferfarthing, und drehte ihn in der Hand, betrachtete das Rotkehlchen auf der Rückseite. Dies war die andere Seite der Briten – wenn die Adeligen Bulldoggen waren, dann waren die Armen Rotkehlchen, die fröhlich herumhüpften, stets in der Hoffnung, etwas Gutes zu finden, und im Winter nicht flohen, sondern sich wacker durchschlugen in ihrem braunen Federkleid mit dem kleinen Fleck leuchtender Farbe. Dennoch diente es einer Gruppe von Politikern aus der Oberschicht als Symbol – nur wegen des Landsitzes natürlich.

»Hat die Münze ihren Namen vom Schloss, oder ist es umgekehrt?«, fragte Carmichael und steckte den Farthing in die Tasche.

»Wie? Umgekehrt natürlich«, sagte Lord Eversley und parierte die unerwartete Frage mühelos. »Einer meiner Vorfahren hat Heinrich VII. eine Menge Geld geliehen und dafür den Landsitz für einen Farthing Jahreszins bekommen – die ganze Gegend nennt man ›die Farthings‹. Wir zahlen den Zins immer noch. Man will bei so etwas ja nicht in Verzug geraten.« Er wieherte vor Lachen. »Ein Farthing war damals auch nicht sehr viel mehr wert. Es war immer nur ein Viertelpenny. Vielleicht konnte Heinrich VII. einen Laib Brot damit kaufen, aber ich glaube kaum, dass George VI. mehr als eine Scheibe dafür bekommt!«

Izzard kehrte mit rotem Kopf und wild gestikulierend zurück. »Ich habe ein Motorrad gefunden«, sagte er, als er nahe genug heran war. »Unter der Hecke an der Straße.«

Guerin/Brown hätte nur Minuten gebraucht, um dorthin zu rennen, und wäre auf und davon gewesen, ehe die Suche nach ihm überhaupt begonnen hätte.

»Die Presseleute sind auch schon da«, schloss Izzard. »Auf der Straße.«

»Ist öffentlicher Grund«, sagte Lord Eversley sichtlich verärgert.

Carmichael wandte sich um und sah, wie ein schwarzer Bentley, der dem Arzt gehören musste, die Auffahrt hochfuhr, gefolgt von dem Polizeifahrzeug, das Thirkie fortgebracht hatte. Vorsichtig hob Carmichael das Gewehr auf und vergewisserte sich, dass es nicht geladen war.

»Royston, Sie kümmern sich um das Motorrad, und teilen Sie der versammelten Presse mit, dass wir – Scotland Yard – eine Erklärung abgeben werden. In zwei Stunden, vor dem Tor. Izzard, Sie helfen Inspector Yately bei der Untersuchung der Leiche. Sobald Sie hier fertig sind, sollte der Tote nach Winchester zur Obduktion gebracht werden. Lord Eversley, da der Arzt jetzt da ist, sollten wir zum Haus zurückkehren. Ich würde mich gerne mit Ihnen unterhalten, sobald er Sie zusammengeflickt hat.«

»Der Kerl hat auf mich geschossen, und ich habe auf ihn geschossen. Ich hatte Glück, er weniger, das ist alles«, sagte Lord Eversley.

Carmichael hegte die schreckliche Gewissheit, dass Lord Eversley genau dabei bleiben würde, ohne auf irgendwelche Einzelheiten einzugehen. So schroff und bulldoggenmäßig er auch wirkte, ein Narr war er nicht. Ein Narr hätte nicht eine Reihe von Firmen leiten und dann noch sein Land mitregieren können, wie Eversley es tat, dachte Carmichael, während er dem Lord hinterhersah, der zu den Ställen ritt. Nein, kein Narr, trotz des äußeren Anscheins. Wie schade, dass er den Schützen getötet hatte.

Ein Motorrad war auf den schmalen Landstraßen das ideale Fluchtfahrzeug, viel schneller als jedes Auto. Guerin/Brown wollte schießen und dann schnell abhauen. Wo wollte er das Gewehr verbergen? Wie hatte er das auf dem Hinweg getan? Am besten fragte man herum, ob irgendjemand ihn gesehen hatte. Das war etwas Konkretes, um das man die Presse bitten konnte, und vielleicht kam ja sogar etwas dabei heraus.

Zurück im Zimmer, das Carmichael inzwischen als sein Büro ansah, ließ er ein Gespräch zum Yard durchstellen. Es klingelte sofort. Polizeigespräche hatten Priorität, und außerdem war es um diese Tageszeit ruhig, sodass er mit London ebenso leicht sprechen konnte wie mit jemandem vom selben Amt. »Es gab noch einen Toten«, sagte er.

»Schlimm«, sagte Sergeant Stebbings. »Wer ist es?«

»Jemand mit einem Gewehr, der auf Lord Eversley und Mrs Kahn geschossen hat.«

»Großer Gott«, sagte Sergeant Stebbings, klang aber nicht überrascht.

»Lord Eversley hat ihn erschossen.«

»Klarer Fall von Notwehr?«

»So klar wie nur möglich: Der Mann hat geschossen, Lord Eversley und Mrs Kahn sind verwundet, und Lord Eversley hat seine Schrotflinte abgefeuert. Ich denke nicht, dass eine Untersuchung nötig ist.«

»Und was ist mit dem Mann?«

»Ich möchte Sie bitten, zwei Namen zu überprüfen: Michael Patrick Guerin, bolschewistischer Mitgliedsausweis Nummer 1769830, und Alan Brown, Sisal Villas 23, Bethnal Green. Laut

Führerschein ist er 1925 in Runcorn geboren, vielleicht könnten Sie auch Erkundigungen bei der dortigen Polizei einziehen. Außerdem haben wir das Foto einer jungen Frau, die man eventuell identifizieren kann. Ich schicke es Ihnen.«

»Ich kümmere mich gleich darum und melde mich dann wieder«, sagte Stebbings beflissen. »G-U-E-R-I-N?«

»Genau.«

»Sollen wir auch bei der Garda nachfragen?«

»Könnte sinnvoll sein, aber ich erwarte mir eigentlich nichts davon«, sagte Carmichael. »Nun zum Gewehr. Könnten Sie herausfinden, ob Brown einen Waffenschein besaß – oder jemand anderes unter dieser Adresse?«

»Welche Marke?«, fragte Stebbings.

»Ein ganz gewöhnliches Lee-Enfield.« Carmichael sah zu der Waffe, die er hinter dem Schreibtisch an die Wand gelehnt hatte. Etwas war doch ungewöhnlich, und er nahm das Gewehr hoch. »Warten Sie – nein, o Gott, es sah nur so aus, ist aber Kaliber zweiundzwanzig.«

»Ein Spielzeug?« Stebbings klang verblüfft. »Ich nehme an, dass man auch damit jemanden umbringen kann, aber einen Waffenschein braucht man dafür nicht.«

»Nein«, sagte Carmichael und stellte das Gewehr wieder ab. »Trotzdem war es Notwehr – man fragt ja nicht nach dem Kaliber der Waffe, wenn auf einen geschossen wird. Dennoch, eine eigenartige Wahl.«

»Vielleicht hat er nichts anderes bekommen. So eins kriegt man überall. Die Kinder schießen damit.«

»Mit Gewehren, die echt aussehen?«

»Überall. Die sind auch beliebt bei Ganoven, die mit der Waffe drohen wollen, ohne sich der Gefahr einer zusätzlichen Strafe aufgrund von Waffenbesitz auszusetzen. Meist sind es aber Kinder, die ein Gewehr haben wollen, das echt aussieht.«

»Für einen Attentäter dennoch eine eigenartige Wahl. Keine große Durchschlagskraft. Und eine Schrotflinte bekommt man auch überall.« Carmichael seufzte. »Gut, überprüfen Sie alles. Aus Winchester bekommen Sie die Fingerabdrücke.« Er notierte sich, dass er Yately daran erinnern musste. »Haben Sie noch irgendetwas für mich?«

»Wir arbeiten an diversen Dingen. Vor morgen Abend kommen wir aber nicht in die Wohnung der Kahns.«

»Ist vielleicht auch nicht mehr wichtig.«

»Glauben Sie, der Bolschewik hat auch Thirkie getötet?«

Carmichael dachte nach; es summte in der Leitung, als würde der Wind durch die Drähte fahren, die ihn mit London verbanden. »Nein«, sagte er. »Oder vielleicht doch, aber dann wüsste ich nicht, wie und warum er es gerade so angestellt hat. Es passt einfach nicht zusammen. Irgendetwas stimmt da nicht.«

»Noch was«, sagte Stebbings. »Eine Kleinigkeit, aber man weiß ja nie. Sie hatten gefragt, ob irgendwer aktenkundig ist, und wir haben mit Nein geantwortet. Das stimmt auch, aber es würde einen Eintrag geben, wenn derjenige ihn nicht hätte löschen lassen. Ich habe mich nur dran erinnert, weil ich damals dabei war. Der Abgeordnete Mark Normanby wurde bei der großen Razzia in Charing Cross verhaftet. Können Sie sich an die noch erinnern?«

»Aber ja.« Der U-Bahnhof Charing Cross war ein berüchtigtes Jagdrevier für Männer, die es nach jungen Burschen gelüstete, und für Jungen aus den Slums, die für Geld mitgingen, manchmal den Mann auch zusammenschlugen und bestahlen, wenn die Luft rein war. Die Opfer beschwerten sich nie. Sie konnten es sich nicht leisten, der Polizei zu erklären, warum sie so jemanden mit nach Hause genommen hatten. Razzien im Bahnhof gab es häufig, was den Verkehr da unten allerdings nicht groß beeinträchtigte. Aber vor zwei Jahren war die Polizei von allen Seiten gekommen und hatte Hunderte verhaftet. Mehrere Wochen lang war der Bahnhof wieder ein respektabler Ort gewesen. Doch dann waren langsam alle wieder zurückgekehrt, zuerst jene, die verzweifelt genug waren, das Risiko einzugehen, und dann, als es wieder sicher schien, immer mehr.

Carmichael erinnerte sich besonders gut an die Razzia, weil sie zu einem Streit mit Jack geführt hatte, der es als ein Zeichen angesehen hatte, dass die Gesetze gegen Homosexuelle verschärft werden sollten. Carmichael hatte argumentiert, dass er mit Männern, die ein Auge auf Jugendliche warfen, nichts gemein habe. Die Jungen seien wahrscheinlich nicht einmal schwul. Er habe auch gehört, einigen Männern sei das sogar lieber, es gefiele ihnen, wenn die Jungs etwas taten, was sie verabscheuten. Für ihn sei es mehr ein scharfes Vorgehen gegen Prostitution, und warum sollte man sich solidarisch mit Männern fühlen, die andere auf diese Art ausbeuteten. Am Ende hatten sie den Streit beigelegt, aber erst nachdem Jack ihn einen Polizisten geschimpft hatte, was er ja auch war.

»Normanby gehörte zu denen, die auf der Toilette in flagranti erwischt wurden, den Schwanz im Mund eines Jungen, der kaum fünfzehn war. Der Junge sitzt im Gefängnis, aber Normanby hat ein paar Strippen gezogen und darauf gedrungen, dass die Beweise gegen ihn von der Bildfläche verschwanden – im Bericht erscheint er als unbeteiligter Passant. Ich musste die Kopie der Akte im Yard selbst zerstören. Falls es irgendwie von Bedeutung ist, haben Sie damit den Beweis, dass Normanby Sodomie betreibt.« Stebbings hatte die ganze Zeit in einem gleichmütigen Tonfall gesprochen.

»Und die Macht hat, die richtigen Strippen zu ziehen«, sagte Carmichael.

»So ist es«, sagte Stebbings. »Mir gefällt es nicht, wenn man auf diese Weise die Justiz zum Narren hält.«

»Ein Gesetz für die Reichen und ein anderes für die Armen«, sagte Carmichael verdrossen.

»Die einzige Schuld des Jungen besteht darin, so arm gewesen zu sein, dass er sich auf etwas dermaßen Ekelhaftes einlassen musste, und dafür hat er fünf Jahre Zuchthaus bekommen«, sagte Stebbings.

Carmichael fragte sich, ob Normanby auch zu denen gehörte, die solche Jungs vorzogen, die es nur ungern taten. Es fiel ihm nicht schwer, sich vorzustellen, dass Normanby Macht ebenso in Erregung versetzte wie Sex. Übelkeit stieg in ihm hoch. »Danke, dass Sie mir das erzählt haben, Sergeant.«

»Muss ja nichts mit Ihrem Fall zu tun haben. Und jetzt ist ja ein Bolschewik in die Sache verwickelt.«

»Aber warum hat er Thirkie nicht auch erschossen?«, überlegte Carmichael laut. »Irgendetwas an der Geschichte gefällt mir ganz und gar nicht. Es riecht, als wäre da etwas faul.«

»Ist das eine Ahnung, Sir?«

»Nein, ist es nicht«, sagte Carmichael mürrisch. »Ich würde es sehr begrüßen, wenn Sie mir möglichst schnell alle Informa tionen aus den Akten übermitteln würden, ob nun über Guerin oder über Brown. Und schicken Sie bitte jemanden nach Bethnal Green, um Brown und alle, die mit ihm zu tun hatten, sofort zu überprüfen. Lassen Sie auch jemanden alles über die Bolschewiken in London ausgraben und darüber, welchen Grund sie haben könnten, den Farthing-Kreis zu vernichten. Ach, und ob es kürzlich Unruhe unter der Bolschewiken oder im russischen Konsulat oder so gegeben hat.«

»Was werden Sie der Presse mitteilen?«, fragte Stebbings. »Die rufen dauernd an.«

»In zwei Stunden werde ich eine Erklärung abgeben, davor habe ich noch genügend Zeit, mit Mrs Kahn und Lord Eversley zu reden. Soweit es Guerin/Brown betrifft, werde ich die Wahrheit sagen. Einige scheinen die Schüsse gehört zu haben, und möglicherweise hat jemand ihn mit dem Gewehr auf dem Motorrad gesehen.«

»Viel Glück«, sagte Stebbings. »Lassen Sie sich nicht von Bolschewiken erschießen.«

»Werd ich nicht, danke, Sergeant.«

Carmichael legte den schweren Hörer vorsichtig auf die Gabel und klingelte nach dem Hausdiener.

»Tee, bitte. Chinesischen Tee«, sagte er zu Jeffrey. »Und fragen Sie Mrs Kahn, ob sie Zeit für ein Gespräch hat.«

Fünfzehn

Inspector Carmichael öffnete mir die Tür und bat mich in Daddys kleines Hinterzimmerbüro, das er mit Beschlag belegt hatte. Über den ganzen Schreibtisch waren Papiere verstreut, was bei Daddy niemals vorgekommen wäre. Daddy ist schrecklich ordentlich, alles wird mit Büroklammern zusammengeheftet und, sobald es erledigt ist, in Ordnern weggepackt. Vor dem Inspector türmten sich mehrere Stapel, noch dazu lagen jede Menge Zettel herum.

Er klingelte nach Lizzie und bat um ein Tablett mit chinesischem Tee. »Das ist wirklich nicht nötig«, sagte ich, obwohl ich überrascht und gerührt war. »Mir macht es nichts aus, einmal indischen Tee zu trinken.«

»Der Inspector zieht ebenfalls chinesischen Tee vor, Madam«, sagte Lizzie.

»Tatsächlich?« Er wirkte gar nicht wie jemand, dem es wichtig war, was für Tee er trank.

»Ist das so ungewöhnlich?«, fragte er und wandte sich an Lizzie. »Sind wir da wirklich die Einzigen auf Farthing?«

»Ja, Sir, und natürlich Mr Kahn, aber alle anderen wünschen starken Tee oder ziehen Kaffee vor.«

»Barbaren«, sagte der Inspector und runzelte die Stirn; dann tippte er mit dem Finger auf ein Blatt mit Notizen.

»Ich wollte nur noch sagen, dass wir alle, das ganze Personal und auch ich, froh sind, dass es Ihnen gutgeht, Madam«, sagte Lizzie.

»Das ist sehr nett von dir, und mir geht es wirklich gut. Die ganze Sache hat mich mehr erschüttert als wirklich verletzt. Es ist nur ein ... eine Schramme, nichts weiter.«

Lizzie ging, um den Tee zu holen. Wahrscheinlich würde ich bis zum Abend in Tee ertrinken, aber es war ja nett gemeint.

»Dann erzählen Sie mir mal genau, was passiert ist, Mrs Kahn«, sagte Inspector Carmichael.

»Das weiß ich nicht. Ich selbst habe gar nichts gesehen, mein Pferd aber schon.«

»Leider können wir Ihr Pferd nicht befragen«, sagte er mit

einem seltsamen kleinen Lächeln. »Woher wissen Sie denn, was es gesehen hat?«

»Manny blieb stehen und wieherte, als hätte sie etwas gehört. Dann flog die Kugel an uns vorbei.«

»Sie sind eng beieinander geritten?«

»Ziemlich eng, ja, knapp zwei Meter, vielleicht weniger. Ich bin nicht ganz sicher. Nach der Kugel, vielleicht waren es aber auch zwei, weil es mir so vorkam, als hätte ich den Schuss erst gehört, nachdem sie mich getroffen hat.« Ich zögerte. »Tut mir leid, ich drücke mich nicht sehr klar aus. Hat Daddy ihnen gezeigt, wo es passiert ist?«

»Lord Eversley war so freundlich, ja. Ich habe auch sehr deutlich die Hufspuren gesehen. Sie blieben also stehen, hörten mindestens einen Schuss, eine Kugel streifte ihre Wange, und dann galoppierten sie in Richtung Haus?« Als er Eversley sagte, klang er auf einmal sehr nach Lancashire.

»Daddy sagte, ich sollte abhauen, aber ich rührte mich nicht. Da hat er Manny einen Schlag versetzt, und sie ist losgestürmt.«

»Ihr Pferd heißt Manny?«

»Die Kurzform von Manzikert«, sagte ich und lachte leise. »Das war eine Schlacht, aber fragen Sie mich nicht, wer dort gefochten hat und wann das war. Unsere Pferde sind fast alle nach Schlachten benannt. Ich habe auf einem Pony reiten gelernt, das Hastings hieß.«

»Die Schlacht von Manzikert fand 1050 in Anatolien statt, Griechen gegen Türken.« Erstaunlich, denn er wirkte auch nicht wie ein Mann, der sich mit Schlachten auskannte. Der Inspector steckte überhaupt voller Überraschungen. »Entschuldigung. Ihr Vater hat also Ihrem Pferd einen Schlag versetzt, und es ist mit Ihnen davongerannt. Was hat Ihr Vater dann getan?«

»Hat er Ihnen das nicht erzählt?«

»Das hat er – doch nun möchte ich von Ihnen wissen, was Sie gesehen haben.« Der Inspector beobachtete mich genau.

Natürlich war das der Augenblick, an dem Mummy wollte, dass ich mich sehr klar ausdrückte und notfalls log, um Daddy aus der Patsche zu helfen, in der er möglicherweise saß, weil er den Terroristen getötet hatte. Aber ich beschloss, die Wahrheit zu sagen und kein Wort mehr. »Ich habe gar nichts gesehen. Tut mir leid. Manny rannte los, und ich hatte genug damit zu tun, sie zu zügeln. Daddy war hinter uns. Ich konnte nicht sehen, was er tat, bis ich kehrtmachte, und da ritt er schon, mit einer Kugel im Arm, den Hügel herab.«

»Haben Sie noch mehr Schüsse gehört?« Wieder der misstrauische Blick.

»Ich habe die Schrotflinte gehört, das auf jeden Fall. Vielleicht auch noch mehr Gewehrschüsse.«

»Wussten Sie denn, dass es ein Gewehr war?« Er stürzte sich richtiggehend darauf.

»Damals nicht, nein. Ihr Sergeant hat es mir erzählt.«

Inspector Carmichael sah ein wenig verärgert aus. »Wie viele Gewehrschüsse sind denn Ihrer Meinung nach abgegeben worden?«

Es klopfte. Lizzie kam herein und stellte den Tee ab. Ich goss ein und fragte den Inspector, ob Milch oder Zitrone dazu sollte, denn es war alles vorhanden – Lizzie hatte sogar das beste Porzellan genommen, Mummys Spode Service. Mummy hätte einen Anfall bekommen, wenn sie gewusst hätte, dass ihr bestes Service an einen Polizisten verschwendet wurde, selbst wenn er so ungewöhnlich war wie Inspector Carmichael. Mummy hätte diese Qualitäten sowieso nicht zu schätzen gewusst – in Schlachten bewandert zu sein und chinesischen Tee zu trinken waren nicht gerade Dinge, die das Eis zwischen ihnen gebrochen hätten, und so wie ich Mummy kannte, wäre die Eisschicht eher noch dicker geworden.

Wir machten es uns mit dem Tee gemütlich, und der Inspector fragte noch einmal: »Wie viele Gewehrschüsse waren es, Mrs Kahn?«

»Auf jeden Fall einer, nachdem mich die Kugel an der Wange getroffen hatte. Und ich bin ziemlich sicher, dass ich beim Wegreiten noch einen hörte, bevor die Schrotflinte knallte. Mehr kann ich nicht beschwören.«

»Es könnten aber mehr gewesen sein, sowohl davor, als auch während Sie wegritten?«

»Da oben hätte auch die Schlacht von Mons stattfinden können«, sagte ich etwas unsicher. »Ich konnte nichts sehen, und ich konnte Manny nicht wenden. Ich dachte, man würde Daddy umbringen.«

»Das war ein naheliegender Gedanke, denn der Eindringling hatte ein Gewehr und Ihr Vater nur die Schrotflinte. Ein Gewehr hat eine viel größere Reichweite, wie Sie sicher wissen.«

»Das weiß ich. Eigentlich ist es kaum zu glauben, dass Daddy ihn abknallen konnte.«

Der Inspector sah mich nur an. Vielleicht rechnete er etwas zusammen. »Nun, er hatte wohl ziemliches Glück«, sagte er. »Hat Ihr Vater immer eine Schrotflinte dabei, wenn er ausreitet?«

»Kommt ganz auf die Jahreszeit an. Im Herbst praktisch immer. Im Winter auch. Aber im Augenblick ist keine Saison für Vögel. Man kann höchstens auf Kaninchen oder Hasen schießen, was nicht viel Spaß macht. Heute hatte er die Flinte nur dabei, weil Harry darauf bestanden hat.«

»Harry hat darauf bestanden.« Der Inspector schrieb es sich auf.

»Harry aus dem Stall«, ergänzte ich.

»Ich weiß, wer Harry ist, Mrs Kahn. Dann hatten Ihr Vater und Sie tatsächlich großes Glück. Sie verdanken ihr Leben wahrscheinlich der Tatsache, dass Harry darauf bestanden hat.«

»Daran habe ich auch schon gedacht. Manchmal hängt alles an einem Hufnagel, nicht wahr?«

»Ja, manchmal«, sagte er. Ich hatte schon vermutet, dass er sofort wissen würde, worauf ich anspielte. Es gibt ein Gedicht über eine Schlacht, die verloren wurde, weil ein Hufnagel fehlte. Hugh hat es sehr gemocht und oft aufgesagt. Er kannte es schon als kleiner Junge auswendig, als ich gerade erst laufen lernte. »Wer hat den Ausritt vorgeschlagen?«

»Daddy«, sagte ich. »Ich habe erwähnt, dass ich mich unruhig und eingesperrt fühlte, weil wir hier bleiben müssen und nicht nach Hause können, Sie wissen schon, und da hat er vorgeschlagen, dass wir die Pferde bewegen. Er hat gesagt, das sei schon in Ordnung, solange wir das Gut nicht verlassen. Das haben wir auch nicht, sondern wir haben uns strikt an die Grenzen von Farthing gehalten.«

»Er konnte also nicht wissen, dass Sie dort sein würden«, sagte der Inspector. »Ich rede vom Attentäter. Der Ausritt war nicht schon lange im voraus geplant, sodass die Dienstboten Bescheid wussten und alle Welt es hätte in Erfahrung bringen können?«

»Nein, es war ein spontaner Entschluss. Daddy hat es vorgeschlagen, nachdem ich mein Frühstück beendet hatte. Ich ging nach oben, zog mich um und traf ihn dann bei den Ställen, kaum eine Stunde später.«

»Wer hielt sich noch im Frühstückszimmer auf?«

»Die Normanbys«, sagte ich. Der Inspector schrieb auch das auf, und sein Füllhalter kratzte über das Papier.

»War jemand vom Personal im Raum?«

»Nein ... Lizzie ging ein und aus, aber ich bin ziemlich sicher, dass sie in diesem Moment nicht da war.«

»Für eine Verschwörung gab es nicht genügend Zeit«, sagte Inspector Carmichael mehr zu sich selbst. »Sie hätten ihn nicht so schnell herschicken können, er muss schon gewartet haben.«

»Für den Fall, dass irgendjemand von uns auftauchte, nehme ich mal an«, sagte ich. »Aber das ist nicht sehr wahrscheinlich, oder?«

»Gestern ist niemand dort gewesen«, sagte der Inspector. »Er könnte schon dort gestanden haben, um so lange zu warten, bis er jemanden erwischte.«

»Haben Sie schon etwas über den – Sie nannten ihn Attentäter – herausgefunden? Wenn es erlaubt ist, diese Frage zu stellen. Wer war es denn?«

»Wir würden mehr wissen, wenn er noch am Leben wäre.« Der Inspector runzelte erneut die Stirn und legte die Fingerspitzen aneinander. »Vorerst haben wir nur die Sachen, die er bei sich trug, danach scheint er ein bolschewistischer Spion gewesen zu sein.«

»Ein russischer Agent?« Kaum zu glauben! Wie eine Geschichte aus den Revolverblättern, wie der Ausspruch des Sergeants, meine Verletzung sei »nur ein Kratzer«. Irgendwie absurd, obwohl ich annahm, dass die Russen Sir James oder Daddy wohl nicht besonders mochten, nachdem der eine Hitler dazu gebracht hatte, sie anzugreifen, und der andere ihn dazu angestiftet hatte.

»Entweder das oder jemand, der uns glauben machen will, es wäre einer.« Aus Inspector Carmichaels Miene wurde ich nicht schlau. »Alles könnte auch nur eine Inszenierung sein. Obwohl man sich fragen müsste, wem sie galt und wie es gelungen ist, den Mann dafür zu gewinnen.«

»Hat der Bolschewik denn auch Sir James getötet?«, fragte ich.

»Daran glaube ich nicht eine Sekunde.« Das Gesicht des Inspectors war starr wie ein Bildnis. Er sah mich nicht an. So hätte er Modell sitzen können für eine Bronzestatue der Tugend »Entschlossenheit« am Themse-Ufer.

»Aber warum ist es dann gerade jetzt geschehen – ein schrecklicher Zufall?«

»Wenn es denn wirklich ein Zufall gewesen sein sollte. Doch nachdem die Nachricht vom Mord an Sir James' Tod durch die Zeitungen gegangen war, könnten sich die Russen gedacht haben, der Farthing-Kreis wäre zum Abschuss freigegeben.«

Eine schauerliche Vorstellung.

Dem Inspector schien wieder einzufallen, dass er nicht allein war. »Entschuldigung, Mrs Kahn, ich wollte Sie nicht beunruhigen. Aber die ganze Sache ergibt keinen Sinn. Sie haben Hufnägel erwähnt, und zu meinem Job gehört es, Hufnägel zu finden. Ich folge ihnen zu den Hufeisen, dann zu den Pferden und weiter zu den Soldaten, bis ein Muster erkennbar wird, wenn Sie wissen, was ich meine. Aber bei diesem Fall passen die einzelnen Teile offensichtlich in ein Muster, das mir dennoch nicht das richtige zu sein scheint. Wie bei einem Zaubertrick, bei dem eine Dame in zwei Teile zersägt wird, erst sieht man es und dann wieder nicht. Dem Ganzen haftet ein Hauch von zersägter Dame an, als würde mich jemand an der Nase herumführen, damit ich bestimmte Schlüsse ziehe, die aber nicht stimmen.«

»Aber wer sollte das tun?«, fragte ich und musste die ganze Zeit an Mummy denken, die größte Expertin der Welt im An-der-Nase-Herumführen. Was hätte sie wohl zu mir gesagt, wenn David nicht da gewesen wäre? Ich trank meinen Tee aus und stellte die Tasse ab.

»Wenn ich das wüsste, wüsste ich auch, wer Sir James ermordet hat«, sagte der Inspector, was mich doch ein wenig betroffen machte.

»Dann glauben Sie also, es war David im Verein mit den Bolschewiken«, platzte ich heraus und schlug zu spät die Hand vor den Mund.

»Das tue ich nicht«, sagte er. »Ich bin von Scotland Yard. Politik interessiert mich nicht. Ich versuche, unvoreingenommen zu sein. Ihren Mann habe ich als Täter noch nicht ausgeschlossen, halte es jedoch im Augenblick für wahrscheinlicher, dass mich jemand glauben machen möchte, es wäre so.«

»Ich weiß, dass er es nicht war«, sagte ich. »Ich weiß auch, dass Sie mir nicht glauben, aber er war die ganze Nacht bei mir, und das weit eher als von ein Uhr nachts an, und ich weiß auch, dass Sie glauben, ich würde das so oder so sagen, aber es ist nun mal die reine Wahrheit, und ich wünschte, Sie würden mir glauben.«

Der Inspector sah mich an. Beim Sprechen war ich aufgesprungen, ohne jeden Grund, doch ich wäre mir noch alberner vorgekommen, wenn ich mich wieder hingesetzt hätte, also blieb ich stehen, um an dem bisschen Würde festzuhalten, das mir geblieben war.

»Ich glaube Ihnen, Mrs Kahn. Ich glaube, dass Sie davon überzeugt sind, die Wahrheit zu sagen und Ihren Mann nicht nur auf irgendeine Weise in Schutz nehmen. Was nicht heißt, dass das Gesagte wirklich der Wahrheit entspricht, aber ich glaube, dass Sie die Wahrheit sagen. Und da wir gerade dabei sind, möchte ich Ihnen versichern, dass ich alles in allem nicht geneigt bin, an eine Beteiligung Mr Kahns zu glauben. Was hätte er auch dadurch zu gewinnen? Rache, weil Sir James Thirkie uns aus dem Krieg der Juden herausgeholt hat? Vielleicht gibt es in Groschenromanen Leute, die aus solchen Motiven töten, aber im wirklichen Leben kommt das nicht vor.« Er machte eine Pause, und ich setzte mich wieder. »Sehen Sie sich manchmal Zeichentrickfilme an?«, fragte er.

Ich nickte. »So etwas wie Micky Maus und Donald Duck? Die habe ich im Kino gesehen.«

»Nun ... mir scheint, jemand möchte mir eine solch einfache Geschichte auftischen, wie sie in einem Zeichentrickfilm Sinn ergibt, nicht aber im wirklichen Leben, wo die Menschen keine gezeichneten Mäuse oder Kaninchen sind, die einander mit einem Amboss zerquetschen und danach munter weiterlaufen und sich gegenseitig in die Luft sprengen. Und was mich dabei am meisten beunruhigt, sind die Fragen, wer das tut, was er sich davon erhofft und wie viele Unschuldige dabei noch zerquetscht werden.«

Sofort fiel mir wieder Mummy ein. Sie würde David und mich jederzeit ohne Skrupel mit einer Dampfwalze überrollen. Dann erinnerte ich mich an den Schützen und wusste natürlich, dass das Unsinn war. Mummy wäre niemals in so etwas verwickelt.

»Sie vergessen den bolschewistischen Schützen«, sagte ich. »Der ist ganz real und keine bunte Zeichentrickfigur.«

»Er ist real und tot, und er wirft mehr Fragen auf, als er beantwortet«, sagte der Inspector. »Vielen Dank, Mrs Kahn, Sie waren mir eine große Hilfe.«

SECHZEHN

Carmichael saß allein im Büro und starrte aus dem Fenster auf einen großen blauen Hortensienbusch. Seiner Mutter hätte ein solcher Busch sehr gefallen. Ihre Hortensien hatten nur in einem schmutzigen Rosa geblüht, aber diese hier wucherten verschwenderisch in leuchtendem Blau. Vielleicht gab es ein Geheimnis, das der Adel Menschen wie seiner Mutter vorenthielt, die sich vergebens um so etwas bemühten. Wie sich wohl Lady Eversley ihr gegenüber verhalten hätte, wenn sie einander jemals begegnet wären? Carmichael schüttelte den Kopf. Die Hortensie hatte nichts mit dem Fall zu tun und seine arme Mutter ebenso wenig. Er war schon zu lange hier eingesperrt, sie alle waren das. Ein Spaziergang wäre jetzt das Beste – um von einem Heckenschützen erschossen zu werden? Er sollte sich Royston schnappen und mit ihm im Bahnhofshotel essen gehen. Vielleicht sollten sie sogar nach London zurückkehren. Was man über Guerin/Brown herauskriegen konnte, erfuhr man dort und nicht hier. Hier gab es nichts mehr zu tun. Farthing würde seine Geheimnisse bewahren. Er hatte der Presse alles über den bolschewistischen Attentäter erzählt, den Lord Eversley erschossen hatte, und sie hatten sich ganz schön die Lippen geleckt. Es bestand kaum ein Zweifel, dass er auch Thirkies Mörder war. Man sollte alle nach Hause gehen und frische Luft ins Haus lassen. Yately hatte, als er sich nach Winchester verabschiedet hatte, genau das vorgeschlagen. Doch Carmichael saß immer noch stur an seinem Platz, weil irgendetwas an der Sache faul war. Und falls dies eine Ahnung war, dann war es eine, der man folgen musste.

Es klopfte, und Royston trat ein, ohne eine Reaktion abzuwarten. »Wir wissen, woher der Lippenstift kam, Sir.«

»Aus Russland importiert, nehme ich an, Sergeant?«

Royston hielt inne und runzelte die Stirn. »Sir?«

»Alles in Ordnung, Sergeant, war nur ein Scherz.«

Royston sah ihn zweifelnd an. »Die Schminke gehört dem Hausmädchen Molly. Auf der Liste steht sie als Mary Cameron. Laut ihrer Aussage ist die Farbe Freitagnacht gestohlen worden. Sie hat es erst am Samstagmorgen bemerkt, mit dem einen oder anderen vom Personal darüber gesprochen, und es dann in der Aufregung vergessen. Heute ist es ihr wieder eingefallen. Ist ihr freier Abend, und sie wollte sich hübsch zurechtgemacht ins Nachtleben von Farthing Green stürzen. Als sie sich Lippenstift von Lizzie borgen wollte, hat sie den Diebstahl erwähnt, und Lizzie war schlau genug, das Mädchen zu mir zu bringen.«

»Feines Mädchen, diese Lizzie«, sagte Carmichael und tippte mit dem Finger an die leere Teetasse. Sehr dünnes Porzellan mit einem filigranen Goldblumendekor. »Hatten Sie Molly schon vorher befragt?«

»Das war Inspector Yately, Sir«, sagte Royston, ohne eine Miene zu verziehen.

»Ach«, sagte Carmichael zurückhaltend. »Und es ist die richtige Farbe?«

»Von Woolworth in Winchester; Sixpence das Stück; Karminrot; Lippenrot mit dem Pinsel aufzutragen«, las Royston von seinem Block ab. Er hielt einen kleinen Pinsel mit grünem Griff hoch, dessen blutrote Borsten zu der Farbe passten, die Carmichael vom Nachthemd Thirkies in Erinnerung hatte. Er nahm Royston den Pinsel ab und hielt ihn ans Licht.

»Das ist sie, genau. Gut gemacht, Sergeant. Sehr gut. Und sie ist sicher, dass sie den Tiegel bereits am Freitag vermisst hat und nicht etwa erst Sonnabend oder Sonntag?«

»Vollkommen sicher, und was noch schwerer wiegt, ist die Bestätigung durch Lizzie.«

»Dann sollten wir diesen Fortschritt feiern«, sagte Carmichael. »Wir ziehen uns für die Nacht ins Bahnhofshotel zurück, vor morgen früh wird der Yard wohl kaum Neuigkeiten für uns haben.«

»Jawohl, Sir«, sagte Royston. »Bin nicht gerade traurig, hier mal für ein paar Stunden rauszukommen.«

»Man sollte nicht meinen, dass die Leute für gewöhnlich ganz scharf drauf sind, auf eine Einladung hierher«, sagte Carmichael, ohne sich um grammatische Feinheiten zu scheren. »Aber vielleicht liegt's ja nur an der Trauer um die Toten, und normalerweise geht es recht lustig zu.«

Dieses Mal hielt Lady Eversley sie nicht auf. Die Familie saß bereits mit den Gästen beim Dinner. Carmichael gab dem Butler Bescheid, dass sie am frühen Morgen zurückkehren würden.

»Sehr wohl, Sir«, antwortete er in düsterem Tonfall und öffnete ihnen die Tür.

Es dämmerte bereits; der Himmel war purpurrot und die Luft kühl. Royston öffnete den Wagenschlag. »Meinen Sie, es könnte regnen, Sir?«, fragte er, während Carmichael mehrmals tief Luft holte.

»Warum sollte jemand einer Bediensteten Lippenstift stehlen?« Eine eher rhetorische Frage – Carmichael bekam den Kopf nicht so schnell frei wie den Körper.

»Warum sollte jemand überhaupt diesen ganzen Zirkus veranstalten?«, entgegnete Royston, als sie beide im Wagen saßen.

»Genau das ist die Frage. Man hätte Thirkie doch einfach erschießen können. Damit wäre man auch durchgekommen, niemand hätte es erwartet. Also warum ihn mit Autoabgasen vergiften, nach oben schleppen und dann so herrichten?« Der Motor sprang an, und der Bentley rollte über die breite Auffahrt. Wie hohe Brückenbögen wölbten sich die Ulmen dunkel über ihnen. Im Westen sah man die Venus.

»Es ging vielleicht darum, etwas zu zeigen.« Royston hielt an, damit der Bobby das Tor öffnen konnte.

»Was denn?« Carmichael ballte unwillkürlich die Fäuste und entspannte die Hände wieder. »Hier zeigt sich gar nichts. Es ist völlig unsinnig.«

»Gute Nacht, Sir«, rief der Bobby. Immer noch schlichen zwei einsame Journalisten im Dorf herum. Carmichael fragte sich, zu welchen Blättern sie gehörten und ob sie nur dumm oder eher optimistisch waren. Beide sahen auf, als der Wagen vorbeifuhr, machten aber keinerlei Anstalten, sie aufzuhalten.

»Vielleicht gibt es keinen tieferen Sinn«, sagte Royston auf der Fahrt durchs Dorf. »Vielleicht wollten sie nur ihre Macht demonstrieren und damit Angst auslösen. Vielleicht haben sie sich gedacht, dass es nicht genügt, jemanden einfach zu erschießen, man muss schon bei ihm eindringen und ihn der Lächerlichkeit preisgeben, indem man ihn wie ein Rotkehlchen zurechtmacht und auf der blutroten Brust eine Visitenkarte hinterlasst.«

Carmichael dachte darüber nach. Hinter einem dunklen Wäldchen erstreckten sich Weizenfelder. »Könnte man Ihnen so Angst einjagen, Sergeant?«

»Vielleicht schon, wenn ich denjenigen kenne.«

»Wem könnte die Drohung dann gegolten haben? Lord Eversley? Normanby?«

Royston schüttelte den Kopf. »Keine Ahnung. Es macht auch Angst, wenn auf einen geschossen wird, aber das ist nicht dasselbe, wenn Sie wissen, was ich meine.«

»Ja, es ist irgendwie sauberer. Männlicher. Eigenartig, dabei ist tot doch tot.« Sie fuhren durch ein Dorf, eines der verschiedenen Farthings. Aus der Tür zum Gasthaus fiel goldenes Licht auf die Straße, als eine hübsche mollige Frau herauskam und in der Tür stehen blieb, um den Freunden drinnen noch etwas zuzurufen. Etwas Witziges, nach ihrem Gesichtsausdruck zu urteilen. Carmichael beneidete die Leute um den geselligen Abend.

»Im eigenen Bett ermordet zu werden ist etwas ganz anderes, als beim Ausritt angeschossen zu werden«, sagte Royston.

Carmichaels Gedanken kehrten sofort zu dem Fall zurück. »Aber wie sollten die Bolschewiken ins Haus gelangt sein? Wir haben doch schon festgestellt, dass es unmöglich ist.«

»Es muss einen Komplizen im Haus geben.«

»Und auf wen würden Sie tippen?«

»Auf Kahn vielleicht?«, schlug Royston vor. Carmichael runzelte die Stirn. »Außerdem gibt es da noch eine Köchin, eine vor Jahren geflohene Jüdin, die ihren heidnischen Namen in Smollett geändert hat. Sie gehört zum Hauspersonal. Für sie wäre es ein Leichtes gewesen, sich die Schminke zu verschaffen. Und sie hätte an Mrs Simons vorbeischleichen können, die vielleicht aber auch mit ihr unter einer Decke steckt.«

Der Wagen rumpelte über die Schienen des Bahnübergangs und hielt vor dem Bahnhofshotel. Carmichael nahm kaum davon Notiz. »Dann könnte sie den Bolschewiken die Tür geöffnet haben, meinen Sie? Wo ist eigentlich Mr Smollett? Vielleicht noch in Polen? Vielleicht haben sie damit gedroht, ihm etwas anzutun, wenn seine Frau nicht alles macht, was sie sagen, oder haben versprochen, ihn nach England ausreisen zu lassen, wenn sie ihnen behilflich ist.«

»Keine Ahnung, ob es je einen Mr Smollett gegeben hat.« Royston öffnete die Fahrertür. »Höhergestellte weibliche Dienstboten werden aus reiner Höflichkeit Mrs genannt.«

»Auf jeden Fall könnte sie dort noch Familie haben.« Carmichael fand Gefallen an der Idee. Er stieg aus und sah in den Himmel. Dort standen inzwischen mehr Sterne, als man in London jemals zu sehen bekam. Ein ländlicher Sternenhimmel, der genau so aussah wie der in Lancashire, obwohl Land und Leute doch so verschieden waren.

»Jede Art von Verwandtschaft würde für eine Erpressung genügen«, sagte Royston.

»Was aber noch nicht die Frage beantwortet, wie jemand Thirkie töten konnte, indem er ihn in ein Auto setzt und die Auspuffgase durch einen Schlauch ins Innere leitet.« Carmichael schloss die Beifahrertür und überprüfte mit Londoner Gründlichkeit das geschlossene Fenster.

»Nehmen wir mal an, dass es Selbstmord war«, schlug Royston auf den Stufen zum Hotel vor. »Nehmen wir an, er hätte sich im Wagen umgebracht, und Mrs Smollett hätte ihn gefunden und sich gedacht: Dieser Mistkerl hat doch Großbritannien davon abgehalten, die Juden zu befreien, bevor Hitler mit ihnen fertig war, und nun ist er tot. Warum soll ich ihn nicht demütigen, meinen Stern – nein, das kann nicht sein – irgendeinen Stern, den ich von irgendwoher habe, ihm an die Brust heften, sie rot anmalen und ihn so in sein Bett stecken?«

Kaum waren sie durch die Tür getreten, kam die Wirtin auf sie zu und lächelte mit professioneller Gastfreundlichkeit. »Dinner, Gentlemen?«

»Was gibt es denn?«, fragte Carmichael.

»Wie wär's mit einem ordentlichen Steak und Eiern?«

»Hört sich gut an, Sir«, sagte Royston.

»Für jeden eine Portion, im Speisezimmer«, sagte Carmichael. »Und zwei Halbe vom Fass.«

Sie setzten sich an den Tisch, an dem sie schon gefrühstückt hatten. Es war fast wie zu Hause. In einer Ecke saß ein Mann, der Würstchen aß und ein Buch las, aber davon abgesehen hatten sie den Raum für sich.

Carmichael sprach leise, damit der Fremde nicht mithören konnte. »Nettes Szenario, aber Sie vergessen, dass die Frau die Schminke schon am Abend vorher gestohlen haben müsste, was einen Grad von Vorsatz bedeuten würde, der eher unwahrscheinlich ist. Und hätte sie ihn die zwei Treppen hochtragen können? Es war ja kein Bolschewik da, der ihr hätte helfen können. Wie alt ist sie übrigens?«

»Um die fünfzig, aber recht rüstig.« Royston zog die Stirn in Falten. »Ich möchte wetten, dass sie dazu in der Lage wäre. Sie ist doch Köchin – schleppt die ganze Zeit Kartoffelsäcke und so 'n Zeug. Und wenn man sie erwischt hätte, hätte sie sagen können, sie sei nach draußen gegangen, weil sie einen Schluck Wasser trinken wollte oder was auch immer, vielleicht frische Luft schnappen, und hätte ihn dann gefunden und wollte ihn ins Haus bringen. Da man sie aber nicht erwischt hat, konnte sie die Sache durchziehen.«

»Das trifft auf jeden zu, der den Toten nach einem Selbstmord gefunden hätte«, sagte Carmichael. Die Kellnerin brachte das Bier, zwei Halbe mit Schaumkrone in altmodischen rosaroten Porzellankrügen. »Auf jeden, der einen Grund hatte, Thirkie zu demütigen.« Kahn fiel ihm ein. Er konnte sich nicht vorstellen, dass Kahn den Mann ermordet hatte, aber könnte er es getan haben? Carmichael nippte am Bier.

»Aber warum sollte Thirkie sich umbringen?«, fragte Royston. »Und falls es so war, warum sollte ausgerechnet der Falsche vorbeikommen und sein Spielchen mit ihm treiben? Und warum taucht am nächsten Tag ein Bolschewik mit einem Gewehr auf?« Er trank einen Schluck Bier und leckte sich die Lippen.

»Was könnte jemanden wie Thirkie dazu bringen, Selbstmord zu begehen?«, fragte Carmichael. »Ein Mann, der im ganzen Land bekannt war, dessen Karriere gerade wieder in Schwung kam, mit einer leidlich hübschen Frau, einem Erben in Sicht und einem guten Ruf als integere Persönlichkeit.«

»Eine Bloßstellung«, sagte Royston prompt. »Irgendein Skandal, der ihn alles gekostet hätte. Besser ein toter Löwe als ein lebender Schakal.«

»Stimmt«, sagte Carmichael und stellt sein Bier ab. »Das könnte sein. Aber welche Blamage könnte das sein?« Homosexualität? Könnte Normanby gedroht haben, ihn bloßzustellen, war es eine Art Machtkampf? Angenommen, Thirkie war gar nicht schwul, sondern hatte nur nach der ersten Ehe eine Affäre mit Normanby gehabt, ein Experiment, das Normanby fortführen wollte, er aber nicht, da er nun glücklich verheiratet war und bald Vater werden würde. Und Normanby hatte gedroht, ihn bloßzustellen, wenn sie nicht weitermachten, wollte deshalb am Morgen ins Ankleidezimmer kommen – ja, das würde ausreichen, jemanden mit noch untadeligem Ruf den Freitod wählen zu lassen.

Die Wirtin kam mit zwei Tellern herein. Steaks, Bratkartoffeln, Spiegeleier, Pilze und Zwiebeln. Als Zugeständnis an verweichlichte Ideen von gesundem Essen fand sich am Tellerrand ein Arrangement aus einem einzelnen Salatblatt, einer dünnen Gurkenscheibe und einer Vierteltomate, mit etwas Senf und Kresse angerichtet.

»Meinen Sie, irgendjemand isst den Salat?«, fragte Carmichael und stocherte mit der Gabel darin herum.

»Ich habe noch nie welchen gegessen«, gab Royston zu, der bereits ein Stück Steak mit Kartoffeln kaute.

»Ich auch nicht, und ich bezweifle sehr, dass nur einer von hundert es tut. Dennoch arrangieren Köchinnen in ganz England so etwas sorgfältig auf den Tellern, um es ebenso sorgfältig nach dem Essen im Abfalleimer zu entsorgen. Sie müssen also davon ausgehen, dass die Leute es so wollen. Von Bodmin bis Skegness bekommt man diesen armseligen Ersatz einer Salatbeilage serviert.«

Royston schüttelte den Kopf. »Wer versteht schon die Frauen, Sir.«

Das Steak war gut, etwas zu lange gebraten für Carmichaels Geschmack, aber er wusste aus Erfahrung, dass er besser bei dem durchgebratenen Steak blieb, als einen zum Scheitern verurteilten Versuch zu unternehmen, jemanden in der Küche in das Geheimnis des *medium rare* einzuweihen.

»Falls er Selbstmord begangen hätte«, sagte er nun wieder leiser, »falls er wirklich mitten in der Nacht zu seinem Wagen gegangen wäre und sich umgebracht hätte, wer hätte ihn dann wohl am ehesten gefunden in der Zeit zwischen eins und … sagen wir mal acht, als die katholischen Bediensteten sich auf den Weg zur Messe machten?«

»Moment mal, Sir, und was ist mit der Totenstarre? Wäre die Leiche nicht sehr schwer zu transportieren gewesen, wenn man sie zur falschen Zeit entdeckt hätte?«

»Guter Gedanke, Sergeant. Leider eine knifflige Angelegenheit, die Sache mit der Totenstarre und der Zeit. Nehmen wir also an, es war kurz nach dem Ableben, noch bevor die Starre einsetzte, oder am Morgen, als sie sich schon wieder gelöst hatte. Wer hätte da über ihn stolpern können?«

»Am ehesten noch jemand in den frühen Morgenstunden«, sagte Royston. »Nach eins hätten auch noch alle wach sein können, aber das Haus war abgeschlossen.«

»Thirkie ist rausgegangen, um sich umzubringen.« Carmichael spießte mit der Gabel einen Champignon auf. »Er hätte die Tür auflassen können.«

»Dann müsste unser Scherzbold sie hinterher abgeschlossen haben, weil Hatchard sie am nächsten Morgen verschlossen vorfand.«

»Wann genau?«

Royston zog seinen Block aus der Tasche und blätterte, steckte zwischendurch ein Stück Steak in den Mund und blätterte weiter. Carmichael schmeckte nicht viel, während er weiteraß und wartete. »Viertel nach sechs«, sagte Royston schließlich.

»Wer hätte nach dieser Zeit rausgehen und sich zwischen den Autos herumtreiben können?«

Royston sah ihn zweifelnd an. »Wohl jeder, aber niemand mit triftigem Grund.«

»Haben wir die Angaben, was alle zu dieser Zeit getan haben?«

»Ja, aber die meisten sind erst später aufgestanden.« Royston blätterte erneut. »Lord Timothy Cheriton war früh auf, Mr und Mrs Kahn ebenfalls, und praktisch alle Bediensteten sind irgendwann zwischen sechs und sieben aufgestanden.«

»Was ist mit Normanby?«

»Ist aufgestanden, kurz bevor er den Toten entdeckt hat. Laut seiner Aussage, die seine Frau bestätigt hat.«

»Sie teilen sich ein Schlafzimmer?«, fragte Carmichael überrascht.

»Haben sie jedenfalls angegeben«, sagte Royston. »Sie haben zwei zusammenhängende Räume, ganz ähnlich wie die Thirkies.«

»Ich werde mich morgen mit Mrs Normanby unterhalten.« Carmichael trank noch einen Schluck Bier. »Was meinen Sie, deckt sie ihren Mann?«

»Ich glaube nicht, dass sie sich allzu grün sind, aber zweifellos würde sie ihn decken, wenn sie es für notwendig hält.« Royston schluckte. »Das tun sie wahrscheinlich alle – die halten zusammen, decken sich gegenseitig. Nicht die Dienstboten, aber die Herrschaften. Den Eindruck hab ich jedenfalls – nicht dass sie tatsächlich was vertuschen, aber dass sie's tun würden, wenn sie es für notwendig erachten. Wie die mich schon anschauen – keiner ist so kooperativ, wie man es erwartet. Die behandeln mich wie einen Diener – nicht wie den Diener des Gesetzes, der dem Volk verpflichtet ist, sondern wie ihren persönlichen Lakaien, der tut, was sie ihm auftragen.«

»Allerdings, so hat sich Lord Eversley heute Nachmittag verhalten«, sagte Carmichael.

»Lord Eversley, Lord Hampshire, Mr Normanby, Lady Eversley, das ganze Pack. Selbst Lady Thirkie.«

»Und Kahn?«

»Nicht auf dieselbe Art, aber auch er verschweigt etwas.«

»Mrs Kahn gefällt mir«, sagte Carmichael. Royston sah ihn fragend an, doch Carmichael schüttelte den Kopf. »Ich weiß nicht recht. Meinen Sie denn, die verbergen alle etwas? Etwas, das wir wissen müssten?«

»Keine Ahnung«, sagte Royston betrübt. »Ich kann's nicht genau sagen. Mehr so ein Gefühl, dass sie würden, wenn sie wollten.«

»Nun, das ist wirklich interessant, Sergeant, danke, dass sie es mir gesagt haben. Ich weiß, wie schwer es ist, einen solchen Eindruck in Worte zu fassen, und doch kann es manchmal sehr nützlich sein.«

»Aber ab jetzt müssen wir in jedes Szenario den Bolschewiken einbeziehen, nicht wahr, Sir, und ich kann mir einfach nicht vorstellen, dass einer von denen was mit Bolschewiken zu tun hat.«

»Ich weiß nur wenig über Bolschewiken«, sagte Carmichael. »Morgen kommt der Bericht vom Yard. Bis dahin sollten wir lieber unser Essen genießen und die gesammelten Fakten noch einmal überschlafen.«

Siebzehn

Das Dinner am Montag war noch schrecklicher als das Dinner am Tag zuvor. Es fing schon damit an, dass ich mich kaum im Spiegel anschauen mochte. Das lag nicht an dem Kratzer auf der Wange, es lag an meinem Körper. Bis dahin hatte ich mir immer sagen können, ich würde wie eine ganz normale, durchschnittliche Engländerin aussehen, was auf mein Gesicht auch wirklich zutraf, das dem Porträt einer Eversley glich, die nur deshalb nicht unter Königin Elisabeth auf dem Scheiterhaufen verbrannt worden war, weil es an jenem Tag geregnet hatte. Der Rest der Familie hatte sich vom katholischen Glauben abgewandt, als er aus der Mode gekommen war, aber sie hat es im Tower ausgesessen. In der Waffenkammer hängt ein Porträt von ihr, und die obere Hälfte des Gesichts ist mir wirklich sehr ähnlich. Hugh nannte mich des Öfteren eine Häretikerin, und als Mummy einmal sehr ärgerlich wegen der Heirat mit David war, sagte sie, ich würde diesem schlechten Beispiel folgen. Doch körperlich bin ich ihr gar nicht ähnlich – soweit man das beurteilen kann, denn sie trägt ein elisabethanisches Gewand, das nicht viel von der Figur zeigt. Bei mir hat sich der Babyspeck direkt in die Körperfülle des mittleren Alters verwandelt, und ich kämpfe schon mein Leben lang dagegen an, nicht so ein Nilpferd zu werden wie Großmutter Dorset. Es ist furchtbar ungerecht, dass ihre Gene einfach Mummy übersprungen haben, die dünn wie eine Bohnenstange ist, und gleich bei mir gelandet sind. Meine Hüften sind eine ständige Herausforderung für mich.

Als ich mich an jenem Tag zum Essen umkleidete, ohne mir zum Trost sagen zu können, dass wenigstens mein Gesicht ganz ansehnlich war, lag ich mit Haar und Körper gleichermaßen im Clinch und sah einfach scheußlich aus. Normalerweise beteuerte David immer, welch wundervolle Rundungen ich hätte, und dass ich so dünn sei, wie eine gesunde Frau es sich nur wünschen könne, was mich jedes Mal aufheiterte, selbst wenn mein Hintern mich zur Verzweiflung brachte, doch an jenem Abend war David selbst in düsterer Stimmung und bemerkte mein Unglück nicht einmal. Er war sicher, dass die Polizei ihn verdächtigte, gemeinsame Sache mit den Bolschewiken zu machen, und er fühlte sich schuldig, dass er mich nicht durch irgendwelche Zauberkräfte vor der Kugel geschützt hatte. Er glaubte wohl, wenn er nicht unter Verdacht gestanden hätte, weil er ein Jude war, wäre er zu der Zeit auch nicht von der Polizei befragt worden, sondern an meiner Seite geritten, und hätte sich zwischen mich und die Kugel werfen können. Es hatte keinen Sinn, ihm zu erklären, dass er in dem Fall getötet worden wäre, und das nur, um mich vor einem Streifschuss zu retten. Mein armer Schatz war nur allzu bereit zu solch einer noblen Geste, oder zumindest glaubte er dies.

Ich zog also den unförmigen Sack von Chanel über, den ich schon zur Party am Sonnabend getragen hatte, aber ich hatte alle Kleider schon einmal angehabt, denn wir hatten ja damit gerechnet, am Sonntag wieder nach Hause zu fahren. Die Unterwäsche hatte ich Molly zum Waschen gegeben, sonst hätten wir gar keine saubere mehr gehabt. Zum Dinner erschien David wie immer fein und elegant, wenn auch unzweifelhaft jüdisch, und ich sah fürchterlich aus. Unter der Überschrift: »Heiratet er sie nur wegen ihrer gesellschaftlichen Stellung?« hatte der *Herald* einmal ein solches Foto – natürlich ohne die Verletzung – von uns gedruckt, und ich sah darauf scheußlich aus und David einfach wunderbar. Ich bin ziemlich sicher, dass alle, die David nicht kannten, bei der Beantwortung der Frage keinen Augenblick zögerten. Damals habe ich mir geschworen, weniger zu essen und endlich abzunehmen; ab und zu gelingt es mir, ein oder zwei Pfund zu verlieren, und David beteuert dann, dass ich flach wie ein Brett und so dünn wie Mummy sei. Doch sobald ich nicht aufpasse, sind die Pfunde wieder da. Was furchtbar unfair ist, sich aber nicht leugnen lässt.

Als wir am Tisch saßen, in feinen Kleidern und mit glitzernden Juwelen behangen, fiel mir plötzlich auf, wie absurd das Ganze war. Da hatten wir uns nun versammelt, um zu essen, aber damit nicht genug, denn das Essen musste in einer genau vorgeschriebenen Reihenfolge eingenommen werden. Wahrscheinlich erfüllte es Mummy weniger mit Entsetzen, dass ein Terrorist auf Daddy und mich geschossen hatte, als wenn man Fleisch vor dem Fisch serviert hätte oder wie in Frankreich die Vorspeise vor der Suppe. Wir saßen in vorgeschriebener Sitzordnung, aßen und unterhielten uns, wie die Konventionen es verlangten, und alles war so künstlich wie die riesigen Hochzeitstorten aus Gips in den Fenstern der Konditoreien. Ein großer Teller Suppe und ein halber Laib Brot auf dem Zimmer wären mir lieber gewesen.

Ich saß zwischen Onkel Dud und Sir Thomas, die beide nicht gerade zu den begnadetsten Gesprächspartnern zählen. Sir Thomas versuchte, mir die wirtschaftliche Seite der Kupferherstellung nahezubringen. Ich schwieg die meiste Zeit oder lauschte dem allgemeinen Gerede.

Angela war auch erschienen, mit dem ernsten und etwas blasierten Gesichtsausdruck, den Frauen oft haben, wenn sie erst seit Kurzem schwanger sind. Sie trug ein schwarzes Kleid, das sie mitgenommen haben musste, obwohl Schwarz sonst nicht ihre Farbe war, und hatte das berühmte Thirkie Collier angelegt, einen viktorianischen Diamantenschmuck. Ein Familienerbstück natürlich. Ich erinnerte mich, Olivia vor Jahren damit gesehen zu haben, Angela aber noch nie. Den meisten von uns war sie seit dem vergangenen Morgen nicht mehr begegnet, und sie nahm die Beileidsbekundungen mit geziemender Würde entgegen. Ich konnte jedes Wort verstehen, weil sie zwischen David und Daddy mir gegenüber saß.

Daddy trug den Arm in einer Schlinge, was neben der frischen Gaze auf meiner Wange, die ich dem Arzt zu verdanken hatte, das einzige Zeichen war, dass tatsächlich Schüsse gefallen waren. Ein wenig müde sah Daddy aus, was vielleicht an den Schmerzen lag oder einem Mittel, dass der Arzt ihm gegen die Schmerzen gegeben hatte. Den Moselwein hatte er kaum angerührt – sein Glas war noch fast voll, als Jeffrey es abräumte und durch den Bordeaux ersetzte. Während ich ihn über den Tisch hinweg ansah, fragte ich mich, wie alt Daddy wohl war. Er hatte im Großen Krieg gekämpft und dann auch im Zweiten Weltkrieg, musste also bald sechzig sein. Mir war er immer jünger erschienen.

Daphne saß an Daddys anderer Seite. Sie sah schrecklich aus, als hätte sie den ganzen Tag geweint, was gut sein konnte – ich hatte sie seit dem Frühstück nicht mehr gesehen. Als alle Angela ihr Beileid aussprachen und beteuerten, wie sehr sie Sir James vermissen würden, fiel mir ein, dass Daphne die Einzige war, die ihn wirklich vermissen würde, und vielleicht auch die Einzige, der es wirklich leidtat. Angela würde ein Kind bekommen und wahrscheinlich wieder heiraten, schließlich war sie jung und hübsch. Außerdem war ich nicht sicher, ob sie ihren Mann überhaupt gemocht hatte. Daphne dagegen hatte ihn geliebt. Mark sah Daphne ebenfalls an und lächelte in sich hinein, als würde es ihn freuen, sie so aufgewühlt zu sehen, was gemein von ihm war, trotz des Umstands, dass Sir James der Liebhaber seiner Frau gewesen war.

»Nicht, dass ich deine Gastfreundschaft nicht genießen würde«, sagte Onkel Dud über den Tisch hinweg zu Daddy. »Aber ich würde doch sehr gerne zu meinen Rosen zurückkehren.«

»Erst nach London«, warf Mummy vom anderen Ende des Tisches ein. »Morgen wird über wichtige Dinge abgestimmt.«

»Wir hatten ausgemacht, dass ich heute mit euch nach London fahren würde, um morgen abzustimmen und am Abend zu Hause zu sein.« Onkel Dud wirkte ein wenig gereizt.

»Morgen können wir alle zur Abstimmung nach London fahren, und falls dir die lange Reise danach nicht zu viel ist, bist du noch vor dem Schlafengehen bei deinen Rosen«, sagte Daddy. »Ich habe mit dem Chief Constable in Winchester und mit Penn-Barkis von Scotland Yard gesprochen. Ganz egal, was Inspector Carmichael sagt, ab zehn Uhr morgen früh können wir gehen. Möglicherweise will er nach dem Frühstück noch mit dem einen oder anderen sprechen, aber dann können wir los.«

Sofort hob sich die Stimmung. Nur Daphne blieb weiterhin in Trauer versunken. David lächelte mir zu. Bestimmt dachte er ebenfalls daran, wie wunderbar es zu Hause sein würde. In unserer netten kleinen Wohnung mit den eigenen Sachen und dem eigenem Personal. Weit weg vom düsteren Farthing und von Mummy.

»Gut gemacht, Charles«, sagte Onkel Dud.

»Dann wirst du mit nach London kommen?«, fragte Mummy.

»Selbstverständlich«, sagte Onkel Dud. »Und Tibs auch.«

Tibs saß an Daphnes anderer Seite und versuchte vergebens, ein Gespräch mit ihr anzufangen; er sah auf, als er seinen Namen hörte. »Was werde ich auch?«

»Du wirst morgen mit nach London kommen, um an der Abstimmung teilzunehmen«, sagte Mummy.

»Na klar«, sagte Tibs. »Ist doch ungeheuer wichtig, nicht wahr, Wahl des neuen Parteiführers? Das würde ich mir um nichts in der Welt entgehen lassen, Tante Margaret, selbst wenn ich nicht darauf hoffen könnte, bei der Umbildung einen besseren Posten zu ergattern, denn das würdest du mir doch nie verzeihen.«

Auf Mummys Lippen erschien ein eisiges Lächeln.

Ich war so begeistert von der Aussicht, nach Hause zu fahren, dass ich meine Diätvorsätze vergaß und Mrs Richardsons herrlichen Marmeladenstrudel mit Vanillesauce bis auf den letzten Krümel verspeiste.

Nach dem Essen gingen alle dem normalen Wochenendvergnügen auf dem Lande nach und teilten sich in Vierergruppen zum Bridge im Salon auf. Tibs und David verdrückten sich ins Billardzimmer. Da ich mich kein bisschen für Bridge begeistern konnte und wollte, sagte ich, ich würde zu Bett gehen, doch Eddie Cheriton hielt mich auf. »Ich brauche irgendwas zu lesen«, sagte sie. »Von Billy weiß ich, dass du dich mit Büchern auskennst; komm und such mir was aus.« Sie zerrte mich beinahe in die Bibliothek.

Es stimmt nicht, dass ich mich mit Büchern auskenne, aber immerhin besser als Billy Cheriton. Er wollte wahrscheinlich nur sagen, dass er mich gelegentlich mit einem Buch gesehen hat. Für Billy zählten selbst Georgette Heyer und Dorothy Sayers zur hohen Literatur. Wie auch immer, die Bibliothek auf Farthing habe ich immer sehr gemocht. Dort habe ich lesen gelernt. Hugh hat es mir beigebracht, mit einem dicken, in Leder gebundenen Buch voller Feenbilder. Die Bibliothek ist ein wunderbarer Ort, allein der Geruch der Bücher und die schönen Ledereinbände; noch dazu standen zwischen Buchreihen und Klassikern auch Bücher, die Daddy am Bahnhof Waterloo für die Zugfahrt erstanden hatte, man konnte wirklich alles neben allem finden. David hatte einmal zwischen *Der Fürst* von Machiavelli und Lord Byrons Gedichten *Das Regime der Manager* von James Burnham entdeckt. »Wonach suchst du denn?«, fragte ich Eddie. Soweit ich wusste, hatte sie noch nie etwas anderes als Cello-Noten gelesen.

»Ich will doch kein Buch, du Dummchen«, sagte sie, zündete sich eine Zigarette an und steckte sie in die Zigarettenspitze. »Ich wollte dich nur fragen, ob du irgendeine Ahnung hast, wer der Vater von Angela Thirkies Kind ist.«

»Daphne und mir hat sie erzählt, das Kind sei von Sir James«, sagte ich sehr schockiert, geradezu viktorianisch. Es schien mir schon immer das Schlimmste zu sein, ein Bognor-Baby zu bekommen.

»Damit wird sie nun ja durchkommen«, sagte Eddie und strich mit den Fingern über Shakespeares Nase. »Aber vor vierzehn Tagen hat sie Marion Stepney gefragt, ob die wüsste, zu wem man gehen muss, wenn man ein Kind loswerden will, und das will man sicher nicht, wenn das Kind vom eigenen Mann stammt. Marion meinte, Angela hätte gesagt, sie hätten getrennte Schlafzimmer, und er würde es ihr nicht abkaufen.«

»Vielleicht hat Marion sich das bloß ausgedacht«, sagte ich, obwohl ich das nicht glaubte. Marion war dumm, doch man sagte ihr nach, dass sie ein heißer Feger war und manchmal hart am Wind segelte. Damit war sie genau die Richtige, wenn Angela jemanden gesucht hatte, der sich mit Abtreibungen auskannte.

»Hat sie nicht, sie hat mir alles unter dem Siegel der Verschwiegenheit erzählt, und ich habe keiner Menschenseele was gesagt. Ich habe nur angenommen, du wüsstest Bescheid, weil du gestern den ganzen Tag mit Angela eingesperrt warst.« Sie schnippte die Asche der Zigarette in den Aschenbecher auf dem Klavier.

»Sie hat nichts geäußert, was mich dazu gebracht hätte, an ihren Worten zu zweifeln«, sagte ich. »Und du solltest die Geschichte besser nicht herumerzählen.«

»Na, offensichtlich hat ihn doch der Bolschewik ermordet und nicht Angela«, sagte Eddie. »Ich kann mir einfach nicht vorstellen, dass sie ihn ersticht, du etwa? Ist nicht ihr Stil.« Sie seufzte und wickelte sich eine Haarsträhne um den Finger. »Ich war so sicher, dass du es weißt. Ich kann sie doch nicht selber fragen, und Daphne ist völlig nutzlos, irrt umher wie Ophelia.«

»Die arme Daphne«, sagte ich.

»Tja, nun wird sie sich einen anderen Liebhaber zulegen müssen«, erwiderte Eddie kalt.

»Hatte sie schon die ganze Zeit ein Verhältnis mit Sir James?«, fragte ich.

»Seit ihrer Einführung«, sagte Eddie und blies Rauch in die Luft. »Ich bin überrascht, dass du davon weißt, damals hast du doch noch in den Windeln gesteckt. Sie haben sie mit Mark verheiratet, der damit einen sicheren Parlamentssitz ergattert hat. Wenn er gestorben wäre, sobald Sir James wieder heiraten konnte, wäre ich misstrauisch geworden. Ist er aber nicht, und so sehr er auch in die andere Richtung schielt, in eine Scheidung hätte er niemals eingewilligt. Das hätte kein Politiker getan. Deshalb hat Sir James dann Angela geheiratet. Ein Politiker braucht eine Frau, die repräsentiert, unabhängig davon, wer da mit wem schläft. Deshalb habe ich auch mit Rex Schluss gemacht – ich wusste, dass er nicht mich, sondern eine Gastgeberin haben wollte. Und wenn ich das sein wollte, würde ich es vielleicht für Daddy tun, denn ehrlich gesagt ist Daddy ein besserer Politiker, als der arme Rex es jemals sein könnte. Ich werde aus Liebe heiraten, und weit vorteilhafter, als es mit Rex der Fall gewesen wäre.«

»Das mit Daphne und Sir James weiß ich schon lange, aber ich wusste nicht, dass es weitergelaufen ist«, sagte ich. »Ist es denn allgemein bekannt?«

»Nicht so wie alles andere.« Eddie überlegte, während sie sich eine weitere Zigarette ansteckte. »Ich glaube, kurz nach der Heirat mit Angela lief nichts, aber dann fingen sie wieder an. Es blieb alles sehr nebulös, und Daphne gehörte nie zu meinen engen Freundinnen. Angelas Affäre ist allerdings noch nebulöser. Ich frage mich, wer es wohl sein könnte?«

»Sobald ich etwas höre, gebe ich dir Bescheid«, sagte ich, meinte es aber nicht so. Eddie Cheriton war nicht böse, aber auch nicht gerade gut. Sie gehörte zu den Parasiten und Zeitverschwendern, mit denen ich nichts zu tun haben wollte, und hatte eine spitze, gespaltene Zunge.

»Ich sollte besser ein Buch mitnehmen, damit die Leute nicht ins Grübeln kommen«, sagte sie, nahm irgendeins aus dem Regal und pustete den Staub ab. »*Götter und Helden* von Lady Gregory. Was ist denn das? Irgendwas mit Sagen?«

»So ähnlich«, sagte ich. »Ich weiß nicht, wie du darauf kommst, dass ich sämtliche Bücher im Haus kenne.«

»Willst du damit sagen, dass man Billy nicht trauen kann?«, fragte sie lachend und klemmte sich das Buch unter den Arm. »Aber es war schon richtig, ihn nicht zu heiraten, er ist ein Trottel, und unter dem Adel herrscht auch so schon genug Inzucht.

Allerdings hättest du es mit der Erbhygiene nicht ganz so weit treiben müssen.« Sie lachte noch einmal und ging hinaus.

Ich knirschte noch eine Weile mit den Zähnen und ging dann ins Billardzimmer, wo Mark elegant an einem Pfeiler lehnte und David und Tibs dabei zuschaute, wie sie ihr Spiel beendeten. Ich beobachtete ihn heimlich. War er wirklich Athener und glücklich, dass seine Frau die letzten fünfzehn Jahre eine Affäre gehabt hatte? Oder hatte es ihn geärgert? Er schien sich über ihr Unglück zu freuen. Und falls es ihn geärgert hatte – konnte er Thirkie so gehasst haben, dass er sich mit den Bolschewiken verbündet hatte, um ihn zu töten? Er lachte über einen von Tibs' lausigen Witzen, und der Verdacht ging mir nicht mehr aus dem Kopf, obwohl ich es auch nicht glauben konnte. Schließlich hatte ich Mark doch immer gemocht.

Ich sah zu, wie David spielte und auf eine sehr männliche, sehr englische Art scherzte, die nicht seiner Natur entsprach, die er aber problemlos nachahmen konnte, wenn er mit solchen Leuten zusammen war. Er dachte, sie würden ihn dann akzeptieren, und ich konnte ihm einfach nicht sagen, dass nichts, was er tat, auch nur irgendetwas ändern würde. Wir hatten echte Freunde, und ich war der Meinung, wir sollten unsere Zeit nicht mit den falschen verschwenden. Tibs gewann knapp und spielte mit Mark weiter. David und ich begaben uns zu Bett, und ich dachte beim Hinaufgehen immer nur: Morgen fahren wir nach Hause, wir kommen hier raus, entfliehen dem Ganzen und kehren in unser eigenes Leben zurück, und wenn ich es irgendwie vermeiden kann, werde ich nie wieder an diese Tage zurückdenken.

Wir liebten uns. Und als David explodierte, und ich mit ihm, wusste ich es sofort. An einem Ort tief in mir im Zentrum der zitternden Erregung, den ich mir als rote Knospe mit großen rosaroten Blättern vorstellte, die sich schimmernd entfalteten, fanden sich zwei Keime und würden zu einem Kind heranwachsen. Ich bewegte mich nicht, hielt nur David fest in den Armen, liebte ihn noch inniger als je zuvor und begriff auf einmal, warum schwangere Frauen immer so selbstgefällig aussehen.

Achtzehn

Carmichael erwachte früh unter der gestickten Ermahnung »Halte fest am Guten«. Ohne Hahn gab es keine frischen Eier, aber musste es ein verrückter Hahn sein, der darauf aus war, die ganze Welt zu wecken? Dazu kam das Pfeifen des Frühzugs von London nach Southhampton um 6:35 Uhr. Carmichael ließ umsichtig zehn Minuten vergehen, ehe er läutete und das verschlafen klingende Mädchen um Tee, heißes Wasser und die heutigen Zeitungen bat, falls sie schon da wären. Sie brachte alles, während Carmichael sich rasierte. Er schenkte sich eine mittelmäßige Tasse Tee ein und legte sich wieder ins Bett, um sich den Ergüssen der Londoner Presse hinzugeben.

Der Aufmacher der *Times* war der bolschewistische Anschlag auf Lord Eversley und Mrs Kahn, fast im gleichen Wortlaut wie seine Presseerklärung. Sie kamen zu dem Schluss, dass ein größeres Budget für die Marine derlei Vorkommnisse verhindern würde. Der ersten Seite war auch zu entnehmen, dass es in den Auslandsnachrichten auf Seite 4 Berichte gebe über Hunger und Kannibalismus unter den Verteidigern von Stalingrad sowie über ein weiteres japanisches Massaker an Aufständischen in Shanghai. Carmichael war erstaunt, dass es in Stalingrad überhaupt noch jemanden gab, der verhungern konnte, und in China noch jemanden, den man massakrieren konnte, und dass die *Times* offenbar glaubte, so etwas würde irgendjemanden in England an einem schönen Maitag interessieren. Er legte die Zeitung beiseite.

Der *Telegraph* lamentierte lang und breit über die bolschewistische Bedrohung und schien es als erwiesen anzusehen, dass Lord Eversleys Attentäter auch Sir James Thirkie auf dem Gewissen hatte. »England wird sich die Staatsführung nicht von bewaffneten Anarchisten im Sold der Sowjetunion diktieren lassen«, kreischte der Leitartikel. Die Bilder stammten aus dem Archiv: Lord und Lady Eversley bei einer Fabrikeröffnung im vorigen Jahr, Lucy Kahn bei ihrer Hochzeit. Des Weiteren wurden Lord Eversleys unternehmerische Verdienste und die Effizienz der Polizei gelobt. Der *Telegraph* pries häufig die Effizienz der Polizei, wenn er nicht gerade den Kopf eines Polizisten forderte, der in den Augen der Zeitung nicht effizient genug war. Die Nachrichten aus dem Ausland lagen einen Tag hinter denen der *Times* zurück: erneuter Machtwechsel in Kursk.

Der *Manchester Guardian* zitierte Carmichael ebenfalls recht freigiebig. Sie gingen sogar so weit, ein Foto von ihm abzudrucken, das am vorherigen Tag am Tor aufgenommen worden war. Dann baten sie das Parlament, sich bei der abendlichen Abstimmung nicht von den nur zu verständlichen Sympathien für den vom Unglück geschlagenen Farthing-Kreis beeinflussen zu lassen. Carmichael las diesen Abschnitt noch einmal und dachte eine Weile darüber nach, dann warf er einen kurzen Blick auf die Titelzeile der Nachrichten aus dem Ausland, »Hitlers Arbeitslager: Sind sie wirklich effizient?«, und legte die Zeitung weg.

Nachdenklich begab er sich zum Frühstück. Royston saß bereits am Tisch und las den *Daily Herald.* »Sie sind früh auf«, sagte Carmichael.

»Dieser verdammte Vogel hat keine Ruhe gegeben«, sagte Royston. »Das Landleben ist schrecklich, es kann mir gestohlen bleiben. Kehren wir heute nach London zurück, Sir?«

»Ich denke schon«, sagte Carmichael. »Was gibt es Neues?«

»Die Nation jubelt, weil Lord Eversley einen Bolschewiken erschossen hat. Und die Polizei möchte wissen, wer einen Mann auf einem Motorrad gesehen hat«, fasste Royston zusammen.

»Was ist mit dem Ausland?« Carmichael setzte sich und klingelte nach dem Frühstück.

»Nachrichten aus dem Ausland?« Royston sah ihn mit zusammengekniffenen Augen an. »Der Kaiser von Japan besucht Präsident Lindbergh in San Francisco, um über engere Wirtschaftsbeziehungen zwischen der Großasiatischen Wohlstandssphäre und den USA zu reden. Ach, und erneuter Machtwechsel in Kursk.«

»Sie haben mir den Glauben an die Presse wiedergegeben, Sergeant«, sagte Carmichael, als die Wirtin das Frühstück brachte. »Ich dachte schon, die Nachrichten aus dem Ausland würden sich überhaupt nicht überschneiden.«

»Warum wollten Sie das wissen?« Royston stocherte zaghaft in einem Würstchen.

»Ich habe mich gefragt, ob bei unserem Fall, bei dem es auf den ersten Blick so aussieht, als spiele die britische Politik eine Rolle, vielleicht auch die Politik in anderen Ländern von Bedeutung ist, z. B. in der Sowjetunion oder in Nazideutschland. Diese Annahme hat sich nicht bewahrheitet, jedenfalls wenn man sich auf die Berichterstattung der großen britischen Zeitungen verlässt.«

»Irgendetwas Interessantes in den anderen Blättern?«

»Der *Telegraph* möchte unbedingt, dass das Land und die Tories fest zum Farthing-Kreis stehen, während der *Manchester Guardian* nicht möchte, dass wir, aus nur zu verständlichen Gefühlen heraus, diesem Kreis zu viel Macht geben.«

»Die haben doch eh schon viel zu viel Macht«, grummelte Royston und tunkte den Toast ins Eigelb.

Wieder war auf Farthing ein dicker Umschlag für Carmichael angekommen. »Kümmern Sie sich um die Billard-Sache«, beschied er Royston. »Tun Sie es selbst, überlassen Sie es nicht Yately, falls der sich überhaupt die Mühe macht, heute Morgen zu erscheinen. Finden Sie raus, wer sich daran erinnert, dass Normanby und Thirkie Billard gespielt haben, und um welche Zeit das war.«

Carmichael öffnete den Umschlag. Doch noch ehe er mehr als einen Blick auf den ersten Bericht über bolschewistische Aktivitäten werfen konnte, klingelte das Telefon.

»Anruf aus London für Inspector Carmichael, Vorrangsgespräch«, flötete die Telefonistin. Carmichael klemmte sich den unförmigen Hörer zwischen Ohr und Schulter und las den Bericht mit dem Stift in der Hand, um sich Notizen zu machen. Polizeilichen Quellen zufolge hatte es anscheinend in letzter Zeit kaum Aktivitäten von Sowjets, Bolschewiken, Kommunisten oder Trotzkisten gegeben, und auch keine Gerüchte über geplante Anschläge.

»Sind Sie das, Carmichael?«, bellte es aus dem Hörer.

»Jawohl, Sir«, sagte Carmichael und legte den Bericht zur Seite – er ahnte Schlimmes. Chief Inspector Penn-Barkis telefonierte nur dann höchstselbst, wenn er schlechte Nachrichten hatte oder sich einmischen wollte.

»Mir ist von höherer Stelle zu Ohren gekommen, dass Sie auf Farthing alle Leute festhalten. Ich habe nicht nachgegeben, habe denen gesagt, bis zehn Uhr heute Morgen würden wir alle da behalten, aber danach könne jeder gehen, der nicht festgenommen wird. Und im Hinblick auf Festnahmen sollten Sie nicht allzu forsch vorgehen, wenn man bedenkt, wer diese Leute sind. Da unten gibt es nichts mehr zu tun, kommen Sie zurück nach London.«

»Jawohl, Sir«, sagte Carmichael und schrieb in sorgfältiger Schrift auf seinen Block: »Die erhabene Gleichheit des Gesetzes verbietet es Armen wie Reichen, unter Brücken zu schlafen, auf den Straßen zu betteln und Brot zu stehlen.«

»Man weiß dort schon Bescheid«, sagte Penn-Barkis. »Befragen Sie nur noch die, bei denen es unbedingt sein muss.«

»Jawohl, Sir«, sagte Carmichael wieder und kastelte das Geschriebene ein.

»Melden Sie sich bei mir, sobald Sie im Yard eintreffen.«

»Jawohl, Sir«, sagte Carmichael ein drittes Mal. »Ist das alles?«

»Nein. Sergeant Stebbings möchte mit Ihnen über die gestrige Razzia sprechen. Ich stelle Sie durch.«

»Danke, Sir«, sagte Carmichael automatisch, malte Kringel um den Kasten und dachte über die Worte darin nach. Wenn er Fabrikarbeiter oder Bergleute, die unter Mordverdacht standen, gebeten hätte, im Haus zu bleiben, hätte niemand auch nur den leisesten Widerspruch verlauten lassen.

»Stebbings am Apparat.«

»Ja, Carmichael hier, Sergeant. Was gibt's? Irgendwas über Brown?« Er tippte mit dem Stift auf den Block.

»Brown oder Guerin ist weder unter dem einen noch unter dem anderen Namen aktenkundig. Vollkommen unbekannt. Ich schicke Ihnen, was wir sonst haben. Wir ermitteln noch in Bethnal Green, wo anscheinend jemand dieses Namens gewohnt hat. Er lebte allein, deshalb haben wir noch keine Fortschritte gemacht.«

»Aha«, sagte Carmichael und schraffierte die Ecken des Kastens.

»Aber eigentlich wollte ich Ihnen mitteilen, dass wir eine Verbindung zu dem anderen Mann gefunden haben.«

»Welchem anderen?«, fragte Carmichael.

»Kahn, Sir. Gestern Abend sind wir in die Wohnung, ganz sauber, wie Sie es wollten. Niemand würde vermuten, dass wir auch nur einen Gegenstand dort berührt haben, aber wir haben alles auf den Kopf gestellt.«

»Gut, gut, aber was haben Sie gefunden?« Carmichael ließ den Füller fallen, der über den Tisch rollte und Tinte verspritzte.

»Sehr belastende Briefe von einem Mitglied einer jüdischen Untergrundorganisation mit Aufforderungen zu terroristischen Taten und Morden«, sagte Stebbings so ruhig, als würde er über das Wetter sprechen. »Der spezielle Fall wird nicht erwähnt, aber man wollte, dass er eine Gelegenheit sucht, bei der Sir James Thirkie, Lord Eversley, Lord Timothy Cheriton und Mr Normanby zusammen sind, um sie in die Luft zu jagen.«

»Erpressung?«, fragte Carmichael. »Drohungen oder Sätze wie: Wenn du das nicht tust, bringen wir etwas über dich an die Öffentlichkeit? Oder bestärken die Briefe ihn nur?«

»Letzteres«, sagte Stebbings. »Aus den Briefen, die uns vorliegen, geht hervor, dass er sich weigert, die Korrespondenz aber aufrechterhält und weiterhin Geld schickt. Wir haben zwar nur die eine Hälfte der Briefe, doch der Tenor bleibt gleich: Danke für das Geld, doch das reicht nicht, tu endlich was gegen die faschistische Familie, in die du eingeheiratet hast.«

Kahn. Er hatte vollkommen falsch gelegen. Kahn war der Mörder. Er hatte ihn ordentlich hinters Licht geführt. Kahn und eine jüdische Untergrundorganisation. Aber Guerin war kein Jude, er war Bolschewik, und die hassten die Juden fast genauso sehr wie die Nazis. »Sind die Briefe unterzeichnet?«

»Von einem gewissen Chaim, obwohl ich nicht weiß, ob man es so ausspricht«, sagte Stebbings, der den Namen wie Schein aussprach. »C-H-A-I-M.«

»Alle?« Carmichael rettete den Füller und schrieb den Namen auf.

»Alle. Auch dieselbe Schrift. Keine Anschrift, aber datiert.«

»Wann?«

»Innerhalb der letzten acht Monate, seit Kahn in die Wohnung gezogen ist, nach seiner Heirat. Falls es frühere gibt, haben wir die nicht gefunden. Der letzte stammt von Dienstag, dem dritten Mai.«

»Am dritten Mai wird er bedrängt, den Farthing-Kreis in die

Luft zu sprengen, und Sonnabend Nacht tötet er nur Thirkie mit Autoabgasen?«, sagte Carmichael, für den es wieder stark nach zersägter Dame roch. »In welchem Abstand kamen die Briefe normalerweise?«

»Etwa einmal im Monat, oder alle sechs Wochen«, sagte Stebbings.

»Vielen Dank, Sergeant«, sagte Carmichael. »Ich gehe nicht davon aus, dass Sie wissen, um wen es sich bei besagter Person handelt?«

»Keine Ahnung, tut mir leid, Sir. Ich habe unter dem Namen gesucht, aber wir haben nichts vorliegen, und man weiß ja nicht mal, ob es der Vor- oder der Nachname ist.«

»Keine bekannten Verbindungen zu Bolschewiken?«

»Nein, Sir.« Stebbings klang betrübt.

»Sind es die Briefe eines Bolschewiken?«

»Eher im Gegenteil, wenn überhaupt. Mehrere Male erwähnt er, Stalin sei genauso schlimm wie Hitler. Er redet viel darüber, Leute aus dem Reich zu schmuggeln, und meint, Stalin würde es Hitler nachmachen, und sie müssten bald auch Leute aus Russland rausholen.«

»Eine jüdische Untergrundorganisation«, sagte Carmichael. »Sind uns welche bekannt?«

»Eine oder zwei, die wir gerade überprüfen«, sagte Stebbings. »Hauptsächlich wollen sie in Palästina einen jüdischen Staat gründen.«

»Das ist nicht verboten«, wandte Carmichael ein. »Auch respektable Leute wollen das. Zum Beispiel Balfour, als er noch Premierminister war.«

»Da wissen Sie mehr als ich, Sir. Ich spreche von Leuten, die nach Palästina gehen und dort Bahngleise sprengen und auf Soldaten schießen, Terroristen.«

»Aha. Hört sich für mich nach einem Ablenkungsmanöver an. Könnten Briefe dieses Inhalts vom Kontinent stammen? Sind Umschläge dabei? Sind sie in England abgestempelt oder jenseits des Kanals?«

»Schwer zu sagen, die Umschläge fehlen«, sagte Stebbings. »Billiges Papier, sieht aber nicht ausländisch aus. Sie sollten sich das selbst ansehen. Soll ich sie Ihnen schicken?«

»Ich werde wahrscheinlich heute noch nach London zurückkehren – behalten Sie die Briefe erst einmal. Wir bleiben in Verbindung, Sergeant. Nochmals vielen Dank.«

»Eins noch, Sir. Könnte sein, dass Kahn ebenfalls Sodomit ist. In Mrs Kahns Besitz befanden sich Briefe ihres Bruders, der mit Kahn bei der Royal Air Force war, in denen er über ihre immerwährende Liebe schreibt, und über David und Jonathan und alle möglichen Griechen.«

»Wahrscheinlich nur jugendliche Schwärmereien«, sagte Carmichael. »Von Mrs Kahns Bruder, sagen Sie?«

»Sie sind überall, Sir«, sagte Stebbings düster.

»Nun, das hat mit diesem Fall nichts zu tun, denn der Bruder von Mrs Kahn ist 1940 gefallen«, sagte Carmichael. »Legen Sie alles auf meinen Schreibtisch. Ich gehe die Briefe durch, wenn ich die Zeit dafür finde.«

»Bis später, Sir«, sagte Stebbings und legte auf.

Carmichael drehte den Füller in den Händen und wischte sich dann die Finger mit dem Taschentuch ab. Er sah auf das, was er geschrieben hatte, doch es passte hinten und vorne nicht. Kahn, obwohl Jude und als junger Mann schwul, war reich, auch schon vor seiner Heirat, denn er stammte aus einer wohlhabenden Bankiersfamilie. Er hatte einen Freund, einen jüdischen Revolutionär, dem er Geld schickte, der Juden aus dem Reich schmuggelte und der ihn zu Gewalttaten drängte. Reichte das, um Kahn wegen des Mordes an Sir James Thirkie zu verhaften? Sicher nicht. Aber durfte er das Risiko eingehen, Kahn laufen zu lassen, wo er im Besitz von Briefen war, die ihn aufforderten, bei der erstbesten Möglichkeit einen Mann zu töten, der inzwischen ermordet worden war? Wenn er Kahn jetzt festnahm, würde man ihn hängen. Er würde von der Presse verurteilt werden, noch bevor er vor Gericht stand, und ein Staatsanwalt würde Carmichaels dünne Beweise hernehmen und sie groß und breit auswalzen. Dann würde man Kahn hängen, und falls er unschuldig war, würde der Schuldige sich ins Fäustchen lachen. Doch Kahn konnte es gewesen sein, konnte beschlossen haben, nicht die angeheiratete Verwandtschaft zu töten, sondern stattdessen seinen Freund mit dem Mord an Thirkie zu besänftigen, einem Mann, der immerhin den jüdischen Krieg beendet hatte.

Carmichael streckte die Hand zur Klingel aus, um Jeffrey Bescheid zu geben, dass er Kahn sprechen wolle, hielt jedoch mitten in der Bewegung inne. Kein Bolschewik, hatte Stebbings gesagt, eher im Gegenteil. Guerin/Brown hatte einen bolschewistischen Mitgliedsausweis dabei. Wenn es hier um Politik ging, dann um bolschewistische. Die Sache mit Guerin/Brown konnte gänzlich ohne Verbindung zum Mord an Thirkie sein, aber das bezweifelte Carmichael. Er rieb sich mit den Fäusten die Augen – es kam ihm so vor, als würde alles auf dem Kopf stehen. Dann klingelte er und wartete. Er las im Bericht über die Bolschewiken. Darin stand nichts über Juden.

Es klopfte. »Sie haben geläutet, Sir?«, fragte Jeffrey.

»Fragen Sie doch bitte Mr Kahn, ob er zu mir kommen könnte«, sagte Carmichael. »Und schicken Sie chinesischen Tee für uns beide, falls das um diese Tageszeit der Küche nicht zu viel ist.«

»Sehr wohl, Sir. Stimmt es, dass nach dem Frühstück alle gehen dürfen? Die Londoner Dienstboten sind schon völlig aus dem Häuschen.«

»Ja, die meisten werden tatsächlich gehen. Es gibt keinen Grund, alle noch länger festzuhalten.«

Jeffrey ging. Carmichael legte den Bericht über die Bolschewiken auf den Tisch – warum gab es bloß so viele verfeindete Splittergruppen? Die meisten Leute kamen wunderbar ohne sie aus. Ganz unten standen ein paar Zeilen über Alan Brown, wohnhaft Sisal Villas 23, Bethnal Green. Geboren 6. Februar 1925. Arbeitslos. Letzte Arbeitsstelle: Mottrams. Stellung: Monteur. Entlassung 3. Januar 1949. Grund: Versuch einer Gewerkschaftsgründung. Nicht aktenkundig.

Dann war er seit Januar arbeitslos gewesen und anscheinend ein Roter, jedenfalls hatte er versucht, eine Gewerkschaft zu gründen. Aber wenn er unter seinem wirklichen Namen ebenfalls nicht aktenkundig war, warum hatte er dann unter dem Namen Brown gelebt? Falsche Ausweise waren schließlich nicht gerade billig.

Lizzie brachte den Tee, und Carmichael goss sich ein. Dann führte Jeffrey Kahn herein. Dieser trug einen hellgrauen Reiseanzug und hatte einen schiefergrauen Mantel über dem Arm.

»Mein Frau und ich sind reisefertig«, sagte Kahn.

»Setzen Sie sich und trinken Sie eine Tasse Tee mit mir«, sagte Carmichael und schob die Tasse über den Tisch. Er wartete, bis Kahn Platz genommen hatte. »Wer ist Chaim?«, fragte er.

Kahn verriet sich durch keine Regung. Die Tasse zitterte nicht auf der Untertasse. »Ich habe keine Ahnung, wovon sie reden«, sagte er.

Carmichael nahm den Block, bemerkte aber gerade noch rechtzeitig, was er ganz oben geschrieben hatte, und schrieb den Namen noch einmal auf eine neue Seite. Er gab ihn Kahn. Diesmal reagierte er – er zuckte leicht zusammen, und der Teelöffel klirrte.

»Chaim«, las er vor, bei ihm klang es eher wie ein gehauchtes »Heim«. Er sah auf, offenkundig besorgt. »Wo haben Sie den Namen her?«

»Wer ist das?«

»Ein Freund, ein hitzköpfiger jüdischer Freund.« Kahn stellte die Teetasse ab. »Sie haben seine Briefe gefunden? Haben Sie meine Wohnung durchsucht?«

Carmichael schwieg. Mit dieser Antwort hatte er nicht gerechnet. Er hatte erwartet, dass Kahn alles abstreiten würde, was es ihm weit schwerer gemacht hätte. »Wie lautet sein voller Name?«

Kahn öffnete den Mund und schloss ihn wieder. »Ich muss Ihnen gar nichts sagen, Inspector, und ganz sicher muss ich meine Freunde nicht verraten, wenn das dazu führen würde, dass die Gestapo von ihnen erfährt und sie am schrecklichsten Ort landen, den Sie sich vorstellen können.«

»Ich habe Berichte über die Arbeitslager gelesen«, sagte Carmichael.

»Die Presse weiß gar nichts ...«, sagte Kahn leise.

»Ich habe die echten Berichte gelesen«, unterbrach ihn Carmichael. »Ihr Freund Chaim holt Leute da raus?«

Kahn sah ihn einen Augenblick nur an. »Ja. Wenn es ihm gelingt. Meist verhilft er Leuten zur Flucht, bevor sie erst dorthin kommen – verschafft ihnen falsche Papiere, damit sie als Arier leben können, oder Pässe und Visa, damit sie das Land verlassen können.«

»Und Sie unterstützen ihn, geben ihm Geld?«

Kahn nickte. »Nicht sehr viel, nicht genug, aber wie könnte ich es ihm abschlagen?«

»Die Gestapo spricht immer davon, dass unsere reichen Juden ihren Juden zur Flucht verhelfen.«

Kahn lachte freudlos. »Ich hoffe, Sie haben das dementiert.«

»Bislang immer«, sagte Carmichael gleichmütig.

»Ich sage nichts mehr ohne meinen Anwalt.« Kahn nahm sofort Verteidigungshaltung an. »Wenn es darum geht, Ihnen zu helfen, einen Mörder zu fassen, von dem ich nichts weiß, dann werde ich Sie nach besten Kräften unterstützen, selbst wenn der Verdacht fälschlicherweise mich trifft, nur weil ich Jude bin. Aber wenn es um diese anderen Dinge geht, können Sie mich nicht zum Reden zwingen.«

»Wie Sie wünschen. Wir können diesen Weg einschlagen, Mr Kahn, aber dann muss ich Sie verhaften, und sobald die Maschinerie erst einmal angelaufen ist, wird es nicht mehr lange dauern, bis Sie für den Mord an Sir James Thirkie gehängt werden. Das möchte ich nicht, weil ich keineswegs davon überzeugt bin, dass Sie es getan haben, obwohl die vorliegenden Indizien gegen Sie sprechen.«

Kahn nahm seine Tasse und trank einen Schluck und dann noch einen. »Was möchten Sie wissen?«

»Hat Chaim Sie neben seiner Fluchthilfe für Juden im Reich auch dazu aufgefordert, in unserem Land revolutionär tätig zu werden?«, fragte Carmichael freundlich.

»Sie haben doch meine Wohnung durchsucht.« Kahn stellte die Tasse wieder ab. »Also schön. Ja. Ja, das hat er. Immer wieder hat er Aktionen vorgeschlagen. Da ich durch meine Heirat in Kontakt mit Leuten gekommen bin, die er britische Faschisten nennt, sollte ich mit Gewalt gegen sie vorgehen.«

»Und was hielten Sie davon?«

»Ich hielt es natürlich für Unsinn«, sagte Kahn mit Nachdruck. »Der Farthing-Kreis ist nicht faschistisch, in ganz Britannien gibt es keine Faschisten. Meine Hoffnung war es, dass Lord Eversley und seine Freunde durch den näheren Kontakt mit mir begreifen würden, dass britische Juden nicht anders als alle anderen Briten sind, und sich dann vielleicht bereit erklären, mehr Juden aus Europa ins Land oder in andere Gebiete des Empires einreisen zu lassen. Wenn ich sie getötet hätte, selbst wenn ich jemanden mit offen antisemitischen Ansichten getötet hätte, hätte ich damit doch nur den Hass auf die Juden geschürt. Dann wäre Großbritannien vielleicht ebenso schlimm wie Deutschland geworden. Ein Wahnsinn! Alles wäre nur noch schlimmer geworden, ohne dass irgendetwas dabei herausgesprungen wäre.«

»Und das haben Sie Chaim auch mitgeteilt?«

»Natürlich, wieder und wieder. Jeden seiner Briefe habe ich beantwortet, indem ich ihm lang und breit die Situation hier erläutert habe. Er wollte es einfach nicht begreifen. Es ist eben nicht alles perfekt, und für Chaim ist ein halbes Brot dasselbe wie gar kein Brot, was vollkommener Unsinn ist. Mein Vater bekommt jedes Jahr ganz legal einige Visa, nur durch Geld und Einfluss, nicht sehr viele, das stimmt schon, aber jedes gerettete Leben zählt doch. Wir können den Juden in Europa nicht helfen, indem wir faschistische Methoden anwenden. Eher kann es uns gelingen, die öffentliche Meinung und die Politik allmählich zu verändern.«

»Wollten Sie sich dafür eine bessere Ausgangsposition verschaffen, indem Sie Mrs Kahn heirateten?«, fragte Carmichael.

Kahn sah ihn an, als würde er einen Wurm betrachten. »Heiraten die Leute in Ihrer Welt aus politischen Gründen? Lucy und ich lieben einander.«

»Wie Sie auch ihren Bruder geliebt haben?«

»Sie sind wirklich abscheulich.«

»Tut mir leid«, sagte Carmichael ganz ehrlich. »Lassen wir das aus dem Spiel. Haben Sie die gerade geäußerten politischen Ansichten auch Chaim gegenüber vertreten?«

»Wieder und wieder«, sagte Kahn noch einmal.

»Aber Ihre Briefe liegen uns nicht vor«, stellte Carmichael fest. »Und Sie haben weiterhin Geld geschickt.«

»Er tut Gutes in Europa«, protestierte Kahn. »Die Situation hier begreift er nicht, aber ich schätze es, was er dort tut. Im vergangenen Jahr hat er etwa hundert Leute aus einem Todeslager bei Stavropol, im Reichskommissariat Ukraine, durch ganz Europa nach Portugal und von dort aus nach Brasilien geschleust.«

»Wie haben Sie Chaim kennengelernt? Wo sind Sie ihm begegnet?«

»Wir sind zusammen zur Schule gegangen.« Überraschenderweise errötete Kahn. »Ich habe meine Ausbildung drüben erhalten. Von 1929 bis 1937 war ich auf einer Privatschule in St. Tropez, auf dem Aquitaine College. Das liegt im Süden Frankreichs, wurde aber wie eine englische Schule geführt, und der Unterricht fand auf Englisch statt.«

»Warum das?«, fragte Carmichael und schrieb sich die Daten auf. Chaim war ein recht ungewöhnlicher Name, wahrscheinlich würde es nicht besonders schwer sein, ihn mit diesen Hinweisen zu finden.

»In England ist es nicht so leicht für jüdische Jungen, auf Privatschulen angenommen zu werden«, gab Kahn zu. »Es gibt Quoten. Das Aquitaine College hat versucht, in einer schönen Umgebung englische Bildung zu vermitteln.«

»Waren viele Schüler Juden?«

»Praktisch alle. Allerdings waren nicht alle Engländer.«

»Dann ist Chaim also ein alter Freund. Sie streiten sich wie alte Freunde. Er schlägt hanebüchene Dinge vor, die Sie für Unsinn halten, was Sie ihm auch sagen, dennoch schicken Sie ihm weiter Geld, damit er Dinge tun kann, die Sie befürworten.«

»Als Erwachsener war er nie in einem freien Land«, erklärte Kahn. »Er begreift England nicht, weil er es nur aus der Schule kennt, und die hat er in Frankreich besucht. Falls England so wäre wie der Kontinent, hätte er recht. Falls man nahe genug an Hitler herankäme, wäre es geradezu eine Pflicht, ihn zu töten, denn das würde wirklich etwas ändern. Chaim glaubt nur, es wäre dasselbe, meinen Schwiegervater zu töten, weil er die Situation hier nicht kennt.«

»Ist er Kommunist?«, warf Carmichael rasch ein.

»Um Gottes willen, nein.« Kahn wirkte überrascht. »Er hasst Stalin beinahe ebenso sehr wie Hitler.«

Carmichael nahm seinen Tee, der kalt geworden war, und leerte die Tasse in einem Zug. Er sah Kahn an und beschloss, das Risiko einzugehen. »Ich werde Sie nicht verhaften. Aber dafür muss ich Sie um einen großen Gefallen bitten. Versprechen Sie mir, auf Farthing zu bleiben, betrachten Sie es meinetwegen als eine Art Hausarrest. Ich kann mir nicht vorstellen, dass ich meine Vorgesetzten unter diesen Umständen davon überzeugen könnte, sie als freien Mann zurück nach London fahren zu lassen. Aber wenn Sie noch ein paar Tage im Haus Ihrer Schwiegereltern bleiben, während ich meine Ermittlungen abschließe, wird es Ihnen, sofern Sie die Wahrheit gesagt haben, freistehen zu gehen, das versichere ich Ihnen.«

»Das ist vollkommen unmöglich«, sagte Kahn. »Wir sind reisefertig. Lucy hasst es, hier zu sein. Lord und Lady Eversley fahren auch. Wir können nicht allein hier bleiben.«

»Mrs Kahn wird es schon verstehen, wenn Sie ihr alles erklären. Vor allem, wenn Sie ihr die Alternativen darlegen. Die Mühlen der britischen Justiz mahlen äußerst fein, und wenn sie einmal anlaufen, dann mahlen sie unerbittlich bis zum letzten Korn. Sie hatten die Gelegenheit, Sir James Thirkie zu ermorden, und die Briefe können als Beweis für Ihr Motiv herhalten. In ein paar Tagen haben wir den wirklichen Schuldigen.«

»Wollen Sie mir drohen?« Kahn war weiß vor Wut.

»Nichts liegt mir ferner, Mr Kahn. Ich versuche nur, Ihnen klarzumachen, in welcher Lage Sie sich befinden. Was mich angeht, so glaube ich, dass Sie höchstwahrscheinlich unschuldig sind. Seien Sie bitte so höflich, mir meine guten Absichten zu glauben.«

Neunzehn

Ich brach fast in Tränen aus, als David mir sagte, wir müssten bleiben. Er war wütend. Wenn er wütend ist, wird er immer ganz weiß um den Mund, und das war er. Vor Wut schäumend ging er hin und her, riss sich die Londoner Kleidung vom Leib, weil er sich auf dem Land in Stadtkleidung nicht wohlfühlte. »Er glaubt ja nicht einmal, dass ich es war«, sagte er. »Er denkt nur, dass mich zu viele Indizien belasten, um mich freizulassen, weil ich Jude bin.«

»Was für Indizien?«, fragte ich.

»Ich habe dir doch schon von meinem Freund Chaim erzählt. Er hat mir geschrieben, ich solle doch eine Bombe bauen und die Farthing-Leute alle in die Luft jagen, damit der Faschismus in England nicht Fuß fasst. Aber ich habe geantwortet, das ist Unsinn, weil die Leute in England viel zu anständig sind, als dass sich der Faschismus ausbreiten könnte. Doch allein die Tatsache, dass sich ein solcher Brief in meinem Besitz befindet, scheint mich offensichtlich zu verdammen.«

»Woher wissen sie denn von dem Brief?«

»Sie haben unsere Wohnung durchsucht. So muss es gewesen sei. Anders geht es nicht. Nur weil ich Jude bin. Sicher haben sie weder Normanbys Wohnung noch das Haus von deinem Onkel Dudley durchsucht. Und sie haben auch die Briefe von Hugh gelesen. Der Inspector hat so eine Anspielung gemacht.«

Bei der Vorstellung, dass Polizisten unsere Wohnung durchsucht, alles angefasst und ganz private Briefe gelesen hatten, wurde mir speiübel. Im vergangenen Jahr hatte man bei Eddie Cheriton eingebrochen, als sie in Stirling zum Tontaubenschießen war. Den gleichen Ekel hatte ich damals verspürt, als sie beschrieb, wie die Einbrecher ihre Sachen durchwühlt hatten. Kleidung und alles andere waren in einem schrecklichen Zustand gewesen, obwohl die Diebe nur eine Goldkette mit Kreuz mitgenommen hatten, die Eddie von ihrer Großmutter zur Konfirmation bekommen hatte. Damals war ich überzeugt gewesen, dass ich sämtliche Kleider wegwerfen würde, die angefasst worden waren, sollte mir je so etwas zustoßen. Genauso ging es mir jetzt. Ich wollte am liebsten sogar die Wohnung verkaufen und irgendwo anders hinziehen, in unbefleckte Räume.

»Was für ein unverschämter Eingriff«, sagte ich, und dasselbe Entsetzen stand David ins Gesicht geschrieben.

»Es ist nichts im Vergleich mit dem, was Juden auf dem Kontinent erdulden müssen«, sagte er. »Absolut nichts, das weißt du.«

»Dennoch ist es inakzeptabel. Der Maßstab kann doch nicht sein, es besser zu haben als diejenigen, die am schlimmsten dran sind. Da gehört ja nicht viel dazu, ein besseres Los zu haben als die Juden unter Hitler.«

David nahm mich in den Arm, was mich tröstete und ihn wahrscheinlich auch.

»Ein paar Tage für uns ganz allein auf Farthing sind nicht allzu schlimm«, sagte ich. »Mummy und Daddy werden in London sein und mit ihnen die Hälfte des Personals. Ich bin schon seit Jahren nicht mehr allein hier gewesen.«

»Die Dienstboten werden uns ablehnend gegenüberstehen. Sie sehnen sich sicher nach dem Freiraum, den ihnen ruhige Zeiten verschafft.«

»Sie werden einen Heidenwirbel veranstalten, meiner Erfahrung nach jedenfalls. Normalerweise bewegt sich ihr Leben zwischen panischem Rumgeflitze, wenn alle da sind, und Langeweile, wenn niemand hier ist. Als ich Windpocken hatte, war ich etwa einen Monat lang ganz allein mit Abby hier, und alle waren ganz zauberhaft.«

»Sobald ich ordentlich angezogen bin, sollten wir nach unten gehen und uns von deinen Eltern verabschieden«, sagte David. In solchen Dingen wahrte er immer strikt die Form.

»Inspector Carmichael wird ihnen schon gesagt haben, dass wir bleiben. Wenn er bei Verstand ist, hat er Sukey informiert, damit sie es Mummy beibringt.«

»Warum sollte das besser sein?«, fragte David und zog die Stirn in Falten. Mit einem Bein stand er schon in einer Leinenhose, der angemessenen Bekleidung für einen Tag auf dem Land.

»Weil Sukey es organisieren müsste, obwohl eigentlich nur Mrs Smollett in Kenntnis gesetzt werden muss, damit sie uns Essen macht. Außerdem gelingt es Sukey immer, Mummy Dinge so beizubringen, dass sie sich nicht ärgert, selbst wenn sie nicht damit einverstanden ist.«

»Ich habe nie richtig begriffen, welchen Status Miss Dorset hat«, sagte David.

»Ihr offizieller Titel ist Sekretärin und Gesellschafterin, und sie zählt zur Familie, weil sie eine entfernte Verwandte von Mummy ist. Ihr Vater war ein Cousin zweiten Grades oder so, ein Geistlicher und arm wie eine Kirchenmaus natürlich, obwohl ich vermute, er wäre heute Bischof, wenn er noch leben würde. Aber er ist gefallen – im Burenkrieg, glaube ich, oder vielleicht auch im Kampf gegen die Spanische Armada.« Ich machte eine vage Handbewegung, um anzuzeigen, dass es sehr lange her war und man wirklich nicht erwarten konnte, dass ich mich noch daran erinnerte, welcher Krieg es gewesen war. Der Anflug eines Lächelns erschien auf Davids Lippen. »Wie auch immer, Sukeys Mutter blieb mit dem Baby zurück, und Großvater Dorset nahm sie natürlich auf und gab ihr ebenso natürlich Arbeit. Sukey wuchs zusammen mit Mummy auf, sie ist ein paar Jahre älter als sie, und als Mummy heiratete, nahm sie Sukey mit. Und außerdem«, fügte ich hinzu, denn mir fiel wieder ein, dass es inzwischen in Ordnung war, mit David über solche Dinge zu reden, »außerdem sind sie ein Liebespaar auf mazedonische Art.«

»Deine Mutter und Sukey Dorset?« David band gerade den Schlips und verhaspelte sich dabei, weil er so überrascht war, dass er am falschen Ende zog.

»Hugh hat die beiden mal im Bett erwischt, und ich habe selbst gesehen, wie sie sich küssten.«

»Weiß Lord Eversley Bescheid?«

»Daddy mischt sich nicht in Mummys Angelegenheiten. Und es ist kein Bognor, ich meine Ehebruch – entschuldige, Schatz, ich habe wirklich nicht vor, ständig meine dummen Begriffe zu benutzen, außer wenn es keine angemessenen Ausdrücke gibt. Es ist kein Ehebruch, weil Daddy es weiß, selbst wenn er die Augen davor verschließt. Hugh hat gemeint, Mummy hätte bei ihrer Heirat zur Bedingung gemacht, dass Sukey bei ihr bleiben durfte.« Im Grunde hatten Hugh und ich es nie für Bognor gehalten, weil es schon vor unserer Geburt angefangen hatte und wir es schlicht als Teil unserer Welt betrachteten. »Ich nehme an, Daddy könnte sie loswerden, wenn er unbedingt wollte, aber ich wüsste nicht, was Mummy dann tun würde, vielleicht Gift in seinen Kaffee schütten.«

Und damit hatte ich genau das Falsche gesagt, denn so erinnerte ich David wieder an den Mord, wo es mir doch gerade gelungen war, ihn zu beruhigen; er verkrampfte sich sofort, noch schlimmer als zuvor. Fahrig zerrte er den Schlips zurecht. »Komm mit, wir werden ihnen die Situation erklären und uns verabschieden.«

Wir gingen nach unten in den Salon und gerieten mitten in einen Streit. Mummy starrte mich ungehalten an, als wir die Tür öffneten. Sie saß in ihrem Sessel. Daddy stand am Kamin, den Arm noch immer in der Schlinge. Mark saß auf dem Sofa, und Angela stand am Fenster.

»Ich will nicht nach Campion«, sagte Angela. »Ich will nach London, um wieder einen klaren Kopf zu bekommen, und später möchte ich nach Thirkie. Das Kind sollte auf Thirkie zur Welt kommen.«

»Das ist noch einige Monate hin«, sagte Daddy vernünftig. »Die alte Lady Thirkie möchte dich sehen, ihr könntet einander Trost spenden. Für sie ist der Weg nach Thirkie sehr weit. Du könntest den Zug nach Campion nehmen, in Newport umsteigen und zum Tee dort sein.«

»James' Mutter mag mich nicht, sie hat mich schon immer gehasst«, sagte Angela. »Ich könnte mit dem Zug nach London fahren, obwohl es absurd ist, dass die Polizei den Wagen beschlagnahmt hat. James ist schließlich nicht im Wagen gestorben, sondern im Ankleidezimmer.«

»Es wäre für alle das Beste, wenn du für ein paar Tage nach Campion fahren würdest«, sagte Mark, der ebenfalls einen vernünftigen Ton anschlug. »Nur ein oder zwei Tage. Danach kannst du nach London und dich auf die Beerdigung auf Thirkie vorbereiten.«

»Ich sehe nicht ein, warum ich die Laune der schrecklichen Alten aufbessern sollte«, sagte Angela. Sie wirkte wie eine Zweijährige in der Trotzphase.

»Du wirst selbst feststellen, dass es das Beste ist«, sagte Mark sehr betont, obwohl er doch nichts Bedeutsames sagte.

»Auf die Presse würde es auch einen guten Eindruck machen«, sagte Daddy.

Wir standen die ganze Zeit abwartend im Türrahmen, und Mummy starrte uns schweigend an.

»Ich habe mich doch nicht auf das alles eingelassen, um mich jetzt so schikanieren zu lassen«, sagte Angela.

»Kommt rein oder schließt die Tür von außen, Lucy«, sagte Mummy. Angela drehte sich um und schnappte nach Luft, als sie uns sah. »Angela, du tust herzlich wenig für das, was du bekommst. Ich glaube kaum, dass ein paar Tage auf Campion dich umbringen werden.«

»Oh!«, schrie Angela und stürmte an uns vorbei.

David sah mich an, als wollte er fragen, worum es denn ginge, was ich mit einem Achselzucken beantwortete.

»Ich gehe davon aus, dass ihr schon wisst, dass wir noch ein paar Tage bleiben«, sagte ich und setzte mich auf das Sofa an der Wand. David setzte sich neben mich.

»Ja, Inspector Carmichael war so nett, uns Bescheid zu sagen«, sagte Mummy, die keinesfalls aufgetaut war. »Im Krieg gab es wohl einige Häuser, die vom Staat requiriert wurden. Genau so werde ich es hinnehmen.«

»Du meine Güte, Mummy!« Doch David unterbrach mich.

»Es tut mir schrecklich leid, Ihnen auf diese Weise Umstände zu machen, Lady Eversley. Die Angelegenheit entzieht sich völlig meiner Kontrolle, sonst hätte ich Sie um nichts in der Welt damit behelligt.«

Mummy nickte kurz. Gute Manieren weiß sie zu schätzen, egal von wem.

»Natürlich können Sie nichts dafür«, sagte Daddy. »Und Sie können so lange bleiben, wie Sie möchten. Lucy kennt sich aus. Gehen Sie reiten, wenn Sie wollen, Sie können auch ein Gewehr mitnehmen.«

»Das ist sehr zuvorkommend, Sir«, sagte David steif.

Mark erhob sich. »Wenn Sie mich entschuldigen wollen, Lady Eversley, ich muss nachsehen, ob Daphne reisefertig ist. Eddie fährt uns zum Bahnhof, und wir wollen sie nicht warten lassen. Ich wünsche noch einen schönen Aufenthalt auf Farthing, Lucy, Mr Kahn.« Er nickte uns zu. »Wir sehen uns in London.« Er beugte sich tief über Mummys Hand, als würden sie sich nicht praktisch jeden Tag sehen.

»Sind nun alle fort?«, fragte Daddy.

»Tibs und Dudley fahren mit uns«, sagte Mummy. »Die Francises und die Manninghams sind bereits weg. Mehr sind es nicht.«

»Kommt Sukey mit?«, fragte Daddy.

»Sie kommt mit Jackson in meinem Wagen nach, sobald er das Personal zum Bahnhof gebracht hat.«

»Soll das heißen, wir fahren mit dem Schnauferl nach London?«, fragte Daddy bestürzt. Das Schnauferl war der Rolls, ein prächtiges, großes Fahrzeug, das Daddy selten nahm, weil es seiner Meinung nach zu wenig Platz für seine Beine bot.

»Du wirst dich arrangieren müssen. Es muss schon Stil haben, wenn wir Tibs und Dudley mitnehmen.«

»Ich möchte wetten, dass sie lieber komfortabel reisen«, grummelte Daddy. Er wandte sich an uns. »Wie schaut es mit der Beinfreiheit in dem kleinen Hillman aus? Passt man gut rein?«

»Ich finde ihn sehr komfortabel«, sagte David. »Vorne ist reichlich Platz, aber wir fahren auch immer selbst. Für den Fond kann ich es nicht mit Bestimmtheit sagen.«

»Vielleicht ist es besser, selbst zu fahren, als Chauffeure zu haben, die einem die Haare vom Kopf fressen«, sagte Daddy. »Genauso schlimm wie Pferde. Mit wie vielen Dienstboten müsst ihr euch rumschlagen?«

»Wir haben nur drei«, sagte David. »Einen Koch, ein Hausmädchen und eine Küchenhilfe. Die Kleidung schicken wir in eine Wäscherei, das geht in London problemlos.«

»Ihr kleidet euch allein an?«, fragte Daddy, den der Gedanke offensichtlich verwunderte.

»Ich nehme an, es ist schwer für Sie, Dienstboten zu halten«, warf Mummy ein und sah uns mitleidig an.

Das Ärgerliche daran war, dass es stimmte. Normale jüdische Familien wie Davids Eltern hatten keinerlei Probleme. Sie stellten jüdisches Personal ein. Eine der besten Möglichkeiten, Juden aus Europa herauszuholen, war die Anstellung als Dienstboten. Ich kenne einen Physikprofessor, der als Butler nach England geschmuggelt wurde. Er hat natürlich weiter in seinem Fach gearbeitet, aber viele Leute, die in Deutschland oder Frankreich kleine Geschäfte gehabt hatten, waren nur zu froh, zumindest ein paar Jahre als Dienstboten in England arbeiten zu können. Unsere Mrs

Smollett ist ein Beispiel dafür. Ich weiß, dass sie in Polen weder Köchin war noch in einem Ghetto gelebt hat, sie besaß ein eigenes Restaurant in einer der elegantesten Straßen Warschaus.

Doch für David und mich war es mit dem Personal nicht so leicht. Die Vorteile für jüdische Angestellte in einem jüdischen Haushalt waren das koschere Essen und die Möglichkeit, den Sabbat einzuhalten – also zwischen dem Sonnenuntergang am Freitag und dem Sonnenuntergang am Samstag nicht zu arbeiten. Wir hielten uns nicht daran – das hatte David schon nicht getan, bevor er mich kennenlernte –, obwohl wir häufig einen schönen ruhigen Sonnabend verbrachten, zu Hause Bücher lasen und uns liebten. Wir hielten uns auch nicht an die Gebote, was unser Essen anging, obwohl es mir nichts ausgemacht hätte und ich manchmal den Eindruck hatte, dass David es eigentlich gerne so halten würde. Er brach die Regeln nur, weil es ihm darum ging, ein Tabu zu brechen. Schweinefleisch mochte er gar nicht, aß es aber, um als Engländer angesehen zu werden. Mir gefiel es überhaupt nicht, wenn die Leute es ihm extra vorsetzten. Er sprach nie darüber, nur einmal hatte er gesagt, er wünschte sich, die Leute würden sich informieren, was Juden sonst noch alles nicht essen durften, und uns dann Hummer in Buttersauce und Shrimps auf Toast servieren.

Inzwischen hatten wir gutes Personal, das unsere Art zu leben verstand, und wir waren glücklich darüber, aber in den ersten Wochen nach unserer Heirat gab es kaum eine Woche, in der sich nicht jemand beschwert hätte, wir seien zu jüdisch oder nicht jüdisch genug.

»Ja, es ist schrecklich mit den Dienstboten, vor allem in London«, sagte David, fast in demselben Tonfall wie Mummy. »Kaum hören sie, dass sie in einer Fabrik oder einem Laden mehr verdienen, sind sie auch schon weg. Es gibt so wenig altmodische Loyalität. Wir mussten unser Personal auf dem Land suchen und selbst ausbilden, ausgenommen unsere Köchin, die aus Frankreich kommt und uns sehr ergeben ist.«

Mummy ging das runter wie Öl, aber ich musste den Blick abwenden, denn wenn ich David angeschaut hätte, hätte ich laut losgelacht. Noch nie hatte ich mit angesehen, wie er jemanden imitierte, der vor ihm saß, allerdings spielte er oft den Snob, wenn wir unter uns waren, oder vor Freunden, die seinen Auftritt zu schätzen wussten.

»Soll Youd den Wagen vorfahren?«, fragte Daddy.

»Nun, ich bin auf jeden Fall bereit«, sagte Mummy und erhob sich. »Das Haus überlasse ich hiermit den Barbaren – mach bitte möglichst nichts kaputt, liebe Lucy.«

Seit ich im Alter von zehn der Hadrianbüste in der Bibliothek das Ohr abgebrochen hatte, hatte ich nichts mehr kaputt gemacht, aber damals war Mummy ebenfalls nicht im Haus gewesen. Ich lächelte so süß, wie ich nur konnte.

»Noch einmal vielen Dank, dass Sie uns in Ihrer Abwesenheit das Haus überlassen«, sagte David.

»Wie bedauerlich, dass es solche Unannehmlichkeiten während Ihres Besuchs gab«, sagte Daddy und reichte David die Hand. »Sie müssen noch einmal im Herbst kommen, dann können wir Rebhühner schießen. Das wird Ihnen gefallen.«

»Auf jeden Fall, Sir. Vielen Dank.«

Ich küsste Daddy und legte meine Wange kurz an Mummys Backenknochen. Im Herbst, dachte ich, würde bereits die Hälfte der Schwangerschaft hinter mir liegen, ob wir nun für ein paar Tage hier herausfahren würden oder nicht. Und Ende Januar, Anfang Februar würde er oder sie dann geboren werden, wie die Lämmer im Schnee der allerersten Frühlingstage.

ZWANZIG

Mrs Normanby betrat das Zimmer so steif wie eine Puppe, ihre Bewegungen waren ruckartig wie in einem schlecht geschnittenen Film. Dennoch sah sie besser aus als bei der letzten Begegnung mit Carmichael.

»Ich kann mir nicht vorstellen, wie ich Ihnen eine Hilfe sein soll, Inspector«, sagte sie. Sie trug ein pflaumenfarbenes Kostüm und eine dunkelblaue Bluse. Das dunkle Haar war glattgebürstet, der modische Stufenschnitt saß akkurat. Sie war sorgfältig geschminkt, doch Carmichael fiel auf, dass ihr Lippenstift viel zu hell für das Kostüm war. Die dunkle Farbe von Dior, die er im Zimmer ihrer Schwester gesehen hatte, wäre genau richtig gewesen.

»Ich ziehe nur Erkundigungen ein«, sagte er. »Haben Ihr Mann und Sie ein gemeinsames Schlafzimmer?«

Mrs Normanby sah ihn überrascht an. »Das ist eine sehr persönliche Frage.«

»Dennoch bitte ich Sie um eine Antwort. Polizisten kann nichts schockieren, müssen Sie wissen, das ist wie bei Ärzten.« Er lächelte. Sie erwiderte seinen Blick, ohne die Miene zu verziehen.

»Zu Hause schlafen wir getrennt«, sagte sie nach kurzem Zögern. »Hier haben wir Zimmer mit einer Verbindungstür.«

Genau das hatte Carmichael auch erwartet. Doch selbst als Polizist konnte er sie nicht fragen, was eine so kluge Frau wie sie dazu gebracht hatte, sich an einen Mistkerl wie Normanby zu binden.

»Und wissen Sie, wann Ihr Mann am Sonntag aufgestanden ist? Das könnte wichtig sein für den Zeitpunkt, an dem er den Toten gefunden hat.«

»Ach, verstehe«, sagte sie. Sie nestelte am Verschluss ihrer Handtasche und sah dann hinaus zu der Hortensie. »Mark ist etwa um halb neun aufgestanden. Als ich mich anzog, kam er herein, um einen Kamm zu holen. Wir sprachen kurz miteinander, dann sagte er, wir würden uns beim Frühstück sehen, er wollte nachschauen, ob James ...« Ihre Stimme zitterte, und sie biss sich auf die Lippen. Hatte sie ein wenig gezögert, bevor sie »Kamm« gesagt hatte? Carmichael schien es so.

»Er sagte, er würde Sir James wecken, verstehe.« Entweder sie log, oder Normanby hatte tatsächlich das getan, was er behauptet hatte.

»Ja.« Sie sah ihn wieder an, und in ihren Augen standen Tränen.

»Sie mochten Sir James sehr?«, fragte Carmichael freundlich.

»Ja, sehr. Er war ein wunderbarer Mann, ehrlich und anständig, der beste Schwager, den eine Frau sich nur wünschen kann.« Nun hatte sie ihr Gleichgewicht wiedergefunden. »Ich werde ihn vermissen«, fügte sie hinzu.

»Das ganze Land wird ihn vermissen«, sagte Carmichael.

Sie nickte, erneut den Tränen nah.

»Aber Sie wissen nicht zufällig, wann Ihr Mann am Abend zuvor ins Bett gegangen ist?«

»Nein. Nein, ich weiß nicht, wann Mark kam.«

»Und wann haben Sie sich zu Bett begeben?«

Sie zögerte. »Ich habe mit Kitty Manningham, Eddie Cheriton und Lily Palgrave Karten gespielt. Als Lily und Oswald uns verließen, bin ich nach oben gegangen, es muss kurz vor Mitternacht gewesen sein.«

»Haben Sie Sir James an jenem Abend gesehen?«

Sie schrak zusammen und ließ die Handtasche beinahe fallen. »Beim Dinner«, sagte sie einen Augenblick später. »Später wohl nicht mehr.«

Dann war sie also nicht ins Billardzimmer mitgegangen.

»Danke für das Gespräch, Mrs Normanby, es hat einiges geklärt.« Carmichael stand auf, um sie zur Tür zu begleiten. »Gute Reise nach London. Fahren Sie mit dem Wagen?«

»Nein, wir nehmen den Zug um halb elf in Farthing Junction.«

Es klopfte, und in der Tür erschien Normanby. »Da bist du ja, Daphne. Sind Sie fertig, Inspector? Wir wollen den Zug nicht verpassen.«

Nein, diese beiden hatten sicher kein gemeinsames Schlafzimmer. Eine *marriage blanc,* wahrscheinlich niemals vollzogen und ganz sicher seit Jahren nicht mehr. Sie machten den Eindruck, als verstünden sie sich in der Öffentlichkeit besser als privat.

»Ich bin fertig – Mrs Normanby hat mir sehr geholfen.«

Carmichael überraschte es kaum, dass kurz ein Ausdruck des Unwillens über Normanbys Gesicht huschte. Der Mann wollte bestimmt nicht, dass seine Frau mit der Polizei sprach. Lag das nur an seinen sexuellen Neigungen, oder steckte etwas anderes dahinter?

»Dann auf Wiedersehen, Inspector«, sagte Normanby. »Komm, Daphne, Eddie fährt uns zum Zug, wir wollen sie doch nicht warten lassen.« Er nahm ihren Arm, und es kam Carmichael so vor, als wäre der Griff fester als nötig.

»Auf Wiedersehen, kommen Sie gut nach nach London«, sagte er und schloss die Tür hinter den beiden.

Hier gab es nichts mehr zu tun, er konnte sich auch gleich reisefertig machen. Er sammelte die Papiere vom Schreibtisch, packte sie zu einem ordentlichen Stapel zusammen und steckte sie in die Aktentasche. Das Blatt mit seinem Gekritzel zerknüllte er und warf es in den Papierkorb. Dann besann er sich und holte es wieder heraus. In dem Moment kam Royston ins Zimmer.

»Niemand«, sagte er zufrieden.

»Niemand?«, fragte Carmichael verständnislos; dann erfasste er, was der Sergeant meinte, und fragte noch einmal: »Wirklich niemand?«

»Absolut niemand. Ich habe alle gefragt, angefangen bei denen, die am ehesten infrage kommen: Lord Timothy, Mr Francis und Mr Kahn, dann bin ich alle anderen durchgegangen. Lord Timothy und Mr Kahn gaben an, gestern Abend Billard gespielt zu haben, danach gab es noch ein weiteres Spiel zwischen Lord Timothy und Mr Normanby, aber davon abgesehen hat sich am Wochenende niemand auch nur in der Nähe des Billardzimmers aufgehalten.«

»Mrs Normanby war ebenfalls nicht dort«, sagte Carmichael. »Dann lügt Normanby also.« Er schob das zerknitterte Blatt in die Hosentasche.

»Er lügt oder er bringt etwas durcheinander«, sagte Royston wie jemand, der auch noch die abwegigste Möglichkeit in Betracht zieht, um ja nicht unfair zu sein. »Vielleicht haben sie auch wirklich Billard gespielt, und er lügt nur, was die Tatsache betrifft, dass andere ein und aus gingen, oder er lügt beim Billard, sagt aber die Wahrheit über ihr Zusammensein.«

»Der Zeitangabe von ein Uhr können wir nicht länger vertrauen. Im Obduktionsbericht steht, der Arzt hätte ohne diese Information einen früheren Todeszeitpunkt angegeben, vielleicht schon um elf. Wir müssen unbedingt überprüfen, wo sich alle um elf befanden.«

»Aber sie reisen ab, Sir«, stellte Royston fest. »Die meisten sind schon fort. Außerdem hat Hatchard erst nach elf die Tür verschlossen, und um elf waren auch noch andere Gäste im Haus. Jeder könnte es gewesen sein.«

»Jeder, der ging, hätte Thirkie im Wagen bemerken können. Falls der Wagen da war. Er hätte auch ganz woanders stehen können und man hat ihn dann später zurückgebracht. Ist nach Fingerabdrücken gesucht worden?«

»Nicht ein einziger, nicht mal von Thirkie oder seiner Frau. Alles sauber abgewischt.« Royston seufzte. »Fingerabdrücke sind auch nicht mehr das, was sie mal waren, seit alle darüber Bescheid wissen. Wir könnten genauso gut darauf verzichten, danach zu suchen; wenn jemand was Verdächtiges tut, wischt er sie sowieso weg.«

»Kopf hoch, Sergeant, immerhin haben wir damit den Beweis, dass sich etwas Verdächtiges im Wagen zugetragen hat.«

»Das stimmt. Könnte sich aber immer noch um die Verschleierung eines Selbstmords handeln, wie wir uns schon gestern Abend überlegt haben.«

»Haben die Thirkies einen Chauffeur?«

Royston runzelte die Stirn. »Scheint so, in der Doppelfunktion als Chauffeur und Kammerdiener für Sir James, doch diesmal war er nicht dabei. Normalerweise aber schon. Der Kammerdiener von Lord Eversley musste auch Sir James ankleiden und war nicht gerade begeistert.«

»Wie eigenartig. Ob das vielleicht die Selbstmordtheorie stützt? Wenn er vorhatte, sich mit Abgasen umzubringen, konnte er wohl kaum jemanden an seiner Seite gebrauchen, dessen Aufgabe es war, sich um den Wagen zu kümmern. Außerdem wusste Normanby, dass Sir James seinen Kammerdiener nicht dabei hatte. Das gab ihm einen Grund, ins Zimmer zu gehen, um ihn zu wecken.«

»Der Kammerdiener, der nicht da war – wie der Hund, der in der Nacht nicht bellte«, sagte Royston.

»Penn-Barkis wird Sie rausschmeißen, wenn Sie in seinem Beisein Sherlock Holmes zitieren, Sergeant. Was genau wollen Sie damit sagen?«

»Nun ja, es gibt eine ganze Reihe von möglichen Gründen, warum er abwesend war, falls Sie verstehen, was ich meine.«

»Sie sollten morgen in London im Haus der Thirkies vorbeischauen und mit dem Mann sprechen. Finden Sie heraus, warum er nicht hier war, welchen Grund man ihm genannt hatte und wie ungewöhnlich dies war.«

»Jawohl, Sir.« Royston notierte sich alles.

»Und da Sie schon Ihren Block in der Hand haben: Wissen wir eigentlich genau, wann man beschlossen hat, zu diesem Wochenende einzuladen? Jeffrey meinte doch, es sei übereilt geschehen, ganz anders als sonst, aber ich kann mich nicht mehr an die Einzelheiten erinnern.«

»Vom ganzen Personal bestätigt.« Royston musste nicht nachschauen. »Lady Eversley sagte, sie hätte sich spontan entschlossen, weil das Wetter zu gut gewesen sei, um in London zu bleiben. Spontan scheint sich dabei auf den vergangenen Dienstag zu beziehen, Sir, den dritten Mai.«

»Und was ist an diesem Tag noch geschehen?«

Royston sah Carmichael verständnislos an.

»Kahn hat einen Brief von einem Anarchisten der Bombenlegerfraktion bekommen. Was sonst noch?«

»Erneuter Machtwechsel in Kursk?«, sagte Royston auf gut Glück. »Suchen Sie immer noch nach einem äußeren Anlass?«

»Ja, Sergeant. Haben wir da irgendetwas?«

»Die Abstimmung über Mr Edens Vertrauensfrage wurde für heute Abend angesetzt, und die Zeitungen gehen offenbar davon aus, dass uns das zwar keine allgemeinen Wahlen bescheren wird, wohl aber einen neuen Premierminister.«

»Und Sie glauben, das könnte Lady Eversley angeregt haben, Gäste einzuladen?«

»Die Gläubigen um sich scharen und in Stimmung bringen, so was in der Art.«

Das passte und ergab einen Sinn. Carmichael seufzte. »Dann mal los, Sergeant, wir haben unseren Marschbefehl erhalten. Auf gen Metropolis, Informationen sammeln, mit einem kurzen Halt am Bahnhofshotel, unser Gepäck mitnehmen und vielleicht noch einen kleinen Lunch.«

Der Rückweg zog sich wieder endlos hin, und Carmichael fragte sich, warum ihm die Landschaft so bedrückend erschien. Das üppige Grün? Die Größe und das Alter der Bäume? Die Hecken, durch die man niemals einen freien Blick hatte? Oder war es einfach der Kontrast zur kargen Moorlandschaft in Lancashire, die sich weit hinauf zu den Bergen und ebenso weit hinunter zum Meer erstreckte? Er überließ Royston das Fahren und versuchte, weder an den Fall noch an die ländliche Gegend zu denken. Der Wagen schnurrte an majestätischen Bäumen vorbei und an dichten Haselnuss- und Dornenhecken, die süßlich dufteten und mit weißen Maiblüten protzten. Nach etwa einer Stunde riss Royston Carmichael aus seinen Gedanken.

»Gab es einen bestimmten Grund, uns gerade jetzt nach London zurückzurufen?«

»Lord Eversley und seinen Freunden ging die Warterei auf die Nerven. Und Penn-Barkis ist anscheinend sicher, dass es die Bolschewiken waren.«

»Sie könnten es wirklich gewesen sein.«

»Nicht ohne einen Helfer im Haus. Das haben wir doch schon festgestellt.«

»Aber das war vor der Sache mit dem Billard, Sir.«

»Stimmt, Sie haben absolut recht, Sergeant«, sagte Carmichael ernüchtert. »Dann kann es jederzeit passiert sein – ich gehe davon aus, dass wir nicht gefragt haben, wann die anderen Thirkie zuletzt gesehen haben?«

»Nein, Sir.«

»Nun, dann sind wir genauso schlimm wie Yately mit seinem ›Mr Normanby kann es nicht getan haben, er ist Mitglied des Parlaments‹« – Carmichael ahmte spöttisch Yatelys Akzent nach. »Warum zum Teufel sollte so jemand lügen?«

»Um jemanden zu decken?«, schlug Royston vor. »Aber wen?«

»Oder um etwas zu erreichen, aber was?« Carmichael spürte das zusammengeknüllte Blatt in seiner Tasche. *Die erhabene Gleichheit des Gesetzes ...*

»Oder um etwas zu verschleiern«, setzte Royston hinzu. »Aber was?«

»Die Bolschewiken könnten die ganze Sache durchgezogen haben: den Mord um elf, im Trubel der großen Gesellschaft ins Haus, Thirkie im Ankleidezimmer drapieren, und dann ab durch die Mitte.«

»Mitten in einer Party einen Toten zwei Treppen hoch ins Haus tragen?«

»Sie könnten die Hintertreppe benutzt haben, den Dienstbotenaufgang.« Carmichael wusste, dass er sich weit vorwagte. »Nein, da wäre es ebenso wahrscheinlich, wenn nicht noch wahrscheinlicher, vom Personal entdeckt zu werden. Es sei denn, sie hätten Hilfe vom Personal gehabt, womit wir wieder am Anfang wären.«

»Mal angenommen, er hätte sich etwa um elf selbst umgebracht, oder die Bolschewiken hätten es getan und wie einen Selbstmord aussehen lassen, und Normanby hätte die Leiche kurz danach entdeckt. Dann hätte er doch warten können, bis es im Haus still geworden war, um ihn dann aufs Zimmer zu tragen und zurechtzumachen.«

»Aber sie waren Freunde, Verbündete, Schwager«, protestierte Carmichael. »Was hätte Normanby durch eine solche Maskerade zu gewinnen?«

»Vielleicht geht es gar nicht darum. Vielleicht wollte er nur den Verlust vermeiden, den ein toter Thirkie im Wagen mit sich gebracht hätte, und der ganze Mummenschanz sollte nicht jemanden erschrecken, sondern Sympathie für Thirkie, für den Farthing-Kreis und für Normanby selbst wecken. So konnte er auch sicherstellen, dass er derjenige war, der die Leiche findet.«

»Es wäre geschickter gewesen, das jemand anderem zu überlassen. Aber vielleicht hat er so weit gar nicht gedacht. Jedenfalls ist es die erste Erklärung, die für mich einen Sinn ergibt. Falls Thirkie Selbstmord begangen hat, oder falls es danach aussah, hätte es eine Untersuchung und sicher Gerüchte gegeben, und eventuell hätte der Kreis bei der Abstimmung heute Abend nicht so gut abgeschnitten. Umso mehr, wenn es einen Abschiedsbrief gegeben hätte mit den Worten: Normanby hat mich dazu gebracht, oder so ähnlich.«

»Da hingebracht, da hergebracht«, schlug Royston vor. »Das Auto, bringen … ach, egal.«

»Ich glaube kaum, dass Normanby ihn dazu getrieben hat, aber nur so ergibt das mit dem Selbstmord einen Sinn.« Carmichael sah aus dem Fenster. Endlich verließen sie die Provinz und kamen in eine Kleinstadt. Nun würden sie bis London durch zivilisierte Gegenden fahren. Eine Wolke schob sich vor die Sonne.

»Die Bolschewiken hätten es arrangieren können, wenn es kein Selbstmord war«, sagte Royston.

»Sicher, die Bolschewiken dürfen wir nicht vergessen.«

»Und auch alle anderen nicht. Jeder könnte ihn getötet haben, oder es könnte Selbstmord gewesen sein, und Normanby könnte ihm den Stern angeheftet haben – vielleicht ein Souvenir aus Frankreich –, mit Thirkies eigenem Dolch.«

»Die Schminke«, warf Carmichael ein.

Royston fuhr schweigend weiter. Eine dickere Wolke verdeckte nun die Sonne und machte keinerlei Anstalten weiterzuziehen.

»Habe ich Ihnen einen Strich durch die Rechnung gemacht, Sergeant?«, fragte Carmichael nach einer kurzen Pause.

»Die Schminke ist am Freitag gestohlen worden, als alle Verdächtigen im Haus waren. Vielleicht hat Normanby die Schminke aus einem anderen Grund gestohlen und dann benutzt, weil sie gerade zur Hand war.«

»Wenn Normanby Lippenstift haben wollte, hätte er ihn seiner Frau stehlen können, von weit besserer Qualität als Woolworths Karminrot. Ganz abgesehen von der Frage, warum ein angesehenes Mitglied des Parlaments überhaupt Lippenstift stehlen sollte.«

»Vielleicht stand er auf billige Schminke«, sagte Royston. »Erinnern Sie sich an den Mann mit den Damenstrümpfen? Er hat nur Nylonstrümpfe gestohlen – Seide war nichts für ihn. Vielleicht etwas in der Richtung.«

»Mir erschließt sich nur eine einzige Verbindung dieser Theorie zu Nylonstrümpfen: die Dehnbarkeit in alle Richtungen«, sagte Carmichael. Sie fuhren schweigend weiter. Als sie die Vororte von London erreichten, öffneten sich die Himmelsschleusen, und Royston musste die Scheibenwischer anstellen.

»Auf dem Land hatten wir die ganze Zeit schönes Wetter.« Diese Bemerkung konnte sich Carmichael nicht verkneifen.

»Und wenn schon. In der Stadt macht es doch nichts, wenn es regnet«, entgegnete Royston unbeeindruckt.

Einundzwanzig

Sobald wir allein im Haus waren, wurde mir klar, wie ungemütlich unser Aufenthalt werden konnte. Den Dienstboten würde es nichts ausmachen, aber David war fest vom Gegenteil überzeugt. So würden wir auf Zehenspitzen herumschleichen, aus Angst, etwas falsch oder irgendwelche Umstände zu machen, und hätten selbst nichts zu tun. Deshalb nahm ich die Sache sofort in die Hand. Nachdem Hatchard und das andere vornehme Personal sich auf den Weg zum Zug gemacht hatten, klingelte ich nach Jeffrey. Wir saßen immer noch im Salon, David in düsterer Stimmung.

»Mrs Smollett möchte wissen, ob Sie oder Mr Kahn etwas zum Lunch möchten, Madam«, sagte Jeffrey, bevor ich den Mund öffnen konnte.

»Sehr gerne«, sagte ich, »aber keinen förmlichen Lunch. Am liebsten ein paar Sandwiches. Ist noch Lachs übrig? Und wir würden gern im Garten essen.« David sah mich an und schnaubte leise. Ich nahm seine Hand, ließ mich aber nicht beirren. »Sagen Sie ihr bitte auch, dass wir kein Dinner wollen, jedenfalls nicht mit mehreren Gängen. Es ist uns bewusst, welche Mühe wir ihr bereiten, deshalb würden wir uns über einen Kinderzimmertee freuen.«

David lachte, und auch Jeffrey lächelte. »Wirklich, Madam?«

»Ja, wirklich, eine leichte Mahlzeit mit Brot und Butter, gekochten Eiern und kaltem Braten, vielleicht auch etwas geräuchertem Hering und Kuchen.« Bei Hugh und mir hieß der Tee im Kinderzimmer immer »Bratenbruch«; den Ausdruck hatte er aus einer Geschichte, denn der kalte Braten war immer das Endstück, das von einer anderen Mahlzeit übrig geblieben war, und auch die Kuchen waren Reste. »Und so würden wir es gerne jeden Tag halten, solange wir hier sind – Sandwiches oder etwas ähnlich Leichtes zum Lunch, und am frühen Abend einen Tee mit höchstens einer warmen Speise. Sie müssen auch nicht im Esszimmer decken, können das Zimmer also abschließen, wie Sie es normalerweise tun würden. Die Mahlzeiten werden wir im Frühstückszimmer einnehmen.«

»Sehr wohl, Madam«, sagte Jeffrey und grinste ziemlich breit. »Das macht Ihnen weniger Mühe und gefällt Mr Kahn und mir viel besser.«

»Es wird genauso sein wie damals, als Sie nach Ihrer Krankheit mit Miss Abbott hier weilten«, sagte Jeffrey. »Hören Sie noch ab und zu etwas von ihr, Madam?«

»Ja. Sie arbeitet nicht mehr als Gouvernante. Miss Abbott hat geheiratet und unterstützt ihren Mann bei der Leitung einer Schule.«

»Freut mich, dass sie glücklich ist, Miss – ich meine Madam.« Jeffrey bügelte seinen Ausrutscher sofort aus. »Ich werde Mrs Smollett und Mrs Simons ausrichten, was Sie gesagt haben, und vielleicht sprechen Sie selbst noch einmal mit Mrs Simons, bevor diese morgen nach Winchester auf den Markt geht.«

Es lag mir auf der Zunge, dass ich Mrs Simons begleiten würde. In Winchester ist Mittwoch Markttag, das war schon immer so, und es gehörte zu den Freuden meiner frühen Kindheit, mit Sukey, Abby oder Mrs Collins, der Vorgängerin von Mrs Simons, dorthin zu gehen. Winchester besteht zum großen Teil aus engen mittelalterlichen Gassen, nur unten in Cathedral Close hat sich das glorreiche 18. Jahrhundert breitgemacht. Mit den Marktständen sind die Straßen noch enger. Unter den gestreiften Markisen bieten fröhliche Landleute ihre Waren feil. Die Auswahl ist riesig: Gemüse und Obst, Fisch, Fleisch, Kleidung und Haushaltswaren liegen in unglaublichen Mengen stapelweise auf den Tischen. Ein Stand mit glänzenden roten Äpfeln steht neben einem mit Scheren, Bändern und kleinen Schrauben. Auf dem Winchester-Markt bekommt man alles, was es nur irgendwo zu kaufen gibt. Man findet sogar einen Mann, der schnitzt. Er war mal Schäfer und hatte einen so schönen Stab, dass die anderen Schäfer ihn baten, ihnen auch welche zu schnitzen, und dann sahen andere Leute das und baten ihn um andere Dinge, und nun hat er genug damit zu tun, schöne Dinge zu schnitzen, sitzt hinter dem Stand, den langen weißen Bart in den Gürtel gestopft, das Messer in der einen und ein Stück Holz in der anderen Hand. Er schnitzt, während seine Frau die ganzen Löffel, Stöcke und Spielsachen verkauft, die er anfertigt.

Doch zum Glück konnte ich die Worte diesmal zurückhalten und sagte nichts. Denn David hatte sich mit Inspector Carmichael auf Hausarrest verständigt, und ein Besuch in Winchester war sicher ebenso verboten wie eine Fahrt nach London.

»Ich rede morgen früh mit ihr«, sagte ich.

»Möchten Sie Tee zu den Sandwiches?«, fragte Jeffrey. »Wir haben auch noch eine Flasche Montrachet, die wir heute Morgen für Lord Manningham geöffnet haben, damit er seine Tabletten einnehmen konnte. Auf Anweisung des Arztes darf er sie nur mit Montrachet einnehmen, sagt er. Es fehlt aber nur ein Glas, und es wäre doch schade um den Rest.«

»Sie können den Wein selbst trinken«, sagte ich.

»Montrachet? Scheußliches Zeug«, sagte Jeffrey.

David lachte. »Sie sollten ihren Gaumen schulen«, sagte er.

»Jawohl, Sir«, sagte Jeffrey. »Soll ich den Wein dann zu den Sandwiches bringen?«

»Machen Sie nur«, sagte ich.

Jeffrey ging mit einem Lächeln hinaus, und David lächelte ebenfalls. Darauf hatte ich gehofft, als ich den Kinderzimmertee vorschlug, damit David begriff, dass meine Beziehung zu den älteren Bediensteten auf Farthing eine von Verschwörern war – sie mit mir auf der einen gegen Mummy und Daddy auf der anderen Seite. Ich wollte ein für alle Mal klarstellen, dass David auf meiner Seite stand und dass alle im Haus dies wussten.

Dienstboten zu haben ist eine komische Sache. Sie sind bei einem angestellt und werden dafür bezahlt, einen zu bedienen, im selben Haus zu wohnen und für einen zu sorgen – aufzuräumen und das Essen zu kochen. Es kann keine gleichberechtigte Beziehung sein, und da ist es auch nicht überraschend, dass manche Bedienstete auf Dauer Verachtung für ihre Arbeitgeber empfinden oder so snobistisch werden, dass es schon absurd ist. Ich habe einmal gehört, wie Onkel Dudleys Kammerdiener einem anderen Kammerdiener erzählte, er würde nicht im Traum daran denken, sich so weit herabzulassen, es unter einem Marquis zu machen, wo er nun schon für einen Duke arbeiten würde. Ich bin sicher, es war sein voller Ernst, und er hätte mit Freuden auch geringer bezahlte Arbeit bei einem Fürsten angenommen, aber nie eine Anstellung bei Daddy, selbst wenn der mehr bezahlt hätte, weil Daddy eben nur ein Viscount ist. Aber mal ehrlich, was macht das schon aus? Der Rang des Arbeitgebers ist doch objektiv gesehen völlig unerheblich für diesen Mann, wohingegen wirklich wichtige Dinge wie Bezahlung, komfortable Unterbringung oder ein netter Arbeitgeber für ihn offenbar nicht zählten.

Abby hat mir schon vor langer Zeit beigebracht, Dienstboten als normale Leute anzusehen. Als Gouvernante hatte sie eine nicht ganz eindeutige Position im Haus – sie gehörte nicht zu den Dienstboten, aber auch nicht zur Familie. Sie war davor schon in anderen Familien gewesen und hatte bei manchen Schlimmes durchgemacht; einmal war sie sogar vom älteren Bruder ihrer Schutzbefohlenen vergewaltigt worden, als die kleinen Mädchen im Nebenzimmer waren und sie deshalb nicht um Hilfe schreien konnte. Sie hat mir beigebracht, Dienstboten nie als etwas Selbstverständliches hinzunehmen, denn man lebt sehr eng mit ihnen zusammen, sie kennen alle Geheimnisse, und Loyalität kann man nicht kaufen. Abby meinte, manchmal würde das Personal den Unmut an Leuten wie ihr auslassen, Leuten in Zwischenpositionen, sie dann schlecht bedienen, ihre Schuhe nicht putzen oder die Wäsche zurückgehen lassen oder sogar ihr Klingeln überhören. Dank Abby habe ich erkannt, wie privilegiert ich war und dass ich mit einer Gedankenlosigkeit einem Dienstboten den Tag verderben konnte, nur weil ich mich langweilte oder faul war. Es ist eine Binsenwahrheit, dass altgedientes Personal fast zur Familie gehört und dass Angestellte, die gut behandelt werden, einem treu bleiben, aber das gilt auch in einer Weise, die weit über Binsenwahrheiten hinausgeht. Abby war sieben Jahre lang meine Gouvernante, bis ich dreizehn wurde, und bis zum Alter von siebzehn habe ich meine Ferien bei ihr verbracht. Sie hat mir Gedichte vorgelesen und mir gezeigt, wie man einfache Rechenaufgaben löst, aber allzu weit darüber hinaus reichten ihre Fähigkeiten nicht – erst auf der Schule fand ich heraus, dass mein Französisch schlechter war als alles, was sie je dort gehört hatten. Aber Abby liebte mich, von ihr habe ich gelernt, was richtig und was falsch ist, von ihr habe ich gelernt, wie man leben sollte, und sie war mehr wie eine Mutter zu mir, als Mummy es jemals gewesen ist.

David und ich gingen in den Garten. Eigentlich ist das ganze Gelände ein Garten, aber wir sagen »Garten« zu dem kleinen, etwas tiefer gelegenen Stück hinter dem Haus. Dort stehen Holzstühle und -tische, und die Kissen für die Stühle lagern wir im Haus, damit sie nicht nass werden. Wir setzten uns in die Sonne, obwohl von Norden her Wolken aufzogen und ich genau wusste, dass das schöne Wetter nicht mehr lange halten würde. Zu Lachssandwiches tranken wir den Montrachet, lasen dann noch ein wenig, bis die Wolken dichter wurden und wir mitsamt den Kissen in die Bibliothek gingen.

Keine Ahnung, ob es am Montrachet lag, an der Enttäuschung oder an dem Kind, das in mir heranwuchs, aber ich wurde ziemlich müde, obwohl es erst zwei Uhr war. Ich streifte die Schuhe ab und legte die Füße auf das Ledersofa in der Bibliothek, um wohl zum dreißigsten Mal Nesbits *Schatzsucher* zu lesen. David saß auf dem Stuhl, auf dem Mummy gesessen hatte, direkt unter der Portiabüste, und nahm *Drei Männer im Boot* zur Hand, von dem er sagte, er wollte es schon immer mal lesen, sei aber nie dazu gekommen. Kurz darauf war er völlig darin vertieft.

Mir war, als würde ich eindösen, doch ich blieb wach, lag einfach da, las ein wenig in den altbekannten Geschichten, sah von Zeit zu Zeit David an und war ganz zufrieden, denn nun machte es mir nichts mehr aus, auf Farthing zu bleiben. Klaustrophobisch wurde ich nur in Mummys Anwesenheit. Ich dachte über den Mord nach und über die Bolschewiken, überlegte, was wohl wirklich passiert sein konnte und warum der Inspector dachte, man würde ihn an der Nase herumführen. Gewissermaßen stellte ich mich nun Dingen, an die ich vorher nur hin und wieder gedacht hatte, als ich mit anderem beschäftigt gewesen war und nur noch wegwollte. Jemand hatte Sir James getötet. Jemand hatte auf Daddy und mich geschossen, und Daddy hatte ihn getötet.

Ich dachte an den Mord. Daphne hatte Sir James gefunden und einen Schock erlitten, dann hatte sie Mark bewogen, für sie zu lügen und zu sagen, er hätte ihn gefunden. Daphne konnte Sir James nicht getötet haben, sie liebte ihn. Wahrscheinlich war sie die Einzige, jedenfalls wenn Eddie recht hatte und Angelas Baby nicht von Sir James war. Konnte Angela die Mörderin sein? Ein Motiv hatte sie. Nun konnte sie tun, was sie wollte – selbst wenn Mummy und Mark sie schikanierten. Was hatte Mummy noch mal gesagt? Du tust wenig genug für das, was du bekommst. Was bekam sie denn? Aber Angela war zu dumm und zu weibisch, um Sir James zu erdolchen, und viel zu wenig resolut, um so eine Sache durchzuziehen, und viel zu dumm, um den Mord dann als Attentat aus politischen Gründen zu kaschieren.

Als ich mich fragte, wer wohl noch profitierte, ging mir auf, warum Inspector Carmichael gewollt hatte, dass wir blieben. Mir ging auf, dass einiges gegen David sprach. Das erschreckte mich. David konnte nur von dem Verdacht befreit werden, wenn man den wirklichen Mörder fand.

Wahrscheinlich haben Sie sich noch nie ernsthaft überlegt, was es wohl bedeutet zu wissen, dass jemand, der einem nahesteht, etwas Unaussprechliches getan hat – und damit meine ich nicht etwa einen Fuchs erschießen oder einen Single Malt mit Limonade verdünnen, so wie Daddy. Ich wusste, dass David es nicht getan hatte, aber einen Augenblick lang tat ich so, als hätte er es getan. Er hätte aus dem Bett steigen müssen, ohne dass ich es bemerkte. Er hätte ohne mein Wissen Vorbereitungen treffen, sich den Stern beschaffen müssen und so weiter, vielleicht hätte er sich auch einen Dolch erst beschaffen müssen, da ich nie einen bei ihm gesehen hatte. Einen Revolver besaß er, eine ganz normale Militärwaffe, den er unten in der Kommode bei der Unterwäsche verwahrte. Er hätte sich also vorbereiten müssen, aus dem Bett steigen, die Sachen holen und durchs Treppenhaus zum Zimmer von Sir James gehen müssen – das auf dem Weg zwischen unserem Zimmer und dem Bad lag, was also nicht schwer gewesen wäre –, dann hätte er hineingehen und Sir James im Schlaf erdolchen müssen. Und dann hätte er das Blut abwaschen müssen – Daphne hatte erzählt, der Tote sei voller Blut gewesen – und wäre anschließend zurück zu mir ins Bett gekrochen.

Ich konnte es mir einfach nicht vorstellen. Ich konnte mir zwar vorstellen, dass David jemanden tötete, selbst Sir James, aber er würde es nicht auf diese Weise tun. Natürlich hatte er schon getötet, viele Menschen sogar, aber im Krieg, und alles nur Piloten der deutschen Luftwaffe.

In diesem Augenblick lachte David über etwas in dem Buch und bemerkte, dass ich ihn ansah. Er las mir eine Stelle vor, die mit dem Dosenöffner, und da wusste ich, dass es vollkommen absurd war, auch nur daran zu denken, er könnte der Täter sein. Falls er beschlossen hätte, Sir James für die jüdische Sache zu ermorden – wie er diese damit auch nur ein Jota voranbringen sollte, überstieg allerdings meine Vorstellungskraft –, dann hätte David ihn zumindest geweckt, bevor er ihn erschossen hätte, und er hätte ihn auch irgendwohin gebracht, wo er weit weg vom Haus gewesen wäre. Er hätte den Toten niemals irgendwo liegen lassen, wo Daphne oder Angela ihn finden konnten. David ist äußerst rücksichtsvoll. Er hätte es niemals auf diese Weise getan. Dann hätte er jemand anders, ein anderer Mensch sein müssen. Vielleicht konnte sich Carmichael einen anderen David vorstellen, aber er lebte ja auch nicht mit dem wirklichen David zusammen.

Also konnte es ganz sicher nicht David gewesen sein, was eine Last von mir genommen hätte, wenn dann nur nicht Mummy als einzig mögliche Mörderin übrig geblieben wäre. Eigentlich hätte mir das schon vor Tagen klar sein können, wenn ich bereit gewesen wäre, den Tatsachen ins Auge zu blicken, im Grunde von dem Moment an, als Inspector Carmichael gesagt hatte, man würde ihn an der Nase herumführen. Mummy war entschlossen genug und gut im Pläneschmieden. Selbst wenn ihr zur Ausführung die körperliche Kraft fehlte, dürfte es ihr nicht schwergefallen sein, jemanden zu finden, der es für sie übernahm. Nur das Motiv bereitete mir Kopfzerbrechen. Sir James war ein Verbündeter. Zweifellos hätte sie ihn notfalls ohne Skrupel fallen lassen, aber warum hätte sie ihn töten sollen? Aber wenn sie einen Grund gehabt hatte, gab es sicher jemanden, der die Tat ausgeführt hätte. Daddy? Mark Normanby? Und hatte Angela davon gewusst und bekam den Witwenstatus als Belohnung?

Ehrlich gesagt machte mich der Gedanke, dass Mummy den Mord begangen haben könnte, nicht viel glücklicher als die Vorstellung, David könnte es getan haben. Für Mord wurde man gehängt, und obwohl ich Mummy nicht besonders mochte, war sie immerhin meine Mutter. Aber kam man als Viscountess überhaupt an den Galgen? Und was noch schlimmer war: Wenn sie es wirklich getan hatte, würde man sie nie fassen, weil sie viel zu schlau war. Sie konnten sie gar nicht hängen. Ihre Verteidigung würde sie sicher mit geradezu militärischer Präzision planen.

»Meinst du, Mummy hat Bescheid gewusst und uns nur eingeladen, damit der Verdacht auf dich fällt?«, hatte ich gefragt. Und David hatte sich über meine Hirngespinste lustig gemacht:

»Dann hätte sie ja wissen müssen, dass Sir James ermordet werden würde.«

Sie hätte sicher für einen Sündenbock gesorgt, und David wäre der perfekte Sündenbock, weil sie David nicht leiden konnte und sich keinen Deut um mich scherte. Wir hatten nur Glück gehabt, dass Inspector Carmichael nicht dumm war, aber auf unser Glück konnten wir uns nicht länger verlassen.

Auf dem Sofa entwarf ich einen Plan, jedenfalls halbwegs. David dachte wahrscheinlich, ich würde schlafen. Doch ich überlegte, was wir tun konnten, wohin wir gehen konnten, und was wir mitnehmen sollten, falls es dazu kam. Wer würde uns helfen, wem könnten wir wirklich vertrauen? Immer wieder sah ich zu David hinüber, der lächelnd in das Buch vertieft war. Er war ein Mann, hatte in Schlachten gekämpft und war beinahe gestorben – er hat Orden, die das beweisen, aber er trägt sie nie und setzt auch nie die entsprechenden Buchstaben hinter seinen Namen. Und er war Jude, gehörte zu den Leuten, die in Europa am meisten unter Verfolgung zu leiden haben, er wusste mehr als ich über das, was im Reich vorging, und was ich wusste, war schon albtraumhaft genug. Dennoch war er auf eine Weise unschuldig, die mir fremd war, ich wusste mehr über das Böse als er, denn er hatte Eltern gehabt, die ihn liebten und das Beste für ihn wollten, wohingegen ich bei Mummy aufgewachsen war.

Zweiundzwanzig

Um halb fünf trafen Carmichael und Royston im Yard ein. London zeigte sich schmutzig, nass und heruntergekommen. Selbst die Bäume, die während ihrer Abwesenheit ausgeschlagen hatten, wirkten im Vergleich zu den üppig sprießenden Bäumen auf dem Land mager und schäbig. Schwarze Taxen fädelten sich in den fließenden Verkehr ein, scherten wieder aus und bespritzten dabei Fußgänger am Straßenrand, die in Regenmänteln unter schwarzen Regenschirmen zu roten Bussen hasteten oder im Schlund der U-Bahn verschwanden. Royston fuhr den Strand und den halben Bogen am Aldwychbahnhof entlang und dann den Kingsway hinauf, die trübseligste Straße Londons. Forsch hielt er neben dem Parkverbotsschild am neuen Gebäude des Scotland Yard, das man am Ende der High Holborn errichtet hatte, nachdem der alte »New Scotland Yard« einem Bombenangriff zum Opfer gefallen war. Gewöhnlich nannten sie es nur den Yard. Carmichael hatte das alte Gebäude nie kennengelernt und ignorierte im Allgemeinen die Beschwerden der alten Hasen, für die das neue Gebäude niemals einen gleichwertigen Ersatz darstellen würde. Im Regen sah der Bau – irgendwo zwischen Palladianismus und Art Deco angesiedelt, jedoch ohne die Vorzüge einer der beiden Baustile – besonders trostlos aus. Carmichael wunderte es nicht, dass der Aberglaube entstanden war, es bringe Unglück, wenn man im Schatten des Gebäudes vorübergehe. Angesehene Rechtsanwälte machten auf dem Weg von Lincoln's Inn oder Gray's Inn einen Schlenker auf die gegenüberliegende Straßenseite, nur um den Portalen nicht zu nahe zu kommen.

»Wenn Sie den Wagen abgestellt haben, treffen wir uns in meinem Büro«, sagte Carmichael. Er stieg aus und rannte die Stufen hoch, vorbei an den flachen Reliefs abstrakter Sphinxen, die sie flankierten.

Die Wache öffnete die Tür mit mattem Salut. Wie üblich saß Stebbings im Glaskasten der Empfangshalle.

»Endlich wieder zurück«, begrüßte er Carmichael, als dieser den Kopf durch die Tür streckte.

»Irgendetwas Neues über meinen Verbrecher?«, fragte Carmichael und trat ein. Stebbings' Schreibtisch war aufgeräumt, alle Papiere waren sauber gestapelt und in alphabetischer Ordnung abgelegt. Es gab ein Funkgerät und vier Telefone, drei in schlichtem Schwarz und eines cremefarben.

»Über welchen?«, fragte Stebbings.

»Brown. Ich kann mir nicht vorstellen, dass es im Augenblick noch mehr zu Kahn gibt. Den habe ich auf Farthing festgesetzt.«

Stebbings fasste in die G-Ablage, zog aber nichts heraus. »Die Garda weiß offiziell nichts über ihn. Inoffiziell sagen sie dasselbe. Michael Patrick Guerin könnte jeder oder niemand sein, alle drei sind geläufige Namen, doch niemand ist darunter aktenkundig. Laut Jenkinson, der seit der Sache mit dem Hund von De Valera den Kontakt hält, hätten sie ihm sonst wenigstens gesagt, sie würden nichts sagen, damit er es seinen englischen Herren nicht weitergeben kann.«

»Ich glaube kaum, dass er zu denen gehörte«, sagte Carmichael. »Er hatte so was an sich. Ein Ire aus Liverpool vermutlich. Etwas Erfreuliches aus Runcorn?«

Stebbings zog ein Blatt aus der B-Ablage. »Bursche mit Namen Alan Brown – hört sich nach einem Pseudonym an, nicht wahr? Geboren in Runcorn an besagtem Datum, Besuch der dortigen Grundschule für Jungen bis 1936 – gewiss kein schönes Jahr, um mit elf ins Arbeitsleben einzutreten; nicht aktenkundig, Verbleib unbekannt.«

»Wenn man ein Schlosser mit Namen Brown ist, warum sollte man sich dann einen Namen wie Guerin zulegen?«

»Ein Nom de Guerre?«, schlug Stebbings vor, auf dessen Gesicht fast so etwas wie ein Lächeln erschien. »Vielleicht haben seine russischen Kumpel gesagt, er solle sich einen zulegen, und als Arbeiter hatte er zwar keine großen Französischkenntnisse, aber Freunde unter Liverpooler Iren, selbst wenn er keiner war, und ist spontan auf den Namen Guerin verfallen.«

»Eine bessere Erklärung fällt mir auch nicht ein«, sagte Carmichael.

»Wir haben das Haus auf den Kopf gestellt und nichts gefunden, was auch nur von geringstem Interesse wäre.« Stebbings schob das Blatt zurück in die Ablage. »Auf Ihrem Schreibtisch liegen

Kopien der Berichte, wenn Sie an Einzelheiten interessiert sind.«

»Haben Sie nach dem Mädchen gesucht? Ich hatte das Foto geschickt.«

»Kein Glück bisher. Wir waren damit in Bethnal Green, aber nicht die Bohne. Ist vielleicht auch nicht so wichtig. Bislang auch kein Treffer, was die bolschewistischen Kontakte Browns betrifft. Wir haben jede Menge Rote und Gesinnungsgenossen aufgetrieben, was in Simpsons Ressort fällt. Der nimmt sie fest und buchtet sie als Helfershelfer ein. Ist Ihnen sehr dankbar, dass Sie ihm einen Grund für die Festnahmen liefern – er kannte sie schon, ein paar haben in den Zeitungen auch schon offen bolschewistisches Zeug geschrieben, aber sie sind sehr geschickt darin, innerhalb des gesetzlichen Rahmens zu bleiben. Kaum erwischt man einen von ihnen bei etwas, das nach Spionage oder Geheimnisverrat riecht, betreiben sie Haarspalterei und schreien nach einem Anwalt. Die Gesetze sind viel zu lasch. Umgekehrt geht so was im roten Russland ja auch nicht, da kann man auch nicht einfach Revolution predigen und Leute erschießen.«

»Hat jemand der Festgenommenen zugegeben, Brown zu kennen?«

»Keiner, weder unter dem einen noch dem anderen Namen. Etwas anderes war auch nicht zu erwarten«, sagte Stebbings ein wenig bedauernd.

»Natürlich.« Carmichael tat es nicht besonders leid um die Kommunisten, selbst wenn sie nicht mit Brown/Guerin in Verbindung gestanden hatten.

»Chief Inspector Penn-Barkis möchte Sie sprechen. Er hofft wohl auf einen Abschlussbericht.«

»Heute Nachmittag noch?« Carmichael verdrehte die Augen. »Dann soll er mal hoffen. Ich will bei Brown noch ein wenig tiefer graben, mal sehen, ob ich noch mehr herausfinde.«

»Sagen Sie das dem Chef.«

»Übrigens danke für den Tipp bezüglich Normanby. Ein übler Kerl. Auch er hat gelogen, ich weiß nur nicht, warum. Er kann nicht der Mörder sein – das heißt, möglich ist es schon, aber er hätte nichts davon. Der Mann war sein Freund.«

»Laut *Evening Standard* wird er heute Abend Premierminister. Hätten den dreckigen Mistkerl wegen grober Inzucht festsetzen sollen, als wir die Gelegenheit dazu hatten«, sagte Stebbings in seinem gewohnt gleichmütigen Tonfall. »Gerechtigkeit gibt es wohl nicht …«

»Nie«, stimmte Carmichael zu. »Tja, dann gehe ich mal los zum Chef.«

Royston saß bereits in Carmichaels Büro, als er dort vorbeischaute. »Bin auf dem Weg zu Chief Inspector Penn-Barkis«, sagte er. »Haben Sie den Wagen gut untergebracht?«

»Kein Problem. Steht auf dem Parkplatz – Inspector Blayne ist gerade rausgefahren.«

»Glück gehabt.« Carmichael stellte die Tasche auf dem Stuhl ab. Der Schreibtisch quoll über. In den verschiedenen Stapeln suchte er nach Neuzugängen und fand beim zweiten Durchgang den Bericht über Browns Wohnung. »Machen Sie sich damit vertraut. Wir werden die Umgebung von Brown noch einmal unter die Lupe nehmen.«

»Soll ich mich immer noch um Thirkies Kammerdiener kümmern?«, fragte Royston.

»Ja, aber das kann bis morgen warten.« Carmichael zögerte. »Der Fall ist wie ein großes Knäuel mit zu vielen losen Enden. Aber wenn wir das richtige erwischen, werden sich die Knoten lösen. Brown ist vielleicht das richtige, er ist ein Gauner und Mörder. Der Chauffeur oder Kammerdiener oder was auch immer ist dagegen nur ein weiteres loses Ende.«

»Jawohl, Sir.«

Carmichael ging in die Knie, um den ordentlichen Sitz seiner Haare im Spiegel an der Tür zu überprüfen, der dort hing, damit er bei Vernehmungen sehen konnte, was sich hinter dem Rücken der Verdächtigen abspielte. Er ging zurück in die Empfangshalle und drückte den Fahrstuhlknopf. Penn-Barkis' Büro lag im obersten Stockwerk. Der Fahrstuhl brachte Carmichael nach oben, mit etwas Verzögerung gefolgt von seinem Magen.

Man schrieb dem Chefbüro einen der schönsten Ausblicke in London zu, im Süden über die Felder von Lincoln's Inn und am echten Old Curiosity Shop vorbei bis zur Fleet Street. Aber heute waren die Fenster beschlagen und regennass. Penn-Barkis saß bequem in einem Sessel und rauchte eine Zigarre. Sein Aussehen war nicht sonderlich beeindruckend – er war kahl, ein wenig rundlich und hatte dichte weiße Augenbrauen –, doch er verstand es, seine Untergebenen einzuschüchtern. Das Gerücht lief um, er habe eine sehr dominante Frau, aber das konnte auch dem Wunschdenken derer entstammen, denen die Vorstellung gefiel, jemand könnte den Chef in die Schranken weisen. In Gegenwart des Chief Inspectors bemühte sich Carmichael immer, alle Vokale deutlich auszusprechen und einen südenglischen Tonfall anzuschlagen, soweit ihm das möglich war, weil Penn-Barkis einmal gesagt hatte, Carmichaels Atem rieche nach Lancashire wie andere nach Whisky.

»Da sind Sie ja, Carmichael«, sagte Penn-Barkis. »Setzen Sie sich. Ist der Unsinn mit Thirkie endlich erledigt?«

»Unsinn, Sir?« Carmichael setzte sich in den anderen Sessel und winkte ab, als sein Chef ihm eine Zigarre anbot.

»Parlamentsmitglieder, Bolschewiken und Juden sitzen herum und warten, bis Sie keine Fragen mehr haben – das klingt für mich nach Unsinn«, sagte Penn-Barkis. »Aber nun haben Sie ja Beweise, dass der Jude und der Rote die Tat gemeinsam begangen haben, und wir können den Fall endlich abschließen, nicht wahr?«

»Nein, Sir«, sagte Carmichael. Penn-Barkis' Augenbrauen schossen in die Höhe. Carmichael holte tief Luft. »In Bezug auf den Roten ist die Sache einigermaßen klar, er hatte ein Gewehr, zwar nur Kaliber 22, aber auch damit kann man töten. Er hat auf Lord Eversley und Mrs Kahn geschossen und beide verletzt. Aber im Hinblick auf den Mord an Thirkie kommt er als Täter nicht infrage. Er wäre gar nicht ins Haus gekommen. Thirkie wurde in seinem Wagen mit Abgasen vergiftet und später ins Haus gebracht, was ohne Hilfe von drinnen nicht möglich war. Auf seinem Zimmer hat man ihn im Bett so hergerichtet, dass es aussah, als wäre er erdolcht worden, die Hemdbrust war mit Lippenstift beschmiert – entweder, um es nach Blut aussehen zu lassen, oder um auf die rote Brust des Farthing-Rotkehlchens anzuspielen –, und ein Judenstern war mit einem Dolch auf seiner Brust befestigt.«

»Warum die Mühe? Warum hat man ihn nicht gleich erstochen?«

»Möglicherweise, um Thirkies Freunde einzuschüchtern oder um den Mord einem Juden in die Schuhe zu schieben. Es könnten auch zwei Parteien darin verwickelt sein – die einen haben ihn ermordet, die anderen die Leiche drapiert. Ebenso gut kommt ein Selbstmord infrage.«

»Warum sollte sich ein Mann wie Thirkie umbringen? Er hatte doch alles, wofür es sich zu leben lohnt. Wenn es bei der Abstimmung heute so ausgeht, wie alle annehmen, wäre er Innenminister geworden.«

»Jawohl, Sir.« Carmichael überlegte. »Vielleicht wollte jemand anders den Posten haben?«

»Gibt es dafür Beweise?«, fragte Penn-Barkis ungläubig.

»Nein, Sir. Ich weiß nur, dass Mr Normanby uns angelogen hat, was den Zeitpunkt betrifft, an dem er den Toten zuletzt lebend gesehen hat, und ich weiß nicht, warum er das getan hat. Mehr kann ich nicht vorweisen.«

»Könnte ganz vernünftige Gründe haben.« Penn-Barkis zog an der Zigarre und stieß eine Rauchwolke aus. »Oder er hat etwas verwechselt. Haben Sie ihn noch einmal befragt?«

»Eine Verwechslung kann es nicht gewesen sein. Aber er könnte aus einem Grund gelogen haben, der nichts mit dem Fall zu tun hat, da haben Sie recht, und ich wollte ihm nicht zu sehr zusetzen, weil er Abgeordneter ist und keinen Grund hatte, Thirkie zu töten.«

»Hatten Sie nicht angedeutet, er könnte auf Thirkies Posten scharf sein?«

»Er wurde als Schatzkanzler gehandelt, und inzwischen scheint man in ihm gar den nächsten Premierminister zu sehen. Thirkie hätte in beiden Fällen unter ihm gestanden.« Auf Carmichaels Stirn erschien eine steile Falte.

»Und was ist mit diesem Kahn, dem Juden? Haben Sie ihn verhaftet?«

»Nein, Sir. Er hatte ebenfalls kein Motiv für die Tat, und der Stern verweist eher auf einen weniger intelligenten Mann, als Kahn es ist. Außerdem ist er ein reicher Bankier. Das Einzige, was gegen ihn spricht, sind ein paar Briefe von einem Mann namens Chaim, einem jüdischen Revolutionär, keinem Bolschewiken, eher einem Antikommunisten, der ihn darin zuletzt am vergangenen Dienstag aufforderte, die ganze Farthing-Clique in die Luft zu jagen. Ich würde Kahn lieber erst dann verhaften, wenn ich etwas

Handfesteres habe, aber er steht auf Farthing unter Hausarrest.«

»Und was haben Sie nun vor?« Penn-Barkis legte die Zigarre beiseite. »Die Sache darf sich nicht zu lange hinziehen. Die Politiker treten mir schon auf die Füße.«

»Jawohl, Sir.« Carmichael wünschte sich, es gäbe keine Politik, und er hätte das Wort nie gehört. »Ich möchte mit Royston ein bisschen tiefer bei Brown graben, dem Mann mit dem Gewehr – Hintergrund, Freunde, mal sehen, wohin mich das führt.«

»Ich gebe Ihnen bis Ende der Woche«, sagte Penn-Barkis und sah auf die Uhr. »Es ist Dienstag, Viertel vor sechs. Da bleiben ihnen zwei volle Tage, mehr aber nicht.«

Carmichael stand auf. »Jawohl, Sir.«

»Am Freitagmorgen geben wir entweder eine Verhaftung bekannt oder teilen mit, dass Brown der alleinige Täter war, und bis dahin muss alles unter Dach und Fach sein.«

»Jawohl, Sir«, sagte Carmichael, denn etwas anderes blieb ihm nicht übrig. Das zerknüllte Blatt Papier drückte durchs Futter seiner Hose.

Penn-Barkis griff wieder nach seiner Zigarre.

»Dann mache ich mich an die Arbeit, Sir.«

Als Carmichael in sein Büro kam, sah ihn Royston fragend an. »War's schlimm, Sir?«, fragte er voller Mitleid.

»Wir haben bis Donnerstagabend Zeit, um den Fall abzuschließen, Sergeant. Am Freitagmorgen will Penn-Barkis verkünden, dass alles geklärt ist.«

»Na, und ich hatte gehofft, heute Abend noch auf ein Bier ins George zu kommen«, sagte Royston. »Sie hätten sich sicher auch über eine geruhsame Nacht gefreut, Sir. Aber nun sollten wir schleunigst nach Bethnal Green. Immerhin können wir in unseren eigenen Betten schlafen – das ist doch ein Trost.«

Für Carmichael war dies sogar ein größerer Trost, als Royston sich vorstellen konnte. Er nahm seine Tasche. »Wo zum Teufel ist das Foto?« Er suchte vergeblich auf dem Schreibtisch herum. Royston sah schweigend zu, und Carmichael wusste es zu schätzen, dass in dem Schweigen keine Missbilligung lag. Schließlich fand er das Bild in einem Umschlag. »Leigh on Sea«, las er erneut auf der Rückseite. »Könnte sein, dass wir dorthin müssen, aber hoffentlich nicht.«

»Southend, nicht wahr?«

»Die noble Ecke. Lauter Parkbänke und Pensionäre und verblasste Vornehmheit.«

»Nicht viel zu holen für einen Bolschewiken«, sagte Royston. »Soll ich den Wagen vorfahren? Es gießt immer noch.«

»Ja, nur zu. Ich warte unten am Eingang.«

Als Carmichael durch die Halle ging, sprach Stebbings gerade in den cremefarbenen Hörer. Er gab ihm ein Zeichen, einen Moment zu warten. Kurz darauf legte er den Hörer auf die Gabel und stellte das Radio an. Es summte, und dann hörten sie die eintönige Stimme des BBC-Sprechers. Die Sechs-Uhr-Nachrichten. »Nach dem Scheitern der Vertrauensfrage im Unterhaus wird Mr Mark Normanby das Amt des Premierministers übernehmen ...«

Stebbings stellte das Radio wieder ab. »Hab doch gesagt, dass der Sodomit es schafft. Obwohl das für uns nicht schlecht ist. Abgesehen von seinen Privatangelegenheiten setzt er sich sehr für Recht und Ordnung ein.«

»Himmel«, sagte Carmichael und trat in den strömenden Regen hinaus.

Dreiundzwanzig

Ich kam erst wieder zur Vernunft, als mir der Bolschewik einfiel. Der war real, Inspector Carmichael hatte mir von ihm erzählt. Außerdem hatte er auf mich geschossen oder auf Daddy, und Daddy hatte ihn getötet. Mummy würde nie jemanden dazu auffordern, Daddy zu erschießen – sie braucht ihn viel zu sehr. Er ist der Garant für ihre Stellung. Außerdem würde sie sich nie mit Bolschewiken einlassen. Sie hasst die Roten wie die Pest, nicht nur die in Russland, sondern auch die Roten in unserem Land, die Gewerkschaften und Leute wie Bevan. Niemals würde sie sich mit denen gemein machen wollen, also musste ich mich geirrt haben, wahrscheinlich war ich paranoid. Vielleicht löste eine Schwangerschaft Paranoia aus. Außerdem hatte Mummy ja gar keinen Grund, Sir James umzubringen. Dann hörten wir in der Bibliothek die Sechs-Uhr-Nachrichten. Der BBC-Sprecher verkündete das Ergebnis der Abstimmung: Mark war Premierminister und würde das neue Kabinett bald vorstellen. Und dann war Mark selbst zu hören; seine Stimme klang im Radio dünn und verzerrt. »Anarchisten, Bolschewiken und Juden haben diese Woche Anschläge auf eine bestimmte Gruppe unserer Mitbürger verübt, die als der Farthing-Kreis bekannt ist. Wie üblich kam der Angriff feige aus dem Hinterhalt. Es ist ihnen gelungen, Sir James Thirkie zu ermorden, den Stifter des Ehrenhaften Friedens, den vielleicht größten Mann Englands, der auch zu meinen engsten Freunden gehörte. Sie haben ihn im Schlaf getötet und auf seiner Brust als Visitenkarte den Judenstern hinterlassen. Doch damit konnten sie den Farthing-Kreis nicht in die Knie zwingen, konnten uns nicht einschüchtern oder von der Macht fernhalten. Selbst im Tod wurde Sir James nicht zu dem von ihnen gewollten Symbol eines Hilflosen, den feige Juden einfach abgestochen haben. Seine Brust war rot vom eigenen Blut, rot wie die Brust des Farthing-Rotkehlchens, unser Symbol innerhalb der Konservativen. Sir James ist ermordet worden, doch wir sind am Leben. Lord Eversley ist es gelungen, einen feigen Attentäter, einen Parteigänger der Bolschewiken, der im Hinterhalt mit einem Gewehr auf ihn lauerte, abzuwehren und zu töten. Wir werden drastische Maßnahmen gegen diese heimtückischen Terroristen ergreifen, deren Anschläge nicht nur uns, sondern ganz England galten, denn sie galten auch unseren Ideen, mit denen dieses Land voranschreiten und sich zum Besseren entwickeln wird.« Ich starrte auf den Apparat. »Das war der Premierminister«, schloss der Sprecher. »Inzwischen hat sich Präsident Lindbergh aus San Francisco gemeldet und eine engere Zusammenarbeit angekündigt ...«

David schaltete das Radio aus. »Mir wäre es lieber gewesen, Juden hätten nicht auf seiner Liste gestanden. Doch der Stern war nun einmal da.«

»Mir würde es besser gehen, wenn Inspector Carmichael den wirklichen Mörder möglichst bald findet«, sagte ich. Mal ganz abgesehen von der Sache mit den Bolschewiken, hatte Mummy vielleicht wirklich einen Grund gehabt, Sir James zu töten. Sie konnte ihn umgebracht haben, um die öffentliche Meinung zugunsten des Farthing-Kreises zu beeinflussen, Mitleidsstimmen in der Partei zu sammeln und Mark damit zum Premierminister zu machen. Ich fragte mich, was mit den »drastischen Maßnahmen« gemeint war, und mich schauderte.

Es klopfte an der Tür. »Der Tee ist im Frühstückszimmer serviert«, sagte Lizzie.

Mrs Smollett hatte sich selbst übertroffen. Es gab alles, worauf ich gehofft hatte, und es war genau das Gegenteil der furchtbaren, französisch angehauchten sechsgängigen Mahlzeiten, die wir seit unserer Ankunft kredenzt bekommen hatten. Zusätzlich zu meinen Wünschen gab es einen dunklen beschwipsten Früchtekuchen. Keine Ahnung, wo sie den hergezaubert hatte – so was kann man doch nicht lange herumstehen lassen. Kaum hatten wir die ersten Bissen zu uns genommen, als sich noch einmal die Tür öffnete, und Mrs Smollett erschien, in den Händen ein Tablett mit heißen polnischen Eierpfannkuchen und einem kleinen roten Tonkrug – wie ein Marmeladentopf, nur größer und randvoll mit Kaviar – sowie einem passenden kleineren mit Sahne und Schnittlauch. Ihr Lächeln war so breit wie der Trafalgar Square, als sie das Tablett abstellte. Sie war eine große Frau, überhaupt nicht dick, aber sehr groß, ihr drahtiges graues Haar steckte unter einer Haube, und natürlich trug sie wie alle Köche eine große

Schürze. Normalerweise kam sie nicht aus der Küche, und wenn wir im Esszimmer statt im Frühstückszimmer gegessen hätten, hätte sie es sicher auch nie getan. Obwohl sie die Pfannkuchen extra für uns gemacht hatte, und es nur zu verständlich war, dass sie auch sehen wollte, wie das bei uns ankam.

»Sie verwöhnen uns, Mrs Smollett«, sagte ich. »Sie hätten sich nicht so viel Mühe machen müssen.« Aber noch während ich dies sagte, griff ich beherzt zu.

»Mir macht Mühe nichts, wenn ich für Leute koche, die freuen sich«, sagte sie auf ihre komische Art und nach all den Jahren immer noch mit starkem Akzent.

Ich konnte nicht antworten, weil ich den Mund voll hatte und es so köstlich war – der heiße Pfannkuchen, die kalte Sahne und der Kaviar explodierten quasi auf meiner Zunge.

»Wir wissen es bestimmt zu schätzen«, sagte David. Er war höflich und aß erst das Roastbeef auf, das er noch auf dem Teller hatte.

»Mmmmmmmmmmmmm!«, murmelte ich unverständlich, aber begeistert.

Mrs Smollett lachte. »Ich wusste, Sie mögen das.«

»Zählt Daddy die Kaviargläser nicht?«, fragte ich. Bei Weinflaschen und Hochprozentigem tat er das nämlich.

»Das tut Mrs Simons. Wenn Familie da ist, nehme ich, was ich mag, genau wie Mrs Richardson.«

»Bei Mrs Richardson hätten wir nie etwas bekommen, was auch nur halb so gut wäre«, sagte ich. »Nimm einen, Schatz, solange sie noch heiß sind.«

»Ich will nicht bloß einen, sondern meinen gerechten Anteil«, sagte David neidisch.

Ich lachte und nahm noch einen – wer noch nie das Glück hatte, einen zu probieren: Polnische Pfannkuchen sind sehr klein, nur fünf Zentimeter im Durchmesser. »Mrs Smollett, falls Sie je Farthing verlassen wollen, wären wir nur zu gerne bereit, Ihnen ein Heim, Arbeit und auch sonst alles zu geben, was Ihr Herz begehrt, wenn Sie nur ab und zu diese Pfannkuchen für uns backen.«

»Meine zweite Heimat Farthing verlasse ich erst, wenn ich genug habe für mein eigenes Restaurant in London wie damals in Warschau.«

»Sie hatten ein eigenes Restaurant und wissen, wie man eine Gaststätte führt?« David hob den Kopf wie ein Jagdhund, der Kaninchen wittert. »Wie viel haben Sie denn schon gespart?«

Bevor ich richtig begriff, was los war, waren David und Mrs Smollett schon in Details versunken, was ein solches Unternehmen kosten würde, und David hatte ihr die Finanzierung so gut wie zugesagt.

»Setzen Sie sich«, sagte er, und Mrs Smollett war so baff, dass sie sich, immer noch in Schürze und Haube, zu uns setzte.

»Nehmen Sie einen Pfannkuchen«, bot ich selbstlos an. »Oder vielleicht eins der wundervollen Scones?«

»Nein, nein, ich kann nicht«, sagte sie.

»Sie müssten nur zur Bank kommen und ein paar Formulare ausfüllen«, sagte David. Er hatte während des Gesprächs weitergegessen und verschlang einen Pfannkuchen nach dem anderen. »Aber nach allem, was Sie mir erzählt haben, werden wir nicht eine Sekunde zögern. Die Entscheidung obliegt mir, und ich bin ohne Wenn und Aber dafür, abgesehen von leichten Skrupeln, weil ich Sie in Versuchung führe, Lord und Lady Eversley zu verlassen, während ich deren Kaviar genieße. Sind Sie sicher, dass Sie selbst nichts möchten? Es ist außerordentlich lecker.«

»Ich habe drei Monate Kündigungsfrist, jederzeit«, sagte Mrs Smollett, die den Kopf schüttelte, als ich ihr noch einmal Pfannkuchen anbot. »Den richtigen Ort finden und einrichten dauert mindestens so lange. Aber vielleicht denken Sie anders, wenn ich Ihre Formulare ausgefüllt habe. Ich bin nicht in England geboren, ich bin Jüdin und eine Frau.«

»Meine Bank verleiht Geld von allem an Juden und Frauen«, sagte David. »Das spricht eher für Sie als gegen Sie. Wir vergeben Kleinkredite, und für einen Bankier ist die Summe, über die wir sprechen, ein kleiner Kredit, auch wenn es Ihnen viel erscheint. Manchmal verlieren wir das Geld, aber im Allgemeinen können wir nicht klagen. Neben der Kreditvergabe für Geschäftsgründungen investieren wir auch in gut laufende Unternehmen, wenn sie expandieren wollen, und meines Erachtens wird das in Zukunft sogar das Hauptgeschäft werden.«

»Und seit wann machen Sie das?«, fragte Mrs Smollett mit großen, dunklen Augen.

David zögerte, die Hand mit dem Pfannkuchen auf halbem Weg zum Mund. »Selbstständig erst seit diesem Jahr. Mein Vater hat mir diesen Zweig gleich nach dem Krieg abgetreten, aber wir haben die Geschäfte erst kürzlich getrennt.«

»Ihr Vater hilft Ihnen?«

»Mein Vater ist sehr reich, er kann es sich leisten«, sagte David. »Zu Anfang hat er mich finanziert und nicht recht an die Sache geglaubt. Im Krieg habe ich bei anderen Piloten mitbekommen, wie die Gesellschaft am unteren Ende funktioniert. Ich bin zu dem Schluss gekommen, dass sich Wohlstand von unten weit eher ausbreiten kann als von oben. Mein Vater und mein Onkel waren nicht leicht zu überzeugen, aber inzwischen geben sie zu, dass ich recht habe und man so auch Geld verdienen kann. Ihr Restaurant ist ein gutes Beispiel. Sie haben vollkommen recht: Keine konventionelle Bank würde Ihnen Geld leihen – einer Frau, einer Jüdin, einer Emigrantin und Hausangestellten. Sie könnten ihnen zeigen, was Sie in zwölf Jahren gespart haben, könnten ihnen Pfannkuchen backen, die wirklich so wundervoll sind, dass man es kaum mit Worten beschreiben kann ...« Er nahm sich den letzten, der ihm tatsächlich zustand, wenn man es mit dem Zählen genau nahm, weshalb ich auch keinen Anspruch darauf erhob. Pappsatt war ich sowieso. Vom Früchtekuchen nahm ich mir nur ein klitzekleines Stückchen.

»Aber niemand würde davon Notiz nehmen«, fuhr David fort, »denn alle möchten lieber in Eisenbahnen und große Fabriken investieren, in Stahl und Werftbau oder – falls sie ein wenig visionärer denken – in noch größere Vorhaben wie die Industrialisierung Indiens. Ein kleines polnisches Restaurant in London interessiert sie nicht. Für sie ist es zu klein und zu unsicher. Aber ich sehe nicht das kleine polnische Restaurant, ich sehe ein erfolgreiches Geschäft, das neben Ihnen selbst noch – was haben Sie gesagt? – zehn oder zwölf weiteren Personen Arbeit geben wird, die im Augenblick arbeitslos oder geringfügig beschäftigt sind, die dem Land auf der Tasche liegen oder Hilfsarbeiten verrichten. Diesen Leuten würden Sie eine Arbeit und eine Perspektive geben.«

Mrs Smollett nickte. »Zwölf Leute, Kellner und Tellerwäscher, Hilfsköche und Putzfrauen. So viele waren wir in Warschau.« Ich knabberte am Früchtekuchen und goss mir noch eine Tasse Tee ein. Ich mochte es immer sehr, wenn David von seiner Arbeit sprach, doch es war noch faszinierender, ihm sozusagen dabei zuzuschauen.

David hatte den Pfannkuchen aufgegessen, ganz ruhig und offen sprach er weiter. »Und vielleicht wird es nicht nur zwölf Leuten Arbeit verschaffen und Gewinn erzielen, der sowohl Ihnen als auch uns zugute kommt, sondern auch der Sache der Juden ein wenig helfen. Vielleicht werden die Londoner nicht mehr aus Unwissenheit sagen, Juden seien gierig und feige, würden in Warteschlangen drängeln und in Bussen immer alle Sitze besetzen, sondern werden feststellen, dass Juden doch nicht so schlimm sind, denn Mrs Smollett backt Pfannkuchen, die einen glücklich machen, und David Kahn, der in der Schlacht um England dabei war, leiht armen Menschen Geld, damit sie ein Geschäft eröffnen können.«

Mrs Smollett schüttelte den Kopf. »Das tun sie nie.«

»Warum denn nicht?« David runzelte die Stirn. Zu seinen festen Glaubenssätzen gehörte, dass gutes Verhalten das beste Gegenbeispiel für alle Vorurteile war, die man über Juden hatte. Ich nahm seine Hand und drückte sie sanft, aber er sah mich nicht an und schien es kaum zu bemerken.

»Mein Restaurant, mein altes Restaurant in Warschau, die Nazis ...«, sagte Mrs Smollett; dann stockte sie und setzte von Neuem an. »Als sie kamen, sagten meine Gäste nicht: Ach, bitte tun sie Juden nichts, denn Mrs Szmolokiewitsz macht so wunderbare Pfannkuchen und Mr Szmolokiewitsz ist mit Freude dem Einberufungsbefehl gefolgt, und ihr Sohn Yusef ist Arzt, und ihre Tochter Marya lernt Klavier am Konservatorium. Sie sagten: Ach, die Nazis haben schon recht, Juden sind gierig und feige, wir haben Juden schon immer gehasst. Nicht Deutsche haben alle Fenster in meinem Restaurant zerschlagen, sondern Polen. Und ganz vorne war einer mit Steinen in den Händen, der hat noch eine Woche davor Klößchensuppe bei mir gegessen, und ich hab eine Kerze auf die Creme brulée beim kleinen Sohn gesteckt, weil doch Geburtstag war. Aber auch sein Gesicht war vom Hass verzerrt, und er hätte mich zerschlagen wie ein Fenster, aber ich bin gerannt.«

»Wo ist Ihre Familie?«, fragte ich.

Mrs Smollett sah mich an, als hätte sie ganz vergessen, dass ich da war. »Tot«, sagte sie. »Mein Mann im Kampf. Im September 1939, ehrenvoll, hat sein Land verteidigt. Marya auf Flucht durch Frankreich, durch Heinkeljäger. Die Straße war so voll, die Panzer kamen nicht durch, sie schickten Flugzeuge, die den Weg freischossen. Ich sprang in einen Graben, aber Marya fiel, am Kopf getroffen. Im Graben sah ich die Panzer über sie rollen. Später holte ich Geld aus ihrem Schuh und ging weiter. Yusef starb 1946 im Lager Treblinka. Weiß ich von einem, der fliehen konnte. Hat mich überall gesucht. Yusef hat vielen Leuten geholfen, bevor er starb, er war doch Arzt. Ohne Medikamente oder Instrumente, ohne Verbandszeug, in der Nacht, nach einem ganzen Tag in der Fabrik, nur mit Sklavenrationen, war mein Sohn immer noch Arzt, und darauf kann ich stolz sein.«

Tränen strömten ihr übers Gesicht. Ich stand auf und legte die Arme um sie, denn ich konnte bei so großem Leid nicht untätig bleiben, ganz egal, wie unzureichend alles war, was ich tun konnte. Sie schüttelte mich unwirsch ab und wandte sich an David. »Sie glauben, was Sie tun, kann verhindern, dass so etwas hier geschieht«, sagte sie. »Sie glauben, wir Juden in Polen, Deutschland oder Ungarn hätten irgendetwas falsch gemacht, dass wir verdienen, was geschehen ist. Nein. Sie können nichts verhindern. Es war nicht unser Fehler. Es ist vollkommen unmöglich, dagegen etwas zu tun.«

»Aber England ist anders«, sagte David. »Zehn Jahre lang waren Sie hier in Sicherheit. Wir haben gegen Hitler gekämpft, und wir werden wieder kämpfen, wenn die Gefahr besteht, dass er hierherkommt.«

»Sie haben ihn nicht in Europa bekämpft«, sagte Mrs Smollett. »Begreifen Sie nicht, es war nicht Hitler, der meine Fenster zerschlagen hat. Es war kein verrückter Deutscher – es war der Hass, den alle gegen Juden haben. Ich habe auch einmal gedacht so wie Sie. Bis ich vierzig war, habe ich so gedacht. Sie hatten bis jetzt nur Glück, das ist alles.«

»Ich weiß, dass ich sehr viel Glück hatte«, sagte David. »Aber bitte suchen Sie mich dennoch in London wegen des Kredits auf.«

Mrs Smollett stand auf und ging wieder in die Küche.

»Sie hat die Hoffnung verloren«, sagte David. »Nicht verwunderlich bei dem, was ihrer Familie zugestoßen ist, wenn man alle Lieben auf diese Weise verliert. Aber in Bezug auf England irrt sie sich. Den Menschen hier sind Freiheit und Gerechtigkeit nicht egal, es gibt Ressentiments, aber keinen heimlichen Hass. So etwas könnte hier nie passieren.«

»Ich frage mich, welche drastischen Maßnahmen Mark wohl im Sinn hat«, entfuhr es mir, bevor ich die Worte zurückhalten konnte.

Vierundzwanzig

Durch die Rinnsteine von Bethnal Green strömte das Regenwasser. Es waren nur wenige Leute auf der Straße, und die meisten sahen aus, als wollten sie so schnell wie möglich nach Hause. Die Wolken waren so dunkel und schwer, dass es schien, als wäre bereits die Dämmerung angebrochen.

»Wo könnte man Leute finden, die Brown gekannt haben, Sergeant?«, fragte Carmichael.

»In den Pubs natürlich, Sir. Ist außerdem der einzige Ort, wo man in einer solchen Nacht überhaupt jemanden antrifft.«

»Wir könnten es auch bei Abstinenzlerversammlungen und Bibellesungen versuchen«, schlug Carmichael vor.

Royston sah ihn erschrocken an und lachte dann laut los.

Beim dritten Versuch stießen sie auf eine Goldader. Im *Queen's Head* kannte man Brown nicht, und im *White House* erzählte man ihnen nur, dass er ein arbeitsloser Schlosser aus der Sisal Street war, was sie bereits wussten. Aber im *Three Feathers,* einem äußerst vornehmen Etablissement der Brauerei Brass, in dem überall an der Wand blank polierte Messingschmuckschnallen für Pferde hingen, kannte der Wirt Brown und war sogar bereit, mit ihnen zu reden. Das Abendgeschäft lief gerade erst an. Der Wirt, ein bulliger Mann mit buschigem Schnurrbart, überließ der Kellnerin Gaststube und Loungebereich und führte sie ins Hinterzimmer.

»Rauflustig«, sagte der Wirt und gab ihnen ein Bier aus, wie es in den ärmeren Vierteln Londons üblich war, wenn Polizisten hereinschneiten. »War sich auch nicht zu fein, Geld dafür anzunehmen.«

»Wollen Sie damit sagen, Brown war ein bezahlter Schläger?«, fragte Royston. Carmichael nippte am Bier und fand es nicht so besonders.

»Nicht direkt. Jedenfalls nicht ausschließlich, und auch nicht in einer Bande.« Der Wirt lehnte sich über die Theke und senkte die Stimme, obwohl nur ein alter Mann im Hinterzimmer saß, der über seinem Bier eingenickt war. »Brown war nicht aus London«, sagte der Wirt in vertraulichem Tonfall.

»Wir gehen davon aus, dass er aus Runcorn stammt«, sagte Royston.

»Aus irgendso einem gottverlassenen Ort«, stimmte der Wirt zu. Carmichael hob das Bierglas, um ein Lächeln zu verbergen. Der Dünkel des Südens! »Egal, er war kein Londoner. Und er war auch nicht in einer Bande oder so. Dann hätte ich ihn hier auch nicht bedient«, sagte der Wirt in einer Anwandlung von Tugendhaftigkeit.

»Aber wenn man jemanden suchte, der jemand für einen aufmischte ...«, sprang Royston ihm bei.

»Schon möglich. Ein kleiner Nebenverdienst von Zeit zu Zeit.« Der Wirt sah von einem zum anderen. »Genaueres weiß ich nicht, und hier hat er sich immer benommen, aber ich hab so was läuten hören. Kein Schläger, aber wenn es eine Rauferei gab, dann hatte man ihn für ein bisschen Kleingeld auf seiner Seite.«

»Hatte er viele Freunde?«, fragte Royston.

»Nein. Er blieb fast immer für sich. Gekommen ist er meist mit Arbeitskollegen, aber niemand stand ihm richtig nah. Die meisten Schlosser von Mottrams trinken hier. Als sie ihn rausgeschmissen haben, kam er noch freitags oder samstags, um zu schauen, wer da war, und hielt sich den ganzen Abend an einem Bier fest, bis ihm jemand eins spendierte.«

»Rausgeschmissen?«, fragte Royston.

»Sagen Sie bloß, das haben Sie nicht gewusst?« Der Wirt wurde ganz aufgeregt. »Bei Mottrams haben sie ihn doch gefeuert, gleich nach Weihnachten, weil er versucht hat, eine Gewerkschaft von Schlossern und Kesselschmieden zu organisieren. Gab jede Menge Wirbel damals. Er war fast ein Held.«

»Ein Roter, was?«, fragte Royston so beiläufig, dass Carmichael nur den Hut ziehen konnte.

»Eigentlich nicht.« Der Wirt runzelte die Stirn. »Wir haben hier natürlich Rote: Labourleute, die Gewerkschaftler, Bolschewiken und Trotzkisten. Die hassen einander alle wie die Pest. Im Schankraum sitzen sie in Gruppen beisammen und ignorieren die jeweils anderen. Manche Wirte schmeißen sie raus, aber mir ist es egal. Sie sind meistens ruhig und trinken nur. Falls es mal Schwierigkeiten gibt, zum Beispiel mit einem Betrunkenen, kümmern sie sich selbst drum. Aber Brown habe ich bei keiner der Gruppen gesehen, mit Ausnahme der Gewerkschaftler, kurz nach dem Rausschmiss. Ich glaube kaum, dass er Mitglied war. Er wollte sich eher verbessern. Wollte mehr als nur Schlosser sein. Vielleicht wollte er die Gewerkschaft nur, damit er bei denen mitmischen konnte. Er las, verstehen sie, hatte auch bei der Arbeit immer ein Buch in der Tasche.«

»Wissen Sie, was das für Bücher waren?«, fragte Carmichael.

Der Wirt sah ihn an, als hätte er den Verstand verloren. »Was für Bücher?«, wiederholte er. »Na, eben Bücher ... dünne meistens«, fügte er hinzu, als wäre das eine Hilfe. Erstaunlich, dass es Menschen gab, für die sich Bücher vor allem nach Größe oder Farbe unterschieden. Dabei war der Wirt keineswegs dumm. Er war sogar ein besserer Beobachter als die meisten und hätte einen guten Polizisten abgegeben. Wahrscheinlich hatte er mit elf oder zwölf Jahren die Schule verlassen und seither alle Kraft in die Leitung des kleinen Lokals gesteckt, das einer großen Brauerei gehörte, sodass sein geistiger Horizont kaum weiter als bis zum anderen Ende der Theke reichte.

»Hatte er ein Mädchen?«, fragte Royston.

Der Wirt wandte sich erleichtert dem Sergeant zu. »Nein. Zumindest hat er nie eins mitgebracht. Was er hätte tun können. Wir sind nicht dumm, das kann ich Ihnen sagen – vor allem am Wochenende kommen viele Damen in die Lounge. Man kann sich die Kundschaft schon aussuchen, zumindest kann ich Leute fortschicken, was ich aber nicht ohne triftigen Grund tue. Bei Brown war ich mir nicht ganz sicher wegen der Sachen, die ich Ihnen schon erzählt habe. Wenn er ein nettes Mädchen dabei gehabt hätte, wäre mir wohler gewesen – das hätte zu den Büchern gepasst, zum sich Verbessern. Selbst wenn ich ihn mit einer andern Art Mädchen gesehen hätte, hätte es was zu bedeuten gehabt. Aber weder noch, also hielt ich die Ohren offen, wenn ich was von einer Rauferei hörte, denn sobald ich sicher gewesen wäre, dass ich es mit einem üblen Kunden zu tun hatte, hätte ich ihm Lokalverbot erteilt.«

»Schwul war er nicht?«, fragte Royston und hob eine Augenbraue.

»Auf keinen Fall!« Der Wirt sah beleidigt aus. »Die lasse ich hier gar nicht erst rein.«

»Was ist mit Waffen?«, fragte Carmichael. »Haben Sie je gehört, dass er was mit Waffen zu tun hatte?«

»Nein.« Der Mann wirkte jetzt beinahe ängstlich. »Was hat er getan, jemanden erschossen? Dann kriegt er sofort Lokalverbot. Der darf sich hier nie wieder blicken lassen.«

»Er hat auf jemanden geschossen und ist dabei erschossen worden, ein Lokalverbot ist also nicht mehr nötig«, sagte Carmichael.

»Dann ist er doch an eine Bande geraten?« Der Wirt sah ihn verblüfft an.

»Nein, Sie haben sich nicht geirrt, es sieht überhaupt nicht nach Bandenkriminalität aus. Brown scheint ein komischer Vogel gewesen zu sein.« Carmichael trank sein Bier aus und sah Royston an, der sein Glas nun auch leerte. »Ich glaube, wir können jetzt gehen, Sergeant«, fuhr er fort. »Herr Wirt, Sie haben uns sehr geholfen, das wissen wir zu schätzen.«

»Bin der Polizei immer gern behilflich«, sagte der Wirt.

Im Wagen schüttelte Carmichael den Kopf. »Rote könnte er auch woanders getroffen haben. Die können sich doch alle nicht leiden. Seine Gruppe war vielleicht ganz woanders.«

»Oder die Roten in den Pubs reden nur, während die Roten, die zur Tat schreiten, eher in aller Stille agieren«, sagte Royston.

»Ich wünschte, wir könnten das Mädchen auftreiben.« Carmichael schlug auf die Aktentasche, in der sich das Foto befand. »Die Raufereien und die Bücher haben mich überrascht. Was er wohl gelesen hat? Wie's aussieht, sind wir aber der Auflösung des Knäuels nicht einen Schritt näher gekommen, es wird immer verwickelter, ganz egal, wo wir anfangen.«

»Sollen wir uns noch bei den anderen Pubs erkundigen, Sir?«

»Ja ... oder eher nein.« Carmichael sah grimmig auf die regennasse Windschutzscheibe. »Lassen Sie uns einen Happen essen und dann Thirkies Chauffeur aufsuchen, danach kommen wir zurück und überprüfen die restlichen Pubs.«

»Gute Idee«, sagte Royston. »Obwohl wir hier zwei Fliegen mit einer Klappe schlagen könnten. Im *Black Swan* am Ende der Straße bekommt man was zu essen.«

Im *Black Swan* wusste man nichts über Brown, servierte Carmichael aber ein ordentliches Steak samt Nierchen und einem dunklen Bier und Royston einen fetten Schinken, Pommes und ein weiteres Helles.

Thirkie House lag fast direkt an der Sloane Street, in Laufweite von Harrods, Harvey Nichols und dem U-Bahnhof Knightsbridge. Der elegante Bau aus dem 18. Jahrhundert wirkte im Regen dunkel und bedrohlich. Ein Hausdiener in Livree öffnete auf Roystons energisches Klopfen.

»Es ist niemand da«, sagte er und ließ sie, nachdem sie sich ausgewiesen hatten, nur widerstrebend in die Eingangshalle. Carmichael sah sich bewundernd um. Der original georgianische Stuck war sehr fein ausgeführt, und der Tisch mit gedrechselten Beinen in der Form von Zuckerstangen war einer der schönsten, die er je gesehen hatte. Der silberne Kartenteller darauf war leer. »Lady Thirkie ist in Campion Hall.«

»Wir wollten mit Sir James' Kammerdiener sprechen, oder dem Chauffeur oder was immer er ist«, sagte Royston. »Er ist doch da?«

»Was immer er ist«, schnarrte der Hausdiener mit der Aura eines Mannes, dessen Status seit Jahrhunderten klar festgelegt war. »Marston heißt der Mann, und er ist ebenfalls nicht da.«

»Wo ist er?«, fragte Carmichael, bevor Royston den Mund öffnen konnte.

»Ebenfalls runter nach Campion. Lady Thirkie hat heute Morgen aus Farthing angerufen und ihm ausrichten lassen, er solle den Wagen nach Campion bringen, um sie morgen nach Thirkie zu fahren. Er ist gleich los, aber der Weg ist weit, und bei dem schrecklichen Regen rechne ich nicht damit, dass er bereits angekommen ist.«

»Wo liegt Campion?«, fragte Royston.

»In Monmouthshire«, sagte Carmichael, der sich an das Testament erinnerte.

»Fast schon in Wales, habe ich mir sagen lassen, obwohl ich selbst noch nie dort war. Die ältere Lady Thirkie lebt dort, die Mutter von Sir James«, sagte der Lakai.

»Soweit ich weiß, hat Lady Thirkie von Farthing aus den Zug genommen«, sagte Carmichael. »Warum will sie dann von Campion nach Yorkshire mit dem Wagen fahren? Die Bahn wäre doch schneller und viel bequemer?«

»Und warum hat sie ihn im Zweisitzer kommen lassen?«, fragte der Hausdiener. »Wo Sir James kaum kalt ist – das ist doch schockierend.«

»Wollen Sie damit andeuten, das Verhältnis zwischen Lady Thirkie und Marston sei unschicklich?«, fragte Carmichael vorsichtig.

Der Hausdiener lachte. »So kann man es ausdrücken. Widerwärtig, nicht wahr?«

»Wusste Sir James davon?«, fragte Carmichael.

»Er hat doch Marston zurückgelassen, als sie nach Farthing fuhren. Für mich sieht das ganz so aus, als hätte er was gewusst oder geahnt. Aber sicher bin ich nicht. Er hat ihn nicht entlassen, sondern nur gesagt, er würde ihn nicht brauchen.«

»War Marston die ganze Zeit hier?«, fragte Carmichael.

»O ja, und so was von schlecht gelaunt. Konnte nicht weg und wollte nicht bleiben, kreuzunglücklich, selbst als sie nach ihm geschickt hat.«

Mehr erfuhren sie von dem Hausdiener nicht. Als sie wieder im Wagen saßen und in Richtung Bethnal Green fuhren, ergriff Royston als Erster das Wort. »Ein weiterer Knoten, Sir?«

»Wenn es stimmt, und Sir James davon wusste, hatte sie sehr wohl ein Motiv, ihn zu töten«, sagte Carmichael.

»Was ist mit Brown und den Bolschewiken?«

»Die Gelegenheit genutzt, wo die Jagd schon eröffnet war«, schlug Carmichael vor.

»Hätte sie die Leiche ins Schlafzimmer bringen können? Er war ziemlich groß, und sie ist sehr klein.« Auf Roystons Stirn erschienen Falten. »Ich glaube kaum, dass sie es alleine bewerkstelligen konnte. Und Sie haben sich ja erkundigt, ob Marston hätte hinfahren können.«

»Hätte er schon. Die Fahrt dauert nur zwei Stunden, und er hatte ein Auto. Er hätte in London aufbrechen können, nachdem der Scheinheilige da drin zu Bett gegangen ist, und wäre dann um halb zwölf oder zwölf dort gewesen ...« Carmichael verstummte. »Möglich, aber ziemlich aufwändig, und man hätte es vorher planen müssen. Ich werde mit Marston reden und mir Lady Thirkie ein weiteres Mal vornehmen.«

»Sollen wir nach Campion fahren?«, fragte Royston, ohne eine Miene zu verziehen.

»Nicht heute Abend, Sergeant. Wir werden uns noch ein wenig um Brown kümmern und dann in unseren eigenen Betten schlafen. Vielleicht fahren wir morgen hin.«

»Jawohl, Sir.« Royston hielt vor dem *Old Red Lion.* Im Pub wusste man nichts über Brown, und Carmichael rief Jack von dort aus an, um ihm zu sagen, dass er später am Abend zu Hause sein würde. Auch ein Besuch im *Admiral Benbow* und der *Stonewell Tavern* brachte keine wesentlichen Erkenntnisse. Gelegentlich hatte Brown dort ein Bier getrunken, doch regelmäßig schien er nur im *Three Feathers* gewesen zu sein.

Da es ab neun in den Pubs laut wurde und Royston nach sieben Hellen ziemlich mitgenommen aussah, machten sie einen letzten Versuch im *Bonnie Prince Charlie,* wo der Wirt zugab, dass Brown manchmal während der Arbeit ein Glas getrunken hatte, und vehement leugnete, dass er irgendeine Verbindung zu Roten gehabt hätte, wohl aber das Foto erkannte. »O ja, das ist seine Puppe. Lebt in Southend oder so. Brown hat mir den Schnappschuss mal gezeigt.«

»Morgen fahren wir nach Southend, Sergeant«, sagte Carmichael, als sie draußen waren. Es war jetzt vollkommen dunkel, und der Regen ließ langsam nach. »Vielleicht fahren wir von dort noch nach Campion, aber zuerst geht es nach Southend.«

»Ist auch näher als Wales«, sagte Royston.

»Ich fahre Sie heim, Sergeant.«

»Gehört sich nicht, Sir«, sagte Royston, als Carmichael ihn auf den Beifahrersitz bugsierte. »Ist gegen die Natur. Die Welt steht Kopf. Ist der Name von 'nem Pub, draußen in Greenwich, nich' wahr?«

»Irgendwo dort«, sagte Carmichael.

»Waren jetzt in vielen Pubs, in dem aber nicht. Gibt kein' Grund, dass Brown da war. Oder Guerin. Oder Thirkie. Oder Lady Thirkie. Oder Kahn ...« Royston verstummte.

Carmichael schlängelte sich durch die alten, dunklen Straßen von London, in denen fast nur noch Busse und Taxen fuhren. Er fand es beruhigend, sich auf den Verkehr konzentrieren zu müssen. In den schwarzen Pfützen spiegelten sich Straßenlaternen und die gelben Blinklichter der Zebrastreifen. Es war spät, und bald würde er zu Hause sein.

Vor Roystons Haus hielt er an. »Kommen Sie morgen von hier aus irgendwie zum Yard?«, fragte er und nahm Roystons Taschen aus dem Kofferraum.

»Jawohl, Sir«, sagte Royston. »Hab ich schon oft gemacht. Morgen knöpfen wir uns die Puppe in Southend vor.«

»Ich nehme den Wagen mit nach Hause. Wir sehen uns dann morgen früh im Yard.« Carmichael klopfte an die Haustür.

Ein kleines Mädchen von ungefähr acht Jahren öffnete. Sie hatte langes hellblondes Haar und scharf geschnittene Gesichtszüge; so hatte sich Carmichael immer J. M. Barries Wendy vorgestellt. »Meine Mutter ist nicht ...«, fing sie an, dann erkannte sie, wer vor ihr stand. »Dad!«, sagte sie. »Onkel Carmichael! Wo wart ihr denn? Warum habt ihr nicht gesagt, dass ihr zurückkommt? Habt ihr mir was mitgebracht?«

»Dein Vater muss ins Bett, Elvira«, sagte Carmichael. »Und wir haben dir nichts mitgebracht. Du weißt doch, dass wir dir erst etwas mitbringen, wenn ein Fall abgeschlossen ist.«

»Regeln, Elvira«, sagte Royston. »Du kennst doch die Regeln.«

»Ich weiß«, sagte das Mädchen, doch man sah ihr die Enttäuschung an. »Erst nachdem ihr die Verbrecher gefangen habt?«

»Richtig. Aber hier ist schon eine Kleinigkeit für dich; bitte sorge dafür, dass dein Vater genügend Schlaf bekommt. Ich brauche ihn morgen in aller Frühe, damit er mir beim Verbrecherfangen hilft.« Carmichael gab Elvira eine Half-Crown-Münze.

»Gute Nacht, Sir«, sagte Royston.

»Komm, Dad«, sagte Elvira, zog die Tür weit auf und half ihm die Treppe hoch.

Carmichael winkte und fuhr los, voller Vorfreude auf sein Zuhause, auf sein eigenes Bett und auf Jack, der darin auf ihn wartete.

FÜNFUNDZWANZIG

Die »drastischen Maßnahmen« bestanden laut der Morgenausgabe der *Times* darin, geradezu diktatorisch die Macht an sich zu reißen, um sich selbst und das Land vor der jüdisch-bolschewistischen Bedrohung zu schützen. Dem Leitartikel zufolge fand das sogar die Zustimmung der *Times*. Ich hätte am liebsten geschrien oder jemanden erwürgt, vorzugsweise Mummy. Ich war früh aufgestanden, noch vor David, um mir die Zeitung zu schnappen, bevor er sie zu Gesicht bekam, und war damit in die Bibliothek gegangen, um sie gemütlich auf dem Sofa zu lesen.

Das Ganze war so grässlich, dass ich die *Times* von der ersten bis zur letzten Seite las, als würde sich etwas ändern, wenn ich sie komplett durchging. Ich las all die langweiligen kleinen Artikel und überflog sogar die Nachrichten aus dem Ausland. (Anscheinend setzten sich die Inder immer noch für eine Selbstverwaltung ein, und in Kursk hatte es wieder einen Machtwechsel gegeben. Ich weiß nicht genau, wo Kursk liegt, aber die Machtverhältnisse scheinen sich dort alle halbe Stunde zu ändern.)

Mark war Premierminister und vergab demzufolge die Ministerien. Es hatte eine Kabinettsumbildung gegeben, bei der alle Posten neu besetzt worden waren. Daddy war Schatzkanzler, was er genau genommen gar nicht hätte werden dürfen. Als Viscount saß er im House of Lords, und von jeher gehörte es zu den ungeschriebenen Gesetzen der britischen Verfassung, dass als Schatzkanzler ein Mitglied des House of Commons ernannt wurde. Das wusste ich, weil schon seit Jahren Unmut darüber laut wurde. Einen tieferen Sinn hatte das nicht, nur hielt man es für demokratischer, dass die höchsten Ämter Männern vorbehalten waren, die das Volk gewählt hatte. Der *Times* zufolge hatte Mark beschlossen, es als einen alten Brauch abzutun, an dem man nicht krampfhaft festhalten sollte. Dann holte die Zeitung wie üblich weit aus und erklärte umständlich, dass es zwar falsch sei, wenn ein Premierminister Posten schaffe und Männern zuschiebe, die er vorzog, obwohl sie nicht gewählt worden waren, dass es aber ebenso unfair sei, einen fähigen Mann, und damit war Daddy gemeint, von einem hohen Amt fernzuhalten, nur weil er zufällig von hoher Geburt sei.

Tibs bekam das Innenministerium, und Richard Francis wurde Außenminister. Richard und Clarinda waren das ganze Wochenende auf Farthing gewesen, doch ich glaube kaum, dass ich sie bislang erwähnt habe. Wahrscheinlich deswegen, weil sie so langweilig sind. Meines Erachtens haben sie kein Wort gesprochen, zu nichts eine Meinung geäußert und während der ganzen Zeit noch nicht einmal eine Gabel fallen lassen, wie überhaupt niemals. Sie sind ein vollkommen farbloses Paar, einfach nicht vorhanden. Onkel Dud bekam das Kriegsministerium; Eden, der vor der Umbildung Premierminister gewesen war, war nun für die Bildung zuständig, was vorher Sir James' Aufgabe gewesen war. Hamilton, den man allgemein schon als Premierminister gesehen hatte, bekam die Kolonien. Churchill hatte den angebotenen Posten als Wirtschaftsminister offensichtlich abgelehnt, weshalb dieser an Sir Thomas Manningham gegangen war. Unterm Strich hatte sich die Farthing-Clique die Rosinen herausgepickt, und die anderen waren in die Wüste geschickt worden oder man hatte sie mit unwichtigen und undankbaren Ressorts abgespeist. Der nette Kim Philby, der mit mir am Wochenende vor meiner Hochzeit Krocket gespielt hatte, wurde Staatsminister im Außenministerium.

Natürlich hätte man sagen können, dass Eden ihnen das eingebrockt hatte und dass eine parlamentarische Demokratie so und nicht anders funktionierte, und ich ging davon aus, dass die Leute landauf, landab genau dieser Meinung waren. Dennoch überraschte es mich, dass Mark so unfein vorging. Aber nichts davon war wirklich problematisch, es waren nur die üblichen Mauscheleien. Da Mark von den Parlamentsmitgliedern der Partei gewählt worden war, hatte er das Recht, in das Kabinett zu berufen, wen er wollte.

Die wirklich schlimmen Dinge kündigte er in der Rede vor dem House of Commons an, nachdem er schon im Radio von »drastischen Maßnahmen« gesprochen hatte. Die Ausweise, die wir alle seit Kriegsende hatten, sollten zum Schutz vor Fälschungen mit Fotos ausgestattet werden, um der Polizei die Arbeit zu erleichtern, und mit mehr Informationen, wie zum Beispiel der Religionszugehörigkeit. Ein junger Heißsporn von der Labour

Partei war aufgesprungen und hatte gesagt, das würde auf die Verfolgung von Juden und Katholiken hinauslaufen, worauf Mark spöttisch geantwortet hatte, niemand würde davon sprechen, dass irgendjemand einen gelben Stern tragen solle, alle würden gleich behandelt, denn jede Glaubensrichtung würde in die Ausweise eingetragen werden. Die *Times* schien sich Sorgen zu machen, was Atheisten eintragen sollten, obwohl ich nicht einsah, warum dort nicht auch »Atheist« stehen konnte. Wobei mir sofort einfiel, dass diese Bezeichnung wohl auf David zutraf – denn er war zwar Jude, doch man konnte ihn kaum als gläubig bezeichnen.

Dann sprach Mark darüber, wie er mit Angehörigen fremder Nationalitäten verfahren wollte, die Unruhe, Arbeitslosigkeit und Ärger verursachten. Sofern sie nicht drei britische Bürgen fanden, sollten sie in ihre Heimatländer zurückgeschickt werden. Die *Times* hielt das für großzügig, denn es sollte auf britische Kosten geschehen. Ich fragte mich, ob sie wohl auch noch so denken würden, wenn sie gehört hätten, was ich über Mrs Smolletts Heimat erfahren hatte.

Die Kommunistische Partei sollte samt ihrer Zeitungen sofort verboten werden. Der Geheimdienst sollte überprüfen, ob kommunistische Schläfer die Parteispitze der Labour-Partei infiltriert hatten. Unschuldige hätten nichts zu befürchten. Niemand im Parlament hatte protestiert – entweder hatten alle zu viel Angst, oder jemand hielt Bevan und Foot fest. Und es kam noch schlimmer, auch wenn das kaum vorstellbar war: Statt durch Wahlen innerhalb der Parteien oder Misstrauensvoten sollte die Zusammensetzung des Parlaments künftig alle vier Jahre durch allgemeine Wahlen bestimmt werden wie in Amerika. Die *Times* verwandte viel Tinte darauf, diesen Fortschritt zu loben, und erwähnte am Ende in einem Nebensatz, dass die ersten allgemeinen Wahlen in vier Jahren stattfinden würden, was Mark während dieser Zeit praktisch diktatorische Vollmachten verlieh.

»Sie haben dich zum Führer der Konservativen gewählt, damit du Premierminister wirst – zu Gott haben sie dich nicht ernannt«, sagte ich verbittert. Niemand hörte mich, bis auf die weiße Katze, die sich auf einem Sonnenfleckchen auf dem Teppich zusammengerollt hatte. Sie sah mich aufmerksam an. Eine Wahl aus Mitleid, hatte David gesagt. Freiheit und Recht seien den Briten wichtig, hatte David gesagt – und dann wurde so etwas in London dem House of Commons unterbreitet und löste dort fast keinen Widerspruch aus. »Reichstagsbrand«, sagte ich.

David kam herein. »Ich habe mich schon gefragt, wo du bist«, sagte er. »Mit wem sprichst du?«

»Mit der Katze.«

Die Katze rollte sich auf den Rücken und schnurrte.

»Politik ekelt sie an«, erklärte ich.

»Eine bestimmte Politik?«

»Heute Morgen die britische – du kannst ja selber nachschauen, was für ein Mist das ist.« Ich gab ihm die Zeitung.

Während er las, ging ich zum Fenster und sah hinaus. Ein weiterer schöner Tag: Der Himmel war so fabelhaft blau wie nur dann, wenn der Regen allen Staub fortgewaschen hat. Die alte Esche am Rand des Rasens schien sich direkt in den Himmel zu strecken. Der Wald sah unendlich einladend aus. Natürlich stehen dort auch niedrige Gehölze, Eichen und Haselbüsche, in deren Schatten man abseits der Wege laufen kann. Beim Reiten muss man allerdings auf dem Weg bleiben wie Daddy und ich am vorherigen Tag. Vom See sah ich nur ein kleines Stück, das den blauen Himmel spiegelte. Hatte sich Mummy mit Bolschewiken verbündet? Konnte sie das getan haben?

»Hast du nicht eben ›Reichstagsbrand‹ gesagt?« David warf die Zeitung auf den Boden.

»Die Ermordung von Sir James, der Schuss des Bolschewiken auf uns. Das gibt ihnen für alles doch eine Entschuldigung.«

»Eigenartig, und ich dachte gerade, dass Chaim jetzt sicher sagen würde, er hätte doch recht gehabt.« David trat hinter mich, nahm mich in den Arm und legte das Kinn auf meinen Kopf. Eine ganze Weile standen wir so da und spendeten uns Trost.

»Wenn wir in einem anderen Land leben müssten, wohin würdest du gehen wollen?«, fragte ich schließlich.

David erstarrte, und ich spürte, wie er jeden Muskel anspannte. »England verlassen?« In seiner Stimme lag ein solcher Schmerz, dass ich mich umdrehte und ihn ganz fest umarmte.

»Dazu wird es nicht kommen«, sagte er nach kurzem Zögern. »Aber falls wir gehen müssten, dann irgendwo ins Commonwealth: Neuseeland oder vielleicht Kanada.«

»Du willst nicht nach Palästina?«

»Nein, und auch nicht nach Brasilien, sei nicht albern.«

Beim Frühstück sprachen wir nicht über Politik, und danach wollte David seinen Vater anrufen, und ich ging zu Mrs Simons, um mit ihr über den Markteinkauf zu sprechen. Es gab nicht viel zu sagen, außer dass wir nicht wussten, wie lange wir bleiben würden. Ich wollte sie nur fragen, ob sie mir aus der Drogerie neben dem Fleischer Talkumpuder mitbringen konnte, da ich nur eine kleine Reiseflasche mitgebracht hatte, die langsam zur Neige ging.

Mrs Simons war in der Anrichtestube neben der Küche, die wie ein kleines Wohnzimmer aussah. Ich kannte sie nicht, denn sie war erst seit Kurzem da. Ihre Vorgängerin Mrs Collins war zu Weihnachten in den Ruhestand getreten. Daddy hatte ihr eine Pension ausbezahlt, und nun lebte sie bei ihrer verheirateten Schwester in Harrogate. Von irgendwoher war dann Mrs Simons aufgetaucht, aber nicht groß vorgestellt worden, sodass ich ihr bisher nie begegnet war. Mummy hatte lediglich stolz die Effizienz der neuen Haushälterin gelobt.

Mrs Simons saß an einem kleinen Sekretär. Er hatte Sukey gehört, bevor Mummy dokumentenechte Tinte darauf verschüttet hatte. Auf der aufgeklappten Schreibplatte waren Listen so ordentlich ausgebreitet, als würde Mrs Simons die Schlacht von Waterloo planen. Sie war etwa vierzig und hatte sprödes, schon ergrautes Haar, dessen Schnitt an einen Soldatenhelm erinnerte.

»Guten Morgen, Mrs Simons«, sagte ich.

»Guten Morgen, Mrs Kahn«, war die frostige Antwort mit schmalen Lippen.

»Wie Sie wissen, werden Mr Kahn und ich ein paar Tage bleiben, allerdings wissen wir nicht, wie lange«, sagte ich so freundlich, wie ich konnte. »Tut mir leid, dass ich Ihnen solche Unannehmlichkeiten bereite. Jeffrey meinte, ich solle alles Notwendige mit Ihnen besprechen.«

»Genau«, sagte sie. »In Zukunft würde ich es vorziehen, von solchen Vorkommnissen direkt informiert zu werden, und nicht über die Dienstboten. Auch hatte ich bereits Gelegenheit, Mrs Smollett für ihre Extravaganzen zu tadeln.«

Ich wollte mich schon entschuldigen, um sie milde zu stimmen, aber dann verspürte ich den Drang, ihr mit hocherhobenem Kopf zu sagen, sie solle sich zum Teufel scheren. Auf jeden Fall musste ich Mrs Smollett verteidigen. »Ich nehme doch an, es bleibt Mrs Smollett ebenso wie Mrs Richardson überlassen, was sie serviert, wenn die Familie im Haus ist«, sagte ich, um einen gleichmütigen Tonfall bemüht.

»Aber die Familie befindet sich nicht im Haus«, sagte Mrs Simons mit einem Lächeln, bei dem Milch sauer werden konnte. »Mit Ihrer Heirat haben Sie die Familie verlassen, und als Frau eines Judenbengels können Sie nun wirklich nicht erwarten, dass man Ihnen weiterhin die durch Geburt verliehenen Privilegien zugesteht.«

Ich wusste nicht, was ich sagen sollte. Einerseits stimmte es, und ich rechnete auch nicht damit, meine Privilegien zu behalten – Daddy hatte sich da sehr klar ausgedrückt. Andererseits war es auch kein besonders großes Privileg für mich, in Abwesenheit meiner Eltern in ihrem Haus zu wohnen. Anderandererseits, sozusagen dritterseits, war mir durchaus bewusst, dass wir im Unrecht waren, Mrs Smollett hätte uns wohl wirklich nicht den Kaviar servieren sollen. Vierterseits hatte sie mich eben ganz direkt beleidigt. »Jude« wäre in Ordnung gewesen, aber »Judenbengel« war durch und durch eine Beleidigung. Mir blieb der Mund offen stehen.

Noch bevor ich mich zu einer Äußerung aufraffen konnte, fuhr Mrs Simons fort. »Soweit mir bekannt ist, sind Sie nicht einmal Gäste im Haus. Mr Kahn ist auf Veranlassung der Polizei hier, steht quasi unter Arrest. Meine Aufgabe ist es wohl eher, ihn an der Flucht zu hindern, als mich um sein Wohlergehen zu kümmern.«

»Mrs Simons«, sagte ich mit zitternder Stimme. »Ich weiß nicht, was Sie sich davon versprechen, in dieser Weise mit mir zu reden, aber ich bin noch immer Tochter dieses Hauses und könnte meine Eltern um Ihre Entlassung bitten.«

»Ich glaube kaum, dass mich Lady Eversley aufgrund Ihrer Bitte entlassen würde«, sagte sie mit offenem Hohn. »Sie hat in meiner Gegenwart oft über Sie gesprochen.«

Ja, darauf hätte ich wetten können. Ich konnte mir gut vorstellen, was Mummy über mich erzählte. Mir fiel wieder ein, was sie am Sonntagmorgen in Hatchards Gegenwart über Juden gesagt hatte. »Dennoch wäre ich Ihnen dankbar, wenn wir freundlich miteinander umgehen könnten«, sagte ich und bewahrte die Fassung, hielt meine Hände mühsam im Zaum und wahrscheinlich auch meine Füße.

»Nun, Mrs Kahn, haben Sie besondere Wünsche, was den Einkauf in Winchester betrifft? Ich bin nicht gewohnt, Judenbengel zu verköstigen, wenn Sie mich also bitte ins Bild setzen würden.«

Ich wollte schon um gebratene Ente, Hummer in Buttersoße und Spezialwachspolitur für Davids Schweif bitten, aber dann überlegte ich es mir doch anders. »Ich bin nur heruntergekommen, um Sie wissen zu lassen, dass der Haushalt in den nächsten Tagen zwei Personen mehr umfasst, was Sie bei Ihren Einkäufen berücksichtigen sollten«, sagte ich so eisig wie möglich. Ich würde sie nicht um Talkumpuder bitten – wahrscheinlich würde sie sowieso eher Juckpulver besorgen.

Mit ziemlich unfreundlichen Gedanken rauschte ich aus dem Zimmer, freute mich, dass sie einen tintenbesudelten alten Sekretär hatte, während ich zu Hause einen kunstvoll handgedrechselten alten Schreibtisch besaß, und fand es nur gerecht, dass sie hässlich war und niemand sie je geliebt hatte. Ich wünschte mir, dass sie in Winchester vom Bus überfahren oder unterwegs vom Blitz getroffen würde. Ich zitterte und war den Tränen nah, aber so wollte ich David nicht gegenübertreten, denn dann hätte ich ihm erklären müssen, was los war. Er würde entweder in Daddys kleinem Büro sein (in dem auch Inspector Carmichael gearbeitet hatte) oder, falls er sein Telefonat schon beendet hatte, in der Bibliothek. Deshalb ging ich in den Garten und tat so, als würde ich Maiglöckchen, Glockenblumen und Primeln bewundern, während ich versuchte, meine Gefühle wieder in den Griff zu bekommen.

Das Komische war, dass mich Beleidigungen wie »Judenbengel« und ähnliches normalerweise nicht weiter aufregten. Sie brachten mich eher zum Lachen. Ich brauchte eine ganze Weile, um herauszufinden, was diesmal anders war. Es ging um Macht. Mrs Simons hatte Macht über uns oder glaubte es zumindest. Sie hatte gesagt, ihre Aufgabe sei es, David festzuhalten. Sie hatte sich wie eine Gefängniswärterin aufgeführt. Sie hatte das bisschen Macht aus dem Wissen, dass Mummy mich nicht leiden konnte, dazu benutzt, mich zu demütigen. Mir fiel ein, dass sie gesagt hatte, sie wollte lieber direkt informiert werden statt durch Dienstboten, dabei war sie doch selbst eine Angestellte. Wahrscheinlich musste sie sich selbst mit vielen Beleidigungen und gedankenloser Grausamkeit herumschlagen, sehr wahrscheinlich bekam sie dergleichen von Mummy in schöner Regelmäßigkeit ab. Ich habe mich immer bemüht, dem Personal das Leben leichter zu machen, sie als normale Menschen zu sehen, all die Jahre. Aber genug war genug, und es konnte eben passieren, dass man jemanden als Mensch einfach nicht mochte. Zwar gefiel mir nicht, dass ich so schnell Zuflucht dazu genommen hatte, mit ihrer Entlassung zu drohen, aber ich war sicher, dass Daddy auf meiner Seite wäre. Ich fragte mich, wie Mrs Simons Mrs Smollett behandelte, die sich nicht wehren konnte. Was mich zu den Leuten mit den Steinen führte, die alle Fenster in Mrs Smolletts Restaurant eingeschlagen hatten. Mrs Simons hätte auch Steine in den Händen gehabt. Im Kopf hatte sie sie schon.

Ich hörte den Kombi in der Auffahrt – Mrs Simons fuhr nach Winchester. Selbst die Luft schien leichter nach ihrer Abfahrt, als wäre sie ein Gewitter gewesen oder eben Mummy. Ich schlenderte noch ein wenig durch den Garten und beruhigte mich wieder; etwas später sah mich David durch das Fenster der Bibliothek und gesellte sich zu mir.

Sechsundzwanzig

Das einzig Neue auf Carmichaels Schreibtisch im Yard war eine Notiz über Captain Oliver Thirkie, den Erben des Titels, falls Angelas Kind ein Mädchen sein sollte. Er war zehn Jahre älter als Sir James, hatte zwei Söhne, einen in Winchester, den anderen in Oxford, und diente als Offizier in Indien in der Armee. Offensichtlich hatte er nichts mit alldem zu tun, war nur ein weiteres loses Ende, das nirgendwohin führte. Carmichael legte den Bericht auf einen Stapel. Irgendwann sollte er den Schreibtisch wirklich einmal aufräumen.

Royston kam herein, schien aber nicht unter ihrem Bierkonsum am vorangegangenen Abend zu leiden. »Nehmen wir den Wagen nach Southend, Sir?«, fragte er.

»Ja, ich denke schon«, sagte Carmichael. »Wahrscheinlich wären wir mit dem Zug schneller, aber vielleicht wollen wir gleich anschließend nach Campion, ohne den Umweg über London.«

»Jawohl, Sir.«

Auf dem Weg hinaus nickten sie Stebbings zu. »Haben Sie heute Morgen in die Zeitung geschaut?«, fragte Royston und setzte sich automatisch auf die Fahrerseite.

»Nein, mir war nicht nach Nachrichten«, sagte Carmichael. Er hatte lange im Bett gelegen und war nur zeitig genug aufgestanden, um eine Tasse Tee zu trinken und ein Brötchen zu essen. »Irgendetwas Relevantes für unseren Fall?«

»O nein, nichts dergleichen. So wie's aussieht, wollen sie nur neue Ausweise einführen, und zwar mit Fotos, wie in den Pässen. Das wird uns die Ermittlung in solchen Fällen erleichtern, und manches andere auch. Wenn Brown so was bei sich gehabt hätte, hätten wir genau gewusst, wer er war.«

»Ganz egal, welche Papiere wir ausgeben, irgendein Verbrecher wird sich schon was dagegen ausdenken«, erwiderte Carmichael pessimistisch. »Sie wissen doch, was man über narrensichere Sachen sagt: Gott hat zu allem auch die größeren Narren erschaffen.«

Sobald sie die Innenstadt hinter sich gelassen hatten, kamen sie schneller voran. Sie fuhren weitgehend nach Osten, gegen die Sonne, und der Großteil des Verkehrs bewegte sich in entgegengesetzter Richtung nach London. Fast alles Land war bebaut, Vorstädte und kleine Orte, dazwischen ein paar Felder, aber keine weite Landschaft wie in Farthing. Die Straßen waren gut, und sie erreichten Leigh schon vor zehn, wo sie in einer kleinen Fernfahrerkneipe neben einem heruntergekommenen Buchladen an der Promenade ein spätes zweites Frühstück zu sich nahmen. Unter ihnen lag, kalt und aufgewühlt, der Ärmelkanal – die Uferpromenade führte von der steilen Klippe zum Wasser. Nach einem recht fetten, ansonsten aber zufriedenstellenden Frühstück, das sie damit rechtfertigten, sie könnten nun den Lunch auslassen, gingen sie vom oberen Ende der Promenade nach unten. »Als Erstes versuchen wir es beim Fotografen«, sagte Carmichael. Der Besitzer der Kneipe hatte nicht gewusst, wer das Mädchen auf dem Foto war.

Alle paar Meter standen, dem Meer zugewandt, Bänke. Auf der Landseite reihten sich mehrere kleine Läden aneinander. Nur wenige Leute waren unterwegs, denn im Mai war in Leigh noch keine »Saison«. Ein Schild im Fenster des Fotografen teilte ihnen mit, er habe von elf bis vier geöffnet. Wortlos gingen sie weiter nach unten, Richtung Southend, Richtung Meer.

Etwas abseits lag eine kleine Teestube, die sich beneidenswert vornehm gab, mit gemalten Blumen in Pastellfarben und einer Gruppe älterer Damen, deren Haare zart puderblau schimmerten.

»Wir sollten es hier versuchen«, sagte Royston.

»Sie wollen doch nicht im Ernst schon wieder Tee trinken«, sagte Carmichael. »Und falls doch, dann lieber nicht hier.« Er öffnete die Tür, und ein Glockenspiel erklang. Eine Kellnerin in mittleren Jahren huschte von hinten herbei, offensichtlich erstaunt, dass zwei noch relativ junge Männer in ihrer Domäne auftauchten.

Sie sah sich das Foto mit zusammengekniffenen Augen an und meinte, das Mädchen käme ihr vage bekannt vor. Carmichael kannte solche Reaktionen – er lächelte und dankte ihr. Dann versuchte er es bei den Gästen und traf sofort ins Schwarze.

»Das ist Agnes Timms. Sie arbeitet bei Chicks«, sagte die erste der blauhaarigen Damen.

»Wo ist dieses Chicks?«, fragte Royston beflissen.

»Mrs O'Sullivan meinte Colettes Chic Hair Salon«, antwortete eine andere Dame. »Das ist noch ein Stück die Promenade entlang, keine fünfhundert Meter.« Sie zeigte in die Richtung, aus der sie gekommen waren.

Der Friseursalon lag zwischen dem Buchladen und ihrem Wagen. Eine alte Dame saß unter einer schweren Trockenhaube, eine Frau in mittleren Jahren hockte hinter der Kasse, und die Dritte im Bunde war jung und sah dem Foto, das Carmichael sich oft angeschaut hatte, so verblüffend ähnlich, dass er sie beinahe angestupst hätte, um sich zu vergewissern, dass sie tatsächlich vor ihm stand. Sie war so hübsch, wie es nur bei Mädchen ihrer Schicht zu finden war, die kurz aufblühten und dann allzu schnell dahinwelkten.

»Miss Timms?«, fragte Royston. »Polizei. Wir würden gerne einen Augenblick mit Ihnen reden.«

»Ich habe zu tun«, sagte sie, zeigte auf die Frau unter der Haube und warf der anderen an der Kasse einen verzweifelten Blick zu.

»Ich kümmere mich schon darum, Aggie«, sagte die Frau mit einem Blick, der deutlich missbilligend war.

»Bitte kommen Sie doch mit uns hinaus«, sagte Carmichael. Im Laden mit ihr zu reden, wäre von vornherein zum Scheitern verurteilt, hier gab es keine Privatsphäre.

»Sollen wir uns dort hinsetzen?«, schlug Royston vor. Sie gingen über die Straße und ließen sich auf einer Bank nieder, Agnes zwischen den beiden Männern.

»Ich habe nichts getan«, sagte sie, wie so viele. Ein Windstoß fing sich in einer hellen Haarsträhne, und sie steckte sie ungeduldig fest.

»Kennen Sie jemanden, der Alan Brown heißt?«, fragte Carmichael.

Sie versuchte gar nicht erst, es zu leugnen. »Er war mein Verlobter.«

»Wissen Sie, was mit ihm geschehen ist?«

»Stand ja in der Zeitung«, sagte sie mit Tränen in den Augen. »Ich wusste schon, dass was passiert sein musste, als er mich am Sonntagabend nicht angerufen hat, obwohl er es versprochen hat, und am Montag stand es dann in der Zeitung. Es ist alles schiefgelaufen, und sie haben ihn getötet.«

»Was ist schiefgelaufen?« Royston wurde sofort hellhörig.

»Der Streich. Aber Sie können nicht verlangen, dass ich gegen ihn aussage, er war mein Verlobter.«

»Das gilt nur für Ehefrauen«, sagte Royston. »Und Sie tragen auch keinen Ring.«

»Colette hat verboten, dass ich ihn auf der Arbeit trage, er verfängt sich in den Haaren«, sagte sie ganz nüchtern, griff unter den Kragen und zeigte ihnen einen sehr schmalen Goldring mit einem klitzekleinen Bergkristall. »Da, bitte. Mehr sage ich nicht.«

»Alles, was Sie wissen, könnte von unschätzbarem Wert für uns sein«, sagte Carmichael.

Sie reckte das Kinn. »Warum sollte mich das kümmern? Alan ist tot, und nun werde ich weder heiraten noch Kinder haben oder überhaupt ein Leben. Ich werde bis zu meinem Tod eine alte Jungfer in einem Frisiersalon bleiben.«

»Sie könnten das Leben eines Unschuldigen retten, wenn Sie uns erzählen, worum es bei dem Streich ging, und warum Alan es getan hat«, sagte Carmichael.

Sie sah ihn lange unentschlossen an. Carmichael wagte kaum zu atmen. »In Ordnung«, sagte sie dann leise. »Macht jetzt ja auch nichts mehr.« Tränen rannen ihr übers Gesicht, und Carmichael reichte ihr ein Taschentuch.

»Wann haben Sie ihn zuletzt gesehen?«, fragte Royston.

»Am Samstag«, sagte sie und putzte sich mit Carmichaels Taschentuch die Nase. »Er ist hierhergekommen. Samstags arbeite ich nur halbtags, und seit Mottrams ihn entlassen hat, war es für ihn egal. Normalerweise blieb Alan auch sonntags, aber diesmal nicht. Er sagte, er müsse am Sonntag arbeiten. Zuletzt hab ich ihn am Samstagabend so um sieben gesehen, als er zurück nach London gefahren ist.«

»Mit dem Zug?«, fragte Royston.

»Nein, mit dem Motorrad«, sagte sie und schluchzte hemmungslos. »Tut mir leid«, sagte sie. »Aber wenn ich so an ihn denke, auf seinem Motorrad bei jedem Wetter, wie eine olle Krähe mit dem flatternden schwarzen Mantel, und ich werde ihn ja nie mehr wiedersehen, nie mehr mit ihm sprechen oder ihn damit aufziehen.«

Sie saßen einfach da und ließen sie weinen. Royston sah Carmichael mit hochgezogener Augenbraue an, aber der schüttelte den Kopf. Nach einer Weile fragte Carmichael: »Hat Alan Ihnen erzählt, wohin er am Sonntag wollte?«

»Nicht genau.« Sie putzte sich noch einmal die Nase und nahm sich zusammen. »Er sagte, wenn er das erledigt hatte, würde er genug Geld kriegen, dass es für eine Heirat und ein Häuschen reicht, und er könnte sich dann irgendwo anders eine Arbeit als Schlosser besorgen, wo man nichts von seinem schlechten Ruf wusste.«

»Was für ein schlechter Ruf?«, fragte Royston.

»Er hat versucht, bei Mottrams eine Gewerkschaft zu organisieren«, sagte sie. Sehr gut, dachte Carmichael, sie sagt die Wahrheit. »Er hat gedacht, das ist für alle besser. Sie haben ihn sofort entlassen. Die ganze Sache war verrückt, das hab ich gleich gewusst.«

»War er denn ein Roter?«, fragte Carmichael.

»Eigentlich nicht.«

»Wenn er eine Gewerkschaft aufziehen wollte, muss er doch ein Roter gewesen sein.«

»Sollte man meinen, nicht wahr, aber eigentlich war ich diejenige, die Labour gewählt hat, und er immer die Tories. Er wollte die Gewerkschaft, um bessere Arbeitsbedingungen durchzusetzen, das können Sie mir jetzt glauben oder auch nicht.«

»Und Sie wären überrascht, wenn ich Ihnen sagte, er sei Kommunist gewesen?«, fragte Carmichael.

»Mehr als überrascht. Aber ich glaube, da kann ich Ihnen helfen. Am Sonntag sollte er jemandem nur so zum Spaß Angst einjagen. Man hat ihm ein Gewehr gegeben, kein richtiges, eins, mit dem man auf Krähen schießt, aber es sah genau wie ein richtiges aus. Und einen Ausweis hat er auch bekommen, einen Mitgliedsausweis der Kommunisten mit einem irischen Namen, Patrick Soundso. Er hat ihn mir gezeigt. An einem bestimmten Ort sollte er sein Motorrad so verstecken, dass er leicht hinrennen konnte, dann sollte er auf eine bestimmte Person warten, ein paar Mal vorbeischießen, das Gewehr und den Ausweis fallenlassen und mit dem Motorrad abhauen.«

Carmichael und Royston wechselten überraschte Blicke.

»Aber der arme Alan war nicht schnell genug, und Lord Eversley hat ihn erschossen«, schloss Agnes.

»Wer hat ihm denn gesagt, was er tun sollte?«, fragte Carmichael.

»Lady Thirkie. Und sie hat ihm nicht nur gesagt, was er tun soll, sondern ihm auch fünfzig Pfund gegeben, die Alan dann mir gegeben hat. Alles bis auf einen Fünfer, mit dem er Benzin und die Übernachtung bezahlt hat. Sie werden mir das Geld doch nicht wegnehmen, oder? Es reicht gerade, um einen eigenen Frisiersalon aufzumachen.«

»Wir müssen uns die Nummern der Banknoten anschauen, aber das Geld werden wir Ihnen nicht wegnehmen«, sagte Carmichael. »Wenn Sie uns die Scheine überlassen, werde ich Ihnen den Betrag erstatten. Die Noten sind zwar Beweismittel, aber das ist kein Grund, das Geld einzuziehen.«

Royston maß ihn mit einem kritischen Blick. »Sind Sie sicher, dass es Lady Thirkie war?«, fragte er Agnes.

»Natürlich. Alan hat es mir erzählt. Außerdem hab ich für sie gearbeitet. Ich war ihr Mädchen, bevor sie geheiratet hat. Danach bin ich hierher und habe hier Arbeit gefunden. Sie kannte Alan durch mich. Er hat gesagt, sie ist zu ihm gekommen, und sie meinte, ihr sei zu Ohren gekommen, dass er einem Kampf von Zeit zu Zeit nicht abgeneigt sei und auch Geld dafür nehmen würde, was ja auch stimmte. Das war nicht nett von ihm, und ich habe oft mit ihm darüber gesprochen, aber so war er nun mal. Er wollte es erst nicht machen, weil es doch was anderes ist, auf jemanden zu schießen, als die Fäuste zu heben, aber sie sagte, es sei nur ein Scherz, und außerdem war er schon monatelang ohne Arbeit und konnte das Geld gut gebrauchen.«

»Würden Sie das vor Gericht beschwören?«, fragte Royston.

»Muss ich das?« Sie sah ängstlich aus.

»Alan ist tot, aber Sie könnten das Leben eines Unschuldigen retten«, sagte Carmichael.

»Dann würde ich es tun, glaube ich«, sagte Agnes.

Viel mehr bekamen sie nicht aus ihr heraus. Nachdem sie sich notiert hatten, wo man Agnes erreichen konnte, begleiteten sie die junge Frau zurück zum Salon. Auf dem Rückweg nach Leigh brach Carmichael als Erster das Schweigen. »Angela Thirkie«, sagte er. »Ich hätte nicht gedacht, dass sie schlau genug für so etwas ist. Habe sie eigentlich für komplett verrückt gehalten.«

»Vielleicht ist der Kammerdiener der Schlaue. Die Muskelkraft muss er auf jeden Fall beigesteuert haben«, sagte Royston.

»Nun haben wir wenigstens ein Ende aufgedröselt, Sergeant.«

»Brown muss ein wahnsinnig schlechter Schütze gewesen sein«, sagte Royston. »Er hat beide getroffen.«

»Sind Sie schon jemals einem Schlosser begegnet, der schießen konnte?« Das war eine rhetorische Frage. »Vielleicht hat sie sich nicht nach seinen Schießkünsten erkundigt. Sie brauchte einfach jemanden, der das für sie erledigte.«

»Warum hat sie ihn dann nicht Thirkie erschießen lassen?«

»Wahrscheinlich hätte er Skrupel gehabt. Wir dürfen nicht vergessen, dass es als Streich geplant war.« Carmichael dachte nach. »Obwohl die Art, wie sie ihn getötet hat, immer noch sehr seltsam ist.«

»Vielleicht mochte sie ihn doch irgendwie und wollte, dass er friedlich starb. Gas ist etwas sehr Friedliches. Wir hatten ja sogar an Selbstmord gedacht.«

»Das ist mir nicht entfallen«, sagte Carmichael. »Aber es ist alles so unnötig kompliziert. Warum sollte sie überhaupt wollen, dass Brown auf Lord Eversley schoss?«

»Als Ablenkungsmanöver«, schlug Royston vor. »Oder für ein paar Sympathiestimmen?«

»Angela Thirkie schert sich nicht um die Abstimmung«, sagte Carmichael. »Oder überhaupt um irgendwelche Wahlen im Parlament, seit Thirkie tot ist, es sei denn, man würde eine bolschewistische Regierung ins Amt wählen, die ihr das Geld wegnimmt.«

»Vielleicht steckt sie mit anderen unter einer Decke«, sagte Royston. »Wir könnten die alle sowieso nicht festnageln, solange wir kein Geständnis von ihr haben, jetzt nicht mehr.«

»Dann werden wir alles tun, um ihr ein Geständnis abzuringen oder sie zur Kronzeugin zu machen. Wir werden vielleicht keine Verurteilung erreichen, wenn nur ihr Wort gegen das von Normanby steht, aber wir könnten seine Karriere beenden, wenn es uns gelingt, ihn auf die Anklagebank zu setzen.«

»Sie mögen ihn wohl nicht, Sir?«, fragte Royston.

»Ich mag niemanden, der glaubt, andere Menschen seien nur dazu da, um manipuliert zu werden.«

»Auf jeden Fall haben wir genug, um Lady Thirkie vor Gericht zu bringen«, sagte Royston, um ihn aufzumuntern. »Und es ist ziemlich sicher, dass Kahn nicht der Täter ist, sodass Mrs Kahn, die Sie ja mögen, wieder gehen kann, wohin es ihr beliebt.«

»Genau, Sergeant.«

Beim Yard gab es keinen Parkplatz. »Bleiben Sie im Wagen, Royston. Wir fahren nach Campion Hall, sobald ich ein paar Haftbefehle in der Hand habe.«

Stebbings winkte Carmichael zu sich, als dieser durch die Tür trat, und legte den Hörer auf. »Ich habe den Fall gelöst«, sagte Carmichael.

»Gut so«, sagte Stebbings. »Denn gerade ist aus Blayne ein eindeutiger Beweis gekommen.«

»Was denn?«, fragte Carmichael schnell.

»Erinnern Sie sich an den Stern?«

»Ja, natürlich, ich habe ihn ja auf Thirkies Brust gesehen. Was ist damit?«, fragte Carmichael ungeduldig.

»Ein Engländer hat ihn vor einem Monat ohne Marken als Souvenir in Frankreich gekauft, der Verkäufer hat sich Namen und Adresse aufgeschrieben.«

»Und, wer war es?«

Stebbings schüttelte bedächtig den Kopf. »Sie werden noch einen Schlaganfall erleiden, wenn Sie sich bei jedem Fall so aufregen. Es war natürlich Kahn, David Kahn, er hat seine Londoner Adresse angegeben.«

»Nein!« Das durfte nicht wahr sein.

»Hieb- und stichfest. So sicher wie die Bank von England.«

»Kahn ist nicht in Frankreich gewesen.«

»Hat uns jedenfalls nichts davon gesagt. Vielleicht hat er seinem Freund Chaim dort beim Menschenschmuggel geholfen. Wir wissen doch, dass die Wege haben, um über den Kanal zu kommen.«

»Aber nicht, um dann Nazibehörden freiwillig ihren Namen zu verraten«, widersprach Carmichael. »Außerdem hätte jeder den Namen benutzen können.«

»Ein bisschen weit hergeholt, finden Sie nicht? Das ist doch die Verbindung, nach der wir gesucht haben. Jetzt lochen wir ihn ein. Der Haftbefehl wird gerade ausgestellt – wollen Sie ihn selbst überbringen?«

»Lady Thirkie hat den Mord begangen«, sagte Carmichael.

»Agnes Timms, die Verlobte von Brown, weiß alles und ist bereit, als Zeugin auszusagen.«

»Wahrscheinlich hat sie alles erfunden«, sagte Stebbings. »Oder sie stecken allesamt unter einer Decke. Holen Sie ihn her. Dann können wir ihn nach ihr fragen.«

»Ich werde den Haftbefehl überbringen«, sagte Carmichael. »Schicken Sie ihn in mein Büro, sobald er fertig ist. Royston wartet im Wagen.«

Carmichael ging in sein Büro und setzte sich. Er legte die Ellbogen auf den Tisch und löste bei den Papierstapeln einen kleinen Erdrutsch aus. Kahn konnte nicht der Täter sein. Er hatte kein Motiv. Er war auch nicht in Frankreich gewesen. Und er hätte sich niemals mit Lady Thirkie verbündet. Das ergab alles überhaupt keinen Sinn. Bei Kahn wäre die Tat unkompliziert und klar gewesen, und er hätte sich weit weg ein glaubwürdiges Alibi verschafft.

In seiner Laufbahn war es schon vorgekommen, dass er bei Verhaftungen unsicher gewesen war. Ein Mann war sogar gehängt worden, obwohl Carmichael sich nicht sicher gewesen war, nicht absolut sicher. Manchmal wachte er noch auf, weil der Fall ihn im Traum beschäftigte. Aber noch nie hatte man von ihm verlangt, einen Mann zu verhaften, von dessen Unschuld er überzeugt war, und dabei das Risiko einzugehen, die wahren Schuldigen laufen zu lassen. »Wir können sie sowieso nicht festnageln ... jetzt nicht mehr«, klangen ihm Roystons Worte noch im Ohr.

Carmichael griff zum Telefon. Das Gesetz hatte er schon oft gebrochen – als Polizist musste er das, um seine Aufgabe zu erfüllen. Immer hatte er dabei auf der richtigen Seite gestanden, auf der Seite, die Gesetzgeber und Polizei für richtig hielten. Dieses Mal – aber warum war er denn Polizist geworden? Doch nicht allein, um sich Teekannen und Leinentaschentücher kaufen zu können. Er liebte seinen Beruf, mochte es, wenn es ihm gelang herauszufinden, was wirklich passiert war, und es gefiel ihm, wenn Leute bestraft wurden, die dachten, sie könnten dem Gesetz ein Schnippchen schlagen. Immer schon hatte es ein Gesetz für die Reichen und eines für die Armen gegeben, aber das hier ging entschieden zu weit. Er hob den Hörer ab. »Ich möchte mit Farthing House in Hampshire verbunden werden«, sagte er. »Amt Winchester, Nummer 252. Vorrangsgespräch.«

Siebenundzwanzig

Es wurde ein wenig kühl, und da wir wieder draußen zu Mittag essen wollten, war ich gerade auf dem Weg nach oben, um mir eine Jacke zu holen, als das Telefon läutete. Normalerweise hätte Jeffrey den Anruf entgegengenommen und mich dann gerufen, aber so ging ich gleich an den Apparat in der Diele.

»Könnte ich Mr Kahn sprechen?«, fragte Inspector Carmichael. Seine Stimme war so unverwechselbar, dass ich sie immer erkannt hätte, selbst wenn die Verbindung sehr schlecht gewesen wäre.

»Hier ist Lucy Kahn, Inspector. Ich werde David holen.«

»Nicht nötig, ich kann auch mit Ihnen sprechen«, sagte er. »War Mr Kahn dieses Jahr irgendwann auf dem Kontinent?«

»Nein. Das wäre vollkommen verrückt gewesen. Er ist doch Jude. Das letzte Mal war David vor dem Krieg dort.«

»Und Sie hätten davon gewusst, selbst wenn es nur ein kurzer Besuch gewesen wäre?«

»Ja, sicher«, sagte ich ungehalten. »Das ist doch Unsinn.«

Dennoch bohrte er weiter. »Ist er seit Ihrer Heirat je auf Geschäftsreisen gewesen?«

»Nein. Er ist Bankier und hat ein Büro in London, er muss nicht reisen. Oder doch, Moment mal.« Mir war etwas eingefallen. »Einmal ist er nach Edinburgh gefahren, um sich ein Schuhgeschäft anzusehen, das sich vergrößern wollte. Ich habe ihn begleitet, und wir sind in einem kleinen Hotel am Berg abgestiegen.«

»Und abgesehen davon hat er Ihres Wissens London nie verlassen?«

»Höchstens für ein paar Stunden oder für ein Wochenende mit Freunden – und immer mit mir zusammen, das war alles. Was soll die Frage?«

»Es sind Hinweise aufgetaucht, die nahelegen, dass Mr Kahn den Stern gekauft hat, den man auf Sir James Thirkies Brust gefunden hat. Vor einem Monat in Frankreich.«

»Aber ...« Ich schwieg empört.

»Man stellt gerade einen Haftbefehl wegen Mordes aus«, fuhr der Inspector fort. »Er wird jeden Moment unterzeichnet, und dann werde ich Scotland Yard verlassen, um den Haftbefehl auf Farthing zu überbringen. Haben Sie das verstanden?«

»Ja, Inspector«, sagte ich, und das hatte ich tatsächlich, denn nun besaß ich ein wichtiges Teil in dem Puzzle, das mir bislang gefehlt hatte. Damit war alles klar. Irgendjemand, Mummy oder wer auch immer, belastete David absichtlich.

»Bitte bleiben Sie im Haus, bis ich bei Ihnen eintreffe. Das ist ungemein wichtig, Mrs Kahn. Haben Sie das verstanden? Bleiben Sie auf Farthing, bis ich komme, um Mr Kahn zu verhaften und nach London zu bringen. Verstanden?«

»Ich habe Sie sehr wohl verstanden, Inspector. Vielen herzlichen Dank. Auf Wiedersehen.«

»Auf Wiedersehen, Mrs Kahn«, sagte er. Ich legte auf und stand einen Augenblick wie angewurzelt da.

Schon am Tag zuvor in der Bibliothek hatte ich mir einen Plan zurechtgelegt. Auf dem Kies hörte ich einen Wagen; das war sicher Mrs Simons. Ich ging die Treppe hoch, genau wie ich ursprünglich vorgehabt hatte. Im Schlafzimmer schlüpfte ich aus dem Rock und zog eine Hose an. Die Bluse war in Ordnung, das konnte so bleiben. Statt der Strickjacke zog ich die alte violette Jacke mit dem Fleck an. In meine große Tasche packte ich das Portemonnaie, die Haarbürste und das Schmuckkästchen. Dann ging ich die Treppe hinunter in Mummys Zimmer und legte ihr Schmuckkästchen für den Landaufenthalt, die goldene Bürste samt Kamm und Spiegel, das Kruzifix und die kleine Schale aus chinesischem Porzellan, das zweite Stück aus Josiah Wedgwoods Händen, zu meinen Sachen in die Tasche. Ich dachte nicht groß nach. Handelte ganz mechanisch, als würde ich so etwas jeden Tag tun. Obenauf legte ich einen Seidenschal, damit nichts klapperte und die Schale nicht zu Bruch ging. Dann schloss ich die Tasche und ging ganz nach unten.

Fast schon am Fuß der Treppe, fiel mir die Verletzung auf der Wange ein. Es tat nicht mehr weh, war aber noch zu sehen. Also ging ich noch einmal nach oben und holte mein Kosmetiktäschchen, das zum Glück in die Jackentasche passte, denn die Tasche war ja voll. In die zweite Jackentasche stopfte ich einen BH und eine Unterhose.

So ausgestattet ging ich in den Garten. David lächelte mich

an. Auf dem Tisch standen wieder Sandwiches und ein Tablett mit Tee.

Von London fuhr man zwei Stunden bis nach Farthing, vielleicht dauerte es von Scotland Yard noch ein bisschen länger, und vielleicht würde der Inspector versuchen, langsam zu fahren, um uns mehr Zeit zu verschaffen. Doch darauf konnte ich mich nicht verlassen. Die Kirchturmuhr im Dorf schlug gerade Viertel vor eins. Es kostete mich beinahe unerträgliche Überwindung, mich hinzusetzen.

»Lizzie hat den Lunch gebracht«, sagte David.

»Inspector Carmichael hat angerufen«, sagte ich. »Er kommt, um dich zu verhaften. Irgendjemand hat dafür gesorgt, dass es so aussieht, als hättest du irgendwann in diesem Jahr in Frankreich den Stern gekauft.«

David wurde schrecklich bleich, dann kehrte die Farbe auf einen Schlag in sein Gesicht zurück. Ich konnte buchstäblich sehen, wie er versuchte, Haltung zu bewahren. »Ach, Liebling«, sagte er. »Es tut mir so leid, dass ich dich da hineingezogen habe.«

»Wir müssen fliehen«, sagte ich. »Wir können nicht bleiben. Sie werden dich hängen. Das hätten sie vielleicht sowieso getan, aber nun scheint es einen handfesten Beweis zu geben. Wir beide wissen, dass er falsch ist, aber die Geschworenen werden es nicht wissen.«

»Wir müssen fliehen«, sagte David. »Aber wohin?«

Ich biss in ein Sandwich. Mayonnaise und viel Kresse auf Mrs Smolletts selbstgebackenem Vollkornbrot, einfach köstlich.

»Wir können nicht mit dem Wagen fahren, weil immer noch ein Polizist am Tor steht, und außerdem würde Mrs Simons versuchen, uns aufzuhalten. Vielleicht auch noch jemand anderes vom Personal. Aber wir können uns Pferde für einen Ausritt geben lassen. Damit reiten wir zum Bahnhof. Das sind kaum zehn Kilometer.«

»Sie werden uns in London suchen«, sagte David. Er war wieder ganz weiß und starr und sah wie ein Junge aus, der damit rechnete, Prügel zu beziehen. »Wenn Carmichael eintrifft und wir fort sind, werden sie sofort die Polizei in London verständigen, die uns dann am Waterloo Bahnhof erwartet.«

»Die Züge fahren nicht nur in die eine Richtung. Sie fahren auch nach Southhampton und weiter nach Portsmouth. Du könntest Fahrkarten nach London lösen und ich welche nach Southhampton. Iss noch etwas. In Southhampton können wir nach Westen umsteigen. Oder wir besorgen uns im Zug neue Karten und fahren nach Portsmouth.«

»Was sollen wir denn dort? Ach – Abby.« Wie immer hatte er es gleich erfasst.

»Abby liebt mich und vertraut mir. Sie wird uns aufnehmen, und wir können entweder bei ihr bleiben, bis sie den wirklich Schuldigen gefasst haben, oder bis du Chaim oder jemand anderen erreicht hast und wir das Land verlassen können.«

»Wenn ich weglaufe, wird es so aussehen, als wäre ich schuldig«, sagte David. »Sie werden nicht mehr nach einem anderen suchen – sie werden nur noch mich jagen.«

»Wenn du ins Gefängnis kommst, werden sie dich zu einem Geständnis zwingen. Da können sie einen dazu bringen, alles zu gestehen. Die Methoden haben sie von den Deutschen, hat Daddy gesagt. Wenn du wegläufst, bleibst du wenigstens am Leben. Dann behalte ich dich, und unser Kind behält seinen Vater.«

Von dem Kind hatte ich ihm noch nichts gesagt. Ich war nicht sicher. Ich wusste es, aber ich war nicht sicher, das ist ein Unterschied. Es würde noch Wochen dauern, bis ich sicher sein konnte. David sah völlig verzweifelt aus – er saß einfach nur da, ohne etwas zu essen oder sonst etwas zu tun. Ich schob mir den Rest vom Brot in den Mund und stand auf. Durch das französische Fenster ging ich in den Salon und läutete. Lizzie kam sofort. »Harry soll Manzikert und Clontarf satteln«, sagte ich. »Wir möchten nach dem Essen ausreiten.«

»Jawohl, Madam.«

Ich ging wieder zu David. »Wir müssen los.«

»Du hättest mich nie heiraten sollen«, sagte er.

»Ich liebe dich, du Dummkopf. Und es wird wohl eher andersherum ein Schuh draus – meine Verwandtschaft will dich reinlegen, nicht deine Verwandtschaft mich.«

»Du glaubst, es sind deine Verwandten?«

»Ich glaube, es ist Mummy. Jetzt iss etwas. Wer weiß, wann wir wieder Gelegenheit dazu haben werden. Harry braucht zehn Minuten, um die Pferde fertig zu machen.«

David biss mit Todesverachtung in ein Sandwich, als müsste er daran ersticken. »Meine Sachen«, sagte er.

»Wir können keine Reitkleidung anziehen, das würde im Zug dumm aussehen. Ich kann Hosen tragen. Du kannst auch so gehen, wie du bist, aber du brauchst eine Jacke und vielleicht noch ein paar andere Sachen von oben. Die Jacke habe ich angezogen, weil sie alt ist und im Schrank hing – falls die Polizei unsere Taschen durchsucht hat, steht sie nicht auf der Liste. Im Schrank hängt auch noch eine Lederjacke. Die ist groß. Falls sie dir passt, könntest du sie anziehen.«

»In Ordnung«, sagte David ohne jede Regung.

»Sie gehörte Hugh.« Ich wollte ihn damit aufmuntern, und außerdem stimmte es wirklich.

»Hugh wäre so etwas dermaßen zuwider gewesen!«, brach es aus David heraus.

Ich nickte, und plötzlich fühlte ich mich gar nicht mehr so aufgeregt und gut organisiert wie zuvor. Am liebsten hätte ich hemmungslos geheult. David aß sein Brot mit energischen Bissen auf und ging ins Haus, um sich umzuziehen und zu holen, was immer er mitnehmen wollte. Ich stopfte die restlichen Brote in mich hinein, zum einen, weil ich schrecklich hungrig war, und zum anderen, weil niemand Verdacht schöpfen sollte. Die arme Mrs Smollett hatte sicher schon angefangen, den Abendtee für uns vorzubereiten, aber wir würden ihn niemals zu uns nehmen. Zur Teezeit waren wir vielleicht schon in Portsmouth.

David kam zurück, die Jacke über dem Arm mit dem Futter nach außen, sodass es jede beliebige Jacke hätte sein können. Daran hätte ich nie im Leben gedacht. Wir konnten weder weitere Kleidung noch sonst irgendetwas mitnehmen. Für einen Tag würde das gehen, aber bald würden wir recht schäbig aussehen.

Die Pferde standen bereit. Manny freute sich, mich zu sehen. David und Clonnie beäugten sich eher misstrauisch. David machte sich eigentlich nichts aus Pferden, obwohl er sich das nie anmerken ließ, weil er Reiten für typisch englisch hielt. Wenn er in England zur Schule gegangen wäre, hätte er anders gedacht. In einer englischen Privatschule war eine jüdische Herkunft so etwas wie Stottern oder Humpeln, ein gesellschaftlicher Makel, den man allmählich mit seiner Persönlichkeit ausgleichen konnte.

Er wäre auf unbefangenere Weise englisch gewesen – schließlich war er ja Engländer, war in diesem Land geboren. Nur dank der übereifrigen französischen Schule hing er so leidenschaftlich an Dingen, um die sich die meisten keinen Deut scherten.

Wir stiegen auf, und Harry bot David ein Gewehr an, genau wie er es Daddy am Sonntag angeboten hatte.

»Nein«, sagte David entschieden.

»Es gibt nichts, worauf es sich zu schießen lohnt«, sagte ich.

»Du hast recht«, sagte David. »Es gibt wirklich nichts. Gar nichts.«

Wir winkten Harry zum Abschied und ritten in den Wald. Ohne Zögern führte ich uns zum verbotenen Tor an der Grenze zum Land der Familie Adams, vorbei an der Hecke, in der sich der Bolschewik versteckt haben musste. Auf der Straße hätten wir leichter zum Bahnhof gelangen können, aber ich befürchtete, auf Inspector Carmichael und Sergeant Royston zu stoßen, deshalb nahm ich den Weg querfeldein über Saumpfade, was für die Pferde sowieso angenehmer war.

Als wir schon beinahe am Bahnhof waren, ging mir die große Schwachstelle meines Plans auf. »Was sollen wir mit den Pferden machen?«, fragte David.

Wir konnten sie nicht am Bahnhof lassen, und einfach frei herumlaufen lassen konnten wir sie auch nicht. Es dauerte ewig, und wir verpassten einen Zug nach London, den wir sowieso nicht hatten nehmen wollen, ehe wir eine Wiese mit einigermaßen hohen Hecken fanden, auf der die Pferde sicher grasen konnten, bis jemand sie fand. Ich nahm ihnen Zaumzeug und Sättel ab und schob alles unter einen Busch.

Unterwegs waren wir nur wenigen Leuten begegnet, die Reiter hatten uns nur knapp »Guten Tag« gewünscht, und diejenigen, die zu Fuß unterwegs waren, meist Landarbeiter, hatten kurz die Hand zum Gruß an die Mütze gehoben. Zum Glück kam aber nur einer vorbei, während wir die Pferde auf der Wiese abstellten, und den kannte ich, ein Dorftrottel aus Farthing Green. Dem erzählte ich, wir wären auf dem Weg nach London, und er mimte einen Reiter.

Den Bahnhof betraten wir getrennt. Ich kaufte ein Tagesticket nach Winchester und zurück in der ersten Klasse. Das erschien mir glaubhafter als Southhampton. »Bitteschön, Miss Lucy«, sagte der Stationsvorsteher. »Einen schönen Nachmittag wünsche ich Ihnen.«

Dann ging David hinein und kaufte eine einfache Fahrt nach London in der zweiten Klasse. Soweit er es beurteilen konnte, erkannte ihn niemand.

In Farthing Junction gibt es glücklicherweise nur einen Bahnsteig, sonst hätte der Plan nicht funktioniert. Als der Zwei-Uhr-Zug nach Portsmouth einfuhr, stiegen wir ein. Ich ging sofort in den Toilettenraum der ersten Klasse, um Make-up aufzulegen. Mit einer dicken Schicht Puder konnte ich die Schramme überdecken, allerdings musste ich auch Augen und Lippen pudern, um nicht zum Fürchten auszusehen. In einer kleinen Flasche hatte ich eine Flüssigkeit dabei, mit der man Tränensäcke abdeckte, und die trug ich nun großzügig auf, bevor ich zur Puderdose griff. Jetzt sah ich aus wie eine schlecht geschminkte Frau, aber davon gab es mehr als Frauen mit Schrammen auf den Wangen. Die Augen musste ich drei Mal schminken, weil der Zug gerade um eine Kurve fuhr, als ich die Mascara auftrug.

Dann war ich endlich fertig war und setzte mich in die zweite Klasse zu David. Als der Schaffner kam, kauften wir einfache Fahrscheine nach Portsmouth von Weston Colley aus, dem Bahnhof vor Farthing Junction. Die Idee hatte ich, weil es zwar teurer war, aber sicherer. Denn ganz abgesehen davon, dass der Stationsvorsteher in Farthing mich kannte, würde er sich ebenso sicher an uns erinnern wie an jeden, der eine Fahrkarte gekauft hatte. Dort stiegen so wenige Leute ein, dass er sie wahrscheinlich ein oder zwei Tage im Gedächtnis behielt. Aber der Schaffner im Zug war ein vielbeschäftigter Mann, der eine Menge Fahrscheine an sehr viele Leute verkaufte. Vielleicht hatte er uns schon nach einer halben Stunde vergessen, wenn wir wie gewöhnliche Reisende aussahen. Wenn die Polizei kam, gab es zwar immer noch die abgerissenen Abschnitte, doch da sie nicht aus Farthing Junction waren, würde vielleicht niemand darauf kommen, dass es unsere waren.

Der Schaffner schien uns nicht weiter zu beachten, das war gut. Bis Winchester war ich etwas nervös, weil ich die Begegnung mit jemand Bekanntem fürchtete, aber das passierte nicht. In Winchester stieg eine Frau mit einem Korb Entenküken ein, die sie auf dem Markt gekauft haben musste. Eine Menge Leute stiegen zu, aber ich kannte keinen. Ich hätte gerne ein Buch oder eine Zeitung dabei gehabt, denn so hatten wir nichts anderes zu tun, als uns Sorgen zu machen. Wir konnten uns auch nicht richtig unterhalten, denn wir waren nicht allein, und ich hätte mit etwas herausplatzen können, was lieber niemand hören sollte.

Die meisten Leute stiegen an kleinen Bahnhöfen aus, auch die Frau mit den Entenküken. Aber weit mehr Leute stiegen zu, und als wir in Southhampton ankamen, war der Zug ziemlich voll. Er hatte zehn Minuten Aufenthalt, und vom Münztelefon auf dem Bahnsteig rief ich Abby an.

David hatte den Fuß in die Zugtür gestellt, um die Bahn gegebenenfalls aufzuhalten. Mit zwei Pennymünzen ging ich in die rote Kabine, schaffte es irgendwie, die Tasten in der richtigen Reihenfolge zu drücken und die Münzen im richtigen Moment einzuwerfen.

»Talbots höhere Töchterschule«, meldete sich jemand.

»Könnte ich bitte Mrs Talbot sprechen?«, fragte ich.

»Sicher, wer spricht denn?«, wollte die Stimme wissen.

Meinen Namen wollte ich zur Sicherheit lieber nicht nennen. »Phillipa Potts.« Das war mir gerade eingefallen.

Die Frau holte Abby. »Mrs Talbot am Apparat.«

»Ach, Abby. Ich bin's. Ich stecke in fürchterlichen Schwierigkeiten. Kannst du mich für ein oder zwei Tage verstecken?«

»Bist du deinem Mann davongelaufen, Lucy?«

»Nein, er ist bei mir – wir laufen zusammen fort. Es ist richtig ernst, Dachau-ernst. Ich erzähle dir später alles. Können wir kommen?«

Die Lokomotive stieß Dampf aus, und fast alle Passagiere waren schon im Zug. Keine Ahnung, was ich getan hätte, wenn Abby abgelehnt hätte, aber ich wusste, dass sie das nie tun würde. Als sie noch meine Gouvernante gewesen war, hatten wir oft über die Juden im Reich gesprochen und darüber, was passierte, wenn man fliehen musste. Das Stichwort Dachau würde ihr deutlich machen, wie ernst die Lage war.

»Ja, natürlich, obwohl ich nicht weiß, wie gut ich dich verstecken kann, Kindchen«, sagte Abby. »Wir reden darüber, wenn ihr hier seid.«

»Ich bin noch in Southhampton und steige gleich in den Zug«, sagte ich, weil David mir winkte. Ich knallte den Hörer auf die Gabel und rannte los, doch es war falscher Alarm, der Zug brauchte noch ein paar Minuten, um genügend Dampf für die Weiterfahrt aufzubauen, ehe er sich schnaufend Richtung Portsmouth in Bewegung setzte.

Achtundzwanzig

Carmichael gelang es ohne Schwierigkeiten, Royston zu einem späten Lunch in einem Landgasthaus in der Nähe von Alton zu bewegen. Die Wirtin war untröstlich, dass sie ihnen nur Brot und Käse anbieten konnte. Das Brot war selbstgebacken, und es gab drei Sorten Käse: einen scharfen Cheddar, einen Stilton und einen jungen Weichkäse, der so mild wie Butter war. Und ein besseres Bier hatten sie die ganze Woche nicht getrunken, was sie der Wirtin auch sagten.

»Das schmeckt richtig nach Hopfen«, sagte Royston. »Hätte nichts dagegen, hier noch mal anzuhalten, Sir«, fügte er hinzu, als sie aufbrachen.

»Falls wir noch einmal hier entlang müssen, Sergeant.« Carmichael hoffte und nahm auch stark an, dass es sie nie wieder hierher verschlagen würde, zumindest nicht nach Farthing. Die Straße wand sich vor ihnen wie die Angelleine vor dem Fisch, Royston folgte ihr Kilometer um Kilometer an Dörfern, Gehölzen und Feldern vorbei, und sie kamen Farthing immer näher, wohin Carmichael auf keinen Fall wollte. Er hoffte, dass Mrs Kahn ihn verstanden hatte. Sie war nicht so dumm, wie sie wirkte, obwohl sie gelegentlich die Hand vor den Mund schlug und so eigenartig lachte.

»Ich wäre nicht im Traum drauf gekommen, dass Kahn und Lady Thirkie etwas zusammen aushecken könnten«, sagte Royston, als sie die ländlichen Sträßchen der Farthings erreichten.

»Vielleicht hat sie ihn getötet, und Kahn hat ihn im Wagen gefunden und im Zimmer drapiert«, schlug Carmichael vor. Das war das einzige Szenario, das passte, und wenn der Stern nicht gewesen wäre, hätte er es sogar für möglich gehalten. Denn wenn Kahn den Stern gekauft hätte, hätte er niemals Namen und Adresse angegeben.

»Aber wenn sie seinen Tod wie Selbstmord aussehen lassen wollte, warum hätte sie dann Brown dafür bezahlen sollen, am nächsten Tag auf Lord Eversley zu schießen?«, fragte Royston.

Carmichael zuckte mit den Achseln. »Vielleicht war es Selbst mord, vielleicht sollte Thirkie am Morgen ausreiten, um von Brown getötet zu werden, und das mit dem Streich hat er nur Agnes Timms erzählt, um ihre Achtung nicht zu verlieren.«

»Ich glaube, sie hat die Wahrheit gesagt.«

»Da bin ich völlig sicher, aber er könnte sie angelogen haben. Bislang wäre das die einfachste Erklärung: Thirkie findet heraus, dass seine Frau ihn betrügt, und sie sorgt dafür, dass er ermordet wird. Kahn findet die Leiche und sorgt dafür, dass es wie ein Mord aus politischen Motiven aussieht. Brown schießt auf den Falschen. Ich glaube kaum, dass er Thirkie gekannt hat. Selbst wenn seine Freundin für Lady Thirkie gearbeitet hat, bevor diese heiratete, wäre das Ziel für ihn nur ein Mann auf einem Pferd gewesen.«

»Mit einer 22er als Waffe?«, merkte Royston an. »Und das Motiv von Kahn ist immer noch recht unklar.«

»Er entdeckt einen Toten, den er gehasst hat, und will ihn demütigen«, sagte Carmichael, obwohl er selbst nicht daran glaubte.

Royston runzelte die Stirn. Sie erreichten Clock Farthing, als die Uhr Viertel nach vier schlug. »Aber er hätte doch wissen müssen, dass man ihn verdächtigen würde.«

»Sich mit Leichen einen Scherz zu erlauben, vergeudet zwar die wertvolle Zeit der Polizei, bringt einen jedoch nicht an den Galgen.«

»Aber jegliche Verwicklung in die Sache macht ihn doch des Mordes verdächtig.«

Der Bobby am Tor erkannte den Wagen und winkte sie zu sich. Royston hielt an. »Was ist los, Constable?«

»Mr und Mrs Kahn sind nach dem Lunch ausgeritten und nicht zurückgekehrt. Die Haushälterin hat mich durch einen Dienstboten davon in Kenntnis gesetzt. Der Stallmeister durchkämmt mit ein paar Leuten den Wald, für den Fall, dass es einen Unfall gegeben hat, und ich habe gesagt, sie sollen bei der Polizei in Winchester um Verstärkung bitten.«

Carmichael konnte weder Überraschung mimen noch irgendein anderes Gefühl, das die Nachricht eigentlich in ihm auslösen sollte. Er hatte genug Mühe, sich seine Erleichterung nicht anmerken zu lassen.

Royston dagegen war wirklich überrascht. »Abgehauen! Aber warum sollten sie fliehen? Ich glaub, mich tritt ein Pferd! Ich hätte jede Wette abgeschlossen, er würde es nicht tun, trotz des Haftbefehls und der Beweise.«

»Fliehen bedeutet Schuld, nicht wahr, Sergeant?«, fragte Carmichael.

»Was denn sonst, Sir?«

»Angst.«

»Das ist dasselbe«, widersprach Royston. »Na ja, fast.«

»Wenn sie unschuldig wären, hätten sie nichts zu befürchten?«, fragte Carmichael.

»Ja, genau«, warf der Bobby ein. »Das hat doch auch Mr Normanby gestern Abend im Radio gesagt.«

Sie fuhren zum Haus und hatten kaum angehalten, als ihnen die Haushälterin Mrs Simons schon entgegeneilte.

»Ich habe gehört, sie sind geflohen«, sagte Carmichael und stieg aus.

»Nicht nur das, sie haben auch Sachen mitgenommen«, sagte Mrs Simons. Sie war ganz rot vor Aufregung, das Drama gefiel ihr sichtlich.

»Was fehlt denn?«, fragte Royston.

»Lady Eversleys Schmuck, die Wedgwood-Schale sowie ihre Haarbürste und der Spiegel. Sie wollen die Sachen vermutlich verkaufen.«

»Waren sie sehr wertvoll?«, fragte Royston und zückte den Notizblock.

»O ja, ganz schrecklich wertvoll sogar. Vor allem die Schale. Aber der Schmuck auch, sogar mehr als normalerweise, denn diesmal hatte Lady Eversley den Ringhili-Diamanten dagelassen.«

»Großer Gott, der Ringhili-Diamant gehört Lady Eversley?«, fragte Carmichael ehrlich erstaunt. »Als Junge habe ich die Geschichte gelesen.«

Royston schaute verwirrt drein. »Worum geht es?«

»Der Diamant ist so wertvoll wie ein ganzes Land – Anfang des letzten Jahrhunderts, vor den Aufständen, gab es da einen indischen Herrscher. Die Briten wollten sein Königreich erobern, aber er überzeugte Sir Charles Cavendish davon, sich mit einer Huldigung der Krone zufriedenzugeben, wobei er ihm im Gegenzug den beeindruckenden Diamanten überließ.« Carmichael empfand wieder die Begeisterung seiner Jugend. Die Geschichte hatte in einem Buch gestanden, das er in der Schulbibliothek entdeckt hatte und in dem die Gründer des Britischen Empires gepriesen wurden. Cavendish kam in dem Werk nicht besonders gut weg, aber Carmichaels jugendliches Herz war von dem Gedanken an den Diamanten gefesselt, obwohl er ein Geldgeschenk sicher beschämend gefunden hätte. »Schon damals war der Diamant sehr alt, und es rankten sich viele Geschichten um ihn, wie er von Hand zu Hand gelangt war.«

Mrs Simons bedachte ihn mit einem frostigen Lächeln, das Carmichael an Lady Eversley erinnerte. »Nun ja, Sir Charles Cavendishs Tochter heiratete Lord Varney, ihre Tochter wurde die Frau des Duke of Hampshire, und die Tochter dieser Verbindung war Lady Margarets Mutter. Später wurde sie dann die Duchess of Dorset und schenkte den Diamanten bei deren Hochzeit ihrer Tochter. Seit 1835 ist der Diamant also stets von der Mutter an die Tochter weitergegeben worden.«

»Und nun hat ihn Mrs Kahn.« Carmichael konnte sich die Anmerkung nicht verkneifen. »Wie romantisch.«

Mrs Simons starrte ihn eisig an.

»Was war noch in dem Schmuckkästchen?«, fragte Royston. »Vielleicht sollten wir hineingehen, damit Sie mir eine Liste geben können.«

»Danach sollten Sie im Zimmer der Kahns nachschauen, was dort fehlt«, sagte Carmichael. »Ich rufe besser gleich im Yard an.«

»Mit Inspector Yately habe ich schon gesprochen. Er ist unterwegs«, sagte Mrs Simons kühl.

»Sehr gut«, sagte Carmichael und ging ins Haus.

Hatchard wartete diesmal nicht in der Diele. Er war mit der Familie in London. Doch es überraschte Carmichael, dass auch Jeffrey nicht zu sehen war. Er ging in das Zimmer, das er als sein Büro angesehen hatte und das nun sehr leer wirkte. Dann klingelte er und nahm den Hörer ab, um im Yard anzurufen.

Noch während er darauf wartete, dass der Anruf durchgestellt wurde, erschien Lizzie.

»Wo ist Jeffrey?«, fragte Carmichael.

»Er sucht im Wald, falls Miss Lucy und Mr David etwas zugestoßen sein sollte.« Lizzie zerknüllte mit den Händen die Schürze, hörte aber damit auf, als sie sah, dass Carmichael es bemerkte.

»Wann haben Sie Mr und Mrs Kahn zuletzt gesehen?«

»Als ich ihnen den Lunch servierte. Keine richtige Mahlzeit, nur Sandwiches und Tee. Sie haben im Garten gegessen.«

»Und wann haben Sie ihnen das Essen gebracht?«

»Auf den Punkt genau um halb eins, das weiß ich so genau wegen der vermaledeiten Glocke.«

»In diesem Haus weiß man wohl immer die genaue Zeit«, sagte Carmichael. Um halb eins hatte er angerufen. »Waren beide draußen, als Sie auftrugen?«

»Jawohl, Sir. Sie saßen beide ganz friedlich da und lasen«, sagte Lizzie, vielleicht ein wenig zu prompt.

»Und danach haben Sie die beiden nicht mehr gesehen?«

»Nein, Sir, als ich die Sachen hereinholen wollte, waren sie schon fort, und ich habe ihnen vorher einen schönen Ausritt gewünscht.«

»Dann wussten Sie, dass sie ausreiten wollten?«

»Aber ja, Sir.«

»War das schon lange geplant oder ein spontaner Einfall?«

»Auf jeden Fall hatten sie es schon länger vor, mindestens seit dem Frühstück, wenn nicht sogar seit gestern Abend«, sagte Lizzie und schlug die Augen nieder. »Ich habe gehört, wie sie beim Frühstück darüber sprachen, und ich glaube, sie haben es gestern Abend schon Mrs Smollett gegenüber erwähnt – sie haben länger mit ihr gesprochen, und als ich ihr heute Morgen erzählte, die beiden würden ausreiten, da sagte sie nur Ja, als wüsste sie es bereits.«

Carmichael wusste, dass Lizzie log, aber er begriff nicht, warum sie glaubte, es wäre besser, wenn er dachte, die Flucht sei von langer Hand geplant gewesen. »Dann waren Sie nicht überrascht, dass die beiden nicht mehr im Garten waren?«

»O nein, wenn ich überrascht gewesen wäre oder etwas Verdächtiges bemerkt hätte, wäre ich doch sofort zu Mrs Simons gelaufen, damit sie die Polizei benachrichtigt«, sagte Lizzie. Carmichael konnte ihr nur im Stillen applaudieren. Mrs Kahns Freunde unter den Dienstboten hatten die Flucht also so lange verheimlicht, wie sie es wagen konnten. Worüber hatten sie wohl schon vorher gelogen?

»Es ist auch nicht weiter wichtig, Lizzie.«

Das Telefon läutete, und er entließ das Mädchen, das zurück in die Küche eilte und zweifellos Mrs Smollett berichtete, dass sie bei Inspector Carmichael mit ihren Lügen durchgekommen war.

Carmichael konnte die Jagd nicht aufhalten. Sie würde so unerbittlich wie ein Gewitter übers Land fegen. Bald würde die Polizei ausschwärmen, würde man in London Kahns Wohnung durchsuchen und das Haus seiner Eltern, würden Polizisten in Waterloo und den anderen Bahnhöfen der Hauptstrecken warten, um Fahrgäste aus den Zügen zu holen. Yately war bereits unterwegs, um den Stationsvorsteher in Farthing Junction zu befragen. Carmichael hatte dem Paar so viel Zeit verschafft, wie ihm möglich war; nun konnte er nichts mehr für sie tun.

Er befragte Harry in den Ställen, der Lizzies Aussage bestätigte, dass der Ausritt weit im Voraus geplant gewesen und nichts an ihm ungewöhnlich erschienen sei. Laut seiner Aussage waren sie für einen Ausritt gekleidet, doch er konnte nur vage beschreiben, was sie tatsächlich getragen hatten. Carmichael drang nicht weiter in ihn. Mrs Simons hatte eine genaue Beschreibung der Kleidung gegeben, die Mrs Kahn am Morgen getragen hatte und die er Royston unverändert für die Fahndung weitergab.

»Danach hätte Mrs Kahn einen rosaroten Rock getragen, aber im Zimmer lag genau so einer auf dem Fußboden«, wandte Royston ein.

»Das macht nichts«, sagte Carmichael. »Ich glaube, sie hatte zwei davon.«

»Da bin ich anderer Meinung«, sagte Royston. »Auf Yatelys Liste der Sachen steht nur ein rosaroter Rock. Aber es fehlt eine beige Hose.«

»Lassen Sie's gut sein, Sergeant«, sagte Carmichael. »Fehlen auch Jacken?«

»Soweit ich weiß, keine. Mrs Kahn trug eine helle Seidenbluse – die ist nicht da, die wird sie also noch anhaben. Es fehlt auch Unterwäsche, falls sie nicht gerade in der Wäsche ist. Mr Kahn scheint auch keine Jacke mitgenommen zu haben, aber einen leichten Pulli.«

»Am Abend wird ihnen kalt werden. Und sie werden ohne Gepäck schwerlich ein Zimmer in einem Hotel bekommen.«

»Jawohl, Sir. Aber wenn sie nach London gefahren sind und Geld dabei haben, könnten sie sich einen Koffer besorgen.«

»Der Yard wird Jenkinson zu Lady Eversley schicken, vielleicht kennt sie Freunde, die das Paar aufnehmen könnten. Sie leiten Mrs Simons Beschreibung an Yately weiter, der sie dann den Polizisten durchgeben kann. Wenn Sie wollen, können Sie noch ergänzen, dass Mrs Kahn eventuell Hosen tragen könnte.«

»Jawohl, Sir.« Roystons Miene verriet nichts. »Was meinen Sie, woher die wussten, dass sie fliehen sollten? Wir haben doch erst kurz vor unserer Abfahrt von unserem neuen Ziel erfahren, eigentlich waren wir ja auf dem Weg zu Lady Thirkie. Und als wir gestern Abend Pläne machten, wusste überhaupt noch niemand davon.«

Lizzies Geschichte hatte sowohl sie selbst als auch ihn reingewaschen, das wurde Carmichael in diesem Moment klar, und ihm wurde etwas leichter zumute.

»Vielleicht hat jemand gestern Abend oder heute früh Lord Eversley über den Stern informiert, und er hat sich dann mit ihnen in Verbindung gesetzt.«

Royston machte sich kopfschüttelnd auf den Weg zu Yately.

Der kam ins Zimmer, noch bevor Carmichael irgendetwas anderes tun konnte. »Ich muss die Beschreibung durchgeben«, sagte er. Carmichael schob ihm den Apparat hin und hörte zu. Der Beschreibung nach trug Mrs Kahn einen rosaroten Rock und eine helle Bluse, eventuell auch Hosen, hatte eine große cremefarbene Tasche dabei und auf der Wange eine frische Wunde. Mr Kahn trug eine braune Jacke, eventuell aus Leder.

»Jedenfalls waren sie am Bahnhof«, sagte Yately, nachdem er das Gespräch beendet hatte. »Wir haben die Pferde auf einer nahen Wiese gefunden. Er hat eine Fahrkarte nach London gekauft, und sie eine nach Winchester. Der Stationsvorsteher hat sie erkannt, ihn aber nicht – er sprach von einem jüdisch aussehenden Mann. In welchen Zug sie gestiegen sind, hat er nicht gesehen, weil er nicht auf den Bahnsteig geschaut hat.«

»Unter Kahns Kleidungsstücken gab es keine braune Jacke«, sagte Carmichael.

»Er muss sie irgendwo aufgelesen haben. Raffiniert sind die Juden ja, besonders was Kleidung angeht. Na, jetzt können wir endlich hart durchgreifen – ein paar Burschen sind schon ganz aus dem Häuschen vor Freude.«

Carmichael hakte nicht nach – in der grünen und vor allem einsamen Landschaft zwischen Clock Farthing und Farthing Junction wuchsen braune Jacken bestimmt an Büschen, wo Kahn sie hatte pflücken können. »Wohin könnten sie gefahren sein, wenn sie den Zug in Richtung Southhampton genommen haben?«, fragte er stattdessen. »In London halten schon genügend Leute die Augen offen.«

»Ich habe die örtlichen Stellen in ganz Westengland alarmiert. Falls sie in Southhampton umgestiegen sind, könnten sie überall auf der Strecke in Richtung Salisbury oder Portsmouth ausgestiegen sein, vielleicht sogar zurück nach Aylesbury oder London. Sie sollten jemanden nach Paddington und nach Waterloo schicken.«

»Wir stehen an allen großen Bahnhöfen bereit«, versicherte ihm Carmichael. »Wir haben auch überall Bescheid gesagt, wo man Wagen mieten kann, falls sie darauf verfallen sollten. Landesweit.«

»Heute Abend wird die Beschreibung im Radio durchgegeben«, sagte Yately. »Wo auch immer sie sich verstecken, das können sie nicht lange durchhalten, und dann haben wir sie.«

»Sergeant Royston und ich kehren noch heute nach London zurück. Ich weiß nicht, was wir hier noch tun könnten, das Sie nicht genauso gut erledigen können, aber wir werden engen Kontakt halten.«

»Jawohl, Sir. Ich werde dafür sorgen, dass der Yard alles erfährt, was sich hier ergibt.«

Das Telefon läutete. »Das wird mein Anruf beim Yard sein. Ich werde durchgeben, wie weit wir sind. Dann hole ich Royston und fahre.«

Yately machte eine Handbewegung, die ein halber Salut war, und ging hinaus. Carmichael hob ab und hatte sofort Sergeant Stebbings am Apparat.

»Kaum Fortschritte«, sagte er und erläuterte, was Yately am Bahnhof erfahren hatte und was sie unternommen hatten. »Bei Kahn müssen wir einfach abwarten, bis wir Glück haben oder er Pech, dann fassen wir ihn. Morgen möchte ich nach Campion fahren und mit Lady Thirkie sprechen.«

»Der Chef will den Fall schnell erledigt haben«, erinnerte Stebbings ihn. »Kommen Sie morgen früh zum Yard, dann sehen wir, was noch ansteht. Hat ja keinen Sinn, Hasen zu jagen, wenn der Täter schon feststeht.«

»Gegen Lady Thirkie gibt es handfestere Beweise als gegen Kahn«, protestierte Carmichael.

»Das ja, aber er ist auf der Flucht, ein sicheres Zeichen, dass er der Täter ist«, sagte Stebbings gemütlich. »Wir sehen uns dann morgen.«

Neunundzwanzig

Abby holte uns am Bahnhof in Portsmouth ab. Sie trug einen Mantel, denn es hatte angefangen zu regnen, während wir die Küste entlanggeschlichen waren, und sie hatte eine Reisetasche dabei. Davon abgesehen war sie die gleiche Abby wie immer, nur ihr Haar war grauer geworden. Sie umarmte erst mich und dann David, was furchtbar nett von ihr war, schließlich war sie ihm erst einmal begegnet, bei einem Tagesausflug nach London, als wir zusammen zu Mittag gegessen hatten. Auf der Hochzeit war sie nicht gewesen, weil Mummy die Gästeliste zusammengestellt hatte, und für sie war Abby nur eine ehemalige Angestellte.

»Am Bahnhofseingang stehen Polizisten«, flüsterte sie mir ins Ohr. »Ich weiß nicht, ob sie nach euch Ausschau halten. Kommt mit ins Schankzimmer. Lasst uns hier einen Tee trinken. Sobald der Zug aus London einfährt, können wir gehen, denn falls sie euch erwarten, rechnen sie damit, dass ihr aus Southhampton kommt.«

David hat sie wohl das Gleiche zugeflüstert. Jedenfalls nahm er ganz selbstverständlich ihre Reisetasche, und wir betraten das Bahnhofslokal, ein winziger Raum, in dem es Tee von der Wärmeplatte und den schrecklichen Früchtekuchen gab, den sie bei der Bahn immer servieren.

Das Lokal hatte die Form eines L, und wir setzten uns möglichst weit vom Tresen weg.

Am Tisch öffnete Abby die Reisetasche und nahm einen Regenmantel in gebrochenem Weiß und einen schwarzen Macintosh heraus. »Ich hoffe, der passt dir«, sagte sie und reichte mir den weißen Mantel. »Den anderen müssen Sie nehmen, David, denn ich hatte sonst nichts, was einem Mann passen könnte, und ich wollte nichts nehmen, das Mr Talbot vermissen könnte.«

»Du bist unglaublich«, sagte ich.

»Ich hoffe sehr, dass ich nur überreagiere. Aber wir sollten das lieber nicht hier besprechen. Steck deine Tasche in die Reisetasche. Es ist wahrscheinlich am besten, wenn David sie trägt, als wäre er gerade aus London eingetroffen, und wir beide hätten ihn abgeholt.«

David zog die Jacke aus, die wir ebenfalls in die Tasche legten. Dann zog er den Macintosh über und sah damit ganz anders aus, weniger seriös, eher wie ein Versicherungsvertreter oder wie jemand, der Fahrräder verkauft. Der helle Mantel war mir zu groß, aber ich zog den Gürtel enger.

»Sie hätten sich nicht solche Mühe machen sollen«, sagte David.

»Sie wissen vielleicht, was ihr anhabt, und suchen nach einem Mann und einer Frau als Paar oder getrennt, aber nicht in Gesellschaft einer älteren Frau«, sagte Abby.

»Wenn sie uns fragen, sagen wir einfach, ich bin deine Tochter und David ist mein Mann.«

Dann kam der Zug aus London, schnaufend wie ein alter Mann mit Asthma fuhr er ein. Wir hatten weder einen Tropfen Tee getrunken noch ein Stück von dem erbärmlichen Früchtekuchen gegessen. Nun standen wir auf, gingen auf den Bahnsteig und warteten, bis die Zugtüren sich öffneten, um uns dem Strom der Aussteigenden anzuschließen. Bald darauf standen wir draußen am Meer bei den Docks, am »Hard«, wo man Nelsons *Victory* bewundern konnte und stets eine stattliche Anzahl grau gestrichener Kriegsschiffe in der großen Bucht vorfand. Zwei junge Polizisten mit frischer Gesichtsfarbe und ländlichem Aussehen bewachten den Eingang. Ihr suchender Blick glitt über die Menge, doch sie beachteten uns nicht, wobei ich nicht wusste, ob es daran lag, dass wir anders gekleidet oder dass wir zu dritt waren. Die Zugfahrt war mir elend lang vorgekommen, konnte aber keinesfalls so lange gedauert haben wie eine Fahrt nach London, doch ich hatte keine Ahnung, wie lange die Polizei brauchen würde, um landesweit nach uns zu suchen.

»Leider können wir nicht gleich nach Hause«, sagte Abby und führte uns hinunter zum Hafen. »Mein Mann und ich leiten eine Schule, falls Sie das nicht wissen sollten, David. Die Mädchen gehen um fünf heim, danach können wir euch reinschmuggeln. Was für ein Pech, dass Sommer ist und es so lange hell bleibt.«

»Wie spät ist es?«, fragte ich.

»Viertel nach drei«, sagte Abby. »Am besten gehen wir zum Tee in eines der Hotels. Niemand wird nach drei Leuten suchen. Möglicherweise werden eure Freunde überprüft, aber das wird noch eine Weile dauern.«

David sah Abby unverhohlen bewundernd an. »Waren Sie mal Spionin?«, fragte er.

Abby lachte. »Hat Lucy Ihnen nichts erzählt?«

David sah mich an. »Worüber denn?«

Ich sah Abby an. »Du hast doch gesagt, ich soll mit niemandem darüber reden.« Ich schaute mich um. Im Regen war außer uns niemand am Meer, nur ein paar Silbermöwen mit schwarzem Rücken zogen wie Eiskunstläufer über den Gleisen ihre Bahn. »Abby ist ein Anlaufpunkt für Flüchtlinge aus dem Reich.«

»Ich kann nicht fassen, dass du mir das verschwiegen hast«, sagte David. »Ich habe dir doch auch von Chaim erzählt.«

»Und ich hätte es dir gesagt, wenn ich auch etwas getan hätte. Aber das habe ich nicht. Es war nur Abby.«

»Ab und zu hast du mit Geld ausgeholfen«, sagte Abby.

»Wer kommt zu Ihnen?«, fragte David.

»Meistens Kinder. Solche, bei denen man gerade erst festgestellt hat, dass sie Juden sind, oder welche aus neu eroberten Gebieten. Ich verstecke sie in der Schule, wo ein Kind mehr oder weniger nicht auffällt. Dann schicken wir sie nach Kanada oder Brasilien. Manchmal bekommt man für das eine Land leichter Papiere, manchmal für das andere. Aber man wird sehr vorsichtig, wenn man so etwas tut. Ich bin nicht so gefährdet wie die Anlaufpunkte in Deutschland oder Frankreich. Aber ich würde ernste Schwierigkeiten bekommen, wenn man mich entdecken würde, und könnte niemandem mehr helfen.«

»Sind Sie Jüdin?«, fragte David.

»Ich bin Quäkerin. Da sind wir ja, das *Queen Anne's Head* ist eine sehr gediegene Adresse für einen Tee.«

Das Hotel war prachtvoll, aber von verblichenem Charme. Hier gab es eingestaubte Palmen in großen Übertöpfen und verschnörkelte goldene Stühle aus der Zeit Edwards VII. Im Saal stand auch ein großer weißer Flügel, anscheinend für bessere Zeiten angeschafft, die aber nie gekommen waren. Hier hätten Männer mit Gamaschen und Frauen mit riesigen Straußenfedern im Haar absteigen sollen. Aus irgendeiner Nische kam ein verschrumpelter Kellner und sah uns an, als wären wir nur ein kümmerlicher Ersatz für die Geister vergangener Größe, die diesen Ort heimsuchten.

»Tee«, bestellte Abby knapp. »Earl Grey für drei und die Hausplatte.«

»Sehr wohl, Mrs Talbot«, sagte der Kellner.

»Man kennt dich hier?«, fragte ich, als wir uns zwischen Farnwedeln niederließen.

»Ich bin hier regelmäßig zum Tee mit den Eltern von Schülerinnen oder zukünftigen Schülerinnen. Der Kellner wird annehmen, ihr seid auch Eltern. Außerdem ist es ziemlich unwahrscheinlich, dass er noch einmal kommen wird, nachdem er uns den Tee serviert hat. Mir gefällt es hier – das Hotel ist zwar ein wenig heruntergekommen, aber auf eine so grandiose Weise, dass man den Aufenthalt als Ehre empfindet. Vieles in Portsmouth ist verwelktes 18. Jahrhundert. Jetzt macht es euch gemütlich, wir müssen mindestens eine Stunde bleiben.«

Wir zogen die Mäntel aus, aber die Jacke behielt ich an. Der Kellner kam mit einem großen Silbertablett zurück, das er auf den Tisch stellte. Auf dem Tablett standen eine riesige Teekanne und alles, was man für eine gute Tasse Tee brauchte, sowie ein Teller, auf dem dreieckige Gurkensandwiches mit fein säuberlich abgeschnittenen Kanten lagen, und zwei Teller mit süßen Teilchen. »Erstaunlich, dass es hier nicht teurer ist als im *Kardomah Café*«, sagte Abby. »Ich verstehe nicht, dass nicht mehr Leute hier einkehren.« Der Kellner entfernte sich lächelnd, als wüsste er, warum nicht mehr Leute kamen, würde es aber niemandem verraten.

»Jetzt erzählt mal, warum ihr hier seid«, sagte Abby und goss Tee ein. »Ich nehme an, es hat mit dem Mord an Sir James Thirkie zu tun? Ihr habt ihn doch nicht umgebracht, oder?«

»Natürlich nicht«, sagte ich.

David war etwas eingeschüchtert, weil sie so nüchtern darüber sprach. »Würden Sie denn hier mit uns sitzen und Kuchen essen, wenn wir es getan hätten?«

»Ich bin sicher, Lucy würde nie jemanden ohne triftigen Grund töten.« Abby reichte David eine Tasse. »Und obwohl ich Sie nicht sehr gut kenne, traue ich Lucys Urteilsvermögen genug, um hier zu sein. Sie haben ihn also nicht umgebracht?« Sie reichte mir eine Tasse Tee, wie ich ihn gerne mochte, nicht zu stark und mit köstlichem Aroma.

»Ich habe ihn nicht getötet«, sagte David. »Ich hatte nichts damit zu tun, schlief fest in meinem Bett und erfuhr erst am nächsten Morgen davon. Aber irgendjemand hat sich offenbar große Mühe gegeben, damit es so aussieht, als hätte ich es getan.«

»Juden und Bolschewiken. Habt ihr heute Morgen die Zeitung gelesen?«, fragte Abby.

»Haben wir«, sagte ich. »Furchtbar.«

»Ein Angriff auf die Freiheit«, sagte Abby und nahm ein Gebäckstück. »Und warum seid ihr nun geflohen?«

»Man hat uns gewarnt, dass die Polizei David verhaften will, weil plötzlich neue Beweise aufgetaucht sind«, sagte ich. Es gab keinen Grund, Abby zu verraten, wer es gewesen war.

Sie nickte. »Weißt du, wer ihn getötet hat?«, fragte sie, pragmatisch wie immer.

»Ich habe Vermutungen«, sagte ich. »Aber keinen handfesten Beweis, keinen polizeitauglichen Beweis.«

»Und ohne einen solchen würden die manipulierten Beweise gegen David ausreichen?«, fragte Abby.

»Was glaubst du denn, wer es war?«, fragte David.

»Mummy. Aber nicht sie allein. Mummy, Angela, Mark und vielleicht Daddy.«

»Reichstagsbrand«, sagte Abby sofort.

»Ganz genau«, sagte ich. »Genau das habe ich heute Morgen gesagt, als ich die Zeitung las. Nur der Bolschewik passt nicht. Kannst du dir vorstellen, dass sich Mummy mit Bolschewiken verbündet, geschweige denn überhaupt mit einem spricht?«

»Lady Eversley könnte gehofft haben, dadurch ganz nach oben zu kommen«, sagte Abby und biss ins Gebäck. Mit einer Serviette tupfte sie sich den Mund ab, wischte Creme aus den Mundwinkeln. »Aber warum sollte sie Sir James loswerden wollen?«

»Reichstagsbrand«, sagte ich. »Sympathiestimmen. Aber ich bin nicht sicher, wann Daddy davon erfahren hat. Er wusste es gestern, aber vielleicht noch nicht am Sonntagmorgen.«

»Das sind keine Beweise«, sagte David. Er hatte sich ein Gurkensandwich genommen, aß es aber nicht, sondern nahm es nur auseinander und legte die Einzelteile auf den Teller. Furchtbar wütend sah er aus.

»Was hast du denn für Beweise, Lucy?«, fragte Abby.

»Alles nur Schlussfolgerungen. Mummy stand um sechs Uhr morgens auf dem Flur, in dem sie nichts zu suchen hatte, und Angela verhielt sich eigenartig, und dann das seltsame Gespräch, das sie mit den anderen darüber führte, ob sie nach Campion fahren solle, als Mark und Mummy ihr zusetzten, und der Blick, den Mark Daphne zuwarf, und natürlich jede Menge *cui bono*.«

»Sie profitieren auf jeden Fall davon«, sagte Abby.

»Ach, und ehe ich's vergesse: Mummy hat ohne ersichtlichen Grund darauf bestanden, dass wir an diesem Wochenende nach Farthing kommen. Ich wollte gar nicht, aber David dachte, es könnte ein Olivenzweig sein, deshalb haben wir uns darauf eingelassen.«

»Nehmt euch in Acht vor Griechen mit Olivenzweigen«, sagte Abby, worauf ich mich fast an meinem Eclair verschluckte.

»Sie wollte, dass ich bei einem Galadinner im Juni in London eine Rede halte«, warf David ein. »Ich glaube, du versteifst dich zu sehr auf Lady Eversley. Eher ist Mark Normanby die treibende Kraft. Er hat wirklich davon profitiert, und er war auch in Frankreich und hätte unter meinem Namen den Stern kaufen können.«

»Tja, wenn ihr euch mit denen anlegen wollt, braucht ihr schon etwas Handfesteres und einen guten Anwalt«, sagte Abby. »Wir müssen euch außer Landes schaffen.«

David stöhnte leise. Ich nahm seine Hand. »Wenigstens werden wir zusammen sein«, sagte ich.

»Die Juden werden heimatlos herumirren, bis sie ihr Gelobtes Land zurückerhalten«, sagte Abby in aufmunterndem Tonfall, obwohl es schlimm war, so etwas zu sagen, und wahrscheinlich das Schlimmste, das ich hätte sagen können, weil ich wusste, wie David dazu stand. Ich drückte seine Hand ganz fest.

»Ich weiß, dass das eine weit verbreitete Anschauung ist, aber dann bin ich eben ein schlechter Jude«, sagte David. »Ich habe England schon immer sehr geliebt.«

»Haben Sie Geld dabei?«, fragte Abby.

»Ein paar hundert Pfund«, sagte David zu meinem Erstaunen. Fünfundzwanzig hätte ich schon für viel gehalten. »Nur, was ich mit mir herumtrage.«

»Ich habe weniger als zehn Pfund dabei«, sagte ich. »Aber ich habe Sachen mitgebracht, die wir versetzen können. Mummys Wedgwood-Schale, ihren goldenen Spiegel und die Haarbürste sowie das Schmuckkästchen. Ich weiß nicht, was darin ist – wahrscheinlich Sachen, die sie auf Farthing trägt. Meinen eigenen Schmuck habe ich auch dabei.«

»Das war nicht sehr vernünftig«, sagte Abby. »Damit hast du Gesetze gebrochen. Diebstahl ist zwar kein Mord, aber richtig ist es auch nicht.«

»Selbst bei einem Dachau-Notfall?«, fragte ich.

Abby seufzte. »Nun, dann vielleicht schon. Dann können wir auch ebenso gut mal schauen, was du mithast. Denn wir brauchen Geld.«

»Mein Vater würde uns helfen«, sagte David.

Ich holte meine Tasche aus der Reisetasche und zog Mummys Schmuckkästchen hervor. Das Kästchen selbst war aus Gold und vielleicht einen oder zwei Schilling wert, und obwohl es Mummys Monogramm trug, ME, hätte es auch jemand anderem gehören können. Ich klappte es auf. Darin lag in einem Wirrwarr aus Ohrringen, Armbändern und Perlenketten das größte Erbstück, das eine Mutter ihrer Tochter hinterlassen konnte, der Ringhili-Diamant, den sie mir bei meiner Hochzeit verweigert hatte.

»Großer Gott«, sagte Abby. »Steck das besser wieder ein.«

Ich schloss das Kästchen. »Den können wir nicht verkaufen. Der Rest ist vielleicht ein paar hundert Pfund wert. Die Wedgwood-Schale mehr, aber in der Eile werden wir wohl kaum einen angemessenen Preis kriegen.«

»Können Sie sich mit Ihrem Vater in Verbindung setzen?«, fragte Abby.

»Im Moment wäre das zu gefährlich«, sagte David. »Vielleicht später, sobald man nicht mehr nach mir sucht. Wahrscheinlich wird sein Telefon abgehört und alle Post gelesen.«

»Chaim«, schlug ich vor.

»Chaim ist inzwischen im Reich. Er ist erst in ein paar Monaten wieder in England. Dann könnte er natürlich Kontakt zu meinem Vater aufnehmen.«

»Ihren Vater sollten wir dann lieber als längerfristige Quelle ansehen, nicht als Soforthilfe. Das Vorhandene reicht erst einmal. Nach Kanada könntet ihr fast sofort. Ein paar Kinder reisen morgen dorthin ab. Ihr könntet als Eltern mitfahren. Die Papiere würden fünfhundert Pfund kosten.«

David sah verzweifelt aus.

»Das ist wohl im Augenblick die beste Möglichkeit«, sagte ich.

»Könnte sein, dass euch noch viele nachfolgen werden«, sagte Abby. »Die neue Regierung – tja, so ist auch Hitler an die Macht gekommen, auf demokratischem Weg, aber ohne Wahlen. Mir gefällt der ganze Tonfall der Veränderungen nicht. Die Religionszugehörigkeit soll auf den neuen Ausweisen vermerkt werden. Heute Morgen habe ich mit Rabbi Schwimmer gesprochen und ihm gesagt, dass die Gesellschaft der Freunde gerne jeden Juden bei sich aufnimmt, schon nach dem ersten Besuch im Quäkerhaus könnten sie wahrheitsgemäß von sich sagen, sie seien Quäker, und wir könnten für sie einstehen. Obwohl ich natürlich nicht weiß, wie lange Quäker in diesem Land noch sicher sein werden.«

Abby stand auf und reckte sich. »Es ist halb fünf. Lucy, am Kai gibt es einen Antiquitätenladen, der erst um fünf schließt, dort könntest du den Spiegel und ein Armband verkaufen. Morgen könntest du dann versuchen, in anderen Läden noch mehr loszuschlagen, und ich könnte es in Southsea probieren, wo mich niemand kennt. Den Rest kannst du in Kanada verkaufen.«

»Ich weiß nicht, was ich ohne dich tun würde, Abby«, sagte ich. »Ich weiß nicht einmal, was ich jemals ohne dich getan hätte. Ich glaube kaum, dass ich mich ohne deine Hilfe zu einem menschlichen Wesen entwickelt hätte, und nun rettest du mir das Leben oder zumindest das von David.«

»Ich weiß nicht, wie ich Ihnen jemals danken soll«, sagte David, der mühsam in den lächerlichen Mantel schlüpfte.

»Keine Ursache. Was man nicht zurückgeben kann, gibt man weiter«, sagte Abby. »Dann mal los.«

Dreissig

Im Yard ließ man Carmichael lange warten, sodass ihm nichts anderes übrig blieb, als endlich einmal seinen Schreibtisch aufzuräumen, und dann teilte man ihm mit, dass er auf Royston verzichten müsse.

»Dafür brauchen Sie keinen Sergeant«, sagte Stebbings. »Ein Constable reicht vollkommen. Außerdem ist gerade ein Bobby aus Winchester hier, der nach Hause möchte. Den können Sie mitnehmen.«

»Ich fahre aber nicht nach Farthing«, knurrte Carmichael. »Ich will in die entgegengesetzte Richtung, nach Campion in Monmouthshire.« Auf Stebbings' Schreibtisch lag eine ordentlich gefaltete Ausgabe der *Times*. »Kahn ist der Mörder«, lautete die Schlagzeile, was Carmichaels Laune nicht gerade verbesserte.

»Na, dann setzen Sie ihn eben hinterher in den Zug«, sagte Stebbings wenig verständnisvoll. »Salisbury muss etwa auf Ihrem Weg liegen – von dort kommt er zurück nach Winchester. Auf jeden Fall sollten Sie heute Abend zurück sein. Der Chef will Sie sprechen, und keine Ausflüchte.«

»Ich brauche Royston«, protestierte Carmichael. »Er kennt den Fall und weiß genau, worum es geht.«

»Seit Sie hier arbeiten, tun Sie so, als hätten sie ein Anrecht auf Royston«, sagte Stebbings. »Aber heute wird er hier gebraucht. Der Yard hat noch andere Fälle zu bearbeiten, auch wenn Sie sich das nur schwer vorstellen können.«

Carmichael machte sich also mit Izzard auf den Weg nach Campion. Es war ein düsterer Tag, die Wolken hingen tief. Als sie London verließen, kamen sie an Werbetafeln mit Schlagzeilen vorbei; der *Herald* schrie: »Kahn geflohen! Fahndung!«, und der *Telegraph*: »Lady Eversley enterbt ihre Tochter«. Carmichael stieß ein leises Knurren aus, aber Izzard zeigte nicht die geringste Regung, die darauf schließen ließ, dass er die Tafeln überhaupt wahrgenommen hatte. Keine Unterhaltung belebte ihre lange Fahrt. Carmichael musste mit der Landkarte auf den Knien den Weg weisen. Izzard war noch nie so weit von zu Hause weg gewesen, was er jedes Mal betonte, wenn er rechts und links verwechselte und falsch abbog.

Campion Hall erwies sich als kleines Schloss, von Normannen errichtet, um die Waliser zu unterdrücken, von Cromwell zerstört, weil die Waliser sich gegen ihn auf die Seite des Königs gestellt hatten, und schließlich liebevoll von Viktorianern restauriert. Dabei hatten sie angefügt, was im Mittelalter ihrer Ansicht nach nur vergessen worden war, weil man damals eben nicht genug nachgedacht hatte, unter anderem spitze Türmchen, Wandmalereien im Stil von Rackhams Zeichnungen und Wasserfälle. Nur einen Burggraben gab es nicht, wahrscheinlich weil das Schloss an einem Hügel inmitten eines Kiefernwäldchens lag. Es war überaus pittoresk und alles in allem monströs.

»Wie scheußlich«, sagte Carmichael, als sie vor dem verschnörkelten Fallgitter hielten.

»Was bitte, Sir?«, fragte Izzard.

Carmichael schüttelte den Kopf und sehnte sich nach Royston. »Unwichtig, Constable.« Er zog an der Klingel. Neben dem Gitter war eine ganz normale Holztür, die ein älterer Butler öffnete.

»Ich möchte Lady Thirkie sprechen«, sagte Carmichael und reichte ihm die Karte.

»Folgen Sie mir«, sagte der Mann, nachdem er die Karte ausgiebig betrachtet hatte.

Durch einen langen Gang, geschmückt mit Illustrationen zu Äsops Fabeln, gelangten sie in einen Salon, in dem gemalte Bäume die Wände zierten, die massiven Mahagonimöbel aber dem typischen Stil der Zeit um 1880 entsprachen, mit Polstern aus rotem Samt und weißen Spitzendeckchen.

»Bitte warten Sie hier, ich hole Lady Thirkie«, sagte der Butler. Carmichael schaute sich die Wände genauer an. Sie waren ebenso kunstvoll wie geschmacklos bemalt. Izzard nahm neben der Tür Paradehaltung an und schien von alldem überhaupt nichts wahrzunehmen.

Die Frau, die schließlich durch die Tür trat, war mit Sicherheit nicht Angela Thirkie. Sie war etwa vierzig Jahre älter und von Kopf bis Fuß in Schwarz gekleidet wie eine viktorianische Witwe oder Königin Viktoria selbst, der sie ein wenig ähnelte, nur dass sie ein gutes Stück größer war.

»Inspector Carmichael, von Scotland Yard.« Carmichael verbeugte sich. »Ich wollte gerne Lady Thirkie sprechen.«

»Das tun Sie. Ich bin Lady Letitia Thirkie, und ich kenne Sie von den Zeitungsfotos, obwohl Sie in natura noch besser aussehen. Ich muss schon sagen, Sie haben sich ziemlich viel Zeit gelassen. Sie hat sich aus dem Staub gemacht.«

»Wer hat was?«, fragte Carmichael amüsiert.

»Sagt man nicht so? Ich habe den Ausdruck bei Edgar Wallace gelesen. Sie ist fort. Weg. Wahrscheinlich schon auf halbem Weg nach Thirkie.«

»Sie sind die verwitwete Lady Thirkie?«, fragte Carmichael.

»Das sind wir inzwischen beide. Meine Schwiegertochter Angela ist fort, so leid es mir tut. Setzen Sie sich doch. Und Sie auch, Sergeant – Sie sind doch Sergeant?«

»Constable Izzard, Madam«, sagte Izzard, ohne sich zu rühren.

»Ach.« Lady Thirkie musterte Izzard kurz. »Vielleicht würden Sie sich in der Küche wohler fühlen?«

Izzard sah zu Carmichael. »Ja, gehen Sie nur, Constable.«

»Man wird Ihnen Tee oder etwas anderes servieren, während ich mich mit dem Inspector unterhalte«, sagte Lady Thirkie. »Einfach den Flur entlang, dann ist es die Tür zur Linken.«

»Das ist diese Seite, Izzard«, fügte Carmichael hinzu.

»Jawohl, Sir. Danke, Madam«, sagte Izzard und stapfte davon.

»Mit solchen Leuten zu arbeiten ist bestimmt ein schweres Los für Sie«, sagte Lady Thirkie mitfühlend.

»Izzard ist nur eingesprungen«, gestand Carmichael. »Er hat seine Qualitäten, aber die liegen nicht im gesellschaftlichen Umgang. Der Mann, der mich normalerweise begleitet, ist klug und eine große Hilfe, heute aber anderweitig beschäftigt.«

»Ja, Sie müssen schwer beschäftigt sein mit all diesen schrecklichen Dingen, wo doch Bolschewiken, Juden, Anarchisten und Gott weiß wer einfach auf Leute schießen. Aber ganz egal, was sie sonst alles getan haben mögen, meinen Sohn haben sie nicht ermordet. Das war meine Schwiegertochter. Sie hat es mir gegenüber so gut wie zugegeben, hier in diesem Zimmer.«

»Ich wusste es«, entgegnete Carmichael völlig unprofessionell.

»Sie haben eine lange Fahrt vor sich. Sie will nach Thirkie in North Yorkshire. Ihr sogenannter Chauffeur ist gestern Abend aus London gekommen, um sie abzuholen. Gleich nach dem Frühstück sind sie aufgebrochen.«

»Was genau hat sie Ihnen erzählt?«, fragte Carmichael.

»Sie meinte, ich müsse mir keine Sorgen machen, dass James gelitten hätte, darauf habe man geachtet, man habe ihn erst erstochen, nachdem er schon vergast worden war. Ich habe gefragt, warum Mörder sich solche Umstände machen sollten. Aber sie sprach nur sehr vage davon, dass man auf dem Kontinent die Juden vergasen würde, die für Fabrikarbeit zu schwach geworden seien.«

Diesen Zusammenhang hätten sie vielleicht auch gesehen, wenn man Thirkie mit dem Stern im Wagen gefunden hätte, überlegte Carmichael. »Er ist tatsächlich mit Gas vergiftet worden, und es war sicher nicht schmerzhaft. Allerdings hat die Polizei dafür Sorge getragen, dass niemand davon erfährt – ein Unschuldiger hätte nichts davon wissen können.«

»Angela ist nicht besonders klug. Sind Sie sich dessen bewusst, dass sie nicht die erste Wahl meines Sohnes war? Seine erste Frau, Lady Olivia, war eine Larkin. Nach ihrem Tod im Blitzkrieg hat sich James in Angelas Schwester Daphne verliebt. Doch die war mit dem Parvenü Normanby verheiratet, weshalb James ihre Schwester zur Frau nahm, die ihr ähnlich sah, aber leider nicht annähernd so klug war. James hat mir an Weihnachten erzählt, dass die Heirat ein schrecklicher Irrtum gewesen sei und dass er kaum Hoffnung auf einen Erben hätte. Er wollte seinen älteren Cousin Donald einladen, der momentan in Oxford weilt, damit er Thirkie kennenlernt. Nun wird Donalds Vater Oliver erben, der nie damit gerechnet hat.«

»Lady Angela ist in anderen Umständen«, sagte Carmichael.

»Ja, das sagte sie. Ihr Mädchen hat mir versichert, dass es das Kind des Chauffeurs ist. Zum Glück wird sie gehängt, bevor das Balg geboren ist und unseren Namen beschmutzen kann.«

»Das Kind ist doch aber unschuldig«, warf Carmichael ein.

»Unschuldig vielleicht, aber nicht mein Enkel«, konterte Lady Thirkie, als wäre das Schuld genug. »Lassen Sie mich fortfahren. Die Sache mit dem Gas hätte mich kaum misstrauisch gemacht, obwohl davon nichts in der Zeitung gestanden hat, denn schließlich war sie ja dort, und ich konnte ja nicht wissen, was sie von

Ihnen erfahren hatte. Mein Misstrauen regte sich erst, als sie mir erzählte, dass es bei ihr geschnackelt hatte – noch so ein Ausdruck, den ich bei meiner Lektüre aufgeschnappt habe. Ein anderer ist »einen Braten in der Röhre haben«. Auf jeden Fall war ich sehr überrascht, als sie sagte, sie hätte einen Braten in der Röhre.« Lady Thirkie wiederholte den Ausdruck mit sichtlichem Behagen. »Doch ich war auch geneigt, mich zu freuen, weil die Familie nun fortbestehen würde. Zwei Söhne habe ich geboren, zwei Schwangerschaften durchgestanden, und es ist eine Tragödie, dass nun alles umsonst gewesen sein soll – keine Enkel, kein Fortbestehen der Blutlinie. Mein ältester Sohn ist in Frankreich gefallen, müssen Sie wissen.«

»Ich weiß«, sagte Carmichael. »Tut mir sehr leid – und Ihr kürzlicher Verlust noch viel mehr.«

»Vielen Dank«, sagte sie würdevoll, und ihr Gesicht verzog sich kurz vor Schmerz. »Aber lassen Sie mich fortfahren. Wenn ich abschweife, werde ich nie fertig. Gestern beim Dinner kamen wir natürlich auf James zu sprechen und auf die möglichen Motive des Mörders oder der Mörder. Angela verriet dabei, dass sie genauestens Bescheid wusste. Sie sagte, man hätte Gas benutzt, um ihm nicht wehzutun – Bolschewiken und Juden, die ihn getötet haben, weil sie ihn und den Frieden, den er uns gebracht hat, verachten! Sie sagte auch, sie hätten ihn an einen anderen Ort gebracht, um allen zu zeigen, dass sie ihn getötet hatten – wo doch jeder eher das Gegenteil hätte tun wollen. Selbst bei einem politischen Attentat würde man sich doch nicht absichtlich in Verdacht bringen. Und Kahn war doch im Haus. Über Kahn haben wir uns auch unterhalten, die Sechs-Uhr-Nachrichten haben von seiner Flucht berichtet. Angela hat sich äußerst abschätzig über Mrs Kahn geäußert, die einmal Lucy Eversley war, und sie hat auch gemeint, die Juden würden bekommen, was sie verdienen, und seien selbst schuld. Das entsprach nicht den Ansichten meines Sohnes. Ihm gefiel das Geschäftsgebaren der Juden nicht, und er schätzte auch Ehen zwischen unseren Leuten und Juden nicht besonders, aber den Hass, den viele Leute zeigen, hielt er für krankhaft.«

»Sehen Sie das auch so?«, fragte Carmichael.

»Ich weiß nicht, ob ich je einem Juden begegnet bin«, sagte Lady

Thirkie nach kurzem Nachdenken. »Ich lebe hier sehr zurückgezogen und gehe kaum aus. Vielleicht würde ich instinktiv eine Abneigung empfinden, wie manche Leute behaupten. Vielleicht aber auch nicht. Ich hätte sicher nicht gewollt, dass einer meiner Söhne sich eine Jüdin zur Frau nimmt, doch im Moment tut es mir sehr leid für die junge Lucy Kahn und ihren Ehemann.«

»Mir auch«, gestand Carmichael. »Aber erzählen Sie weiter.«

»Da ich misstrauisch wurde, obwohl ich noch nicht wusste, was für ein Motiv dahinterstecken könnte, drang ich weiter darauf, dass Angela sich über die Motive der Mörder ausließ. Zuerst äußerte sie nur Offensichtliches, dass die Juden James wegen des Friedens gehasst hätten und dergleichen, aber dann deutete sie an, dass es auch Leute geben könnte, die ihn aus dem Weg räumen wollten, weil er so anständig gewesen war.«

»Er galt als integer«, sagte Carmichael.

Lady Thirkie hob eine Augenbraue.

»Das stand in einem Bericht von Scotland Yard über ihn. Er stand in dem Ruf, als Mensch integer zu sein.«

Ohne große Umstände zog Lady Thirkie ein weißes Taschentuch aus dem Pompadour und trocknete ihre Augen. Carmichael verglich diese Bewegung unwillkürlich mit Agnes Timms' Gefühlsausbruch auf der Bank. Ja, die beiden Frauen waren sehr unterschiedlich, doch Agnes Timms und Lady Letitia Thirkie würden gemeinsam Angela Thirkie und vielleicht sogar Mark Normanby an den Galgen bringen.

»Das habe ich in den Zeitungen auch gelesen, aber es scheint mir doch bedeutsamer und glaubhafter, wenn es in einem Polizeibericht steht.«

»Sehr schade, dass ich ihm nie begegnet bin«, sagte Carmichael.

Lady Thirkie wischte sich erneut die Augen. »Mir scheint, das könnte der Grund gewesen sein. James hätte nie bei einem solchen gegen die Verfassung gerichteten Handstreich mitgemacht, bei diesem Unsinn, den Normanby dank der Angst und der Aufregung, die ein solcher Mord auslöst, durchgeboxt hat.«

»Dann glauben Sie nicht, dass Angela Thirkie allein gehandelt hat?«

»Sie ist viel zu dumm, um etwas so Kompliziertes allein zu bewerkstelligen«, sagte Lady Thirkie. »Den Mord traue ich ihr zu, das Verschleiern der Tat aber nicht. Ich bin sicher, dass Normanby darin verwickelt ist, und vielleicht auch seine Frau, doch das ist reine Vermutung. Angela hat gelegentlich erwähnt, was Normanby meint und was Normanby vorhat, und das hat mich auf den Gedanken gebracht, dass sie zumindest in einige seiner Pläne eingeweiht sein muss.«

»Sind Sie bereit, das vor Gericht zu beschwören?«, fragte Carmichael Lady Thirkie, genau wie er Agnes Timms gefragt hatte.

»Mehr als bereit, es wäre mir eine Freude«, sagte sie. »Sie darf nicht damit durchkommen. Nachdem sie beim Dinner angekündigt hatte, sie würde am nächsten Morgen nach Thirkie abreisen, habe ich ihr Mädchen befragt und herausgefunden, dass man im Dienstbotentrakt offen darüber sprach, was Angela mit dem Chauffeur trieb. Ich fand es ja schon eigenartig, dass er am Dienstagabend aus London kam. Danach zweifelte ich nicht mehr daran, dass sie ein Motiv gehabt hatte.«

»Warum haben Sie nicht die Polizei kontaktiert?«

»Inspector Carmichael, ich bin enttäuscht, dass Sie diesen schrecklichen Amerikanismus ›kontaktieren‹ verwenden. Es gibt Wendungen und Neologismen, die eine Sprache bereichern können, und andere, die sie herabsetzen. Auf jeden Fall habe ich eben deshalb keinen Kontakt mit der Polizei aufgenommen, weil ich sicher war, dass Sie ohnehin kommen würden – und nun sind Sie ja hier. Ich konnte mir einfach nicht vorstellen, dass Sie viel länger brauchen als ich, um Angela und Normanby auf die Schliche zu kommen.«

»Nein, viel länger nicht, Lady Thirkie«, sagte Carmichael.

Sie lächelte. »Na also, die Polizei ist ja doch ganz wunderbar.«

Carmichael war peinlich berührt. »Ich sollte jetzt besser zum Yard zurückkehren und mit meinen Vorgesetzten die nächsten Schritte besprechen. Wird Lady Thirkie denn auf Thirkie bleiben?«

»Zumindest bis zur Beerdigung, und sie hat gesagt, sie würde auch bis zur Geburt dort bleiben. Sagen Sie Bescheid, wann Sie meine Aussage brauchen. Es wird mir eine Freude sein. Ich war noch nie vor Gericht.«

Carmichael würde es ebenfalls eine Freude sein. Er holte Izzard aus der Küche, und sie fuhren wieder zurück in Richtung Osten.

In einem kleinen Restaurant in Gloucester hielten sie zum Lunch. Nach dem verzweifelten Versuch, ein Gespräch mit Izzard zu beginnen, las Carmichael eine zerknitterte Ausgabe der *Times,* die man im Restaurant für ihn aufgetrieben hatte. »Kahn ist der Mörder« kümmerte ihn nicht mehr. Kahn würde bald zu seiner Bank und seinem chinesischen Tee zurückkehren. Die Beweise, die ihm jetzt vorlagen, würden allem standhalten. Die Nachrichten über Normanbys Reformen waren beinahe irrelevant. Ganz egal, ob man ihn am Ende schuldig sprach oder nicht – wenn Normanby erst einmal neben Angela Thirkie auf der Anklagebank saß, war es mit seiner politischen Karriere vorbei, und eine neue Regierung musste her. Genauso wenig interessierte Carmichael, dass Hitler zur Saisoneröffnung bei der Premiere von *Parzival* in Covent Garden erwartet wurde. Er mochte Wagner nicht besonders. Carmichael blätterte ebenso lustlos durch die Seiten, wie er das nicht weiter bemerkenswerte Roastbeef und die faden Kartoffeln verspeiste, die man ihm serviert hatte. Dann zog eine kleine Überschrift im Innenteil seine Aufmerksamkeit auf sich.

UNTERWELTMORD IN SOUTHEND

> Gestern Abend wurde in Southend versehentlich auf eine Friseurgehilfin geschossen. Der Täter hatte es vermutlich auf jemanden aus einer rivalisierenden Bande abgesehen, traf aber die junge Frau auf der gegenüberliegenden Straßenseite. Miss Agnes Timms, 25, aus Leigh-on-Sea, wurde ins Krankenhaus gebracht, wo man nur noch ihren Tod feststellen konnte. Der Mörder ist noch unbekannt, doch die Polizei rechnet mit einer baldigen Festnahme.

Das Stück Rindfleisch in Carmichaels Mund verwandelte sich in eine trockene Masse, und er erstickte beinahe, als er es hinunterwürgte. Sie hatten sie umgebracht. Jemand hatte sie zum Schweigen gebracht, direkt nach ihrer gestrigen Begegnung. Als hätte er sie selbst ermordet, denn wenn er sie nicht gefunden und mit ihr gesprochen hätte, würde sie noch leben, würde Frauen die Haare schneiden und blau färben und Pläne für einen eigenen Salon machen. Fünfundvierzig Pfund waren ihr wie ein Vermögen erschienen, und bei ihrem Tod hatte sie wahrscheinlich noch sein Taschentuch bei sich gehabt. Hinzu kam, dass mit ihr die Hälfte seiner Beweise hinfällig war. Nun hatte er nur noch Lady Letitia Thirkie. Würden sie auch dort zuschlagen? Würden sie auch die alte Dame kurzerhand töten, sobald er enthüllte, dass sie eine Zeugin war? War er selbst noch sicher? Wartete bereits ein Todesschütze oder ein tragischer Unfall auf ihn – auf einen Polizisten, der dann in Ausübung seiner Pflicht gefallen wäre? Der Mann, den er verdächtigte, Thirkie kaltblütig aus politischem Kalkül getötet zu haben, war Premierminister und hatte vermutlich auch Agnes Timms ermorden lassen, um sie zum Schweigen zu bringen. Konnte er es wagen, gegen den Premierminister vorzugehen?

»Essen Sie auf, Izzard«, sagte Carmichael. »Wir kehren nach Campion Hall zurück, und Sie bleiben dort, um die alte Dame zu beschützen.«

»Wovor denn, Sir?«, fragte Izzard ohne sonderliche Verwunderung angesichts dieser unvorhergesehenen Wendung.

»Vor Terroristen und Attentätern«, sagte Carmichael.

Einunddreissig

Ich verkaufte den Spiegel und ein Smaragdarmband, und der nette Mann gab mit fünfzig Pfund dafür und fragte nicht, woher ich die Sachen hatte. Vielleicht hielt er mich für eine Diebin, und da hatte er ja auch recht, denn die Sachen gehörten Mummy und nicht mir. Die Nacht verbrachten wir im Keller von Abbys Schule, wo es einigermaßen bequem war, nur sehr dunkel. Mr Talbot bekamen wir gar nicht zu Gesicht, Abby hielt das für sicherer. Die Kinder lernten wir dagegen schon kennen, denn die versteckten sich ebenfalls dort: drei Mädchen und ein kleiner Junge. Erst fürchtete ich, sie könnten uns unabsichtlich verraten, falls die Polizei kam, doch das war Unsinn. Die Kinder waren durch halb Europa geflüchtet, sie wussten besser als ich Bescheid, wie man sich verbarg. Selbst von dem kleinen dreijährigen Jungen hätte ich da einiges lernen können.

Das älteste Mädchen hieß Tania. Sie war Russin, besser gesagt Ukrainerin, was nicht ganz dasselbe ist. Sie war zehn, und Abby hatte ihr Englisch beigebracht. »Morgen Abend steigen wir auf ein Boot«, erklärte sie. »Nach Kanada, nicht nach Amerika. Sie lassen Juden nicht nach Amerika, keinen einzigen.«

»Wir kommen mit euch, wenn wir das Geld zusammenkriegen«, sagte ich. »Wir werden uns als eure Eltern ausgeben.«

»Wir werden ganz still sein«, sagte sie. »Ich spreche am besten Englisch, Rivkele spricht nur sehr schlecht, Naddy und Paul gar nicht. Aber sie sprechen Französisch. In manchen Teilen Kanadas spricht man Französisch, sagt Abby.«

»Naddy und Paul hören sich nicht nach jüdischen Namen an«, sagte ich.

»Sind sie auch nicht, aber die beiden kennen ihre richtigen Namen nicht. Franzosen haben sie versteckt und ihnen die Namen gegeben – dann wurden die Franzosen auch gefangen und ins Lager gebracht. Wir waren alle im Lager und sollten vergast werden, aber wir hatten Glück und kamen weg.«

Ich war erstaunt über ihre Selbstbeherrschung, und wie ruhig sie all das Schreckliche hinnahm. Bis zu diesem Augenblick war alles für mich irgendwie auch aufregend gewesen, obwohl es natürlich mit Angst verbunden war, sich im Keller zu verstecken, und im Zug war es zeitweise sogar langweilig gewesen. Die Sachen zu verkaufen hatte direkt Spaß gemacht. Ich hatte eben nichts von dem gespürt, was der arme David wohl die ganze Zeit empfand – den Verlust unseres bisherigen Lebens, unseres Heims, einfach von allem. Aber plötzlich fragte ich mich, was ich in Kanada tun sollte, wovon ich leben sollte, wenn das Geld aus dem Verkauf der mitgenommenen Sachen aufgebraucht war? Müsste ich sogar den Ringhili-Diamanten verkaufen? Nein, beruhigte ich mich, der war unantastbar, ganz egal, wie arm wir sein würden. Ich würde ihn an meine Tochter weitergeben, bei ihrer Hochzeit, wen auch immer sie heiratete, ganz egal, ob er mir gefiel oder nicht. Ob das Kind in mir ein Sohn oder eine Tochter sein würde, wusste ich nicht, aber ich war sicher, dass ich eines Tages beides haben würde.

David bekam irgendwie mit, dass ich mich nicht wohlfühlte. Er setzte sich zu mir und legte den Arm um mich. Wir erzählten den Kindern Geschichten, und was sie nicht verstanden, übersetzten wir in andere Sprachen. David, Tania und Rivkele konnten ein wenig Hebräisch, und ich sprach etwas Französisch, obwohl es immer noch nicht besonders gut war, trotz der Schule und der Schweiz und der ganzen Einkaufstouren nach Paris. Sie lachten mich aus, sogar der kleine Paul, und das Lachen tat uns gut. David meinte, wir sollten den Kindern spielerisch Englisch beibringen, und fing gleich mit einem Singspiel an, das allen gefiel. Er würde ein wunderbarer Vater sein. Irgendwann schlief der kleine Paul an seiner Schulter ein, und David trug ihn ins Bett. Die anderen schickten wir dann auch schlafen. Abby hatte in einem der Räume vier Betten für sie hergerichtet. Sie wären es gewohnt, zusammen zu schlafen, sagte Tania, das hätten sie schon an den merkwürdigsten Orten getan. Während der Aufzählung dieser Orte, die mir das Blut in den Adern gefrieren ließ, schliefen sie ein.

Dann kam Abby herunter, setzte sich eine Weile zu uns und erklärte uns, wie wir sie erreichen konnten. Wir einigten uns darauf, dass sie in ein paar Monaten Verbindung zu Davids Vater aufnehmen sollte, indem sie zu ihm in die Bank ging, als würde sie ein Darlehen aufnehmen wollen. Das hielten wir für sicher genug. Meine Gefühle schwankten immer noch zwischen Angst und

Aufregung – wir gingen wirklich fort, wir verließen wirklich das Land, die Polizei und alle möglichen Leute suchten wirklich nach uns. Unsere Personenbeschreibung war von der BBC verbreitet worden. Doch noch saßen wir hier, tranken Tee und unterhielten uns, als wäre nichts geschehen.

»Wie kommen die Kinder zu dir?«, fragte ich.

»In einem der Lager gibt es eine Wache, die so viele zum Tode Verurteilte rettet wie möglich. Meistens Kinder, denn die anderen würden es nicht schaffen. Ich habe festgestellt, dass Kinder sehr widerstandsfähig sind, obwohl sie durch das Erlebte manchmal wütend und verbittert werden. Diese vier sind brave Kinder. Ihr werdet merken, dass sie euch eine großartige Familie sein werden.«

Ich blinzelte nur, doch David sagte aus dem Halbdunkel: »Das haben wir auch so schon bemerkt.«

»Sie haben Fahrkarten für ein Schiff, das morgen von Southhampton aus nach Halifax und New York in See sticht. Man wird die auslaufenden Schiffe überwachen, aber sie werden ein Paar suchen, keine Großfamilie. Zumindest was die Hautfarbe angeht, seid ihr glaubhaft. Manchmal habe ich Zigeuner, die sehr dunkel sind, und einmal kam sogar ein Negermädchen, deren Mutter eine Nachtklubsängerin in Paris gewesen war. Diese vier sind Juden.«

»Erstaunlich, dass die Juden in Europa überhaupt noch Kinder kriegen«, sagte ich, ohne groß nachzudenken.

»Du bekommst doch selbst ein Kind«, erwiderte Abby. Ich hatte es ihr schon gesagt, und sie hatte mich beglückwünscht. »Man bekommt Kinder, solange es Hoffnung gibt, und obwohl es in Europa nur wenig Hoffnung gibt, ist sie nicht völlig erloschen. Die Kinder kommen inzwischen aus den kürzlich eroberten Gebieten, zum Beispiel aus der Ukraine, und aus Ländern, die sich freiwillig der Oberherrschaft des Reichs unterworfen haben, wie Bulgarien und Rumänien, und dort haben sich die Juden bis vor Kurzem noch genau so sicher gefühlt wie die Juden in Großbritannien.«

Mir wurde ganz kalt, als ich daran dachte, dass so etwas auch in Großbritannien passieren konnte, dass es Leuten zustoßen konnte, die ich kannte. Und es würde geschehen – von dem Augenblick an, als Mummy Sir James getötet hatte, war es unvermeidlich gewesen. Vielleicht würden sie die Juden in Hitlers Lager schicken oder selbst Lager bauen, weil es nicht nur Juden betreffen würde, genau wie im Reich, es würde jeden betreffen, der nicht damit einverstanden war, wie die Dinge liefen. Es war eben nur am einfachsten, mit den Juden anzufangen.

»Tania hat gesagt, Naddy und Paul würden ihre wahren Namen nicht kennen«, sagte ich.

»Sie kennen weder ihre Namen, noch wissen sie, wer ihre Eltern waren oder ob sie wirklich Juden sind, und das werden sie nun auch nie mehr erfahren, denn die Leute, die sie versteckt haben, sind im Lager verschwunden. Naddy war erst vier und Paul noch ein Säugling. Es ist jetzt eure Aufgabe, ihnen beizubringen, wer sie sind, denn sie werden nie erfahren, wer sie einmal waren.«

»Heißt das, du bittest uns, sie bei uns aufzunehmen?«, fragte ich.

»Ja. Normalerweise wären sie in ein französisches Waisenhaus in Halifax gekommen, und wir hätten versucht, Familien für sie zu finden. Aber nun lasse ich die Papiere so ändern, dass ihr als Familie auswandert. Das deckt sowohl euch als auch sie, aber ihr werdet für sie sorgen müssen.«

»Natürlich werden wir das«, sagte David ohne zu zögern, und dabei klang er so froh wie seit Tagen nicht mehr. »Das tun wir gerne. Und falls wir noch mehr tun können, nachdem wir uns dort eingelebt haben, werden wir das selbstverständlich ebenso gerne tun.«

Ab sofort hatte ich also vier Kinder, und ich versuchte, mich darüber zu freuen, empfand es aber auch als Last, denn ich würde ja weder ein Kindermädchen noch eine Gouvernante haben oder dergleichen.

Am nächsten Morgen verkaufte Abby das Schmuckkästchen und die Haarbürste in Southsea für hundertzehn Pfund, und ich verkaufte ein weiteres Armband und eine ganze Reihe Ohrringe in zwei verschiedenen Läden in Portsmouth für achtzig Pfund. Über dem Kopf trug ich einen Schal, denn zum einen wollte ich ärmer wirken, und zum anderen musste ich die Schramme verbergen. Selbst unter dem Make-up sah man sie noch, wenn man nahe genug herankam.

Damit hatten wir genug Geld für die Papiere, obwohl Abby meinte, die Zeit sei knapp, und vielleicht müssten wir das nächste Schiff eine Woche später nehmen. Ich kaufte noch ein paar Sachen: für die Kinder Schokolade, außerdem Zeichenblöcke, Stifte und etwas zum Vorlesen, und Bücher für David und mich. *Krieg und Frieden* für mich, weil es so dick war und ich es noch nie gelesen hatte, und für David das neue Buch von dem Mann, der dieses Buch mit den Tieren geschrieben hatte, das vor ein paar Jahren so ein Renner war. Ein Science-Fiction-Schmöker mit dem Titel *1974*. David gefielen Wells und Verne, und da dachte ich mir, so etwas könnte ihn ein bisschen auf andere Gedanken bringen. Abby besorgte uns Kleidung – ich traute mich nicht, denn gerade Kleiderläden schienen mir Orte zu sein, an denen man am ehesten nach uns Ausschau halten würde, wahrscheinlich allerdings eher in London als in Portsmouth.

Dann tat ich etwas sehr Riskantes. Ich nahm mir ein paar Pennys, ging zu einer Telefonzelle und rief Daddy an. Und zwar im Büro, nicht im Parlament und auch nicht zu Hause, wo ich mit Dienstboten und womöglich mit Mummy hätte sprechen müssen. Denn ich wusste, dass Mummy alles unternehmen würde, um uns zu finden und uns zu schaden. Aber die Nummer im Büro war eine Durchwahl, die ich kannte und bei der ich nur eine Sekretärin überlisten musste. Ich sagte ihr, ich sei Mark Normanbys neue Sekretärin, und sie möge mich bitte durchstellen. Eine halbe Minute später hatte ich Daddy am Apparat.

»Hallo, Daddy?«

»Luce! Häschen, wo bist du?«

»In einer Telefonzelle. In Sicherheit. Ich wollte nur wissen, wie du dich auf all das einlassen konntest?«

»Ich bin da eher mit hineinzogen worden. Du weißt doch, wie so was läuft. Komm nach Hause, Häschen, ich werde schon dafür sorgen, dass dir nichts geschieht.«

»Aber David wird etwas geschehen. Du hast dich einfach mit reinziehen lassen? Heißt das, du wusstest, was passieren würde?«

»Nur ungefähr. Deine Mutter hat mal so etwas angedeutet. Ich wusste, dass der Kerl auf mich schießen würde, aber er sollte doch nicht treffen, verdammt noch mal, schon gar nicht dich. Das tut mir sehr leid.«

»Sie hat angedeutet, dass man einen deiner Freunde ermorden und meinem Ehemann die Schuld in die Schuhe schieben würde?«

»Davon hat sie nichts gesagt«, versicherte er mir. »Es ging nur um Juden und Bolschewiken im Allgemeinen. Ich wusste nicht einmal, dass ihr eingeladen wart, bis ich euch am Freitag beim Dinner gesehen habe.«

»Daddy, ich habe keine Ahnung, wie viel davon Mark und wie viel Mummy zuzuschreiben ist, aber das Ganze wird immer größer werden wie ein riesiger Schneeball, der ins Tal rollt, bis keine Freiheit und auch nichts anderes mehr übrig ist, genauso schlimm wie bei den Bolschewiken oder noch schlimmer, wie im Reich. Du glaubst, dass du alles unter Kontrolle hast, und im Moment stimmt das auch noch, du kannst es noch aufhalten, mit einem einzigen Satz, aber bald wird es zu spät dafür sein, und auch du wirst Angst haben. Halt es jetzt auf. Erzähl im Rundfunk allen, was geschehen ist. Du wolltest doch nicht, dass Sir James ermordet wurde, und du willst sicher nicht in einem Land leben, wo man auf diese Weise an die Macht kommt, oder?«

»Aber Luce, das ist vollkommen absurd. Es ist überhaupt nicht wie bei den Bolschewiken. Leute wie wir halten die Bolschewiken auf, damit nicht all die kleinen Leute sich einer nach dem andern hochhangeln und uns an den Rockschößen packen und runterziehen. Ich habe deine Heirat nicht missbilligt, obwohl deine Mutter es tat. Ich wollte, dass du glücklich bist. Komm zurück. Ich werde alles in meiner Macht Stehende für Kahn tun.«

»Herzlichen Glückwunsch zur Ernennung zum Schatzkanzler«, sagte ich. »Wir werden uns wohl kaum wiedersehen oder jemals wieder miteinander sprechen, aber ich wollte mich wenigstens verabschieden.«

»Wo bist du?«, fragte er. Es piepte in der Leitung, und ich verzichtete auf weitere drei Minuten. Als Letztes hörte ich die Worte: »Luce? Häschen?«

Ich war nicht sein Häschen, ich war niemandes Häschen. Schon seit Jahren nicht mehr, doch das wurde mir erst in jenem Moment bewusst – dass ich die Dinge ganz anders sah. Daddy konnte sich einfach treiben lassen und zum Mörder und Faschisten werden, doch für mich kam das überhaupt nicht infrage, nie und nimmer.

Das war, wie gesagt, ein Leben in einem kleinen Blumengarten inmitten von Feldern voller Dung. Ich konnte die Augen nicht mehr davor verschließen, dass ich den Blumengarten nur behielt, wenn ich andere in den Dreck stieß. Vielleicht hatte Daddy es ehrlich gemeint und wollte David helfen, obwohl ich kaum glaubte, dass er wirklich etwas tun konnte, doch selbst das würde nicht ausreichen, solange andere Menschen wie David, die eben keine Beziehungen hatten, in den Dreck gestoßen wurden. Deswegen sollten Gesetze immer für alle gleichermaßen gelten und fair sein, was mir Abby von dem Tag an beigebracht hatte, als ich alt genug war, um über diese Dinge nachzudenken. Ich wünschte, irgendjemand wie Abby hätte das auch Daddy beigebracht. Ich wünschte jedem so jemanden, und vor allem wünschte ich, dass alle auch zuhörten, wenn man ihnen so etwas beibrachte.

Am Nachmittag kam Abby nach unten, um uns zu sagen, dass sie unsere Fahrkarten und Ausweise hatte und dass wir mit der Abendflut von Southhampton auslaufen würden. Die Schienenwege würden strengstens überwacht, daher würden wir sowohl im Zug als auch auf dem Schiff ein Risiko eingehen. Fotos und Beschreibungen von uns seien in allen Zeitungen und würden übers Radio verbreitet, und alle seien anscheinend sicher, dass David der Mörder sei, selbst der *Manchester Guardian*, für Abby normalerweise der Inbegriff der Liberalität und jeder Vorverurteilung abhold.

Wir sahen uns die neuen Papiere an und übten die Namen. Dann schminkte mich Abby sorgfältig. Der Kratzer war am schwersten zu verbergen. Sie lieh mir einen Hut, der mein Gesicht einigermaßen verbarg, aber dennoch hatte ich Angst, dass es jemandem auffallen würde. Dann brachte Abby uns zum Bahnhof.

Die Kinder waren ganz aufgeregt. Sie wollten unbedingt mit dem Zug fahren. David hatte ihnen von Zügen erzählt und auch welche gezeichnet. Die Kinder waren eine wunderbare Ablenkung für David, genau das hatte er gebraucht. Auf einem Schiff waren sie schon gewesen, deshalb erschien ihnen die Schiffsreise nach Kanada nicht so aufregend wie die einstündige Fahrt mit dem Zug. Abby kaufte die Fahrkarten und scheuchte uns zum Zug. Es waren noch mehr Polizisten am Bahnhof, aber die beachteten uns kaum. Ich trug Paul und hielt den Kopf gesenkt. Das würde ich auch machen, wenn wir an Bord des Schiffs gingen.

Zum Abschied umarmte ich Abby ganz fest. Ich hätte sie so gerne dabei gehabt, aber das ging natürlich nicht, und sie konnte dort mehr Gutes tun, wo sie war. Wir drückten uns in ein Abteil, das wir ganz für uns hatten, und machten es uns bequem. Solange wir Abby noch auf dem Bahnsteig sehen konnten, winkten wir ihr. Ob ich sie je wiedersehen würde?

Den Kindern wurde bald langweilig. Den ersten Teil der Reise verbrachten wir, indem wir »Drei gewinnt« spielten und Geschichten malten. Den älteren machte es Spaß, wenn ich Dinge zeichnete, die sie dann ausmalen konnten, und ich tat ihnen den Gefallen, obwohl ich nicht gut zeichnen kann. Frauen in langen Kleidern und Katzen kriegte ich ganz gut hin – Abby hat mir beigebracht, wie man Katzen malt, ohne den Stift abzusetzen. Eigentlich sehen Katzen natürlich anders aus, aber man konnte erkennen, was es war. Die Kinder fanden es wundervoll. Allmählich konnte ich mir doch vorstellen, dass ich es mit der Zeit fertigbringen würde, ihnen eine Mutter zu sein.

»Wo werden wir in Kanada leben?«, fragte Tania, als wir aus einem der kleineren Bahnhöfe abfuhren.

»Wir landen in Halifax«, sagte David. »Das ist ein großer Hafen, viel größer als Portsmouth, ich glaube so groß wie Southhampton. Das wird aufregend. Da werden wir Flugboote und Schiffe sehen. In Halifax werden wir in einen Zug steigen und dann einen ganzen Tag durchs Land fahren, über Nova Scotia und New Brunswick.«

»Sind das Länder?«, fragte Tania. Sie saß mir gegenüber. Paul saß neben mir – er war eingeschlafen und lehnte schwer an meiner Seite. Man sollte nicht meinen, dass ein Dreijähriger so schwer sein konnte.

»Nein, das sind Teile von Kanada, Provinzen«, sagte David.

»Du musst ja schrecklich gut in Geografie gewesen sein«, sagte ich neidisch.

Er lachte. »Ich habe viele Karten gesehen. Man muss gut Karten lesen können, wenn man Pilot werden will.«

»Du bist Pilot?«, fragte Rivkele. »Du fliegst Flugzeuge?«

»Ja, zumindest war ich mal einer. Wahrscheinlich werde ich wieder einer sein. Das ist etwas ganz anderes als ein Bankier, aber ohne Kapital kann man nicht Bankier sein. Vielleicht habe ich später wieder Geld und kann ins Bankgeschäft zurück. Wir werden ja sehen. Aber erst mal werden wir nach Montreal gehen. Das liegt in Quebec, dem Teil von Kanada, in dem Französisch gesprochen wird. Da hat man nicht so viel gegen Juden, zumindest habe ich das gehört. Im Krieg hatte ich einen Freund in der Staffel, der aus Quebec kam, und der hat mit das erzählt. Wir werden ein Haus zum Wohnen finden, und ihr könnt zur Schule gehen, und das Baby wird geboren werden, und alles wird gut sein.«

Ich glaubte David, als er das in dem Zug sagte, der uns durch das ruhige grüne Land fuhr, obwohl wir nicht wussten, ob wir Kanada je erreichen oder auch nur sicher aufs Schiff gelangen würden. Immer noch konnte die Polizei uns verhaften, konnten sie David hängen, die Kinder in Todeslager abschieben und mich ins Irrenhaus. Aber wir hatten Hoffnung auf ein neues Leben, mit neuen Namen und neuen Möglichkeiten. Es würde alles sehr anders sein.

David saß an meiner Seite, Paul lehnte schwer an der anderen, und ich dachte an die letzte Woche zurück – es war sogar weniger als eine Woche, nur fünf Tage seit jenem Samstagnachmittag, als David wütend zu mir nach oben gekommen war, weil Angela Thirkie ihn für einen Kellner gehalten hatte, bis heute, Donnerstagnachmittag, wo wir im Zug einem neuen Leben entgegenfuhren. Das war der Augenblick, in dem ich mich entschloss, alles aufzuschreiben. Um es schwarz auf weiß zu haben, es vielleicht sogar zu veröffentlichen, falls es in irgendeinem Land eine Presse gab, die sich nicht vor den Konsequenzen fürchtete, wenn sie diesen Leuten keinen Zugeständnisse mehr machte, vielleicht eines Tages sogar in England. Vielleicht konnten wir eines Tages nach Hause zurück, wenn England wieder wirklich frei war und nicht nur Lippenbekenntnisse zur Freiheit abgab, während die Unterdrückung schlimmer und schlimmer wurde.

»Ich liebe dich«, sagte ich. »Hast du Angst?«

»Ganz fürchterlich, aber ich liebe dich auch«, sagte David und küsste mich zärtlich auf den Nacken, so wundervoll wie immer.

Dann fuhr der Zug in Southhampton ein.

Zweiunddreissig

Nun ergab alles einen Sinn: Alle Ungereimtheiten und Unwahrscheinlichkeiten, die Carmichael geplagt hatten, lösten sich auf. Wenn er nicht solche Angst gehabt hätte, hätte er lauthals gesungen. Er hatte es bis London, bis zum Yard geschafft. Es gab keinen Parkplatz. Er musste den Wagen an einer der neumodischen amerikanischen Parkuhren in Lincoln's Inn Fields stehen lassen und den Rest zu Fuß gehen, immer in der Angst, von einem Heckenschützen abgeknallt zu werden, was er seit Kriegsende nicht mehr empfunden hatte. Sie hatten Agnes Timms umgebracht, und er wusste noch viel mehr, als sie gewusst hatte.

Im Yard saß Stebbings wie üblich in seinem Glaskasten. Er winkte Carmichael heran. »Der Chef will, dass Sie sofort zu ihm kommen.« Sein Ton war gleichmütig wie immer, doch Carmichael kam es vor, als wäre er einen Tick weniger freundlich.

»Ich soll nicht erst den Bericht schreiben?«

»Sofort«, beschied Stebbings ihm kurz angebunden. Carmichael sah, dass es sogar auf dem Notizblock stand: »Carmichael, sofort«. Sein Name war unterstrichen.

Auf dem Weg zum Fahrstuhl legte er sich zurecht, was er sagen wollte. Er war innerhalb des vorgegebenen Zeitrahmens geblieben. Der Fall war gelöst. Sie konnten ihn der Staatsanwaltschaft übergeben. Die Ermordung von Agnes Timms war nur ein weiterer Beweis, Royston und er hatten ihre Aussage gehört und konnten sie bezeugen. Der Fahrstuhl schoss nach oben, und wieder sackte ihm der Magen ein wenig ab. Dann betrat Carmichael das Büro des Chief Inspectors.

Die Aussicht war grandios. Die Wolken zogen nach Süden, unter ihnen sah man London aus der Vogelperspektive.

Penn-Barkis saß an seinem Schreibtisch und hatte die Fingerspitzen zusammengelegt. »Der Fall Thirkie ist abgeschlossen, nehme ich an?«

»Jawohl, Sir«, sagte Carmichael und setzte sich auf einen Fingerzeig von Penn-Barkis in den Sessel vor dem Schreibtisch. Den Ausblick konnte er jetzt nicht mehr genießen, aber wenigstens würde ihn so auch nichts ablenken. »Ich werde Ihnen alles erklären.«

Auf der langen Rückfahrt hatte Carmichael die Einzelheiten zusammengefügt und konnte nun ein sinnvolles Mordszenario entwerfen. Er sprach ohne Unterbrechungen. Penn-Barkis saß ganz ruhig da und hörte aufmerksam zu.

»Es war ein politisch motivierter Mord, aber ganz anders gelagert, als wir zuerst vermuteten. Mark Normanby wollte Thirkie auf eine Weise loswerden, die ihm die Möglichkeit gab, Kapital aus dem Mord zu schlagen und an die Macht zu kommen. Angela Thirkie hat sich zur Mithilfe bereit erklärt, weil ihr Mann auch ihr im Weg war. Entweder haben sie gewartet, bis Lady Thirkie schwanger war, oder sie haben die Initiative ergriffen, weil sie ein Kind erwartete. Lady Eversley hat ihre Gesellschaft zeitlich vor die Abstimmung gelegt, weil sie an der Verschwörung beteiligt war oder weil Normanby sie unter Druck gesetzt hat. Die Kahns wurden als Sündenböcke eingeladen, und um das Land gegen die Juden aufzuwiegeln.« Normanby kannte wahrscheinlich außer Kahn keinen Juden gut genug, der einer solchen Einladung Folge geleistet hätte.

»Rechtzeitig vorher hat sich Normanby in Frankreich als Kahn ausgegeben, um den Stern zu besorgen. Kahn hätte niemals seinen eigenen Namen und seine Adresse genannt, wohl aber jemand, der ihn verdächtig machen wollte. Und wir wissen, dass Normanby Anfang des Jahres in Frankreich war.« Wir wissen auch, dass Kahn nicht dort war, gar nicht dort gewesen sein kann, wenn wir Mrs Kahn Glauben schenken, aber vermutlich würde Penn-Barkis das nicht als Beweis akzeptieren.

»Vor der Abreise nach Farthing gab Angela Thirkie Brown Geld, um Lord Eversley am Sonntag einen Streich zu spielen. Lord Eversley könnte davon gewusst haben, vielleicht aber auch nicht. Brown sollte sich einen ›Scherz‹ erlauben, den sie dann den Bolschewiken in die Schuhe schieben konnten. Falls man ihn angewiesen hatte vorbeizuschießen, so würde das erklären, warum er sich gegen eine Schrotflinte nicht besser geschlagen hat. Andererseits könnte er einfach ungeübt im Umgang mit dem Gewehr gewesen sein. Angela Thirkie sorgte auch dafür, dass Thirkie den Dolch parat hatte, und sie beschaffte sich die

Schminke. Vielleicht hat sie ihre Kammerzofe zum Diebstahl angestiftet. Das Mädchen ist leicht einzuschüchtern, wir können sicher noch mehr Informationen aus ihr herausholen, und wohl auch aus dem Chauffeur. Angela Thirkie hat eine Affäre mit dem Chauffeur, das Kind ist sehr wahrscheinlich von ihm.« Als Nächstes mussten sie mit Angela Thirkies Dienstboten sprechen. Er würde nach Yorkshire reisen müssen. Zu schade, dass er sie nicht mehr auf Campion angetroffen hatte, aber das Gespräch mit der alten Lady hatte genügend ergeben.

»Am 6. Mai, dem Abend des Mordes, hat Angela Thirkie ihren Mann irgendwie überredet, sich in den Wagen zu setzen – wie, weiß ich noch nicht.« Er konnte sich nicht vorstellen, dass sie einen Schleiertanz im Licht der Scheinwerfer vorgeführt hatte oder dass Thirkie in dem Fall sitzen geblieben wäre. Vielleicht war es noch hell gewesen, und sie hatte ihn gebeten, für ein Foto zu posieren. Wie lange dauerte es wohl, jemanden mit Abgasen zu vergiften?

»Falls nicht sie ihn überredet hat, muss Normanby ihm gedroht haben, was es im Grunde zu einem Selbstmord macht, aber es steht doch auch unter Strafe, jemanden in den Selbstmord zu treiben, nicht wahr?« Sollte es jedenfalls. Penn-Barkis antwortete nicht, sein Blick war ziemlich irritierend. Carmichael hatte ihn schon öfter am Ende eines Falls so gesehen. Er fuhr einfach fort.

»Wahrscheinlich hat Normanby gedroht, irgendetwas zu enthüllen – eher nicht den Ehebruch Angelas, es muss sich um etwas anderes gehandelt haben, das er gegen Thirkie in der Hand hatte, was Thirkie als beschämend empfand. Eventuell eine kurze sexuelle Episode zwischen den beiden oder etwas Politisches. Jedenfalls ist Thirkie ohne Schmerzen im Wagen gestorben. Danach haben sie ihn nach oben getragen und alles so hergerichtet, dass der Verdacht auf Kahn fallen musste. Vielleicht war das auch nur Normanby, denn Angela Thirkie erlitt einen Schock, als sie erfuhr, wo man ihren Gatten gefunden hatte.« Das hatte ihn abgelenkt, sodass er viel zu lange an zwei unterschiedliche Verschwörungen gedacht hatte.

Penn-Barkis hörte schweigend zu und ließ Carmichael nicht aus den Augen. »Normanby hat gelogen, als er sagte, er hätte mit

Thirkie Billard gespielt, vermutlich wollte er den Todeszeitpunkt verschleiern, der früher lag, als wir anfänglich dachten. Er hat auch dafür gesorgt, dass er es war, der den Toten fand.«

Penn-Barkis legte die Hände auf den Tisch und holte tief Luft. »Sind Sie fertig?«

»Jawohl, Sir. Wenn Sie wollen, kann ich noch darlegen, woher ich die Beweise habe.«

»Das ist nicht nötig. Ich vertraue darauf, dass Sie alles nachgeprüft und dafür Zeugen oder handfeste Beweise haben. Und Sie sind vollkommen sicher, dass sich alles so zugetragen hat?« Penn-Barkis sah ihm fest in die Augen.

»Jawohl, Sir.« Carmichael fühlte sich wie nach einem Langstreckenlauf.

»Und Ihr dringendes Bedürfnis als Polizist, der Sache auf den Grund zu gehen, das Sie bei unserem letzten Gespräch noch so geplagt hat, ist jetzt vollkommen befriedigt?«

»Jawohl, Sir.«

»Dann vergessen Sie das alles möglichst schnell wieder. Verbannen Sie es aus Ihrem Gedächtnis. Es könnte so gewesen sein, und es ist sicher eine Erklärung, die alles abdeckt, aber wir sollten letzten Endes nicht vergessen, dass Kahn der Mörder ist.«

»Aber Sir!« Carmichael wäre beinahe aufgesprungen.

»Als kleiner Junge hat man mir beigebracht, dass nur junge Ziegen bocken«, sagte Penn-Barkis mit einem dünnen Lächeln. »Kahn ist der Mörder, und er ist es, weil Mr Normanby unser Premierminister ist und solche Vorwürfe gegen ihn nahezu Hochverrat sind.«

»Scotland Yard steht über der Politik, die Gerichte stehen über der Politik, und das Gesetz ...«

»Niemand steht über der Politik. Tut mir leid, dass ich Ihnen in Ihrem Alter noch eine Illusion rauben muss.«

»Das Gesetz ...«

»Aber Sie sind sich nicht zu schade, sich über das Gesetz zu stellen, wenn es Ihnen gerade passt, nicht wahr?«, fragte Penn-Barkis leise. »Um halb eins haben Sie gestern von Ihrem Büro aus in Farthing angerufen. Was war der Grund dafür?«

Carmichael spürte, wie ihm die Hitze in den Kopf schoss. »Ich habe Mrs Kahn mitgeteilt, dass ich kommen würde, weil neue

Beweise vorlagen«, gestand er. »Ich habe ihr nicht geraten zu fliehen.«

»Ich weiß, was Sie beide gesagt haben, und vor Gericht wird man sicher zu dem Schluss kommen, dass es auf das Gleiche hinausläuft«, sagte Penn-Barkis. »Wir zeichnen alle Vorrangsgespräche auf. Wussten Sie das nicht? Wir wollen nämlich nicht, dass jemand dieses Privileg missbraucht. Aber das ist noch nicht alles. Sie haben Royston auch angewiesen, eine falsche Beschreibung an die Presse weiterzugeben.«

Carmichael fehlten die Worte. Er konnte einfach nicht glauben, dass Royston ihn verraten hatte, doch so musste es gewesen sein.

»O ja, Royston hat mir alles erzählt. Er vermutet, Sie wären vom Weg abgekommen, weil Sie sich ein wenig in diese Mrs Kahn verliebt hätten, aber das weiß ich natürlich besser. Sie würden sich wohl kaum in eine Frau verlieben, nicht wahr? Wir wissen alles über die Beziehung zu Ihrem ... Bediensteten. ›Treuer Begleiter‹ nennt man so jemanden in den Nachrufen, wenn die Beteiligten derselben Schicht entstammen.« Jack. Sie wussten von Jack. Carmichael schloss kurz die Augen. Das war sein Ruin. Warum war es so viel leichter, dem Tod ins Auge zu schauen als dem Ruin?

»Bei einer Verurteilung würde es für Sie beide auf eine Gefängnisstrafe hinauslaufen, eine ziemlich hohe sehr wahrscheinlich.« Penn-Barkis legte erneut die Fingerspitzen aneinander. »Möglicherweise würde es aber erst gar nicht zu einer Verurteilung kommen – denn solche Fälle sind schwierig, wenn niemand Anklage erhebt und keine anstößigen Handlungen in der Öffentlichkeit vorliegen. Der springende Punkt ist die Beweislage, und das Gericht besteht nun einmal auf Beweisen. Aber selbst wenn man Sie freispricht, könnten Sie nicht länger zusammenwohnen. Und das Bekanntwerden oder auch nur der Verdacht solcher Neigungen würde Ihre Laufbahn schwer beeinträchtigen, ganz zu schweigen von Ihrem Ansehen unter Kollegen. Ich könnte mir zum Beispiel vorstellen, dass Sergeant Royston weniger eifrig auf eine Zusammenarbeit bedacht wäre, wenn er davon wüsste. Auch Sergeant Stebbings wäre sicher angewidert, doch der hegt sowieso altmodische Vorurteile gegen Leute wie Sie.«

Wusste Stebbings es schon? Im Yard ging man generell davon aus, dass Stebbings alles wusste, was auch nur irgendjemandem zu Ohren kam. Carmichael sah schon Roystons Blick, konnte sich vorstellen, wie dieser sich abwenden und ihn in einen Topf mit all jenen werfen würde, die sich an Kindern vergingen, mit Normanby und dem, was am U-Bahnhof Charing Cross vor sich ging.

Penn-Barkis wartete. »Nun, Carmichael? Ist Ihnen das Gesetz so heilig, dass niemand außer Ihnen es straflos brechen darf?«

»Nein, Sir«, sagte Carmichael hölzern.

»Aber Sie geben zu, dass Sie das Gesetz gebrochen haben, als es Ihnen gerade passte?«

»Jawohl, Sir.«

»Dann stimmen Sie mir sicher zu, dass Kahn der Mörder ist«, sagte Penn-Barkis.

Ein Pakt mit dem Teufel, ganz klar. Carmichael konnte ihn in die Hölle zurückschicken und mit den Konsequenzen leben, aber damit wäre nichts gewonnen. Ohne Penn-Barkis, ohne den Apparat des Gesetzes war er nichts, konnte er Normanby niemals vor Gericht bringen. Ein Mann allein konnte den Premierminister nicht auf die Anklagebank setzen, selbst in einem Mordfall. Wenn er bei der Wahrheit blieb, verschaffte ihm das nur die Befriedigung, richtig gehandelt zu haben. Das wäre ein schwacher Trost angesichts dessen, was ihn erwartete, wenn er ins Gefängnis käme, weil er Polizeiprivilegien missbraucht hatte oder weil er homosexuell war. Aber er konnte sich auch selbst dazu verdammen, sein Leben weiterzuleben und stillzuhalten und dabei so viel Gutes zu tun, wie er vermochte. Einerseits also Kahn und das Gefängnis (und Gerechtigkeit, fügte er im Stillen hinzu), andererseits Jack und seine Karriere. Ihm blieb keine Wahl, aber wenn ihm wirklich keine Wahl blieb, warum lag ihm dann die Zunge wie Blei im Mund?

»Jawohl, Sir«, sagte er viel zu leise.

»Wie?«

»Jawohl, Sir«, wiederholte Carmichael.

»Sehr schon. Wir brauchen Männer wie Sie bei der Truppe. Männer, die nicht ruhen, bis sie einen Fall gelöst haben, aber die auch loslassen können, wenn es nötig ist.«

»Was ist mit der alten Lady Thirkie, Sir?«, fragte Carmichael.

Penn-Barkis bedachte ihn mit einem strengen Blick. »Das geht Sie nichts an. Aber wenn sie Stillschweigen über das bewahrt, was sie sich vermutlich nur eingebildet hat, dann wird Izzard höchstwahrscheinlich noch heute Nacht einen Plan jüdischer Terroristen vereiteln, ihr kleines Schloss in die Luft zu jagen.«

»Vielen Dank für Ihre Offenheit, Sir.« Carmichael wusste nicht, ob er hoffen sollte, dass sie schwieg, wenn sie vor dieselbe Wahl gestellt werden würde, oder ob ihm lieber wäre, sie würde bei der Wahrheit bleiben und in die Luft fliegen. So wie sie um ihren Sohn geweint hatte, rechnete er eher mit Letzterem. Er überlegte, ob er ihr eine Warnung zukommen lassen konnte, doch das ging nicht. Er hatte Izzard bei ihr gelassen. Nun war sie die Erste, die er verriet. Wie lange würde es wohl noch dauern, bis sie auch ihm den Befehl gaben, aufrechte alte Damen in die Luft zu sprengen?

Penn-Barkis sah auf die Uhr. »Mein Gott, es ist schon fast sechs. Haben Sie bereits Pläne fürs Abendessen?«

»Jawohl, Sir«, log Carmichael prompt. Allein der Gedanke, mit dem Chief Inspector zu essen, mit ihm das Brot über den Teufelspakt zu brechen, verursachte ihm Übelkeit.

»Nun, dann will ich Sie nicht länger aufhalten.« Penn-Barkis erhob sich und hielt ihm die Hand hin. Carmichael ergriff sie reflexartig und dachte erst darüber nach, was er getan hatte, als es vorbei war. Dann fuhr er mit dem Fahrstuhl nach unten, ging auf die Toilette und stand zitternd am Waschbecken. Er musste sich nicht übergeben. Trank nur ein wenig Wasser.

Niemand würde ihn töten. Denn dann würden Fragen aufkommen, und es war leichter, ihn zum Mitmachen zu zwingen. Ihn zu töten würde ihnen nur eine Leiche einbringen; ihn unter Druck zu setzen gab ihnen ein Werkzeug in die Hand, das sehr viel nützlicher war. Ihm fiel ein Gespräch ein, das er vor ein paar Jahren mit Kollegen von der Miliz und der Gestapo wegen eines internationalen Schmugglerrings geführt hatte. Eigentlich waren das ganz nette Kerle gewesen. Er hatte sich damals gefragt, wie sie damit leben konnten, die Dinge zu tun, die man von ihnen verlangte. Nun wusste er es. Lady Thirkie. Agnes Timms. Carmichael spritzte sich Wasser ins Gesicht und betrachtete sich im Spiegel. Er war noch derselbe, hatte dasselbe nette, nichtssagende englische Gesicht, äußerlich gab es keine Veränderungen.

Er verließ den Yard. Stebbings sprach in eines der schwarzen Telefone. Er nickte ihm zu und winkte im Vorbeigehen.

Carmichael wollte nach Hause, sehnte sich so sehr danach, nach Haus zu Jack zu kommen, die Tür hinter sich zu schließen und die Welt auszusperren, an diesem kleinen Ort so viel Sicherheit und Trost zu suchen, wie es nur gab. Aber zuerst musste er noch etwas erledigen.

Den Wagen ließ er an der Parkuhr stehen. Sollte die Polizei ihn doch abschleppen und dann merken, dass es ihr eigener Wagen war. Sollten sich Scotland Yard und die Londoner Polizei darüber streiten. Da der Fall abgeschlossen war, stand ihm kein Wagen mehr zu. Er hätte ihn weiter benutzen können, aber das wollte er nicht.

Beim Gehen konnte er etwas von der aufgestauten Anspannung loswerden. Die Southhampton Row entlang, über den Russell Square und Tavistock Square, durch die Bloomsbury, an Läden vorbei, die über Nacht die Gitter runterließen, und an Strichmädchen, die gerade mit der Arbeit anfingen. Ein paar machten ihm Avancen. Mit Abscheu betrachtete er ihre stark geschminkten Gesichter und engen Oberteile. Selbst für jemanden, der Frauen anziehend fand, mussten sie wie eine Parodie erscheinen. Manche von ihnen waren sehr jung, und er wusste auch, dass kaum eine von ihnen eine Wahl gehabt hatte. Er bemitleidete sie, obwohl sie ihn beschimpften, weil er sie ignorierte. Carmichael kam an Häusern vorbei, die einst stattlich gewesen waren und nun zu viele Bewohner oder gar keine mehr hatten. Die Reichen waren in andere Teile Londons oder aufs Land gezogen, hatten wie Strandkrebse ihre alten Schalen hinter sich gelassen, in denen jetzt andere Fische hausten.

In King's Cross setzte leichter Regen ein. Carmichael schlug den Kragen hoch. Eigentlich sollte es dunkel sein, dachte er, oder zumindest so stark regnen wie an dem Abend, als Royston und er nach Bethnal Green gefahren waren.

Die Kirchenuhr schlug gerade sieben, als er Camden Town erreichte. Es gab ein Lied über die Kirchenglocken von London, aber Camden Town kam seines Erachtens nicht darin vor, außer vielleicht St. Martins. Wahrscheinlich aber nur das nicht ganz richtig benannte St. Martins in the Fields unten in der Fleet Street. Auch nach all den Jahren kannte er die Stadt noch nicht richtig. Er ging durch die Seitenstraßen, wo Kinder Kreidekreise auf Bürgersteige malten und einander hinterherjagten. In Lancashire hatte er mit seinem Bruder im Moor gespielt, sie hatten Flüsse aufgestaut und Schafe das Fürchten gelehrt. London tat Kindern nicht gut. Aber Lancashire war auch nicht sicherer, nirgends würde es nun noch sicher sein, weil er getan hatte, was ihm befohlen worden war, weil er sich auf die Seite der Zweckmäßigkeit geschlagen hatte, nicht auf die von Gesetz und Gerechtigkeit.

Er klopfte an eine Tür. Sie war klein und gehörte zu einem kleinen Haus, dessen Besitzer es vermietet hatte. Wer konnte wissen, welchem ökonomischen und anderweitigen Druck sich Royston beugen musste? Elvira öffnete wie üblich die Tür. »Wer ist da?«, fragte Royston von drinnen.

»Guten Tag, Elvira«, sagte Carmichael.

»Guten Tag, Onkel Carmichael«, sagte sie und rief dann: »Es ist Onkel Carmichael!«

Royston kam an die Tür und stellte sich hinter das Kind. »Es tut mir leid«, sagte er.

Carmichael ging nicht darauf ein. »Ich bin deinetwegen gekommen«, sagte er zu Elvira. »Der Fall ist abgeschlossen.«

»Dann bekomme ich jetzt ein Geschenk«, sagte sie und hüpfte vor Aufregung.

»Der Chef hat mich direkt gefragt«, fuhr Royston fort.

»Wenn ich nichts verbrochen hätte, hätten Sie auch nichts verraten können«, sagte Carmichael, ohne ihn anzusehen. Er griff in seine Tasche. »Weißt du, was das ist, Elvira?« Er warf etwas in die Luft. Die Münze leuchtete auf, als Licht darauf fiel – zuerst der Kopf des Königs und dann das kleine Rotkehlchen, als Elvira sie auffing.

Nach einem kurzen Blick darauf sagte sie schwer enttäuscht: »Das ist ein Farthing.« Es war der glänzende neue Farthing, den Carmichael neben Browns Leiche gefunden hatte.

»Weißt du, wie viel er wert ist?«, fragte Carmichael.

»Vier Farthing sind ein Penny«, sang sie im Ton des Kinderlieds. »Ein Viertelpenny ist das.«

»Und was kannst du für einen Farthing kaufen?«

»Ich wollte wirklich nicht ...«, sagte Royston.

»Nicht sehr viel«, sagte Elvira.

»Was auch immer Sie wollten, Sie haben gehört, was Agnes Timms uns erzählt hat, Sergeant«, sagte Carmichael über Elviras Kopf hinweg zu Royston. »Und Sie wissen genauso gut wie ich, dass Kahn unschuldig ist.«

»Was haben Sie heute noch herausgefunden?«, fragte Royston.

Carmichael sah ihm erst jetzt in die Augen, und vor ihm stand der gute alte ehrliche Sergeant Royston, wie er ihn kannte. Er seufzte. »Ich habe herausgefunden, dass Kahn der Mörder ist, ganz egal, welche Beweise ich habe und was sie belegen. Ich habe herausgefunden, dass ich zu den Menschen gehöre, die Kompromisse eingehen und dann damit leben. Und zu guter Letzt habe ich herausgefunden, dass man sich für einen Farthing nicht viel kaufen kann.«

»Sir ...«, widersprach Royston.

»Bitteschön, Elvira«, sagte Carmichael und gab ihr eine Pfundnote. »Dafür kann man sich ein wenig mehr kaufen. Gute Nacht, Sergeant.«

Carmichael winkte dem Kind noch einmal zu und ging durch die schmutzigen Straßen Londons davon.

Joe R. Lansdale

Wilder Winter

Hap Collins: weiß, hetero, Kriegsdienstverweigerer. Leonard Pine: schwarz, schwul, Vietnamveteran.

Die beiden ungleichen Freunde haben schon bessere Tage gesehen und schlagen sich mit Gelegenheitsjobs auf den Rosenfeldern von Texas durch. Eines schönen Wintermorgens tauchen Haps Ex-Frau Trudy und ein paar Kumpels aus den 60er Jahren auf, die den bewaffneten Kampf gegen das Establishment wiederbeleben wollen.

Das Startkapital dazu liegt angeblich im Sabine River: eine Million Dollar aus einem schiefgelaufenen Bankraub. Hap ist in der Gegend aufgewachsen und soll bei der Suche helfen. Doch die Zeiten haben sich geändert, und auch ehemaligen Revolutionären sitzt mittlerweile das Hemd näher als die Hose. So bewahrheitet sich bald das, was Leonard von Anfang an klar war: Wo Trudy ist, gibt's Ärger. Es wird ein wilder Winter.

Aufgenommen in die KrimiWelt-Bestenliste von WELT, ARTE und Nordwestradio.

Durchgesehene Neuausgabe
Originaltitel: *Savage Season*
Deutsch von Richard Betzenbichler & Katrin Mrugalla
Klappenbroschur | 203 Seiten | € 16,90
ISBN 978-3-944720-39-5

Auch als E-Book erhältlich

Golkonda Verlag | Charlottenstr. 36 | 12683 Berlin-Biesdorf
www.golkonda-verlag.de